Horst

Ehmke

Himmelsfackeln

Kriminalroman

Eichborn.

Die Deutsche Bibliothek – CIP-Einheitsaufnahme

Ehmke, Horst:
Himmelsfackeln / Horst Ehmke. – Frankfurt am Main : Eichborn, 2001
ISBN 3-8218-0876-4

Umschlaggestaltung: Christina Hucke
Umschlagfoto: © Michael Engler, Bilderberg
Satz: Fuldaer Verlagsagentur, Fulda
Druck und Bindung: GGP Media, Pößneck
ISBN 3-8218-0876-4

Verlagsverzeichnis schickt gern:
Eichborn Verlag, Kaiserstraße 66, D-60329 Frankfurt am Main.
www.eichborn.de

Die Schnauze des Wagens war gegen die großen Steinquader der Wand der S-Bahn-Unterführung gequetscht. Im Fenster auf der Fahrerseite steckten nur noch zwei spitze Zacken, das Kopfsteinpflaster davor war übersät mit winzigen Scherben, die im Schatten unter der S-Bahn glitzerten. Tiefe Kratzer zogen sich über die gesamte Länge der verschrammten linken Seite des Wagens, der schräg über Gehsteig und Straße stand und die rechte Spur vollständig blockierte. Der Nachmittagsverkehr auf einer der meist befahrenen Straßen im touristischen Zentrum von Berlin-Mitte war zum Stillstand gekommen. Nach beiden Seiten bildeten sich lange Schlangen.

Eine Touristin in einem pinkfarbenen Top sprach leise in ihr Handy. In der freien Hand hielt sie eine weiße Wolljacke, die sie fest gegen ihre Brust preßte. Ihr Blick glitt immer wieder zum Inneren des blauschwarzen Fords, in dem der Fahrer über dem Lenkrad zusammengesackt war. Sein Gesicht war der Straße zugewandt, wo sich eine größer werdende Traube von Neugierigen sammelte. Von der Tucholsky-Brücke her war ungeduldiges Hupen zu hören. Das Gesicht des Toten war im Ausdruck ungläubigen Staunens festgefroren, die behaarte Hand, mit der er sich im Todeskampf am lederumwickelten Lenkrad festgekrallt hatte, war blutüberströmt. Die braunen, weit aufgerissenen Augen starrten leblos auf das pinkfarbene Top der Touristin, die das Gespräch beendete, in den Schatten unter der Brücke trat und auf das Eintreffen der Polizei wartete.

*

Für Hikmet Evin war dieser ungewöhnlich milde 10. Oktober 2012 ein ganz besonderer Tag. Der großgewachsene, schlanke 32jährige war am vergangenen Samstag geschlagene fünf Stunden durch die Läden in der Friedrichstraße gezogen, um einen ihm passend erscheinenden, neuen Anzug zu finden. Von dem Dunkelbraunen mit Stehkragen und verdeckter Knopfleiste – der neuste Schrei der Herbstmode –, für den er sich letztlich entschieden hatte, war er immer noch nicht ganz überzeugt.

Evin war frühmorgens ganz ohne Wecker aufgewacht. Für den großen Tag hatte ihm sein Chef, Karl Stockmann, bis fünfzehn Uhr freigegeben, erst dann sollte er sich zur Verfügung halten. Um vier Uhr fand die Vereidigung Stockmanns als Kanzler der Bundesrepublik Deutschland statt. Den ganzen Morgen war Evin nervös. Er schaltete die Kaffeemaschine ein und vergaß, das Pulver in den Filter zu tun. Er putzte die braunen Schuhe und bemerkte erst im letzten Moment, daß er die Dose mit schwarzer Schuhcreme in der Hand hielt. Er fragte sich, ob der Profi Stockmann, für den er bisher als Referent im Außenministerium gearbeitet hatte, diese Art von freudiger, gespannter Aufregung überhaupt noch kannte.

Schon in den Zwölfuhrnachrichten kam die Meldung aus dem Reichstag: Karl Stockmann, jetzt sechsundfünfzig Jahre alt, war am Morgen vom Deutschen Bundestag zum neuen Bundeskanzler gewählt worden. Auch sieben Abgeordnete der Opposition hatten für ihn gestimmt. Eine Stunde später hatte ihm der Bundespräsident im Schloß Bellevue die Ernennungsurkunde überreicht.

Hikmet Evin schlüpfte in das Jackett des neuen Anzugs und zog seinen leichten Mantel darüber. Mit der U-Bahn war es von seiner Wohnung bis zum Reichstag nur eine halbe Stunde, doch er wollte im Tiergarten aussteigen und noch ein paar Schritte durch den Park gehen.

Das Berlin, in das Evin 1978 als Sohn eines türkischen Ingenieurs hineingeboren worden war, hatte sich in den letzten dreißig Jahren fast bis zur Unkenntlichkeit verändert. Das galt besonders für die ehemaligen Bezirke Mitte und Tiergarten, aber die Metamorphose war auch an seinem Heimatkiez Kreuzberg nicht spurlos vorbeigegangen. Er wohnte in einer Altbauwohnung nur ein paar Straßen von dem Haus entfernt, in dem er in den 80er Jahren aufgewachsen war. Einen Großteil seiner knapp bemessenen Freizeit verwendete er auf die Renovierung der Wohnung, die mehr und mehr wieder die schlichte Eleganz der Gründertage ausstrahlte, in denen das Haus erbaut worden war. Von seinen Nachbarn, einem eingefleischten Hippie-Pärchen, kannte Evin die Erzählungen von den wilden 70er Jahren, als das Haus von Autonomen besetzt war und alle in großen WGs zusammengelebt hatten. Inzwischen war davon nichts mehr zu spüren. Türkische und deutsche Mittelklassefamilien waren Teil der Hausgemeinschaft, ebenso viele berufstätige Singles wie Evin.

Im Tiergarten wehte der Wind heftiger, und Evin wickelte sich den Wollschal enger um den Hals. Er hatte Jura und Sprachen studiert und war deutscher Staatsbürger geworden. Dann war er in den Auswärtigen Dienst eingetreten. Als Karl Stockmann Außenminister wurde, hatte Evin dort im Türkei-Referat gearbeitet. Zu seinem großen Erstaunen hatte der Minister ihn dreimal Vortrag halten lassen. Danach hatte er ihn in sein Büro genommen – was nicht von allen im Amt gutgeheißen wurde. Und jetzt sollte er mit seinem Chef sogar ins Kanzleramt wechseln. Je länger Evin für Stockmann arbeitete, um so mehr bewunderte er ihn – nicht zuletzt wegen seines Bemühens um ein gutes Verhältnis zwischen Deutschland und der Türkei und einen toleranten Umgang mit den in der Bundesrepublik lebenden Muslime. Dabei war dem jungen Beamten durchaus klar, daß diese Politik auch taktische Züge hatte. Das Image Deutschlands in der Welt wie die Stimmen der türkischstämmigen Wähler verlor Stockmann nie aus den Augen. Evin war sich nie hundertprozentig sicher, was Stockmann eigentlich privat dachte. Seine

Gefühle schienen so ganz und gar unter der Kontrolle politischer Räson zu stehen.

Zusammen mit einer kleinen Besuchergruppe betrat Evin das Reichstagsgebäude. Kamerateams und die Presse warteten im Foyer. Eigentlich hatte der junge Mann vorgehabt, heute nachmittag einen Vortrag des Islamkundlers Sait Özakın zu besuchen, der an der Humboldt-Universität stattfand. Der Gelehrte wollte über den Philosophen Averroës sprechen. Seine Arbeit ließ Evin nicht viel Zeit für solche Art der Weiterbildung, aber er hatte schon so viel von dem berühmten Professor gehört, daß er ihn gerne einmal live erlebt hätte. Doch die Vereidigung Stockmanns zum neuen Bundeskanzler wollte er sich auf keinen Fall entgehen lassen. Er hatte sich eine Eintrittskarte besorgt und stieg hoch auf eine der seitlichen Zuschauertribünen im Plenarsaal.

Unter den Presse- und Zuschauertribünen, die wie flache Sprungschanzen in den Raum hineinragten, füllte sich allmählich der Saal. Von überall her war Stimmengemurmel und unterdrücktes Rufen zu hören.

Auf der zentralen Zuschauertribüne, deren erste Reihe für Ehrengäste reserviert war, nahm jetzt in einem schlicht geschnittenen dunkelvioletten Kostüm Monika Stockmann Platz, langjährige Lebensgefährtin und seit einigen Jahren Ehefrau des neuen Kanzlers. Hikmet Evin hatte sie erblickt, sobald sie die Tribüne betreten hatte. Er verehrte Monika Stockmann mindestens so heftig, wie er Karl Stockmann bewunderte, obwohl er sie nur aus der Distanz und Halbdistanz kannte. Über das Auf und Ab der Beziehung zwischen den beiden Stockmanns hatte er viel gehört. Evin, der eher selten einen Blick in die Boulevardpresse warf, hatte schon mal die eine oder andere Frauenzeitschrift erstanden, wenn darin Berichte über das Privatleben des Paares abgedruckt waren. Es waren immer Variationen der gleichen Geschichte: wie sie sich noch während der Studienzeit kennengelernt hatten, der grausame Tod von Monikas Freundin im Zusammenhang mit Stockmanns Kampf gegen das organisierte Verbrechen in seiner Zeit als Innenminister, der nur knapp fehlgeschlagene Anschlag auf ihn selbst in seiner Brüsseler Zeit.* Monika Stockmann hatte sich wegen der Politik von ihrem Karl getrennt und war später trotz der Politik zu ihm zurückgekehrt. Evin war lange Zeit der festen Überzeugung gewesen, daß Monika Stockmann im Grunde ein Opfer der Karriere – und des Karrierestrebens – ihres Mannes sei. Doch die wahre Monika Stockmann hatte er erlebt, als er einmal ihre Galerie in Berlin-Mitte besuchte, aus rein künstlerischem Interesse, wie er sich einreden wollte. Sie hatte ihn von Bild zu Bild geführt und ihm dabei eine Begeisterung für deren Textur und Farbgebung vermittelt, die er sonst selten beim Betrachten von Kunst gespürt hatte. Monika und ihre Galerie – das war in vieler Hinsicht das Gegenteil von der politischen Welt ihres Mannes. Evin verstand plötzlich, daß es diese Gegensätze waren, die Karl und Monika Stockmann immer wieder zusammenbrachten und zusammenhielten.

Sein Blick glitt immer wieder zu Monika Stockmann hinüber. Das milde Licht der spätnachmittäglichen Herbstsonne fiel durch den Trichter der Glaskuppel und setzte leuchtende Akzente in ihrem vollen kastanienbraunen Haar. Allerdings wirkte sie nicht gerade wie die glückliche zukünftige Kanzlergattin. Mit ernstem Gesicht blickte sie starr vor sich ins Leere, als gehe sie die freudige Erregung der Menschen unten im Plenarsaal nichts an.

Karl Stockmann hatte inzwischen das Plenum betreten und sich in der leeren Regierungsbank auf den Kanzlerstuhl gesetzt. Punkt vier Uhr betrat die Bundestagspräsidentin den Raum. Die im Hohen Haus Versammelten erhoben sich. Die Präsidentin eröffnete die Sitzung, gab einige Geschäftsordnungsdinge bekannt

* siehe: Horst Ehmke, Global Players (Eichborn 1998); Horst Ehmke, Der Euro-Coup (Eichborn 1999)

und kam dann zum einzigen Tagesordnungspunkt der Nachmittagssitzung.

Hikmet Evins Aufmerksamkeit war völlig auf die Zeremonie gerichtet. Gerade hatte die Bundestagspräsidentin Stockmann zu sich gebeten, um ihm zur Eidesleistung die Urschrift des Grundgesetzes zu reichen. Es herrschte Stille im Plenarsaal, als der Kanzler das gebundene Werk entgegennahm und die Hand zum Eid hob. In diesem Moment ertönte von der mittleren Zuschauertribüne das schrille Piepsen eines Handys. Evin schreckte hoch und wandte sich unwillig um, um zu sehen, welcher Idiot in diesem geschichtsträchtigen Moment sein Handy nicht ausgeschaltet hatte. Unwillkürlich mußte er grinsen, als er Wolfgang Döpfner vom Bundeskriminalamt erkannte, der panisch in seinen Taschen wühlte, das Handy schließlich fand und nach mehreren vergeblichen Versuchen endlich zum Schweigen brachte.

Unten im Plenarsaal war das störende Piepsen offensichtlich nicht bemerkt worden. Mit klarer Stimme leistete der Bundeskanzler seinen Amtseid: »Ich schwöre, daß ich meine Kraft dem Wohle des deutschen Volkes widmen, seinen Nutzen mehren, Schaden von ihm wenden, das Grundgesetz und die Gesetze des Bundes wahren und verteidigen, meine Pflichten gewissenhaft erfüllen und Gerechtigkeit gegen jedermann üben werde.«

Übergangslos fügte er die religiöse Bekräftigungsformel hinzu: »So wahr mir Gott helfe.«

Die Bundestagspräsidentin wünschte dem Kanzler eine glückliche Hand. Danach kam Bewegung in den Plenarsaal, die Abgeordneten verließen ihre Plätze und gingen nach vorn, um dem neuen Kanzler zu gratulieren.

Hikmet Evin ging nach unten ins Foyer, wo er Monika Stockmann entdeckte, die dort auf Karl wartete. Er begrüßte sie mit einem Nicken. Endlich kam der Kanzler aus dem Saal, immer noch umgeben von einer Menschenmenge. Er ging auf Monika zu und hielt ihr lächelnd beide Hände entgegen. Sie sagte nichts, sondern umarmte ihn und gab ihm einen Kuß.

Der Kanzler schüttelte noch viele Hände, bis er sich loseisen konnte. Auch Evin konnte sich irgendwann zu ihm vordrängeln und ihm Glück wünschen. Karl Stockmann zwinkerte ihm zu und sagte: »Wir sehen uns ja gleich im Kanzleramt zur Amtsübergabe.« Dann wandte er sich dem nächsten Gratulanten zu. Evin trat aus der Menge zurück. Er sah gerade noch, wie Monika Stockmann durch die Glastür das Foyer verließ.

*

Sait Özakın, Professor für Islamwissenschaft und Philosophie, legte letzte Hand an das Manuskript seines Vortrags. Gelegentlich ärgerte er sich über den abblätternden Putz auf dem langen Gang zu seinem Büro in der Humboldt-Universität und die gräulichen Wände, die nach den minimalen Renovierungsarbeiten vor ein paar Jahren längst wieder einen Anstrich nötig gehabt hätten. Normalerweise störte ihn auch die veraltete Büroeinrichtung, die vor etlichen Jahren, wenn überhaupt, einmal modern gewesen war. Im Moment nahm er das alles jedoch nicht wahr. Er arbeitete konzentriert im bläulichen Schimmer des flachen Laptops.

Özakın fuhr sich mit der Rechten durch den dichten graumelierten Schopf. Das Gold des Ringes, den er als Erstgeborener von seinem Vater und der wieder von seinem Vater bekommen hatte, glänzte matt. Obwohl er seit über dreißig Jahren in Deutschland lebte und ihm die Sprache zur zweiten Muttersprache geworden war, fürchtete er wieder einmal, der Bau seiner Sätze könnte den Orientalen durchschimmern lassen. Doch warum auch nicht! Zu welchen Leistungen war die vielsprachige multikulturelle Gesellschaft, welche die Mauren – Özakın hämmerte auf die Escape-Taste – im Süden der Iberischen Halbinsel geschaffen hatten, fähig gewesen: die Alhambra, ausgeklügelte Bewässerungssysteme, die Flußtalwirtschaft und – das war sein großes Thema – die Vermittlung der großen antiken Philosophie eines Platon und eines Aristoteles an das so überhebliche Abendland. Die Wiege der Kultur.

»Wollen Sie die Datei AVERROES-VOR.DOC speichern«, fragte der Computer. Um sechzehn Uhr würde er heute im großen Hörsaal der Universität über Averroës sprechen, den großen islamischen Aufklärer. Die Hand mit den gepflegten Fingernägeln führte die Maus auf das Ja-Feld. Leises Schnurren war zu hören, als das Gerät speicherte.

Es ging um einiges heute nachmittag, es ging um »Politik« für seinen Forschungsschwerpunkt »Koran und islamische Philosophie«, es ging um Geld, um viel Geld für ein kleines Institut, um eine Stelle für einen begabten jungen Kollegen. Denn die Averroës-Gesellschaft, die ihn unterstützte und die eingeladen hatte, wollte dafür sorgen, daß nicht nur die Universitätsprominenz zugegen war, sondern auch Vertreter des Wissenschaftsministeriums, der türkischen Botschaft und wer weiß noch.

Özakın aktivierte das Beenden-Feld und drückte die Eingabe-Taste. An einen PC mit Spracherkennung, wie ihn einige Kollegen benutzten, konnte er sich einfach nicht gewöhnen. Auch seine Familie würde in den Hörsaal kommen. Hinterher würde es ein Buffet geben. Gegen Mustafas Edeldöner aus feinstem Mecklenburger Kalbfleisch würden die kulturellen Leistungen seiner islamischen Philosophen wohl wieder einmal den kürzeren ziehen.

Während der Computer seine Abschiedsroutine abspulte, spürte Özakın, daß er Hunger hatte. Er würde erst einmal nach Hause fahren, eine Kleinigkeit essen, sich vielleicht kurz hinlegen … »Sie können den Computer jetzt ausschalten«, meldete der Bildschirm. Özakın tippte sanft auf die Eingabe-Taste. Mist, er hatte vergessen, sich die letzte Version des Textes auszudrucken. Er würde eine halbe Stunde früher zurückkommen müssen. Der Monitor wurde schwarz.

Gegen zwei Uhr dreißig nachmittags verließ der Gelehrte seine Schöneberger Wohnung am Bayerischen Platz. Vor den Cafés saßen leichtbekleidete Menschen. Es war einer dieser herrlichen Herbsttage, die einem vorgaukeln konnten, Berlin habe sich ans Mittelmeer verlaufen. Die Luft war so klar, man konnte meinen, von der Glaskuppel des Reichstages müßten die Alpen zu sehen sein. Özakın zog das beige Leinenjackett aus, fuhr mit dem Finger zwischen Kragen und Hals, um den Knoten seiner Krawatte etwas zu lockern, öffnete die Fondtür und legte das Kleidungsstück sorgfältig auf den Rücksitz. Dann setzte er sich ans Steuer des blauschwarzen Ford-Spacecar und fuhr zur Uni.

Der Nachmittagsverkehr bewegte sich träge die Potsdamer Straße hinauf. Özakın schaltete das Radio an, um sich abzulenken und nicht seinen Vortrag zu memorieren. Ja, genau, heute wurde ja der neue deutsche Kanzler vereidigt. Interessiert verfolgte er die Übertragung der Vereidigungszeremonie. Dabei konzentrierte er sich darauf, immer wieder in die Spiegel zu schauen und den rückwärtigen Verkehr im Auge zu behalten. Auf der Wilhelmstraße hatte er plötzlich den Eindruck, daß ein roter Golf älterer Bauart seinem Wagen folgte. Hatte er den Wagen nicht schon in der Grunewaldstraße gesehen? Unwillkürlich beschleunigte Özakın, mußte aber an der Kreuzung zu Unter den Linden sofort wieder scharf abbremsen, da die Ampel auf Rot sprang. Der Golf stand direkt hinter ihm. Im Rückspiegel konnte Özakın zwei junge Männer erkennen, offenbar südländischer Abstammung. Er kannte die beiden nicht. Sie schienen sich zu unterhalten und beachteten den Wagen vor ihnen nicht. Trotzdem war es Özakın, als würden er und sein Blick in den Rückspiegel äußerst genau wahrgenommen. Er bog auf den breiten Boulevard Unter den Linden und ordnete sich absichtlich auf die rechte Fahrspur ein. Vor dem spektakulären Hintergrund des Brandenburger Tores sah er im Rückspiegel den roten Golf, der sich genau hinter ihm hielt. Kurz vor der Kreuzung zur Universitätsstraße zog Özakın auf die linke Abbiegerspur. Der Golf folgte. Özakın spürte, wie ihm der Schweiß ausbrach, was nichts mit der frühherbstlichen Wärme zu tun hatte. Er bog absichtlich nicht zum Parkhaus der Universität rechts in der Dorotheenstraße ein. Es war nicht gestattet, an dieser Kreuzung links abzubiegen. Trotzdem bog er, sogar erst im letzten Moment, ein und fuhr, begleitet von wütendem Hupen, gegen die Einbahnstraße weiter. Der rote Golf folgte, als werde er von ihm abgeschleppt. Die Gesichter der beiden Verfolger wirkten teilnahmslos. Die beiden schienen nicht viel miteinander zu sprechen.

Özakın fühlte den Schweiß unter den Achseln, auf seiner behaarten Brust und am Rücken. Sogar die Hände waren naß und hinterließen feuchte Spuren auf dem lederumwickelten Lenkrad. Panisch drückte er das Gaspedal nach unten und schnellte förmlich an der Hinterfassade der Universitätsbibliothek vorbei. Eine Gruppe Geschäftsleute in Anzug und Kostüm schrie auf und drückte sich in den Eingangsbereich der Bibliothek. Özakın lenkte seinen Ford über den Gehsteig in die Charlottenstraße, kurvte die Straße entlang und bog an der S-Bahn mit quietschenden Reifen in die gesperrte Georgenstraße. Der rote Golf war ihm bei all diesen riskanten Manövern gefolgt.

Als Özakın an der Geschwister-Scholl-Straße scharf und unvermittelt nach links in die S-Bahn-Unterführung einbog, setzte sich der Golf in der Kurve neben ihn, rammte den Ford und drückte ihn mit heulendem Motor gegen die Innenwand der Unterführung. Özakın ging vom Gaspedal, trat keine Kupplung. Der Motor des Fords erstarb mit einem Ruck. Özakın spürte, daß sein Herz flatterte. Er hatte schon einmal einen kleinen Herzinfarkt gehabt, doch das hier fühlte sich völlig anders an. Er nahm die Hände vom Lenkrad und drehte vorsichtig den Kopf zu seinen Verfolgern. Der Mann auf dem Beifahrersitz hatte jetzt eine große Sonnenbrille aufgesetzt. Im ersten Moment erkannte Özakın nicht, was der Mann in der Hand hielt. Dann gab es keinen Zweifel mehr. Eine schwarze Waffe wurde aus dem offenen Seitenfenster geschoben. Özakın hörte nicht, wie das Seitenfenster des Ford in tausend Scherben zersprang. Von den sechs Schüssen, die seinen Tod besiegelten, spürte er nur den ersten und auch diesen kaum wie einen richtigen Schmerz. Es war eher so, als lege sich ein heißer Draht um sein Herz und zöge sich in abrupten Stößen immer enger zusammen.

Der Körper des Islamwissenschaftlers zuckte, dann sank er über dem Lenkrad zusammen. Sein Blut mischte sich mit dem Schweiß auf seinem Körper.

*

Kriminaldirektor Wolfgang Döpfner verließ mit den anderen Zuschauern die Besuchertribüne. Für einen kurzen Moment überlegte er, ob er sich in die Menge stürzen solle, um dem neuen Kanzler seine Glückwünsche persönlich zu sagen, doch er überlegte es sich anders. Es war schon unangenehm genug gewesen, bei der Vereidigung auf Monika Stockmann zu treffen. Er war froh, daß er nicht in ein Gespräch mit ihr verwickelt worden war. Obwohl sie immer sehr herzlich war, fühlte er sich Monika Stockmann gegenüber befangen. Der Kampf gegen das international organisierte Verbrechen hatte über weite Teile die Karriere ihres Mannes bestimmt, erst als Innenminister, dann als Präsident der Europäischen Kommission. In beiden Fällen hatte er mit Döpfner zusammengearbeitet, und die etwa gleichaltrigen Männer waren darüber fast zu Freunden geworden. Zweimal war allerdings bei dieser Zusammenarbeit das Leben von Karl Stockmann gefährdet worden, und Döpfner hatte das Gefühl – ob zu Recht oder Unrecht, konnte er nicht sagen –, daß Monika Stockmann ihn dafür zumindest ein bißchen verantwortlich machte.

Auf dem Weg zur Garderobe nahm Döpfner das Handy aus der Jackentasche und rief sein Büro in Wiesbaden an. »Haben Sie mich angerufen, Gehrke?«

»Ja, Chef«, antwortete die persönliche Referentin. »Gut, daß Sie so schnell zurückrufen können. In Berlin …«

»Tolles Timing, Gehrke,« brummte Döpfner. »Stockmann

hatte gerade die Hand auf dem Grundgesetz und wollte mit der Eidesformel loslegen.«

»Tut mir leid, Chef«, sagte Gehrke. Aus ihrem Ton war nicht das geringste Bedauern herauszuhören. Ohne Pause fuhr sie fort: »Vor ungefähr zwanzig Minuten ist in Berlin ein türkischer Professor in seinem Wagen erschossen worden. Irgendwo in einer S-Bahn-Unterführung bei dieser Humboldt-Uni.«

Kirsten Gehrke, seit zwei Jahren Döpfners persönliche Referentin, haßte Berlin mit Leidenschaft und kam nur in die Hauptstadt, wenn es sich partout nicht vermeiden ließ.

»Und?« Döpfner schob der Garderobiere den silbernen Alu-Chip über den Tresen.

»Sieht nach einem politischen Mord aus. Der Präsident bittet Sie, sich des Falls anzunehmen. Ist geschickt, weil Sie eh gerade in Berlin sind. Außerdem kennen Sie ja die dortigen Verhältnisse aus Ihrer Zeit in der Staatsschutzabteilung. Das BKA muß schnell entscheiden, ob es den Fall an sich ziehen will.«

»Alles klar«, antwortete Döpfner. »Ich fahre direkt ins Polizeipräsidium und schaue mir die Sache mal an. Wie er hieß, der Professor, wissen Sie das?«

»Özakın.« Döpfner hörte Blätterrascheln am anderen Ende der Leitung. »Prof. Dr. Sait Özakın, einundfünfzig Jahre alt, verheiratet, vier Kinder. Professor für Islamwissenschaft und Philosophie. Seit vier Jahren Leiter des Instituts für Islamkunde an der Humboldt-Universität.«

»Gut, gut, das reicht fürs erste. Ich melde mich dann wieder.«

Döpfner steckte das Handy ein, zückte den Geldbeutel und schob der Garderobiere ein Zwei-Euro-Stück über den Tresen. Sie ließ die Münze in der Tasche ihrer weißen Schürze verschwinden, ohne die Miene zu verziehen. Dann reichte sie Döpfner seinen Mantel.

Im Taxi auf dem Weg zum Platz der Luftbrücke klingelte Döpfners Handy schon wieder.

»Noch mal Gehrke hier, Chef«, meldete sich die vertraute Stimme der Referentin.

»Was gibt's denn?«

»Wir haben gerade eine Meldung aus Berlin reingekriegt. Anscheinend sind die Mörder dieses Özakın gefunden worden. Tot. Ziemlich blutig, wie's scheint. Der Polizeipräsident meinte, Sie sollen direkt zum Tatort kommen. Ein Kripochef namens Engel wartet dort auf Sie. Also, Sie fahren raus aus Berlin Richtung Hellersdorf, Richtung Neuenhagen und dort fast bis zum Ring ...«

»Warten Sie, Gehrke. Erklären Sie das doch lieber dem Taxifahrer.« Döpfner reichte das Handy wortlos dem Fahrer, einem drahtigen Enddreißiger mit verspiegelter Brille und grünlich gefärbten Rastalocken. Eine Hand am Handy, die andere locker am Lenkrad lauschte der aufmerksam den Anweisungen. Ab und zu brummte er ein »Klaro«, »Kenn ich« oder »Wer'n wir schon finden« in den Hörer. Dann gab er Döpfner das Handy zurück, legte eine bemerkenswerte Vollbremsung hin, die den Adrenalinspiegel des Kriminaldirektors für einen Moment weit in den oberen Bereich schnellen ließ, wendete und bog ostwärts auf die Leipziger Straße ein.

In weniger als dreißig Minuten erreichte das Taxi die Bundesstraße 1. Schon von weitem war das blinkende Blaulicht der Einsatzfahrzeuge von Feuerwehr und Polizei zu sehen. Die Leichen der Flüchtigen und der rote Golf waren in einer Parkbucht gefunden worden. Verwilderte Büsche versperrten den Blick in die Felder, zur Straße war freie Sicht. Die Polizei hatte die Parkbucht nach beiden Seiten mit gelbem Band abgesperrt.

Kaum hatte Döpfner sich gegenüber einem der Beamten ausgewiesen, kam ein kleiner, gedrungener Mann auf ihn zu. Zuallererst fiel an ihm sein weißblondes Haar auf, das ihn wie einen zu kurz geratenen Schweden aussehen ließ. Erst auf den zweiten Blick bemerkte man die markant geschnittenen Gesichtszüge und die klaren, klugen Augen. Döpfner hatte den Kollegen Engel bisher nur zweimal kurz gesehen und wußte nicht, wie er ihn einzuschätzen hatte. In Polizeikreisen galt er als extrem ehrgeizig.

Der Kripochef begrüßte Döpfner und führte ihn sofort zum Tatort. Auf dem Weg berichtete er dem Kriminaldirektor knapp, was sich aus den Aussagen der bisher vernommenen Tatzeugen zum Attentat Özakın rekonstruieren ließ.

»Der Mord geschah kurz vor vier Uhr?« Döpfner verlangsamte seine Schritte.

»Ja«, bestätigte Engel und paßte sich dem Tempo des Kommissars an. »Warum fragen Sie?«

»Zur selben Zeit war im Reichstag die Vereidigung von Stockmann zum neuen Bundeskanzler. Ich komme gerade von dort.«

»Das dürfte reiner Zufall sein«, meinte Engel. »Professor Özakın sollte um vier Uhr in der Uni einen Vortrag halten. Punkt vier Uhr, nach Aussage der Sekretärin. Der Professor wollte ein bißchen früher kommen, um seinen Vortrag auszudrucken. Die Mörder müssen ihn vor der Uni abgepaßt haben. Oder sie sind ihm schon von Schöneberg aus gefolgt.« Engel unterbrach sich und zeigte auf den roten Golf, der ziemlich genau in der Mitte der Bucht geparkt war. »Das Tatfahrzeug. Frische Schrammen an der Beifahrertür.«

Er ging hinter dem Wagen in die Hocke. »Und sehen Sie hier. Das Kennzeichen wurde mit Erde unkenntlich gemacht. Genauso vorne. Anscheinend hatten die Täter aber keine Zeit mehr, die Schilder wieder zu säubern.«

Doch Döpfners Aufmerksamkeit war auf eine Stelle bei den Büschen ein paar Schritte von dem Golf gerichtet. Die beiden Leichen lagen mit dem Oberkörper auf dem Asphalt, mit den Beinen auf dem mit Müll übersäten Rasen. Einer der beiden war rückwärts umgeknickt, oder mit Gewalt nach hinten gerissen worden. Der andere hatte offenbar beim Fallen die Beine angewinkelt und schräg unter seinem Oberkörper begraben. Doch das Auffallendste war die Kopfhaltung. Das Haar von beiden schwamm in den tiefen Blutlachen, die beide Körper umgaben. Der Rechte hatte das Kinn senkrecht zum Himmel gerichtet, darunter klaffte ein tiefer Schnitt von Ohr zu Ohr. Bei dem zur Seite gekippten Kopf des Linken zog sich eine bluttriefende Linie von Kehle bis Nacken.

Döpfner atmete scharf ein und flüsterte: »Mein Gott!«

»Kein schöner Anblick, was?« Kripochef Engel gelang es nur mit Mühe, seine Stimme ruhig zu halten. »Sehen Sie die offenen Hosenschlitze? Denen sind beim Pinkeln von hinten die Kehlen durchschnitten worden.«

Döpfner rieb sich nachdenklich das Kinn. »Seltsam. Sich von hinten an die beiden heranschleichen und ihnen die Kehlen durchschneiden, das war für die Mörder ziemlich gefährlich. Es wäre um einiges leichter gewesen, sie einfach aus sicherer Entfernung niederzuschießen. Die Schüsse hätte hier draußen niemand gehört.«

»Es müssen Komplizen der Attentäter gewesen sein«, meinte Engel und fuhr sich durch den blonden Schopf. »Sonst wären sie nicht so nah an die beiden herangekommen.«

»Ja, es könnten Helfershelfer gewesen sein, die die Attentäter hier abholen oder ihnen einen neuen Wagen bringen sollten«, stimmte Döpfner zu.

»Finden Sie nicht, es sieht aus wie eine Hinrichtung? Irgendeine Art Ritual, eine Exekution? Als Strafe vielleicht. Oder als Warnung für andere.«

»Vielleicht soll es ja mit Absicht so aussehen.«

Engel zuckte mit den Schultern. Dann winkte er den Kommissar heran, der die Untersuchungen führte. Der Mann hatte gerade ein Gespräch mit zwei Leuten der Spurensicherung beendet und kam in ihre Richtung. »Kriminaldirektor Döpfner vom Bundeskriminalamt, Kommissar Liszka von der Kripo Neuenhagen.«

Döpfner reichte dem Kommissar die Hand. »Wissen Sie schon, wie die beiden bewaffnet waren?«

»Ja, sicher. Die Männer tragen beide Schulterholster, der eine hatte eine 9-mm-Beretta, der andere eine Colt 45er. Das wird vermutlich die Waffe sein, mit der Professor Özakın getötet wurde. Außerdem liegt im Wagen eine MP 5. Alle drei Waffen stammen vermutlich aus Beständen der US-Armee.«

»Sonst noch irgendwas Interessantes bei den Leichen?«

Der Kommissar hielt eine durchsichtige Plastiktüte hoch, in der zwei Pässe steckten. »Ein türkischer und ein bosnischer Paß. Nach den Grenzstempeln sind die beiden am vergangenen Wochenende aus Bosnien nach Berlin eingereist.«

Er hielt eine weitere, kleinere Plastiktüte hoch. »Und das haben wir in der Jackentasche des Bosniers gefunden.«

Döpfner nahm die Tüte in die Hand. Unter dem spiegelnden Plastik war das Foto eines graumelierten Mannes vor einer Hausfassade mit schnörkeligen Verzierungen zu erkennen.

»Özakın«, erklärte Engel.

Der Kommissar fügte hinzu: »Wir nehmen an, der Bosnier war der Schütze.«

»Hat die Spurensicherung schon was für uns, Liszka?« Engel deutete mit dem Kinn auf die beiden Beamten, die mit Gips auf einem Stück Sand in der Nähe der Leichen herumhantierten.

Der Kommissar verzog den Mund. »Bisher nichts Eindeutiges. Hier wimmelt es von Spuren. Fest steht, daß die Mörder das Blut auf ihren Messern an der Kleidung der Opfer abgewischt haben.« Er überlegte kurz. »Könnte sein, daß sie auf Nummer Sicher gehen wollten und deshalb Messer benutzt haben. Bei Schußwaffen hätten wir die Herkunft der Waffen anhand der Projektile zurückverfolgen können. Aber bei solchen Wunden kann man die Art der benutzten Messer nur sehr allgemein bestimmen.«

»Interessante Überlegung.« Döpfner rieb sich wieder das Kinn. »Na, jedenfalls sind sie erst einmal weg.«

»Haben Sie noch Fragen, Herr Döpfner?«

Döpfner schaute widerwillig noch einmal zu den Leichen. »Vorerst nicht. Sie sollen mich wohl zum Polizeipräsidenten bringen.«

Zum ersten Mal war in den Zügen Engels so etwas wie ein Lächeln zu erkennen. »Ja, der Präsident will Sie sofort sehen, wenn Sie den Tatort besichtigt haben.«

»Gut. Vielen Dank auch. » Döpfner verabschiedete sich.

»Liszka, Sie machen hier weiter«, befahl Engel. »Und rufen Sie mich sofort an, wenn Sie irgend etwas herausfinden!«

Berlins Polizeipräsident Kuhn begrüßte den Kriminaldirektor in seinem Dienstzimmer am Platz der Luftbrücke als einen alten Bekannten. »Was für ein Zufall, daß Sie gerade in Berlin sind, Döpfner. Die Vereidigung Stockmanns zum neuen Kanzler, nicht?«

»Ja. Mein Wiesbadener Büro hat mich mitten in der Zeremonie im Reichstag angerufen. Und ich hatte vergessen, das Handy auszustellen.«

Der Polizeipräsident verdrehte die Augen. »Handys!«

»Aber vielleicht ist dieses Zusammentreffen gar kein so großer Zufall«, fuhr Döpfner fort.

Polizeipräsident Kuhn blickte erstaunt von Döpfner zu Engel. »Nicht? Na, jetzt berichten Sie mir erst einmal, was Sie da draußen an der B1 gefunden haben.«

Engel faßte die vorläufigen Ergebnisse der Untersuchung zusammen. Dann meinte er: »Auf den ersten Blick sieht es so aus, als ob es sich bei den Mördern von Professor Özakın um islamische Extremisten gehandelt hat. Der Professor war für seine liberale Haltung bekannt. Vielleicht wollten sie einen in ihren Augen ›Abtrünnigen‹ umlegen. Aber was danach passiert ist, ist mir ein Rätsel.«

»Özakın wird kurz vor vier erschossen, Stockmanns Vereidigung ist auch um vier …« Der Präsident wandte sich an Döpfner. »Sie denken, es gibt da einen Zusammenhang?«

»Wir sollten diese Möglichkeit jedenfalls nicht ganz ausschließen«, antwortete Döpfner vorsichtig. »Keiner unserer Politiker hat sich so eindeutig wie Stockmann für die Aufnahme der Türkei in die EG ausgesprochen. Er hat immer die Überzeugung vertreten, daß wir die Türkei an Europa binden müssen, als Brücke zum Islam und als Brücke nach Asien.« Döpfner stockte. »Aber auch wenn an dieser Hypothese was dran sein sollte; ich muß dem Kollegen Engel zustimmen: Die Folgemorde an der B1 passen überhaupt nicht zu dieser Hypothese.«

»Und Sie sind beide überzeugt, daß die Mörder Özakıns von Komplizen ermordet worden sind?«

»Ja«, antwortete Engel.

»Ziemlich wahrscheinlich«, sagte Döpfner im selben Moment.

Engel blickte fragend zu Döpfner, der lachte. »Ihre Argumente zuerst, Kollege Engel.«

»Danke.« Engel fuhr sich durch das blonde Haar. »Da ist erst mal das Foto von Özakın, das bei dem Bosnier gefunden wurde. Das wird der wohl kaum selbst geschossen haben. Die beiden sind ja erst kurz vor der Tat nach Berlin gekommen.«

»Andererseits kannten sie sich im Straßengewirr hinter der Uni offenbar gut aus. Sie sind uns immerhin durch die Ringfahndung geschlüpft«, wandte der Präsident ein.

»Aber das spricht auch eher für eine Einweisung durch Komplizen«, sprang Döpfner dem Kripochef bei. »In so kurzer Zeit hätten sie eine solche Ortskenntnis kaum ohne lokale Hilfe erwerben können.«

»Und«, machte Engel weiter, »die Hauptüberlegung: Der Bosnier und der Türke müssen mit ihren Mördern in der Parkbucht verabredet gewesen sein. Warum sonst hätten sie so kurz vor der Autobahn anhalten sollen. Sie konnten sich ja nicht darauf verlassen, daß die beiden Attentäter genau an der Stelle mal zum Pinkeln in die Parkbucht einbiegen würden. Nein, das war ein verabredetes Treffen. Und das heißt: Die Mörder der Attentäter waren in den Mordplan gegen Özakın eingeweiht. Was weiter heißt, daß beide Mordtaten zusammen geplant waren.«

»Ich stimme dem Kollegen völlig zu«, sagte Döpfner. »Allerdings spricht das dann dagegen, daß das Attentat auf Özakın die Tat islamischer Extremisten war. Warum sollten die zwei ihrer ›Brüder‹ mit dem Mord an einem Abtrünnigen beauftragen, um sie dann anschließend selbst umlegen zu lassen?«

Der Präsident warf ein: »Religiös motivierte Morde unter Türken hat es in Deutschland bisher so gut wie nie gegeben.«

»Ich erinnere mich aber an einen Mord im Kaplan-Clan«, wandte Döpfner ein.

»Bei dem Mord in der Umgebung des ›Kalifen von Köln‹ ging es aber eigentlich um Führungsstreitigkeiten. Und die Sache ist auch schon etliche Jahre her«, stellte der Präsident klar. »Als es in den 70er Jahren in der Türkei zu bürgerkriegsähnlichen Kämpfen zwischen Rechtsextremisten und Linksradikalen kam, da hat der Konflikt allerdings auch auf die in Deutschland lebenden Türken übergegriffen. Die ›Grauen Wölfe‹ haben damals auch bei uns von sich reden gemacht. Und das gleiche gilt für den Guerillakrieg zwischen aufständischen Kurden und türkischen Sicherheitskräften in den 80er und 90er Jahren – bis zur Verhaftung von PKK-Führer Öcalan 1999. Aber religiös motivierte Morde – das wäre bei uns etwas Neues.«

»Wir sollten diese Dinge im Hinterkopf behalten. Aber in erster Linie müssen wir uns auf die konkreten Ermittlungen konzentrieren«, sagte Döpfner.

»Was schlagen Sie vor?«

»Kripo und Verfassungsschutz sollen ihre Datenbanken zum islamischen Extremismus durchschauen. Außerdem brauchen wir von ihnen eine Übersicht über islamisch-extremistische Strömungen und Gruppen in Deutschland und besonders in Berlin. Und die Berliner Kripo ermittelt weiter, bis eine Sonderkommission die Ermittlungen übernimmt.«

»Noch ein Vorschlag«, meldete sich Engel zu Wort. »Wir sollten die Paßbilder der beiden ermordeten Attentäter an Presse und Fernsehen weitergeben. Vielleicht melden sich Zeugen, die wissen, wo die beiden sich seit dem vergangenen Wochenende aufgehalten haben. Es wäre nicht schlecht, wenn wir noch ein bißchen mehr über sie erfahren.«

*

Der Blonde mit dem dunkelblauen Regenmantel war seit drei Tagen in Mostar. Er war auf der Suche nach M16-Sturmgewehren. Mit solchen Waffen war eine Gruppe israelischer Soldaten, die auf der Westbank stationiert war, von Hisbollah-Kämpfern getötet worden. Der brutale Überfall war das erste Wiederaufflackern des Nahost-Konfliktes, seitdem die Verhandlungen des Jahres 2007 einen unsteten und ständig bedrohten Waffenstillstand herbeigeführt hatten.

Der Blonde hatte den Weg der Waffen bis zur türkischen Stadt Adana verfolgt. Doch dort verschwand die Spur. Nach wochenlanger, vergeblicher Suche hatte ihn ein Informant auf eine Bande in Mostar aufmerksam gemacht, die angeblich den illegalen Waffenhandel in die Türkei kontrollierte.

Er hatte sich in einer heruntergekommenen Pension in der Altstadt ein Zimmer genommen. Die Touristenmassen, die wieder wie früher die Kujundziluk bevölkerten, würden sich sicher nicht in dieses schäbige Etablissement verirren. Er war erstaunt, wie sehr der Tourismus in diesem neuen Mostar blühte, nachdem das alte durch die Bombardierungen der Jahre 1992 und 1993 so stark verwüstet worden war. Dabei war noch nicht einmal der Wiederaufbau der Alten Brücke, des ehemaligen Wahrzeichens der Stadt, ganz abgeschlossen.

Der Blonde verließ sein Zimmer am späten Morgen und streifte durch die Stadt. Wie verabredet schaute er jeden Tag auf dem Polizeirevier vorbei. Am Nachmittag trank er einen süßen Kaffee in einem kleinen Bistro in der Nähe der Carina-Brücke.

Manchmal setzten sich Männer zu ihm an den Tisch und redeten mit ihm. Sein eingerostetes Bosnisch wurde wieder flüssiger. Einmal lud er eine rothaarige Ausländerin zu einem Glas Wein ein. Abends zog er durch die Nachtclubs und Bars, stellte Fragen, unterhielt sich mit Barkeepern und Geschäftsleuten, kritzelte Telefonnummern auf Servietten oder Streichholzschachteln und hinterließ Nachrichten.

Nach und nach stückelte er die Teile einer langen, komplizierten Geschichte zusammen, erfuhr die richtigen Namen, lernte die wichtigen Leute kennen. Vor einem halben Jahr war die Mostarer Unterwelt bis ins Mark erschüttert worden. Seither herrschte Unruhe, alte Verbindungen erwiesen sich als unbrauchbar. Offenbar waren neue Spieler in der Stadt aufgetaucht.

Die Polizeiakten, in die man ihm Einblick gewährt hatte, konstatierten den gewaltsamen Tod des Milan Beganovič, eines stadtbekannten Drogendealers. Die Ermittlungen liefen schleppend, niemand im Polizeiquartier trauerte Beganovič nach. Allgemein wurde angenommen, daß er von einem Konkurrenten auf dem immer härter werdenden Terrain des Rauschgifthandels umgelegt worden war.

Doch die Akten enthielten Einzelheiten, die in den offiziellen Verlautbarungen nicht auftauchten. Da war zum einen die Art der Ermordung, die dem Mann im blauen Regenmantel sofort aufgefallen war. Beganovič war am hellichten Tag getötet worden. Zeugen berichtete von einer kurzen Verfolgungsjagd. Zwei unbekannte Männer in einem Lada unbestimmter Farbe hatten Beganovič in seinem schwarzen 7er BMW in eine Sackgasse getrieben und zum Anhalten gezwungen. Ohne Zögern hatten sie ihn dann durch das Autofenster hindurch mit fünf Schüssen in Kopf und Oberkörper getötet. Die bei der Obduktion der Leiche entnommenen Kugeln waren für den Blonden der zweite Anhaltspunkt, daß mehr hinter dieser Sache steckte als rivalisierende Drogenbosse: Der Bericht des Labors hielt fest, daß die 9-mm-Projektile eindeutig von einer amerikanischen MP 5 stammten.

Der Mann im Regenmantel hatte gute Arbeit geleistet: Er kannte die Namen der Mörder Beganovičs, zumindest die Namen, unter denen sie in Mostar bekannt waren. Er hatte Kontakte zu den neuen Spielern aufgebaut, einem Drogenring, der sich von Sarajevo nach Mostar ausbreiten wollte. Ebenso hatte er seine Informanten in der alten Mostar-Bande sitzen, wußte Bescheid über ihren illegalen Waffenhandel über Dubrovnik und Split in die Türkei und von dort nach Syrien. Doch die zwei wichtigsten Teile des Puzzles fehlten ihm nach wie vor: Keine Spur von den amerikanischen Gewehren. Und wo steckten die Mörder Beganovičs?

*

Kerim Özakın schaute in den bedeckten Himmel über dem Friedhof. Oben vollführte ein kleines Privatflugzeug Pirouetten und verschwand dann hinter dem Waldstück Richtung Gatower Flughafen. Der ehemalige Militärflughafen war in den letzten Jahren zum Zentrum der deutschen Sportfliegerei geworden. Die alljährliche Luftfahrtausstellung brachte Tausende von Flugzeugbegeisterten aus dem In- und Ausland nach Berlin.

Kerim wunderte sich über die Stille, die über dem islamischen Gräberfeld des Gatower Landschaftsfriedhofs lag. Selbst von der Maschine am Himmel war nichts zu hören. Er schaute zu seiner Mutter, die selbst in schwarzer Trauerkleidung wie eine elegante Dame aus Paris wirkte. Ob sie hinter dem feinen Netz des Trauerschleiers weinte, war nicht zu erkennen. Ein Schleier, der nichts mit den blickdichten Schleiern gemein hatte, die zum Inbegriff des fundamentalistischen Islam geworden waren. Kerims Mutter, eine gläubige Muslimin, würde nie einen Schleier aus religiösen Gründen tragen.

Kerims große Schwester Ayse stand neben der Mutter und hielt den kleinen Ahmed fest an der Hand. Schräg hinter Kerims Mutter stand die Familie Korkmaz. Immer wieder konnte er Aynur zwischen den schwarz gekleideten Reihen der Trauernden erkennen. Ihre kleine Gestalt war in einen kurzen schwarzen Mantel gehüllt, der an eine Matrosenjacke erinnerte. Mit den weißen Lackschuhen und dem offenen Haar war sie für ihn der einzige Lichtblick auf der Beerdigung. Cem, sein zweiter Bruder, stand neben ihm und starrte trübsinnig auf den toten Körper des Vaters, der, nur in das Leichentuch gewickelt, auf einer Bahre am offenen Grab lag.

Die Begräbniszeremonie leitete der Imam der Schöneberger Moscheen-Gemeinde, der sich die in der Nachbarschaft wohnende Familie Özakın angeschlossen hatte, obwohl die Gemeinde weniger aufgeklärt war als sie selbst. Der Imam hatte sich aber vorhin beim Totengebet in der Moschee nicht gescheut, den gewalttätigen Fundamentalismus zu verurteilen, gegen den der Tote immer engagiert Stellung bezogen hatte.

Kerim, mit sechsundzwanzig Jahren der älteste Sohn der Familie, berührte den ungewohnten Ring an seiner rechten Hand. Es war der goldene Ring, den sein Vater getragen hatte, solange Kerim sich erinnern konnte. Ihm ging der Satz durch den Kopf, daß er durch den Tod des Vaters nun endgültig erwachsen geworden sei. Es klang wie in einer schlechten Fernsehserie, aber es traf die Stimmung, in der er sich seit dem Telefonanruf befand, als man ihm mitgeteilt hatte, sein Vater sei mit lebensbedrohenden Verletzungen in die Charité eingeliefert worden. Er hatte an einen Autounfall gedacht, und erst im Krankenhaus hatte ein Polizeibeamter ihm erklärt, daß sein Vater ermordet worden sei. Der Beamte hatte ihm auch gesagt, daß die Einlieferung ins Krankenhaus nur noch pro forma erfolgt sei: Sein Vater sei auf der Stelle tot gewesen. Immer wieder während der letzten Tage hatte seine Schwester gesagt, daß der Vater dann wenigstens nicht gelitten hätte. Der Gedanke schien sie zu trösten.

Doch Kerim konnte daraus keinen Trost ziehen. Sicher, es wäre alles noch schlimmer gewesen, hätte sein Vater noch leiden müssen. Aber was Kerim quälte, war die Sinnlosigkeit dieses

Todes. Die Polizei tappte anscheinend im dunkeln, konnte sich nicht einmal entscheiden, ob sie die Attentäter in Kreisen islamischer Extremisten oder im kriminellen Milieu suchen sollte. Obwohl bei der Familie kein Bekennerschreiben eingegangen war und die Polizei wohl auch sonst keine Hinweise auf verantwortliche Gruppierungen hatte, war Kerim überzeugt, daß Extremisten hinter dem Attentat standen. Er hatte zu oft erlebt, wie sein Vater mit seinen Vorstellungen eines aufgeklärten Islam angeeckt war. Eine öffentliche Vorlesung seines Vaters vor ein paar Jahren in der URANIA war Kerim eindrücklich im Gedächtnis geblieben. Schon nach etwa zehn Minuten hatten in dem überfüllten Saal geschickt plazierte Extremisten lauthals protestiert und Bilder des Propheten und des Ayatollah Chomeini hochgehalten.

Der Imam war zum Ende gekommen und schaute zu Kerims Onkel. Die sechs Männer, die den Sarg getragen hatten, traten vor, Kerim und Cem mit ihnen. Vorsichtig hoben sie den eingehüllten Leichnam und betteten ihn in Seitenlage mit dem Gesicht in Richtung Mekka in das Grab. Der Imam sprach leise den rituellen Text, der den Toten zum letzten Mal anwies, welche Antworten er den Grabengeln bei der Befragung geben müsse.

Als die Trauernden reihum eine Schaufel Erde auf den Leichnam geworfen hatten und das Grab geschlossen wurde, überlegte Kerim, welche Antwort er geben würde, wenn die Engel ihn einmal fragen sollten, warum er die Mörder seines Vaters nicht der gerechten Strafe zugeführt habe.

*

Bei einem Kondolenzbesuch in den Tagen nach der Beerdigung unterhielt sich Kerim lange mit seinem gleichaltrigen Vetter Sefik Güven, der in Potsdam Soziologie studierte. Auch Sefik war überzeugt, daß islamische Extremisten für die Ermordung seines Onkels verantwortlich waren. Er arbeitete an einer Doktorarbeit über türkisches Alltagsleben in Berlin und wußte, wie aggressiv Fundamentalisten in den Moscheen-Gemeinden bis hin zu den Fußballvereinen gegen einen aufgeklärten Islam Front machten.

»Für die Fundamentalisten war der berühmte Professor Özakın so etwas wie ein rotes Tuch, ganz klar«, meinte Sefik.

»Ich frage mich, ob es nicht in den Papieren meines Vaters irgendwelche Hinweise gibt. In seinen Briefen oder der E-Mail. Ich muß mich sowieso um seinen Nachlaß an der Uni kümmern. Wir könnten die Unterlagen am Wochenende einmal durchforsten.«

Sefik war von dem Plan begeistert. Im Lauf der Woche rief Kerim die Universitätsassistenten seines Vaters, Barbara Mitter und Yussuf Ünlü, an und fragte, ob sie am Samstagmorgen Zeit für eine Besprechung im Institut hätten. Er wolle über den Nachlaß des Professors reden. Die beiden Assistenten sagten zu. Spontan lud Kerim dann auch noch seinen bengalischen Freund und Arbeitskollegen bei Siemens, Rana Muhamed Chowdhury, zu der Runde ein.

Nach einer ersten Sichtung der über fünfzig Ordner, des Schreibtischinhalts und der Kisten mit abgelegten Papieren, einem schnellen Überfliegen der über tausend Bücher, die sich auf den hohen Regalen fast bis unter die Decke stapelten, stöhnte Kerim auf: »Mann, wie sollen wir bloß zwischen all den Hausarbeiten, Evaluierungsbögen, Protokollen und Artikeln irgendwelche Hinweise auf die Mörder meines Vaters finden?«

»Ach, das ist es, was wir hier tun?« meinte Barbara Mitter, noch bevor Kerim seinen Ausruf erklären konnte. »Ich und Yussuf haben uns schon gewundert, warum du so schnell nach dem Tod deines Vaters das Büro ausräumen willst!«

»Also«, sagte Kerim mit einem hilfesuchenden Blick auf Sefik. Er holte Luft. »Ich glaube, daß mein Vater von islamischen Extremisten umgebracht wurde. Und ich denke, daß wir in seinen Unterlagen vielleicht Hinweise finden.«

»Sollten die Unterlagen dann nicht besser zur Polizei?« fragte Rana.

»Die wird sich im Irrgarten der islamischen Organisationen in Berlin nie zurechtfinden«, meinte Sefik. »Und falls es in den Briefen von Onkel Sait Andeutungen auf Extremisten gibt oder auf Verbindungen zu türkischen Fundi-Gruppen, dann wird das irgend so einem deutschen Inspektor sicher nicht auffallen.«

Kerim nickte. Er merkte, daß Yussuf Ünlü ihn nachdenklich ansah. Er schaute zu dem untersetzten, breitschultrigen Mann hinüber, der mit verschränkten Armen am Fensterbrett lehnte. »Was meinen Sie denn, Herr Ünlü?«

»Ich frage mich, was das Ziel dieses Detektivspiels sein soll? Familienrache etwa?« Ünlüs Ton machte unmißverständlich klar, was er von solch archaischen Ritualen hielt.

»Nein, ich will hier natürlich keine Blutsfehde anzetteln«, erwiderte Kerim ein bißchen zu schnell. Er zuckte mit den Achseln. »Gut, es sieht vielleicht aus wie Rache. Aber für mich ist es eher eine Art Verantwortung. Ich glaube, ich bin es meinem Vater schuldig, daß ich zumindest versuche, etwas über seine Mörder herauszufinden. Ich habe mit Cem und Sefik darüber gesprochen, und mit meiner Mutter. Sie denken ähnlich wie ich.«

»Wir sollen die Mörder jagen?« fragte Barbara Mitter.

»Nein, natürlich nicht. Ich denke nur, daß wir als qualifiziertes Team bessere Chancen als die Polizei haben, im Umfeld und in der Korrespondenz meines Vaters Hinweise auf die Mörder zu finden. Sefik und ich kennen Familie und Freunde meines Vaters und werden deshalb verschlüsselte Hinweise in seiner Privatkorrespondenz eher erkennen als jemand, der ihn nicht kannte. Dasselbe gilt für die Institutskorrespondenz. Ihr als seine Assistenten versteht die Zusammenhänge besser und könnt entscheiden, ob sich hinter irgendwelchen akademischen Streitereien mehr verbirgt, als es für die Polizei den Anschein haben würde. Sefik und ich wollen uns auch in der türkischen Gemeinde umhören. An der Uni kennt ihr euch aus. Die Frage ist: Was gibt es an fundamentalistischen und extremistischen Kräften? Führen Spuren von ihnen in die Nähe meines Vaters?«

»Und wenn sich herausstellt, daß Professor Özakın gar nicht von Extremisten ermordet wurde?« fragte Ünlü.

»Dann hören wir auf.« Kerim schaute erwartungsvoll in die Runde.

Einen Augenblick herrschte Stille in dem Büro. Dann sagte Barbara langsam: »Ich bin mir nicht sicher. Aber es könnte gut sein, daß wir hier einen Volltreffer landen.« Die junge Frau strich sich die schwarzen Locken aus der Stirn.

»Ja?« Kerim und Sefik fragten gleichzeitig.

»Ich war gestern abend noch mal im Büro, um den Reader für das Hauptseminar zu holen.« Barbara wandte sich an Kerim und Sefik. »Wir haben beschlossen, daß wir Özakıns Seminare in diesem Semester weitermachen. Es ist ja alles vorbereitet, Seminarplan, Leseliste, Reader. Er hatte sogar schon eingeteilt, wer welche Referate übernimmt.« Sie schluckte, fing sich dann aber. »Also, ich kam rein, und habe mich schon gewundert, daß im Institut noch Licht brennt. Und wie ich den Gang zu Özakıns Büro vorgehe, kommt mir Professor Sever entgegen.«

»Der Sever aus der Physik?« Yussuf Ünlü starrte sie überrascht an. Dann erklärte er Kerim und Sefik: »Professor Ahmet Sever, ein Landsmann. Professor für Teilchenphysik an der Humboldt.«

»Dein Vater hat Sever nie getraut, Kerim«, fügte Barbara hinzu. »Er hat in ihm einen Fundamentalisten vermutet.«

»Ein Naturwissenschaftler soll ein Fundamentalist sein?« fragte Rana erstaunt.

»Das gibt es in der islamischen Welt öfter«, sagte Ünlü. »Vielleicht trauern sie der guten alten Zeit nach, als die islamische Naturwissenschaft weltweit an der Spitze gestanden hat. Solche Wissenschaftler werden wohl eher aus anti-westlichen als aus religiösen Gründen zu Fundamentalisten.« Er drehte sich zu Barbara um. »Hast du Sever gefragt, was er hier im Institut zu suchen hat?«

»Nicht gerade so deutlich. Ich habe ihn gefragt, ob ich ihm weiterhelfen könne. Ja, hat er gesagt, er bräuchte ein Buch, das er dem Professor ausgeliehen hätte. *Islamische Mathematiker*. Aber das Büro sei ja abgeschlossen. Ich habe mit ihm die Regale durchgeschaut. Nichts natürlich. Sever hat gemeint, der Professor hätte das Buch dann sicher mit nach Hause genommen.«

»Na, was Besseres ist ihm wohl in der Eile nicht eingefallen!« Ünlü schüttelte ungläubig den Kopf. »*Islamische Mathematiker*!«

»Wißt ihr was?« Kerim hatte die Unterhaltung zwischen Ünlü und Barbara aufmerksam verfolgt. »Mir ist eben klargeworden, daß die Papiere meines Vaters hier im Institut nicht sicher sind. Leute, die am hellichten Tag Professoren erschießen, werden wohl kaum vor einem kleinen Einbruch in der Uni zurückschrecken. Wir müssen die Unterlagen zu uns nach Hause bringen und dort im Arbeitszimmer meines Vaters sondieren.«

Ünlü nickte. »Als Vorsichtsmaßnahme auf jeden Fall angeraten.«

Kerim blickte zu Rana: »Leihst du mir deinen Kastenwagen für den Transport?«

»Klar, Kerim, ich bin doch hergekommen, um zu helfen. Der Wagen steht im Uni-Parkhaus.« Rana schaute von einem zum anderen. »Und mehr kann ich nicht tun? Ich bin natürlich kein Experte, was die Verhältnisse in der Berliner türkischen Gemeinde betr…«

»Rana, tut mir leid.« Kerim hob die Hand. »Deine Aufgabe habe ich über die Geschichte mit dem Physik-Prof total vergessen. Wir brauchen deine Computerkenntnisse. Wenn wir das ganze Zeug bei uns daheim haben, kannst du dich gleich mal an den Laptop meines Vaters setzen. Du bist doch der Experte für Paßwörter.« Er schwieg einen Moment und schaute zu den anderen. »Außerdem werde ich für einige Zeit nicht da sein. Ich fliege übermorgen nach Istanbul.«

»Was willst du denn in der Türkei?« Sefik war offensichtlich erstaunt, daß er in diesen Plan nicht eingeweiht war.

»Wenn unsere Annahme stimmt und mein Vater von Extremisten umgebracht wurde, dann müssen die Spuren irgendwann unweigerlich in die Türkei führen. Ich habe mir überlegt, daß es sinnvoll wäre, überall nach Hinweisen zu forschen. Meine Familie kommt aus Istanbul. Und außerdem ist einer meiner Onkel ein großes Tier beim Militär. Vielleicht ergibt sich ja die Möglichkeit, daß ich mit ihm reden kann.«

Barbara stand auf und ging zum Terminkalender von Professor Özakın. Sie blätterte mehrere Wochen zurück. »Hier«, sagte sie schließlich. »Du solltest auch an der Universität von Istanbul vorbeischauen. Und zwar bei einem Professor Büyük. Er hat deinen Vater vor kurzem nach Istanbul zu einem Vortrag eingeladen.«

»Stimmt.« Kerim sprang von dem Tisch, auf dem er gesessen hatte, und beugte sich ebenfalls über den Terminkalender. »Vater war ja vor ein paar Wochen in Istanbul bei dieser Konferenz.«

»Er hat erzählt, daß er schon mit dem Averroës-Vortrag, den er selbst viel zu zahm fand, beim Publikum ziemlich angeeckt ist«, warf Yussuf Ünlü ein.

»Ja, und erinnerst du dich, wie er gesagt hat, eigentlich würde er von jungen Menschen mehr erwarten als immer nur dieselben dümmlichen Parolen?«

Ünlü nickte.

»Ah«, meldete sich Sefik von seinem Platz auf dem Bürostuhl des Professors zu Wort. »Averroës? Keine Ahnung. Da müßt ihr mich kurz aufklären.«

»Averroës, arabischer Name Ibn Rushd, war ein berühmter islamischer Philosoph des Mittelalters. Er lebte im 12. Jahrhundert in Andalusien, war Richter in Sevilla und Cordoba. Weil angeblich einige seiner Ansichten unvereinbar mit dem Koran seien, verbannte ihn der Kalif von Cordoba nach Marrakesch, wo er dann auch gestorben ist. Averroës hat die christliche Theologie des Mittelalters sehr stark beeinflußt. Vor allem Albertus Magnus und Thomas von Aquin haben sich mit seinen Schriften auseinandergesetzt. Aber am stärksten hat Averroës die christliche Theologie des Mittelalters und die abendländische Kultur als Interpret des Aristoteles geprägt. Sein Ansehen als Aristoteles-Kenner war so hoch, daß man ihm den Ehrentitel ›Der Kommentator‹ verliehen hat.« Yussuf Ünlü hatte diesen kleinen Vortrag in weniger als einer Minute heruntergerattert. Schließlich ging ihm aber doch die Luft aus, und er brach in einem Hustenanfall ab. Die anderen lachten, und Sefik klatschte Beifall.

Barbara fügte noch hinzu: »Einführung in die islamische Philosophie. Yussuf hat den Kurs … Wie oft hast du das Seminar schon gegeben, Yussuf?«

»Dreimal«, hustete Yussuf, der immer noch nach Luft rang. »Das Proseminar, natürlich. Das Hauptseminar zur islamischen Philosophie hätte Özakın nie einem Assistenten anvertraut. Averroës war sein Meister!«

»Na, was glaubt ihr, wie oft mir daheim der Tahafut al-tahafut vorgesetzt wurde«, meinte Kerim und verdrehte die Augen. Dann wurde er wieder ernst. »Ich werde mich in Istanbul auf jeden Fall mit Professor Büyük unterhalten. Das könnte unsere erste heiße Spur sein.«

*

Aynur Korkmaz hatte sich schon den ganzen Samstag auf den Abend mit Kerim gefreut. Er wollte den Tag über den Nachlaß seines Vaters an der Uni sichten und sie dann zum Essen einladen. Weder bei ihm noch bei ihr daheim konnte man richtig reden, und sie hatte ihn diese Woche praktisch nur zwischen Begräbnisvorbereitungen und Kondolenzbesuchen zu Gesicht bekommen. Aynur wählte vorsichtig aus, was sie heute abend tragen wollte. Ihr gefiel an Kerim, daß es ihn nie zu stören schien, wenn sie in den schillerndsten Outfits auftauchte und man mit ihr an der Seite nicht anders konnte, als aufzufallen. Ihren früheren Freunden war ihre extravagante Kleidung immer peinlich gewesen, das hatte sie genau gespürt. Bei Kerim spürte sie dagegen echte Bewunderung.

Aynur nahm ein hochgeschlossenes, japanisch geschnittenes Seidenkleid aus dem Schrank. Ja, genau das Richtige zu den hohen schwarzen Stiefeln und der hellgrünen Lederjacke. Ihr glänzendschwarzes Haar trug sie immer offen, das war ihr Markenzeichen. Vielleicht würde sie sich einmal bei einer ganz besonderen Gelegenheit von ihrem Friseur überreden und ihn eine kunstvolle, verschlungene Frisur machen lassen. Vielleicht zu ihrer Hochzeit. Aber nie würde sie ihre Haare in einen Pferdeschwanz binden oder zu diesen Gretchen-Zöpfchen flechten, die schon seit Ewigkeiten totgesagt waren und doch immer wieder in der Kunstszene auftauchten.

Sie und Kerim hatten sich vor drei Jahren kennengelernt. Vom ersten Moment an war sie unglaublich in ihn verliebt. Und das, obwohl sie, wie sie beide immer wieder mit Erstaunen feststellten, sehr verschieden waren. Aynur war jetzt dreiundzwanzig Jahre alt und wie Kerim in Deutschland geboren. Aber die Korkmaz waren ein ganz anderer Schlag Leute als die professoralen Özakıns. Kerims Vater war als Wissenschaftler, erst als Stipendiat und dann als Professor, nach Deutschland gekommen. Wie die meisten Einwanderer aus der türkischen Mittel- oder Oberschicht hatten sie kaum mit Integrationsschwierigkeiten in die deutsche Gesellschaft zu kämpfen gehabt. Aynurs Familie dagegen waren typische »Almancılar«, »Deutschländer«, wie sie in der Türkei immer noch etwas abschätzig genannt wurden. Ihre Großeltern waren in den sechziger Jahren, von der deutschen Industrie als Arbeiter und Hilfsarbeiter angeworben, aus Anatolien und den Vororten türkischer Großstädte in die Bundesrepublik gekommen und schließlich hiergeblieben.

Aynur hatte es nicht einfach gehabt. Ihr Wunsch, Künstlerin

zu werden, entsprach ganz und gar nicht den Erwartungen ihrer Familie von einer anständigen Heirat und vielen Enkelkindern. Einmal, als sie sich für die Kunsthochschule bewerben wollte, war es so schlimm gewesen, daß sie für ein paar Tage bei ihrer Galeristin Unterschlupf suchen mußte. Kerim hatte damals mit ihrem Vater geredet, und seither war das Verhältnis zu den Eltern besser geworden. Trotzdem, mit überständigen türkischen Traditionen hatte sie nichts am Hut. Wenn sie auf ihre Herkunft angesprochen wurde, bezeichnete sie sich gerne als »cosmopolitan«. Und fügte mit einem kleinen, altklugen Lächeln hinzu, daß ihre Heimat weder Deutschland noch die Türkei sei, sondern die Kunst.

Als Kerim beim Abendessen von seinen Plänen erzählte, nach Istanbul zu gehen und dort nach Spuren und Hinweisen auf die Mörder seines Vaters zu suchen, stieß er deshalb bei Aynur auf absolutes Unverständnis.

»Aber, Kerim, da ist doch kein Unterschied zwischen Familienrache und dem, was du vorhast!« Aynur hatte sich in Rage geredet und stach heftig mit dem rotlackierten Stäbchen in die bunt dekorierten Röllchen. Kerim war ein Liebhaber der asiatischen Küche, und Aynur hatte ihn mit wachsender Begeisterung in die diversen Sushi-Bars der Hauptstadt begleitet. Zu den schönsten Momenten ihrer Beziehung zählte für sie der Abend, als Kerim sie mit selbstgemachtem Sushi überrascht und ihr einen Heiratsantrag über einer Sushi-Platte gemacht hatte.

»Ich kapiere einfach nicht, welche Familienpflicht dich dazu zwingen könnte, dich in Mordermittlungen einzumischen, die total Sache der Polizei sind.« Das Röllchen auf dem Teller war inzwischen geviertteilt. Aynur schaute hoch zu Kerim. »Du läßt dir das doch bloß von deiner Mutter einreden.«

»Nein, Aynur, das hat doch mit meiner Mutter nichts zu tun.« Kerim klang genervt, aber nicht trotzig oder schuldbewußt. Aynur bemerkte plötzlich die bläulichen Schatten, die unter seinen tief dunkelbraunen Augen lagen. Normalerweise hätte er bei so einer Sache schon lange nachgegeben. Kerim war es nie wichtig, seinen Willen unbedingt durchzusetzen oder immer das letzte Wort zu haben. Was das betraf, war er ganz anders als andere türkische Männer.

Aber Kerims Vater war vor drei Tagen grausam umgebracht worden. Er war der älteste Sohn. Kerim war auf seine Art gläubig, aber die Dinge dem Schicksal und Allahs Willen zu überlassen, das konnte er nicht. Aynur wurde plötzlich klar, wie wichtig ihm dieses Detektivspielen war.

Sie schob den Teller mit den unangetasteten Sushi-Vierteln beiseite und nahm Kerims Hand. »Es ist nur … Wir wollen doch bald heiraten, Kerim«, sagte sie leise.

»Aber wir werden doch heiraten, Aynur«, erwiderte Kerim und klang jetzt wirklich besorgt. »Ich bin höchstens ein paar Wochen in Istanbul. Und wenn wir nichts finden, dann war es das auch.«

*

Am nächsten Tag schaute Aynur auf dem sonntäglichen Galerien-Rundgang in »ihrer« Galerie in der Stresemannstraße vorbei. Monika Stockmann, die die junge Künstlerin seit fast einem Jahr förderte, merkte sofort, daß mit ihr etwas nicht stimmte. Aynur, die sonst kaum zu bremsen war und in einem fort plapperte, war wortkarg und machte einen verwirrten Eindruck.

Monika nahm sie zur Begrüßung in die Arme und flüsterte ihr ins Ohr: »Herzlichen Glückwunsch. Wir haben wieder eines deiner dunklen Taurus-Bilder verkauft. Ich hatte noch nie eine so junge Künstlerin, die so gut verkauft.«

»Das ist schön«, sagte Aynur nur.

Monika strich ihr eine schwarze Strähne aus dem Gesicht. »Was ist denn los, Aynur?«

Aynur druckste eine Weile herum und brachte schließlich heraus: »Die Ermordung von Professor Özakın.«

»Du hast ihn gekannt?«

»Er war Kerims Vater und damit mein Schwiegervater, sozusagen.«

Monika kannte Kerim vom Sehen. Aynur hatte ihren gutaussehenden jungen Freund schon öfters in die Galerie mitgebracht. Monika wußte, daß er Programmierer bei Siemens war. Daß er der Sohn des jetzt ermordeten Professors war, hatte sie nicht gewußt. Sie legte Aynur den Arm um die Schultern und sagte: »Das tut mir für euch beide sehr, sehr leid.« Aynurs dunkle Augen füllten sich mit Tränen. Monika zog schnell ein Tempo aus der Hosentasche und reichte es ihr.

Nach einer Weile setzte sich Aynur in einen Sessel und wischte die Tränen ab: »Es ist aber nicht nur das.«

»Was gibt es denn sonst noch Schlimmes?«

Aynur erzählte stockend von Kerims Plänen. »Mir kommt es so sinnlos vor. Sicher kann ihm so ein bißchen Abenteuer helfen, über den Tod seines Vaters wegzukommen, aber ich find's so … irgendwie mackermäßig, eben.« Aynur schneuzte sich. »Und sicher redet ihm auch seine Familie zu. Die große türkische Familien-Arie, so ein bißchen davon ist immer mit dabei. Du kennst das ja zur Genüge von meinen Eltern.«

»Vielleicht kann Kerim ja wirklich bei der Aufklärung des Verbrechens helfen«, wandte Monika ein. Sie hatte sich in den zweiten Sessel gesetzt und betrachtete ihren Schützling.

Aynur schüttelte energisch den Kopf. »Ach was. Kerim hat doch keine Ahnung von Terrorismus und so was. Er weiß zwar theoretisch viel über den Fundamentalismus und Extremisten, aber persönlich hatte er noch nie mit welchen zu tun. Und seinen Job riskiert er auch, wenn er so lange unbezahlten Urlaub nimmt. Außerdem … ach, ich finde es einfach blöd, daß er gerade jetzt wegfahren will, wo wir übers Heiraten geredet haben. Und wer weiß, was passiert, wenn er anfängt, an den falschen Stellen nachzufragen. Nachher passiert ihm noch was.« Aynur fing wieder an zu weinen.

Monika nahm ihre Hand. »Ich würde ihn einfach machen lassen, Aynur. Das hat nichts mit dir oder eurer Beziehung zu tun. Die Ermordung seines Vaters hat ihn sicher mehr mitgenommen, als er zugeben würde.«

Aynur nickte und schluchzte. »Ja, das sag ich mir ja auch. Aber wir sind da wirklich verschieden. Für mich ist der Tod von Herrn Özakın einfach Allahs Wille. Da gibt es nichts zu Rütteln und zu Hadern. Das ist etwas, das man in Demut akzeptieren muß.«

Die junge Türkin wischte sich die Tränen aus den Augen. »Hör dir das an, jetzt kling ich wirklich schon wie meine Mutter.«

Monika lächelte. »Glaubst du denn, Professor Özakın ist von islamischen Extremisten ermordet worden?«

»Ich bin überzeugt davon. Und die große Mehrheit der Türken in Berlin denkt das auch. Sait Özakın war ein berühmter Gelehrter, aber – jedenfalls für einen Sunniten – auch ein sehr unorthodoxer Muslim. Ein echter Intellektueller. Ich hab ihn gut leiden können, und ich glaube, er mich auch.«

Monika schaute Aynur nachdenklich an. Dann sagte sie: »Hör zu: Ich spreche mal mit meinem Mann, vielleicht hat der eine Idee.«

»Ach Monika, so was brauchst du nicht zu machen. Dein Mann hat jetzt als Bundeskanzler Wichtigeres zu tun.«

»Der muß sich auch um dich kümmern«, widersprach Monika. »Schließlich habe ich dich als meine künstlerische Adoptivtochter mit in die Ehe gebracht!«

Aynur schaute sie kurz ungläubig an, dann hellte sich ihr Gesicht schlagartig auf.

*

Der Blonde mit dem dunkelblauen Regenmantel war auf einen jungen Amerikaner aufmerksam geworden. Ein großer dunkelhaariger Mann, der aussah, als würde er Bergsteigen oder Kajakfahren. Auf jeden Fall einen anstrengenden Sport betreiben, bei dem man oft im Freien war. Er war braun gebrannt und trug immer lässige Freizeitkleidung, dunkelglänzende Astronauten-Hosen, wie sie in den letzten Jahren modern geworden waren, und bunte Baumwollhemden, darüber eine gefütterte grüne Regenjacke. Er nannte sich Bruce. Einen Nachnamen hatte der Blonde nicht in Erfahrung bringen können.

Bruce trieb sich an ähnlichen Orten herum wie er selbst. In einer Stadt von der Größe Mostars waren sie sich in den letzten Tagen zweimal über den Weg gelaufen. Es konnte Zufall sein, aber der Mann im Regenmantel glaubte nicht an solche Zufälle. Irgend etwas stimmte nicht mit dem Amerikaner. Er sah aus wie ein Tourist. Aber welcher Tourist verlief sich schon in die düsteren Hochhausblocks des bosnischen Teils Mostars, um dort in einer traurigen Kneipe scharfen Slibowitz zu trinken. Bruce' Sprachkenntnisse waren minimal, so als hätte er sich ein paar Brocken Bosnisch auf dem Flug von Kalifornien in die Herzegowina angeeignet. Doch er unterhielt sich angeregt mit den Einheimischen und verständigte sich in einem Gemisch aus Englisch, Deutsch und Bosnisch. Und er lernte schnell, brauchte Ausdrücke nur einmal zu hören und baute sie sofort in den nächsten Satz ein. Eine Gabe, die der Agent bewunderte.

Sein Informant trug ihm zu, der Amerikaner habe Kontakte zur Mostarer Bande aufgenommen. Worauf er es abgesehen hatte, war unklar. Offenbar suchte er etwas, das legal nicht zu bekommen war. Oder er hatte eine Ladung Stoff anzubieten. Oder wollte er ein paar Kisten mit Schnellfeuergewehren aus US-Armeebeständen loswerden?

Denn soviel war dem Blonden inzwischen klar: Mostar war Hauptumschlagplatz eines lukrativen Geschäfts, bei dem Drogen in die eine, Waffen in die andere Richtung liefen. Die Lage war perfekt, die Nähe der Häfen einerseits und der Grenze andererseits. Doch auch wenn die M16 aller Wahrscheinlichkeit nach über Mostar nach Adana gekommen waren, hatte er seine Karten in der Stadt ausgereizt. Er kam nicht an die Namen der Waffenlieferanten heran. Im Gegenteil, je weiter er zu dem inneren Zirkel der Bande vordrang, desto geringer wurden seine Chancen, etwas zu erfahren. Denn er suchte nach jemandem, der gerne und viel redete, jemandem, der im Suff ein paar Worte zu viel sagte, nach einem unzufriedenen Handlanger, dem etwas entschlüpfte, von dem er selbst nicht einmal wußte, welche Bedeutung es für den Agenten hatte. Aber solche Fehler machten die Profis nicht, mit denen die Banden-Kings sich umgaben.

Trotzdem hatte der Mann im blauen Regenmantel sich entschieden, noch ein paar Tage in der Stadt zu bleiben. Weil er ungern unverrichteter Dinge abreiste. Weil hier irgend etwas nicht stimmte. Irgend etwas in der Luft lag. Irgendwas, bei dem der Amerikaner seine Hände im Spiel hatte, da war sich der Blonde fast sicher.

Und dann war da noch die Geschichte mit den Mördern von Beganovič, dem toten Drogenboß der Mostarer Bande. Der Blonde wußte inzwischen, wo sie sich aufhielten. Eine kleine Notiz auf Seite 16 der Tageszeitung berichtete von einem Attentat auf einen Berliner Professor. Die Vorgehensweise bei den beiden Morden war so verblüffend ähnlich, daß der Mann im Regenmantel sich wunderte, warum es den Ermittlungsbehörden nicht ins Auge sprang. Manovič und Yıldırım, im Mostarer Untergrund als die »Sarajevo-Killer« bekannt, waren also geschäftlich in Berlin unterwegs gewesen. Das eigentlich Interessante war aber nach dem Attentat passiert. Irgend jemand hatte die Sarajevo-Killer mit zwei professionell gesetzten Messerschnitten ins Jenseits befördert. Eine Liquidation auf der Autobahn mit durchtrennten Kehlen und viel Blut. Für den Mann sah das verdammt nach einem Racheakt der Mostarer Bande aus.

Seine Informationsquellen brachten dazu allerdings nichts zutage. Keine Hinweise auf die Mörder, keine Hinweise auf Auftraggeber, keine Glückwünsche oder Freudenfeiern, wie man es bei einer geglückten Racheaktion erwarten sollte. Gerade mal vereinzelte, leise Worte der Genugtuung. Statt dessen machte sich in der Mostarer Unterwelt ein Gefühl der angespannten Erwartung breit. Doch die Stimmung hatte nichts von einer Art Kriegsbereitschaft, mit der sich eine Drogen-Gang auf den Vergeltungsschlag des Konkurrenten einstellt. Die Stimmung in den Bars, Discos, Spielcasinos und Wettbüros, so schien es dem Blonden, war eher so, als warte ein Kind ängstlich auf eine Strafe für etwas, das es gar nicht verbrochen hatte.

*

In der großzügigen Schöneberger Dachwohnung der Familie Özakın wurde schon den ganzen Tag über eifrig gearbeitet. Rana Chowdhury hatte den Laptop des Professors in dessen Arbeitszimmer aufgebaut, innerhalb von Minuten das Paßwort geknackt (der Vorname von Frau Özakın) und war seit Stunden damit beschäftigt, die ausufernde E-Mail-Korrespondenz des Professors mit Islamforschern auf der ganzen Welt zu durchforsten. Erschwert wurde dieses Vorhaben vor allem durch das unkonventionelle Ordnungssystem des Professors, der offenbar öfters neue Ordner mit anderen Namen angelegt hatte, dort einige Mails verschwinden ließ, um dann spätere Nachrichten doch wieder im ursprünglichen Ordner zu verstauen.

Barbara Mitter und Yussuf Ünlü saßen in unterschiedlichen Ecken auf dem Lesesessel des Professors und auf der Couch, beide mit Stapeln von Papier neben sich. Sefik Güven sollte Rana helfen, konzentrierte sich allerdings mehr auf das süße Backwerk, das Frau Özakın auf großen silbernen Tabletts servierte.

»Vielleicht hat Onkel Sait mit Absicht so viele Ordner angelegt, weil er dachte, jemand liest heimlich seine E-Mail?« Sefik kaute genüßlich an einem süßen Stückchen.

Rana nahm den Blick nicht vom Bildschirm. »Unwahrscheinlich«, brummte er. »Klassischer Fall von jemand, für den der

Computer immer noch nicht viel mehr als eine bessere Schreibmaschine ist. Er hat ja nicht mal mit einem Spracherkennungsprogramm gearbeitet. Ich bin absolut sicher, der Professor hat in den meisten Fällen seine eigene Mail nicht mehr gefunden.«

»Das stimmt«, rief Barbara von der Couch herüber. »Er hat sich immer darüber beschwert, daß der Laptop willkürlich E-Mails löschen würde, die dann einfach weg seien. Er wollte das Ding mal ins Rechenzentrum bringen, damit die es durchchecken.«

Rana stöhnte. »Willkürlich löschen. Ja, so kann man das auch nennen. Aber sag mal«, er drehte sich zu Barbara um, »dieser Professor, den Kerim in Istanbul besuchen will, der hieß doch Büyük, nicht?«

»Ja.« Barbara legte den Stapel Protokolle, den sie sich gerade vorgenommen hatte, neben sich auf die Couch. »Warum, hast du was zu Büyük?«

»Ja.« Rana nickte. »Mindestens drei Ordner, BÜYÜK, BÜ und komischerweise einer, der mit TB bezeichnet ist.«

»Tahir Büyük. So heißt Büyük mit Vornamen«, kam Ünlüs tiefe Stimme vom Sessel.

»Ah. So einfach löst sich dieses Rätsel. Ich suche jetzt mal alle Mails, die von oder an die Adresse von Büyük gegangen sind.« Rana drückte auf ein paar Tasten und wartete, während der Laptop mit leisem Summen arbeitete. »Hm. Über tausend Mails in den letzten drei Jahren. Die beiden müssen sich fast täglich geschrieben haben.«

»Das dauert ja ewig, bis wir die alle durchgelesen haben.« Sefik schaute ziemlich verzweifelt auf den Laptop-Bildschirm. »Und das sind nicht nur kurze Mails. Manchmal bis zu 20 K. Und etliche Attachments.« Er ließ sich in gespielter Erschöpfung auf den Stuhl fallen.

Rana lachte. »Wir brauchen ein Stichwort, nach dem wir suchen können. Dann geht das schneller.« Er drehte sich mit dem Bürostuhl um und schaute fragend in die Runde.

»Versuch's mal mit Sever.« Der Vorschlag kam von Barbara.

»Sever. Kommt sofort.« Rana schwang den Stuhl wieder zurück und tippte den Suchbefehl ein. Das leise Surren im Laptop zeigte an, daß die Festplatte wieder arbeitete. »Volltreffer. Gut und gerne fünfzig Mails, alle von … laß mal sehen … fast alle von diesem Jahr.« Er drückte auf eine Taste und fing an zu lesen. Dann eine kurze Bewegung auf dem eingebauten Mousepad, wieder ein Tastendruck.

Nach einer Weile fragte Barbara: »Und?«

»Hm.« Rana starrte angespannt auf den bläulich schimmernden Bildschirm. Dann drehte er sich plötzlich um.

»Kann irgend jemand hier etwas mit dem Name Çalişkan anfangen?«

*

Kerim war in Istanbul angekommen und mit dem Taxi in den Stadtteil Fatih gefahren, wo die Familie seines Onkels und seiner Tante wohnte, bei denen er wohnen würde. Muhammed Güven, der Bruder von Kerims Mutter, war ein alteingesessener Istanbuler Geschäftsmann, dessen Betrieb von einem kleinen Laden mit Pumpen und Ventilen zu einem Großhandel für Industrie und Haushalte gewachsen war. Die ältere Villa, in der die Familie wohnte, kannte Kerim schon aus Kindertagen, als er in dem großen Garten viele Tage seiner Sommerferien verbracht hatte.

Kerim hatte erzählt, daß er und Aynur sich überlegten, nach der Heirat in die Türkei umzusiedeln und sich in Istanbul niederzulassen, was der Verwandtschaft eine ganz plausible Überlegung erschien, weil sie Aynur nur aus Kerims Erzählungen kannte. Seinem Vetter Vedat, einem jüngeren Bruder von Sefik in Berlin, hatte Kerim allerdings von seinen wahren Plänen erzählt.

»Das kam mir gleich komisch vor, daß du und Aynur nach

Istanbul ziehen wollt.« Die Vettern unterhielten sich auf der Veranda, die hinter der Villa auf den Garten ging. Vedat, ein untersetzter junger Mann mit einem auffallend schmalen Gesicht, kannte Kerim auch von mehreren Berlin-Besuchen, bei denen die beiden jungen Männer sich angefreundet hatten. Er studierte Wirtschaftswissenschaften an der Bosporus-Universität.

Von dem Vorhaben Kerims in Istanbul war Vedat gleich begeistert. Er erzählte von der Uni, wo manche Institute für die fundamentalistischen Tendenzen nicht nur unter den Studierenden bekannt waren.

»Ich werde mich mit meinem Freund Figen Yüksel dort mal ein bißchen umsehen. Mal sehen, ob da jemand Verbindungen nach Deutschland hat.«

»Das könnten auch zurückgekehrte Almancı sein, oder Austauschprofessoren, Stipendiaten.«

»Stimmt. Wir können uns außerdem unauffällig in der Familie umhören. Meine Eltern haben einen riesigen Bekanntenkreis. Gut möglich, daß wir dort irgend etwas aufschnappen. Die reden sowieso die ganze Zeit nur über das Attentat.«

»Ich wollte auch mit Onkel Kemal sprechen. Glaubst du, das macht Sinn?«

»Mit dem General?« Vedat runzelte die Stirn. »Laß dir lieber jetzt schon einen Termin geben. Und ich kann mir nicht vorstellen, daß er mit einem Zivilisten über seine Erkenntnisse zu den Extremisten plaudert. Na, einen Versuch ist es allemal wert. Dann lernst du wenigstens mal General Toprak kennen.«

Aus dem Innern des Hauses klang ein Gong, der ankündigte, daß das Abendessen fertig sei. Kerim und Vedat erhoben sich, und Kerim reichte Vedat die Hand.

»Willkommen im Istanbuler Team! Sefik wird sich freuen, daß du mitmachst.«

»Keine Frage«, erwiderte Vedat. »Dein Vater war schließlich mein Onkel. Und ich bin immer froh, wenn ich etwas zum Kampf gegen den Islamismus beitragen kann. Figen denkt genauso. Ich lade ihn für morgen abend ein, dann kannst du ihn kennenlernen. Er wird dir gefallen.«

Der Gong ertönte zum zweiten Mal. Beim Hineingehen fragte Vedat: »Sag mal, Kerim, wie gut kennst du dich eigentlich in der türkischen Politik aus?«

»So einigermaßen«, erwiderte Kerim. »Hoffe ich. Von Deutschland aus kriege ich nicht so viel mit.«

»Na, dann wirst du gleich mal die Ansichten meines Vaters kennenlernen.«

Tante Güven war nicht sehr glücklich, als ihr Sohn und ihr Neffe an dem reichlich gedeckten Abendbrottisch anfingen, über die möglichen Motive für die Ermordung von Kerims Vater zu spekulieren.

»Ich gehe davon aus, daß es die Tat von islamischen Extremisten war«, meinte Kerim. Vedat nickte und schaute seinen Vater erwartungsvoll an, der das Gespräch bis dahin stumm verfolgt hatte.

»Ich bin da nicht so sicher, Kerim«, meinte Onkel Muhammed. »Es ist natürlich möglich. Attentate von Extremisten sind immer möglich. Aber in letzter Zeit sind im politischen Islam eher moderate Kräfte am Zug.«

»Ist das nicht ein Widerspruch in sich selbst?«

Muhammed Güven schüttelte den Kopf. »Nicht wirklich. Der extreme, radikale, politische Islam hatte seine Wurzeln weniger im Koran als eben in der Politik. Der Koran ist ja nicht wissenschafts- oder fortschrittsfeindlich. Es gibt hier einige sehr interessante Experimente, Investitionen des ›islamischen Kapitals‹. Und man muß schon sehen, auf kommunaler Ebene hat der Einzug von islamistischen Bürgermeistern durchaus seine positiven Seiten. Sie bemühen sich um die Stimmen der Leute in den Armenvierteln, sprechen sie mit ihren sozialpolitischen Projekten an. Der türkische Staat hat gegenüber den Problemen der rapiden Modernisierung doch leider weitgehend versagt.«

Muhammed Güven bemerkte Kerims ungläubigen Gesichtsausdruck. »Das wundert dich vielleicht. Aber daß die alte, korrupte Maschinerie in Politik und Verwaltung die Probleme des Landes nicht in den Griff bekommt, wahrscheinlich nicht einmal bekommen kann, darin ist sich eigentlich die ganze Wirtschaft einig.«

Er schaute zu seiner Frau, die ihm mit der Gabel ein Zeichen gab, das Thema zu wechseln.

Kerim hatte allerdings noch mehr Fragen. »Ach, und darum unterstützt die Wirtschaft Ministerpräsident Tosun?«

Onkel Muhammed nickte. »Ja, jedenfalls ganz überwiegend.«

»Hat man denn gar keine Angst mehr vor dem politischen Islam?«

»Nicht wirklich. Nicht im alltäglichen Umgang mit islamischen Politikern. Natürlich, für den Fall einer islamistischen Machtübernahme gibt es große, außenpolitische Befürchtungen. Niemand will irgendwelche kriegerischen Abenteuer im Bündnis mit radikal-islamischen ›Bruderstaaten‹. Und innenpolitisch wäre man dann wirklich in Sorge, daß es zu einer Radikalisierung kommen könnte, die *Scharia* ausgerufen und uns damit eine Rückkehr zu osmanischen Zuständen beschert würde. Aber damit ist aus heutiger Sicht nicht zu rechnen.«

»Und deshalb glaubst du nicht, daß die Mörder von Onkel Sait im islamistischen Lager zu suchen sind?« fragte Vedat.

»Ich kann es mir nicht richtig vorstellen.« Er überlegte kurz. »Höchstens bei einer radikalen Minderheit, die gegen die vorherrschende, moderate Linie Zeichen setzen will. Oder bei ausländischen Extremisten, die über die Entwicklung in der Türkei enttäuscht sind. Aber warum die sich jemanden wie Sait als Opfer aussuchen sollten ... da gäbe es sicher geeignetere Kandidaten.«

In diesem Moment schob die Tante mit einem lauten Kratzen den Stuhl zurück und erhob sich. »Ich hole jetzt den Nachtisch. Und wenn ich zurückkomme, dann würde ich euch gerne bei Tisch über etwas Erfreulicheres reden hören.«

*

Kerim hatte mitten in der Vorlesung den großen, modernen Hörsaal betreten und sich leise in eine der letzten Reihen gesetzt. Professor Büyük, ein kleiner, energischer Mann etwa im Alter von Kerims Vater, sprach gerade über das Verhältnis von Philosophie und Religion. Er faßte seine Vorlesung in einem Schlußwort zusammen: »Für die Philosophie gilt das gleiche wie für die Religion: ›Keine Religion, keine Kirche, kein Mensch ist im Besitz der absoluten Wahrheit‹.«

Kerim konnte über die Köpfe der Zuhörer hinweg erkennen, wie in der ersten Reihe zwei Studenten aufstanden. Als der eine sich kurz zur Seite drehte, sah Kerim, daß sein Gesicht von einem schwarzen Vollbart fast zugewuchert war. Sein Kommilitone unterbrach rüde den Professor, der die Vorlesung abschließen wollte, und sagte laut: »Was Sie hier sagen, ist gottlos! Sie schmähen Allah und seinen Propheten, dessen Lehre die einzig wahre ist. Allah wird Sie strafen!«

Daraufhin packten er und sein bärtiger Freund unter viel Getöse die Vorlesungsunterlagen weg und traten aus der Sitzreihe, um den Saal zu verlassen. Professor Büyük hatte dem Schauspiel lächelnd zugesehen. Als jetzt für einen Moment Ruhe war, sagte er: »Die jungen Herren wollen uns offensichtlich verlassen. Schade eigentlich. Denn ich habe nur einen Satz des islamisch-schiitischen Gelehrten und iranischen Ministerpräsidenten Chatami zitiert. Und wenn Sie schon mir nicht zuhören wollen, dann sollten Sie wenigstens seine Worte respektieren, denn er kennt den Koran sicher besser als Sie.«

Vereinzelt war Lachen und Beifall im Vorlesungssaal zu hören. Die beiden Männer marschierten im Eiltempo durch die Tür, ihnen folgten nach und nach die übrigen Studentinnen und Studenten. Einige gingen nach vorn zum Rednerpult, um etwas mit dem Professor zu besprechen. Überall wurde lebhaft über den Vorfall am Ende der Vorlesung diskutiert und gestritten. Kerim wartete, bis alle Studenten gegangen waren, dann wandte sich der Professor zu ihm und sagte: »Und Sie müssen Kerim Özakın sein, der Sohn meines lieben Freundes Sait.«

Kerim hatte am Morgen im Büro des Professors angerufen, aber nur noch die Sekretärin erwischt. Sie hatte versprochen, dem Professor auszurichten, daß er sich gerne mit ihm nach der Vorlesung treffen wolle.

»Ja. Schön, daß Sie so kurzfristig Zeit für mich haben, Professor Büyük.«

Der Professor drückte Kerim sein Beileid zum Tod des Vaters aus und fragte nach Mutter und Geschwistern. »Ich wäre gerne zur Beerdigung gekommen, aber ich konnte einfach nicht weg. Wo ist der Mord denn passiert«, fragte er.

»Man hat Vater auf der Straße, in seinem Auto, erschossen. Er war sofort tot.« Kerim wiederholte die floskelhafte Beteuerung, die anderen so viel Trost zu schenken schien. »Ich und ein paar Freunde und Verwandte haben ein wenig recherchiert, ob wir vielleicht Hinweise auf die Mörder meines Vaters in seinen Unterlagen finden. Ich vermute, daß er von islamischen Extremisten umgebracht wurde. In seinem Computer haben wir die E-Mail-Korrespondenz mit Ihnen gefunden. Sie scheinen ja öfter im Schußfeuer der fundamentalistischen Kritik zu stehen.« Er machte eine Armbewegung zu den Sitzen hin, auf denen die beiden Studenten gesessen hatten.

»Ja, Sait und ich sind oft wegen unseren Überzeugungen angegriffen worden. Ein kleines Beispiel konnten Sie gerade hier erleben.« Der Professor schloß seine Aktentasche. »Aber Mord ist etwas ganz anderes.«

Sie verließen den Hörsaal. Professor Büyük schlug vor, über den Campus zu spazieren und Kerim die Universität zu zeigen.

»Herr Professor, mein Team in Berlin berichtet mir, daß Sie und mein Vater den Berliner Physikprofessor Sever und seinen Kollegen Çalişkan hier in Istanbul in Verdacht hatten, Fundamentalisten zu sein.«

Büyük deutete auf einen langgestreckten Flachbau, der von blühenden Büschen umgeben war. »Das dort ist die Mensa. Das Essen ist wirklich nicht schlecht für so eine Massenverköstigungsanlage.«

Kerim antwortete nicht.

Der Professor seufzte. »Sie haben die E-Mails sehr genau gelesen, nehme ich an. Dann wissen Sie ja, in welche Richtung unsere Vermutungen gingen. Wir hatten noch kurz bevor Sait umgebracht wurde, überlegt, wie wir den beiden nachweisen könnten, daß sie nicht nur die üblichen Erzreaktionäre, sondern organisierte Fundamentalisten sind.« Er wandte den Kopf zu Kerim. »Wir hatten schon einiges an Material gesammelt. Ich muß mir die Sache noch einmal durch den Kopf gehen lassen. Professor Çalişkan ist schließlich ein Kollege mit einigem Renommee.«

Kerim nickte. »Sicher. Ich gebe Ihnen auf jeden Fall meine Telefonnummer. Bitte, rufen Sie mich an, wenn Ihnen noch etwas einfällt, was mir weiterhelfen könnte.« Er notierte dem Professor die Istanbuler Telefonnummer auf die Rückseite seiner Visitenkarte. Sie verabschiedeten sich. Kerim zögerte noch einen Moment, bevor er sich verabschiedete. »Sie kannten meinen Vater sehr gut, nicht?«

»Wir haben uns über die gemeinsame Leidenschaft für Averroës kennengelernt. Im Lauf der Zeit sind wir gute Freunde geworden, ja.«

»Ich würde gerne einmal mit Ihnen über meinen Vater reden. Nicht über seinen Tod oder Professor Çalişkan oder islamische Extremisten. Über ihn als Menschen. Dürfte ich Sie noch einmal anrufen?«

Der Professor nickte und gab Kerim die Hand.

»Wann immer Sie wollen, Kerim. Jederzeit.«

Zusammen mit ihrer besten Freundin und Mitbewohnerin Meral verließ Suna Yiğit den Seminarraum. Beide überquerten den großzügig angelegten, mit einer Unzahl junger Bäume bepflanzten Campus der Bosporus-Universität. Die Frauen kamen aus einem Seminar über zeitgenössische arabische Literatur und waren auf dem Weg ins Studenten-Bistro. Suna genoß die warme Herbstsonne auf ihrer gebräunten Haut und blinzelte in das strahlende Licht. Aus den Augenwinkeln bemerkte sie zwei Männer, die den beiden ungefähr gleich großen, schlanken Frauen anerkennende Blicke zuwarfen. Sie zwinkerte ihrer Freundin zu.

Die beiden gingen den schmalen Zugangsweg zum Bistro entlang, und Suna sah durch die Glasfront einen Studenten, der ganz in die Lektüre der *Hürriyet* vertieft schien. Zufällig war sie vor nicht ganz zwei Wochen in dem Blatt auf eine Meldung über die Ermordung Professor Özakıns in Berlin gestoßen. Die Nachricht hatte sie sehr mitgenommen. Vor drei Jahren hatte Suna die Özakıns an der Ägäis-Küste, in Bodrum, kennengelernt. Die Familie hatte dort im Haus eines Freundes Ferien gemacht, und Suna hatte in einem der neuen Hotels als Dolmetscherin gejobbt. Kerim Özakın hatte sich auf der Stelle in sie verguckt. Er war damals zweiundzwanzig, sie neunzehn Jahre alt gewesen. Um der Aufsicht der Familie zu entkommen, hatte Kerim sie zu einer einwöchigen Segeltour eingeladen, und sie hatte dafür vom Hotel freibekommen. Ihr hatte Kerims offene Art sofort gefallen. Körperlich war der gutgebaute junge Mann allerdings erstaunlich schüchtern gewesen. Schließlich war es dann aber doch nicht bei den Segel- und Badefreuden geblieben. Suna hatte Kerim dennoch mehr als Freund denn als Liebhaber in Erinnerung. Eine Weile hatten sie einander geschrieben, dann war das eingeschlafen. Wie Kerim jetzt wohl mit dem grausamen Tod seines Vaters zurechtkam?

Suna setzte sich mit ihrer Freundin auf einen Platz nicht weit von dem *Hürriyet*-Leser. Irgend etwas an ihm kam ihr bekannt vor. Sie mußte immer wieder zu ihm hinübersehen. Einmal hatte er die Zeitung heruntergenommen und blickte in ihre Richtung –

sie erkannten sich fast gleichzeitig. Kerim ließ die Zeitung auf den Tisch fallen und stand auf, während Suna ihrer Freundin zuraunte: »Das ist Kerim, der aus Bodrum, von dem ich dir erzählt habe!« Sie erhob sich ebenfalls. Kerim stand schon neben dem Tisch und schloß sie in die Arme, Suna fiel ihm um den Hals und küßte ihn.

Einen Moment lang hielten sie sich an den Händen und schauten sich an. Suna war erstaunt, wie viel männlicher und erwachsener Kerim wirkte. Sein Züge waren ausgeprägter und härter geworden, er trug das schwarze, glänzende Haar kürzer. Die grünen Augen strahlten sie an. Suna wurde für einen Moment fast verlegen und strich sich mit einer schnellen Geste das lange, nur lose zusammengebundene Haar aus dem Gesicht.

»Bist du denn gar nicht überrascht, daß du mich ausgerechnet hier im Studenten-Bistro der Bosporus-Universität triffst?« fragte Kerim schließlich.

»Nein.« Suna ergriff zärtlich seine Hand. »Ich habe dich herbeigedacht!« Sie spürte, wie Kerim langsam die Hand zurückzog, und schaute ihn erstaunt an. Er erwiderte ihren Blick mit einem entschuldigenden Lächeln. Suna stellte verwundert fest, daß sie ein bißchen enttäuscht war.

Ihre Freundin, die das Wiedersehen verfolgt hatte, meinte: »Suna, ich geh dann schon mal heim. Ihr habt euch sicher viel zu erzählen.«

»Erst will ich dir Kerim vorstellen, Meral.« Suna drehte sich zu der Freundin um und machte die beiden miteinander bekannt. Als Meral weg war, erzählte Suna Kerim ohne große Einleitung von der Meldung in der Zeitung. »Es tut mir so leid, Kerim. Ich habe deinen Vater richtig gern gehabt.«

Kerim berichtete ihr, daß er an der Uni einen alten Freund seines Vaters besucht habe. Suna erzählte, daß sie Arabisch, Hebräisch und Englisch studiere, aber nicht an eine Universitätskarriere denke. »Ich will etwas Praktisches tun, Dolmetscherin in der Wirtschaft, Journalistin oder Übersetzerin.«

»Hier in der Türkei?«

»Um sie herum: östliches Mittelmeer, Naher und Mittlerer Osten oder so.«

»Immer noch große Pläne!«

»Und was machst du hier?«

»Ich schaue mich um. Ich will wissen, welche Möglichkeiten wir hätten, wenn wir nach Istanbul zurückkehren würden.«

»Deine Familie will zurückkommen? Wegen des Todes deines Vaters?«

»Nein, nicht die Familie. Aber Aynur und ich denken darüber nach – ich bin inzwischen nämlich verlobt, weißt du.« Es war ihm anzusehen, daß es ihn einiges an Mühe kostete, diesen Satz endlich herauszubringen.

»Herzlichen Glückwunsch«, sagte Suna kurz. Deshalb also diese förmliche Zurückhaltung. Eine Verlobung war in ihren Augen noch lange kein Grund, sich so trottelig anzustellen, wie er es getan hatte, als sie ihn an der Hand gehalten hatte.

»Du arbeitest immer noch als Programmierer bei Siemens?«

»Ja.«

»Und Aynur?«

»Sie ist Künstlerin. Eine sehr gute Malerin!«

»Was könnte euch eine Rückkehr in die Türkei denn bringen?«

»Das versuche ich gerade herauszufinden. Ich wohne bei meinem Onkel und schaue mich in der Stadt um.«

»Also, Kerim, das glaube ich dir, aber auch nur das. Ich wette, Aynur … – wie alt ist sie eigentlich?«

»Dreiundzwanzig.«

»Aha. Also ich wette, Aynur hat noch nie etwas von solchen Rückkehrplänen gehört. Du kannst mir gegenüber ruhig zugeben, daß du wegen der Ermordung deines Vaters hier bist!«

Kerim zuckte mit den Mundwinkeln und brummte schließlich: »Na gut, du hast recht. Ich war einfach schon immer ein schlechter Lügner.«

»Also, nun sag mir schon, was du hier machst.«

»Nichts Weltbewegendes. Ich will mithelfen, die Mörder meines Vaters zu finden. Ich glaube, daß islamische Extremisten für seinen Tod verantwortlich sind.« Er erzählte Suna von den beiden »Teams« in Berlin und Istanbul und ihren Plänen. Auch von dem kleinen Erfolg der Aufdeckung der Verbindung zwischen Sever und Çalişkan.

»Zum einen kennen wir die Situation in der Familie besser. Und dann können wir viel unverfänglicher in der türkischen Gemeinde in Berlin und in den islamistischen Gruppierungen Fragen stellen als die deutsche Polizei.«

Suna war skeptisch. »Ich glaube nicht, daß dabei viel herauskommen kann, abgesehen vielleicht von dem einen oder anderen Tip für die Berliner Ermittlungsbehörden.«

»Wir wollen es auf jeden Fall versuchen.« Er schaute sie kurz an. »Dich könnten wir dabei auch sehr gut gebrauchen. Du bist intelligent und kennst dich aus in der Uni. Wir könnten dich in eine Fundi-Gruppe einschleusen. Nicht einmal der gottesfürchtigste Extremist könnte deinem Charme widerstehen, da bin ich sicher.«

Kerim lächelte sie an, und sie wußte, daß er es als Kompliment meinte. Trotzdem konnte sie sich einen kleinen Seitenhieb nicht verkneifen. »Ich soll also mit den Extremisten Händchen halten.«

»So ähnlich. Von uns spricht auch niemand so viele Sprachen wie du.«

»Arbeitest du eigentlich mit den Behörden in Deutschland oder hier zusammen?«

»Nein. Ich will mich erst melden, wenn ich konkrete Hinweise habe. Sonst nehmen die uns doch nicht ernst. Aber ich fliege übermorgen nach Berlin und treffe mich mit dem Bundeskanzler.«

Suna setzte sich überrascht auf. »Wirklich? Mit Stockmann?«

Kerim blickte sie verschmitzt an. »Ja. Aber es ist eigentlich eher ein privates Treffen. Aynur wird von der Galerie der Frau des Kanzlers vertreten und kennt sie ziemlich gut. Und irgendwie hat die das Treffen organisiert.«

»Hm. Aber mit der Polizei in Istanbul hast du noch keinen Kontakt aufgenommen, oder?«

»Hier in der Türkei muß ich vorsichtig sein. Wenn wir mit unseren Recherchen weiter sind, will ich einmal mit meinem Onkel sprechen, General Toprak. Der ist ein hohes Tier im Generalstab.«

Suna dachte nach. »Ich weiß nicht, ob ich bei so etwas mitmachen soll. Schau mal: Dein persönliches Motiv ist die Aufklärung des Mordes an deinem Vater. Dieses Motiv habe ich nicht. Ich würde eher mitmachen, weil es gegen den Fundamentalismus geht. Ich bin Alevitin. Mir macht schon der Gedanke Angst, daß die Fundamentalisten die Wiedereinführung der *Scharia* fordern. Und zwar nicht nur, weil ich eine Frau bin und gerne mein Studium fertig machen möchte, sondern auch aus religiösen Gründen: Der Fundamentalismus zerstört den Islam und seine Werte, indem er ihn politisch mißbraucht. Und wenn er gewalttätig wird, gefährdet er außerdem die Republik.«

»Du bist also hochmotiviert«, stellte Kerim fest.

Suna zuckte mit den Achseln. »Ich bin Alevitin. Da bin ich auch unserem Staat gegenüber skeptisch. Die Türkei ist nur halb-laizistisch. Sie versucht – teilweise mit groben Mitteln –, die Religion aus der Politik herauszuhalten, nicht aber die Politik aus der Religion. Sie dirigiert eine Art sunnitischer Staatskirche. Im staatlich verordneten Religionsunterricht an den Schulen kommen wir Aleviten zum Beispiel gar nicht erst vor.«

»Ja, ich weiß, Ihr fordert vom *Diyanet* Gleichbehandlung.«

»Nein. Wir fordern die Abschaffung des Amtes für Religionsangelegenheiten. Der staatliche Dirigismus verkrüppelt die Vielfalt des Islam, die Ausdruck seines Reichtums ist. In Deutschland hat der Islam mehr Entfaltungsfreiheit als hier. Der Protest gegen diese staatliche Bevormundung reicht weit über den politischen Islam hinaus.«

»Suna.« Kerim faßte sie bei den Händen. »Wenn wir das alles erst durchdiskutieren, können wir es auch gleich sein lassen.«

»Weißt du, Kerim, du bist ja inzwischen Deutscher. Ich möchte gern, daß du weißt, was meine *türkischen* Überzeugungen sind.«

Er nickte und ließ ihre Hände wieder los. Sie schwiegen beide für einen Moment.

Dann fragte Suna: »Wie stellst du dir denn meine Aufgabe konkret vor?«

»Du sollst dich an der Uni bei den Studenten und Organisationen umhören, die zum fundamentalistischen Lager tendieren. Mein Vetter Vedat und sein Freund machen das auch, bei den Wirtschaftswissenschaftlern und den Physikern.«

»Die Bosporus-Uni ist nicht gerade bekannt für fundamentalistische Studentenorganisationen, eher im Gegenteil. Aber wir haben Glück.« Sie lachte leise.

»Warum denn das?« Kerim schaute sie fragend an.

»Einer meiner Dauerverehrer hat Kontakte zu den Fundis. Ich glaube, jetzt ist er sogar ganz bei denen eingestiegen. Zumindest läßt er sich seit neustem einen Bart stehen. Er hat mich zu einer geheimnisvollen ›Party‹ eingeladen. Eine Art Rekrutierungsveranstaltung, nehme ich an. Keine zehn Pferde hätten mich da hingekriegt, aber jetzt tue ich ihm mal den Gefallen.«

*

In Berlin war die inzwischen gebildete Sonderkommission »Attentat Özakın« ein gutes Stück vorangekommen. Von den Mördern der Mörder gab es dagegen weiterhin keine brauchbare Spur.

Kripochef Engel hatte eine Sitzung der SOKO im Polizeipräsidium anberaumt, in der ein Experte des Verfassungsschutzes die Mitglieder über vorliegende Erkenntnisse zum islamischen Extremismus informieren sollte. Zuerst aber wollte der Kripochef mit der SOKO die bisherigen Ermittlungsergebnisse durchgehen. Engel hatte sich mehrere Leute von der Kripo in die SOKO geholt, darunter Kommissar André Gruber, den er schon von anderen Fällen kannte, bei denen es um religiös motivierten Terrorismus gegangen war, und Kriminalinspektorin Yasemin Evren, die als Verbindung zur türkischen Gemeinde in Kreuzberg arbeitete.

»Gruber, Sie fangen an«, eröffnete Engel die Sitzung. »Fassen Sie noch mal unsere Ergebnisse der Woche zusammen, damit alle auf demselben Stand sind.«

André Gruber, mit achtundzwanzig Jahren einer der jüngeren Kommissare, fuhr sich über sein braunes, an den Schläfen schon lichter werdendes Haar. »Gut. Wir hatten ja die Paßbilder der Mörder Özakıns in Presse und Fernsehen veröffentlicht. Darauf hat sich die Inhaberin einer kleinen Pension in Wilmersdorf gemeldet. Die beiden jungen Männer haben von Samstagabend bis Mittwochmorgen bei ihr übernachtet und gefrühstückt. Die Frau hat ausgesagt, die Männer hätten kein Deutsch gesprochen und keine Besucher gehabt. Sonst hat sich niemand auf die Bilder hin gemeldet. Die Pässe der Täter sind Originalpässe mit Originalstempeln, aber illegal ausgestellt. Die Blankopässe sind vermutlich geklaut. Die Bilder in den Pässen dürften echt sein, schließlich sind die Täter damit durch die Grenzkontrollen gekommen und die Wirtin in Wilmersdorf hat die Männer anhand der Fotos identifizieren können. Dafür sind die Namen wahrscheinlich falsch.«

»Kleidung?« fragte Döpfner.

»Nach zwei Hersteller- und zwei Verkaufsetiketten zu urteilen aus Sarajevo.«

»Und woher stammt der Golf?«

»Aus Österreich. Das übermalte Nummernschild auch. Es gehört aber nicht zu dem Wagen.«

»Was ist mit den Waffen?«

»Eine Colt Automatic, eine Beretta und eine MP 5, vermutlich aus amerikanischen Armeebeständen. Die könnten sie über die Grenze geschmuggelt haben, was aber äußerst riskant ist. Sie können sie auch erst in Deutschland gekauft haben. In unseren Datenspeichern finden sich ihre Registriernummern nicht. Die Anfrage bei den Herstellern läuft.«

»Und die beiden Mörder selbst?«

»Sie sind nicht in den allgemeinen Verbrecherdateien und auch nicht in den Spezialdateien islamischer Extremisten gespeichert, weder bei uns noch bei Europol und Interpol. Wir haben Paßbilder und Fingerabdrücke eingegeben. Der einzige Hinweis kam vom BND.«

»Wirklich?« Döpfner horchte auf. »Was sagen die dazu?«

»Bei den von uns Gesuchten soll es sich um islamische Extremisten handeln.« Gruber zuckte mit den Schultern.

»Das ist alles?« Döpfner runzelte die Stirn. »Haben sie etwas zu ihren Quellen gesagt?«

»Die konnten sie uns wie üblich leider nicht offenlegen.« In Grubers Stimme klang Frustration über lange, ergebnislose Telefongespräche durch.

»Da werde ich mich mal drum kümmern.« Döpfner zog ein kleines schwarzes Notizbuch aus der Jackettasche und schrieb etwas hinein. »Die können das ja nicht einfach nur behaupten. Frau Evren, was haben Sie denn in der türkischen Szene gehört?«

Yasemin Evren, im dunklen Hosenanzug mit rosa Bluse, antwortete: »Fast alle gehen von einem Attentat islamischer Extremisten aus, die von außen gekommen sind. Manche tippen auf sogenannte ›bosnische Afghanen‹, also islamische ›Gotteskrieger‹, die erst in Afghanistan gegen die atheistischen Russen und dann auf dem Balkan gegen die christlich-orthodoxen Serben und die katholischen Kroaten gekämpft haben. Aber das alles sind nur Spekulationen.« Ihr Gesicht verzog sich für eine Sekunde zu einer Miene des Bedauerns, als täte es ihr leid, daß sie nicht mit substantielleren Informationen aufwarten konnte.

»Dann lassen Sie uns jetzt zu dem Opfer kommen«, schlug Engel vor.

Yasemin Evren schlug eine rote Akte auf, die vor ihr auf dem Tisch lag. »Professor Sait Özakın hat in Istanbul studiert. Anfang der 80er Jahre hat er ein Stipendium der Humboldt-Stiftung nach Berlin bekommen. Mit vierunddreißig Jahren ist er Professor in Istanbul geworden, 1999 hat er dann einen Lehrstuhl an der Humboldt-Universität erhalten und seit 2003, als dort ein Institut für Islamforschung eingerichtet wurde, das Institut geleitet.« Sie schaute von dem Papier hoch. »Professor Özakın war einer der führenden Gelehrten in seinem Feld. Er galt weltweit als einer der bedeutendsten Averroës-Spezialisten. Averroës ist einer der wichtigsten islamischen Philosophen«, setzte sie hinzu, als sie die fragenden Gesichter in der Runde sah. Dann fuhr sie fort: »Politisch hatte Professor Özakın den Ruf eines islamischen Aufklärers.«

»Kurze Zwischenfrage, Frau Evren«, unterbrach sie Döpfner. »Kann Özakıns Rolle als Aufklärer das Motiv für seine Ermordung gewesen sein?«

»Ich halte das für möglich«, antwortete Evren. »Özakın selbst war – wie die große Mehrheit seiner Landsleute und der Muslime in der Welt – ein Sunnit. Aber er ist seit vielen Jahren mit Nachdruck für die Religionsfreiheit auch der Aleviten eingetreten. Das ist eine große, aber gänzlich unorthodoxe Minderheit in der Türkei und auch unter den Einwanderern in Deutschland. Sie gehört zur schiitischen Glaubensrichtung, aber viele Sunniten halten die Aleviten für Ketzer, manche rechnen sie nicht einmal zu den Muslimen. Selbst in der Türkei sind sie jahrzehntelang diskriminiert worden. Dort hat es auch immer wieder Anschläge sunnitischer Fanatiker gegen sie gegeben.«

»Sie meinen, Özakıns Eintreten für die Aleviten könnte das Mordmotiv gewesen sein?«

»Ich weiß es nicht. Aber es ist ein Aspekt seiner insgesamt aufklärerischen Haltung, den man im Auge behalten sollte.«

Döpfner nickte. Dann klopfte er energisch mit den Knöcheln auf die Tischplatte. »Wissen Sie, was ich an diesem Fall überhaupt nicht kapiere? Wenn Özakın von islamischen Extremisten ermordet wurde, wer hat dann seine Mörder umgelegt? Und vor allem, warum? Waren das vielleicht aufgeklärte, moderate Muslime, die Özakın rächen wollten?«

Der Kripochef musterte Döpfner mit seinen grauen Augen. »Ich habe noch mal über Ihre These nachgedacht, daß Extremisten als Attentäter ausgeschlossen sind, wenn wir davon ausgehen, daß sie und ihre Mörder Komplizen sein mußten. Ganz so logisch finde ich das nun doch nicht mehr.«

»Nicht?« Döpfner lehnte sich zurück und blickte auf den Kripochef. »Da bin ich aber gespannt, wie Sie das zusammenbringen, Engel.«

Der Kripochef fuhr unbeirrt fort: »Die Tatsache, daß beide Mordtaten zusammen geplant sein dürften, spricht nicht gegen eine Urheberschaft islamischer Extremisten. Egal, ob die Auftraggeber islamische Extremisten, Gangster oder kleine grüne Männchen waren: In jedem Fall muß es ein separates Motiv für die Liquidierung der Attentäter gegeben haben – ihre Ausschaltung als potentielle Zeugen vielleicht.«

»Das leuchtet ein«, gab Döpfner zu. »Womit wir wieder bei der Frage nach der Identität der Attentäter hängenbleiben. Gruber, haben die bosnischen und die türkischen Behörden Kopien des bisherigen Beweismaterials bekommen?«

»Ja, alles: Paßbilder, Fingerabdrücke, Registriernummern der Waffen, Ergebnisse der ballistischen Tests etc. Bisher gibt es aber noch nicht einmal eine Eingangsbestätigung.«

»Haken Sie nach. Wir kommen von Berlin aus nicht mehr weiter.«

In diesem Moment klopfte es an der Tür, und die Sekretärin führte den Islamexperten des Verfassungsschutzamtes in den Raum. Engel stellte den kleinen, grauhaarigen Mann der SOKO-Runde vor.

»Wir haben gerade darüber gesprochen, daß unsere Erkenntnisse darauf hindeuten, daß das Attentat Özakın die Tat islamischer Extremisten war«, begann Engel, setzte aber gleich dazu: »Allerdings ist nirgends ein Bekennerschreiben eingegangen, und Herr Döpfner aus Wiesbaden hat auch seine Zweifel.« Er grinste Döpfner kurz zu.

Der Verfassungsschützer verzog keine Miene. »Dem Verfassungsschutz liegen keine Erkenntnisse vor, die auf eine Mittäterschaft oder Beihilfe aus der Berliner Türken-Szene an der Ermordung Professor Özakıns hinweisen.«

»Ja, das wissen wir auch schon«, erwiderte der Kripochef und strich sich eine weißblonde Strähne aus der Stirn. »Sie sollen uns helfen, das islamisch-fundamentalistische und -extremistische Potential richtig einzuschätzen.«

»Interessieren Sie sich in diesem Zusammenhang mehr für die Organisationen des weltweiten oder die des türkischen Fundamentalismus?« So wie der Verfassungsschützer das sagte, klang es, als wolle er der SOKO Käse- oder Wurstbrötchen verkaufen.

»Das wissen wir selbst noch nicht so recht«, gestand Döpfner. »Die beiden Mörder Özakıns, ein Bosnier und ein Türke, kommen aus Bosnien. Aber sie können von hiesigen Kreisen angeheuert worden sein – falls es sich überhaupt um eine Tat islamischer Extremisten handelt.«

»Zwischen der weltweiten und der türkischen Bühne gibt es natürlich viele Verbindungen und Zusammenhänge. Trotzdem muß man unterscheiden. In Berlin haben wir im Laufe der vergangenen Jahrzehnte einige Anschläge erlebt, hinter denen Geheimdienste radikal-islamischer Staaten oder islamistische Terrororganisationen standen …«

»Das ist uns bekannt«, unterbrach Engel. Eine leichte Gereiztheit in seiner Stimme war nicht zu überhören.

Döpfner schaute den zehn Jahre jüngeren Kripochef scharf an: »Kollege, es kann doch nur nützlich sein, die Entwicklung noch einmal kurz vor Augen geführt zu bekommen.«

Engel biß sich auf die Lippen.

Der Verfassungsschützer hatte Döpfner richtig verstanden. »Also, *kurz* gesagt, haben wir es mit drei Arten von Organisationen zu tun: mit den Geheimdiensten islamisch-fundamentalistischer Staaten, mit quasi-offiziösen Terrorgruppen und mit einer ›grünen‹, einer islamischen Fremdenlegion, die sich aus ›Gotteskriegern‹ arabischer und asiatischer Provenienz, wie etwa den ›arabischen Afghanen‹ und ›afghanischen Bosniern‹, rekrutiert.«

»Schöne Aussichten«, brummte Engel.

»Ja, schlimm. Aber die Entscheidung wird nicht auf dieser Ebene fallen. Damit komme ich zur Türkei, die unter den islamischen Staaten eine Ausnahmestellung einnimmt. Der türkische Staat, Militär und Regierung, verteidigt – was immer man im übrigen über ihn sagen mag – das laizistische Erbe der Republik Atatürks. Die Entscheidung über die Ausdehnung des islamischen Fundamentalismus in Richtung Westen wird dort fallen. Und dabei könnte die Entwicklung der islamisch-türkischen Diaspora in Westeuropa, vor allem in Deutschland, eine nicht unbedeutende Rolle spielen.«

Während Döpfner aufmerksam zugehört hatte, riß dem Kripochef der Geduldsfaden. »Nennen Sie doch mal Zahlen!«

»Zu denen wollte ich gerade kommen. In Deutschland leben heute über drei Millionen Muslime, über zwei Millionen davon sind Türken. Die Mehrheit von ihnen ist so muslimisch wie die Mehrheit der Deutschen evangelisch oder katholisch ist. Es gibt aber unter den Muslimen wohl mehr Menschen, die sich stärker mit ihrem Glauben identifizieren und sich religiös engagieren. Die Stärke islamisch-extremistischer Gruppen wird von uns auf etwa vierzigtausend Mitglieder im Bund, davon etwa fünftausend in Berlin, geschätzt. Das ist eine verschwindend kleine Minderheit der Muslime. Andererseits sind das die mitgliedstärksten religiös-extremistischen Gruppen in unserem Land. Diese Schätzungen haben aber aus einer Reihe von Gründen nur eine bedingte Aussagekraft.«

Der Verfassungsschützer schaute in die Runde. Yasemin Evren tippte eifrig in ihr Palm, die anderen blickten ihn erwartungsvoll an.

»Die Schätzungen haben also eine bedingte Aussagekraft, sagen Sie. Warum?« drängte Engel.

»Ja.« Der kleine Mann rückte seine Unterlagen zurecht. »Der Hauptgrund dafür liegt bei den Türken in Deutschland. Ihre Familien leben inzwischen seit einem halben Jahrhundert hier. Trotzdem sind sie zu einem großen Teil immer noch nicht in Deutschland zu Hause – was nicht zuletzt an Versäumnissen unserer Politik liegt. Vielen Enttäuschungen hier stehen heute auf der anderen Seite sprunghaft gestiegene Möglichkeiten einer Rückkoppelung an das Herkunftsland gegenüber. Billige Flüge in die Türkei, türkische Fernsehsender und türkische Zeitungen in Deutschland, der sprunghaft gestiegene Umsatz von türkischer, auch islamischer, Musik etc. So hat eine islamische Erweckungsbewegung, die sich seit den siebziger Jahren in der Türkei im Auftreten islamistischer Parteien manifestiert, auch in der Bundesrepublik Fuß gefaßt.«

»Hier haben wir aber noch keine türkischen Parteien«, warf Gruber ein.

»Nein, die türkischen Einwanderer hatten bei uns ja auch jahrzehntelang keinerlei Wahlrecht. Sie haben sich in Dachverbänden von Moscheen-Vereinen, in Islamischen Zentren und Akademien islamischer Orden und Bruderschaften organisiert. Auf dieser Ebene, nicht in den örtlichen Moscheen-Vereinen, in denen immer noch ›die alten Männer mit den Wollmützen‹ sitzen, spielt die politische Musik, auch die der fundamentalistischen Strömungen.«

Yasemin Evren nickte zustimmend.

»Aber der Verfassungsschutz nimmt diese fundamentalistischen Strömungen offenbar nicht recht ernst«, meinte Engel.

»Oh doch, wir überwachen sie sogar. Schon das Ziel der Abschaffung demokratischer Gesetzgebung durch Ausrufung der

Scharia ist mit dem Grundgesetz unvereinbar. Außerdem gibt es, jedenfalls intern, antidemokratische und antisemitische Tendenzen, während öffentliche Verlautbarungen immer verfassungskonformer geworden sind.«

»Sie halten das nur für eine taktische Anpassung?« meldete sich plötzlich Evren zu Wort.

Der Verfassungsschützer blickte kurz auf und nickte mehrmals. »Nun, was oberflächlich nach rein taktischem Kalkül aussieht, wie wir es zum Beispiel von Neonazi-Gruppen kennen, ist bei den islamischen Einrichtungen mit einer tiefer liegenden Ambivalenz behaftet. Die große Mehrheit der Deutsch-Türken, auch solche in Organisationen mit fundamentalistischen Neigungen, erwartet, daß diese Organisationen ihre hiesigen Lebensbedingungen verbessern. Das setzt die Respektierung unserer Verfassungsordnung voraus. Selbst die Einstellung von Mitgliedern einer Organisation, die praktisch eine Hilfsorganisation der islamistischen Partei in der Türkei darstellt, ist daher ambivalent. Einerseits unterstützen sie über ihre Organisation die islamistische Partei mit erheblichen Spenden, weil sie das laizistische Staatsdogma der Türkei ablehnen. Andererseits genießen sie bei uns auch als islamische Fundamentalisten Religionsfreiheit, und das wollen sie nicht gefährden. Für die Vertreter eines politischen Islam in der Türkei wie in der Bundesrepublik gibt es aber auch rein taktische Gründe. Sie wollen ihre Spendenquellen und ›Ruheräume‹ in der Bundesrepublik nicht gefährden.«

»Also ein Fundamentalismus mit beschränktem politischen Engagement?« faßte Döpfner zusammen.

»Jedenfalls einer, der bisher nie in gewalttätigen Extremismus abgeglitten ist«, erwiderte der Verfassungsschützer.

Nach einer kurzen Runde, in der Fragen der SOKO beantwortet wurden, verabschiedete Engel den kleinen Mann.

»Für unsere Ermittlungen war das völlig unergiebig«, schimpfte der Kripochef, kaum war der Verfassungsschützer zur Tür hinaus.

»Na, er war vielleicht ein bißchen von oben herab, aber ziemlich akkurat in seinen Aussagen«, meinte Yasemin Evren.

Und Döpfner fügte hinzu. »Und mich hat dieser kleine Vortrag in meiner Meinung bestärkt, daß wir es beim Attentat Özakın wahrscheinlich doch nicht mit islamisch-extremistischen Mordtaten zu tun haben.«

*

André Gruber, Kommissar bei der Berliner Kripo und jetzt zur SOKO abgeordnet, hatte seit der letzten Sitzung mehrfach versucht, irgend jemanden in Sarajevo an die Strippe zu kriegen, der ihm etwas über den bosnischen Attentäter erzählen konnte. Er hatte Stunden in Warteschleifen verbracht, zumindest kam es ihm so vor. Und das bei einem Auslandsgespräch. Als am frühen Nachmittag das Telefon klingelte, rechnete Gruber mit nichts weniger als einer Antwort aus Sarajevo.

»Kommissar Gruber, Sonderkommission.«

Auf der anderen Seite meldete sich ein recht gut deutschsprechender Kollege aus Sarajevo. Er stellte sich als Inspektor Predrag Čurič vor und erwähnte, daß er während der Ausbildung einmal ein Jahr in Nordrhein-Westfalen gelebt habe.

»Ich rufe wegen des Mordfalls Özakın an.«

»Da sind Sie bei mir goldrichtig«, sagte Gruber. »Wir warten schon dringend auf Informationen von Ihrer Seite.«

Der bosnische Kollege erklärte ihm, die Beantwortung der Berliner Anfrage sei ihm übertragen worden. »Mir ist sofort aufgefallen, daß der Mord an Professor Özakın frappierende Ähnlichkeit mit dem Mord an einem Drogenhändler hat, der vor einem halben Jahr im kroatischen Teil Mostars auch in seinem Wagen erschossen worden ist. Allerdings haben die Killer da eine MP 5 verwendet. Wenn Sie mir einmal die Analyse der ballistischen Tests der in Berlin beschlagnahmten Waffen schicken, dann wüßten wir bald Genaues.«

»Das haben wir doch alles geschickt«, antwortete Gruber erstaunt, »Kopien der Pässe, Paßbilder, Fingerabdrücke der Täter, der ganze Kladderadatsch.«

»Solche Unterlagen kenne ich nicht«, antwortete Čurič. »Ich habe nur das Schreiben der SOKO bekommen.« Für ein paar Sekunden war nur ein leises Summen in der Leitung zu hören, Čurič schien nachzudenken.

»Die können doch nicht einfach weg sein«, meinte Gruber.

»Sagen Sie das nicht. Ich gehe dem nach und rufe Sie wieder an.«

»Soll ich nach Sarajevo kommen und Kopien mitbringen?«

Čurič überlegte wieder. »Noch nicht. Ich höre mich erst einmal um. Wenn ich Sie dann anrufe und sage: ›Sie sind hier willkommen‹, dann kommen Sie bitte – aber bitte zu mir persönlich.«

»Abgemacht«, beendete Gruber das seltsame Gespräch.

Döpfner war über diese Nachrichten aus Sarajevo nicht so erstaunt wie der junge Kommissar.

»Im kroatischen wie im muslimischen Teil der bosnischen Föderation haben Seilschaften immer noch großen Einfluß. Das reicht von offiziellen Einrichtungen wie der Polizei über halboffizielle Verbände bis hin zur Mafia.« Döpfner machte eine knappe wegwerfende Handbewegung. »Wie dem auch sei, Gruber. Sie lassen sich jetzt einen kompletten Satz der Unterlagen zusammenstellen und fliegen sofort nach Sarajevo, wenn der Anruf kommt. Dort melden Sie sich bei der deutschen Vertretung und bei unserer SFOR-Einheit. Das ist auch für den Fall nützlich, daß Sie Hilfe brauchen sollten. Erst danach kontaktieren Sie den Kollegen. Ich gebe unseren Leuten dort unten schon mal Bescheid.«

Döpfner schaute Gruber an. »Das ist ein interessanter Auftrag, Gruber. Wenn ich nicht mittlerweile ein gesetzter Herr wäre, würde ich mich gerne einmal selbst in Bosnien umschauen. Vermasseln Sie das nicht!«

*

Zwei Tage später kam der Anruf. Gruber flog nach Sarajevo und nahm die Einladung der Bundeswehr an, in einer ihrer Unterkünfte zu übernachten. Das war nicht nur sicherer, sondern bot auch die Möglichkeit, in Kürze mehr über die allgemeine Lage in diesem durch das Dayton-Abkommen geschaffenen Land zu erfahren.

Er kontaktierte Predrag Čurič im Quartier der Polizeibehörde, das in zwei langgestreckten Flachbauten, einer rot, der andere grau gestrichen, an der Marsala Titova untergebracht war. Der bosnische Kommissar nahm die vollständigen Unterlagen erfreut in Empfang.

»Wo die Unterlagen sind, die Sie aus Berlin geschickt haben, weiß ich leider immer noch nicht.« Čurič warf Gruber einen entschuldigenden Blick zu. »Offenbar ist jemandem viel daran gelegen, daß ich sie nicht in die Hände kriege. Das wird aber nicht ein zweites Mal passieren. Ich habe unter meinen Kollegen ein kleines Team gebildet, und zusammen werden wir die Unterlagen so schnell wie möglich auswerten.«

*

Schon am nächsten Tag konnte Čurič Gruber berichten, was ihre Unterlagen hergaben.

»Die Täter haben wir aufgrund ihrer Paßbilder identifiziert. Die Namen in ihren Pässen sind falsch. Der Bosnier hieß in Wirklichkeit Mujo Manovič, der Türke Ömer Yıldırım. Die in Berlin in dem roten Golf gefundene MP 5 war nach den ballistischen Tests dieselbe Waffe, mit der vor einem halben Jahr ein King der Mostarer Drogenbande erschossen wurde. Über die

Beretta und die Colt Automatic, die Sie in Berlin beschlagnahmt haben, liegt bei uns nichts vor.«

»Mensch, das ging ja fix! Und wir haben tagelang sinnlos im Berliner Untergrund herumgestochert.« Gruber blätterte durch die Akten, die Čurič ihm überreicht hatte. »Um was ging es denn bei diesem Drogenmord in Mostar?«

»Nach unseren Erkenntnissen um einen Konkurrenzkampf zwischen zwei verfeindeten Drogenkartellen. Beide haben es auf den Drogenhandel abgesehen, der über die kroatischen Häfen in der Adria, vor allem über Dubrovnik, Split, Zadar und Rijeka, läuft. Das Besondere an dieser Route ist, daß auf ihr nicht nur Drogen in die EU, sondern auch – quasi auf dem Rückweg – Waffen, Sprengstoff und elektronische Ausrüstungen in die Türkei geliefert werden.«

»Und für wen sind diese Waffen letztendlich bestimmt?«

»Das wissen wir nicht genau. Viele islamisch-extremistische Gruppen finanzieren sich über den Drogenhandel – zum Beispiel aus Afghanistan, dem Iran oder der Türkei. Also ist anzunehmen, daß jedenfalls ein Teil der Waffen an islamische Gotteskrieger im Nahen und Mittleren Osten geht. Hiesige Verbindungsleute können ›bosnische Afghanen‹ sein, Gotteskrieger, die nach dem Bürgerkrieg bosnische Frauen geheiratet haben und hiergeblieben sind. Könnte aber auch genausogut sein, daß die Waffen weitergeliefert werden, über Syrien in den Libanon zum Beispiel.«

»Hm. Und der Mord in Mostar?«

»Ja, jetzt kommt das eigentlich Interessante: Bis vor ein paar Monaten war der über Split und Dubrovnik laufende Handel fest in der Hand einer kroatischen Bande, die vom Westteil Mostars aus agiert. Der Mord an dem Drogenboß war der Eröffnungszug einer Machtübernahme in Mostar. Wir wissen von unseren Undercover-Leuten in der Szene, daß ein bosnisch-muslimischer Drogenring aus Sarajevo schon lange scharf auf das Geschäft ist. Die Mostar-Bande hat einfacheren Zugang zu den kroatischen Häfen, aber der Ring ist ihr offenbar mehr und mehr ins Gehege gekommen. Manovič und Yıldırım waren unseres Wissens keine Mitglieder des Sarajevo-Rings. Die haben für jeden gearbeitet, der ihnen gutes Geld geboten hat. Sind immer zusammen aufgetaucht. Nachweisen konnten wir ihnen noch nie etwas. Auch bei dem Mord in Mostar: Keine Spuren, keine Indizien, wer von beiden den Abzug gedrückt hat.«

Gruber biß nachdenklich auf dem Ende des Bleistiftstummels herum, den ihm Čurič für seine Notizen ausgeliehen hatte. »Wissen Sie, was ich nicht verstehe? Was hat eigentlich Professor Özakın mit dieser ganzen Sache zu tun?«

Der bosnische Kollege zuckte mit den Schultern. »Vermutlich gar nichts. Ich denke, wir können ausschließen, daß der Professor irgendwie in Drogen- und Waffengeschäfte verwickelt war.« Um seinen Mund spielte ein angedeutetes Lächeln. Dann wurde er wieder ernst. »Das Attentat auf den Professor sieht für mich wie ein gesonderter Auftrag aus. Der Auftraggeber braucht überhaupt nichts mit dem Bandenkrieg in Mostar zu tun haben. Ein Unbekannter. Der hat das Killer-Duo für den Mord angeheuert, und sie haben Özakın dann auf ihre übliche Methode ermordet. Die Liquidation des Killer-Duos dagegen ...« Der bosnische Kollege legte die Hand auf die Akte vor ihm auf dem Tisch. »Das könnte wiederum ein Racheakt der kroatischen Bande gewesen sein.«

»Oder eine Vorsichtsmaßnahme des Sarajevo-Rings, der sie als Zeugen ausschalten wollte«, meinte Gruber.

»Solche Manöver kenne ich vom Ring nicht. Was nicht heißt, das es nicht möglich ist.«

»Das ändert an der eigentlichen Frage auch nichts: Wer gab den Auftrag für die Ermordung Özakıns?« Gruber schaute den bosnischen Kripomann an. »Vielleicht Geschäftspartner der Gangster aus den Reihen islamischer Extremisten?«

Čurič schüttelte den Kopf. »Glaube ich nicht. Die erledigen so etwas lieber gleich selbst. Und außerdem wären Ihnen dann tausend freudige Bekennerschreiben ins Haus geflattert.«

Am Nachmittag machten sich Gruber und Čurič auf den Weg durch die langen Gänge zum Büro des Polizeipräsidenten von Sarajevo. Sie wurden von drei höherrangigen Kommissaren empfangen, deren Funktion Gruber nicht richtig einschätzen konnte. Predrag Čurič redete einen wuchtigen glatzköpfigen Mann mit dekorierter Brust als »Präsident« an, aber Gruber schien es so, als sei die Position des Glatzköpfigen nicht mit der eines deutschen Polizeipräsidenten zu vergleichen. Čurič trug recht gelassen die bisherigen Ergebnisse der Recherchen vor. Offensichtlich interessierten sich die Herren am meisten für die Verbindung zum Mostarer Bandenkrieg, zu dem viele Nachfragen kamen. Gruber verstand das Wenigste, doch schien es ihm, als hätten die Vorgesetzten massive Zweifel an den Schlußfolgerungen, die er und der Kollege aus den bisher vorliegenden Beweisen gezogen hatten. Der angenommene Zusammenhang der Morde in Mostar und in Berlin erscheine ihnen arg konstruiert. Daß es sich um dieselbe MP gehandelt habe, lasse noch nicht den Schluß zu, daß es auch dieselben Mörder gewesen seien. Kommissar Čurič solle diese Annahme bitte doch erst einmal eingehend untermauern – und zwar schriftlich.

Nach einer Stunde wurde Gruber dann freundlich, aber unmißverständlich entlassen, mit dem Hinweis, mit seinem Kollegen müßten noch einige Formalitäten geklärt werden, die für die deutschen Ermittlungen uninteressant wären. Čurič deutete ihm mit einem Augenzwinkern an, zu gehen, er würde die Sache schon regeln.

*

Als Gruber am folgenden Tag wieder in dem roten Gebäude der Polizei erschien, wurde ihm mitgeteilt, Predrag Čurič sei mit einem Eilauftrag in den Kosovo geschickt und darum vorerst vom Fall Özakın abgezogen worden. Gruber möge sich bis zu seiner Rückkehr gedulden.

Und das war das Ende der Kooperation der bosnischen Behörden. Gruber durfte die Akten nicht mehr einsehen, durfte nicht mit der Sekretärin, geschweige denn mit anderen Kommissaren sprechen, er kriegte nicht einmal die von ihm aus Berlin mitgebrachten Unterlagen zu Gesicht. Als er vom Polizeipräsidium aus Döpfner anrufen wollte, damit der ihn unterstütze, verweigerte man ihm sogar diesen Wunsch. Danach war sein Name offenbar auf eine Liste unerwünschter Personen gesetzt worden, denn der Wachmann des Polizeihauptquartiers ließ ihn nach einem kurzen Blick in seinen Reisepaß nicht einmal mehr ins Foyer.

Gruber gab nicht auf. Er fragte den zuständigen Referenten in der Botschaft und dann den Nachrichtenoffizier der deutschen SFOR-Truppen, wie er bei der bosnischen Kripo weiterkommen könne. Doch niemand konnte ihm helfen; überall hieß es, der bosnische Filz sei undurchdringlich.

*

Zurück in Berlin erstattete Gruber Döpfner Bericht. Der meinte: »Gut gemacht, trotz allem. Offenbar stehen wir einer unheiligen Allianz von organisiertem Verbrechen und islamischen Extremisten gegenüber. Das macht die Suche nach den Mordmotiven nicht einfacher.«

»Der Nachrichtenmann von der SFOR-Truppe hat mir noch einen Tip gegeben, den man weiterverfolgen könnte. Anscheinend haben die türkischen SFOR-Stellen bessere Kontakte zu den Bosniern. Und der türkische Geheimdienst soll ein Team in Sarajevo haben.«

»Hm«, brummte Döpfner. »Das wär was. Wenn wir sonst nirgends weiterkommen, fliegen Sie noch einmal runter und versuchen es da.«

»Okay. Aber vorerst sollte die SOKO sich auf die Frage konzentrieren, ob es Verbindungen des Killer-Duos in das bosnische oder türkische organisierte Verbrechen in Berlin gab. Gut möglich, daß Manovič und Yıldırım den Auftrag zur Ermordung Özakıns aus Berlin erhalten haben. Das wäre zumindest eine Erklärung für die Ortskenntnis ihrer Komplizen und späteren Mörder.«

Döpfner nickte. »Klingt gut. Besprechen Sie das mit der SOKO, Gruber. Haben wir schon etwas von den türkischen Behörden gehört?«

»Nein.« Gruber verzog das Gesicht. »Ich habe eigentlich fest damit gerechnet, daß Antwort da ist, wenn ich aus Sarajevo zurückkomme. Aber nichts. Die Türken mauern also offensichtlich auch.«

»Dann bitte ich jetzt die Botschaft in Ankara um Amtshilfe. Sie sollen bei der türkischen Regierung intervenieren. So geht das ja nicht weiter. Die sollen endlich unsere Fragen beantworten – und einen Mann nach Sarajevo schicken, der sich dort mit Ihnen trifft.«

*

Der Blonde mit dem dunkelblauen Regenmantel liebte Istanbul im Herbst. Es war nicht mehr ganz so heiß wie im Sommer, der Bosporus war so tiefblau wie das Meer in seiner Heimatstadt, und auf den Märkten konnte man überall den Geruch von frischen mediterranen Birnen aufschnappen.

Er hatte Mostar und Bosnien verlassen und war nach Ankara geflogen. Dort hatte er sich bei General Toprak gemeldet, dem er unterstellt war. Toprak war über den Zusammenhang zwischen der Ermordung des Berliner Professors und dem Mord an dem Drogenking in Mostar im Bilde. Anscheinend hatten die bosnischen Behörden jetzt doch endlich geschaltet. Und ein Team des türkischen Geheimdienstes in Sarajevo bestätigte die Existenz eines illegalen Waffenhandels aus Amerika und Westeuropa, bei dem Drogenlieferungen in umgekehrter Richtung liefen. Der

MIT hatte die logistische Struktur dieses Handels ziemlich aufgeklärt. Die Waffen wurden über Split oder Dubrovnik in die Türkei und in den Nahen Osten verschickt. Was die Waffenlieferanten betraf, mußte allerdings auch das MIT-Team passen. Ebenso konnte es nicht bestätigen, daß große Lieferungen von M16 Sturmgewehren diesen Weg gegangen waren. Der General schlug dem Blonden vor, die Sache mit dem Bandenkrieg weiterzuverfolgen. Anscheinend war ihm gerade eine dringende Anfrage der deutschen Botschaft auf den Tisch geflattert, mit der deutlichen Bitte, sich doch etwas mehr um die Aufklärung des Falles Özakın zu kümmern.

»Alle Spuren führen nach Bosnien«, brummte Toprak. »Von der Türkei aus können wir nichts unternehmen. Und wegen dieser Sache mit den Schnellfeuergewehren müssen Sie ohnehin noch einmal nach Bosnien.«

Womit er eindeutig recht hatte. Außerdem war da noch die ungeklärte Sache mit Bruce, dem Amerikaner, die dem Blonden keine Ruhe ließ. Aber davon erzählte er dem General nichts.

Vorher ging er aber noch dem Hinweis eines Informanten nach, der eine M16 in Istanbul lokalisiert haben wollte. Angeblich auch eine A2, die gleiche Baureihe wie die Waffen, die auf der Westbank verwendet worden waren. Allerdings war die Spur Monate alt. Die Waffe war bei einer Drogenrazzia beschlagnahmt worden. Der Informant hatte eine Adresse im Stadtteil Eminönü genannt. Dort fand der Mann im blauen Regenmantel eine verlassene Holzbude inmitten von heruntergekommenen Wohnkomplexen. Er berührte eines der ausgebleichten Hemden, die an einer Leine vor der Bude hingen. Der Stoff war so brüchig, daß er zwischen seinen Fingern zerbröselte. Hier würde er mit Sicherheit nichts über die Herkunft der M16 erfahren. Zur Sicherheit schaute er in der Bude nach, deren Tür sich durch einen gut plazierten Fußtritt ohne große Probleme öffnen ließ. Im Innern roch es nach abgestandenem Wasser und Staub. Kisten mit aufgebranntem US-Adler waren nirgends zu sehen. Dafür jede Menge ziemlich neu aussehender CDs. Jetzt bemerkte der Blonde auch den schwachen Geruch von Plastik, der im Raum hing. Es mußten Hunderte von den Dingern hier sein. Alle verschweißt. Einige in Kartons zu je zehn oder fünfzig Stück verpackt. Der Blonde konnte drei verschiedene CDs ausmachen. *Das kommende Paradies. Predigten für Gotteskrieger. Der Heilige Krieg.* Live-Aufnahmen von fundamentalistischen Hetzreden, wie es schien. Die Namen der Redner waren auf die Cover gedruckt, auf denen die Farbe Grün vorherrschte. Ein Name fiel besonders oft, jemand, der sich schlicht »Der Prediger« nannte. Der Mann im blauen Regenmantel drehte eine CD um und untersuchte die Rückseite. Aufgenommen und produziert in Tarsus.

*

Hikmet Evin war, milde gesagt, erstaunt, als er aus seinem Briefkasten eine persönliche Einladung Monika Stockmanns fischte. Der Kanzler hatte ihn schon vor ein paar Tagen zu diesem Treffen auf ein Glas Wein mit einem befreundeten türkischen Paar eingeladen. Es gehe um die Ermordung Professor Özakıns und um Fragen des islamischen Fundamentalismus in der Berliner türkischen Gemeinde und in der Türkei. Evin war nicht ganz klar, warum er bei dem, wie es klang, eher privaten Treffen dabeisein sollte, aber Stockmann schien seine Anwesenheit wichtig zu finden. Außerdem kannte er Kerim Özakın flüchtig, der mit einem seiner Brüder in die Schule gegangen war.

Der Brief von Monika Stockmann war trotzdem eine Überraschung. Er war auf dem Briefpapier der Galerie geschrieben, die sie unter ihrem Mädchennamen, Monika Burkhardt, führte. Darin wiederholte sie die Einladung und erzählte dann ohne viele Umschweife von den Aktivitäten Kerims, um die Mörder seines Vaters zu überführen. Und von den Sorgen, die sich Kerims

Freundin, offenbar eine Künstlerin, die von der Galerie Monika Burkhardt vertreten wurde, deshalb machte. Der Brief schloß mit den Worten: »Das klingt jetzt vielleicht etwas altmodisch, aber ich weiß, daß Sie ein gutes Vorbild für Kerim wären. Und nach dem gewaltsamen Tod seines Vaters braucht er ein solches Vorbild. Außerdem, lieber Hikmet Evin – ich bin mir sicher: Aynur wird Ihnen gefallen.«

Evin traf kurz nach neun im Haus des Ehepaars Stockmann im Grunewald ein. Kerim Özakın und Aynur Korkmaz waren kurz vor ihm eingetroffen. Kerim war offenbar erst am Morgen von einem Aufenthalt in Istanbul zurück nach Berlin gekommen. Der Kanzler stellte den beiden seinen Mitarbeiter vor. Evin schüttelte Kerim die Hand und sprach ihm sein Beileid aus. »Es muß für deine Familie schlimm sein. Ich wollte mir den Averroës-Vortrag deines Vaters in der Humboldt-Uni anhören, aber dann kam die Vereidigung dazwischen.«

Aynur Korkmaz war eine außergewöhnliche Erscheinung. Evin spürte, daß Monika Stockmann ihn beobachtete, als er die junge Frau begrüßte. Sie gefiel ihm wirklich. Er mochte ihren festen Händedruck, den extravaganten dunkelroten Ledermantel und die Art, wie sie ihre halblangen Haare offen trug.

Sie standen alle etwas betreten im Wohnzimmer, da schlug Monika Stockmann vor, den Gästen das Haus zu zeigen. Sie führte die drei jungen Leute erst durch das obere Geschoß, dann das Erdgeschoß des in den 80er Jahren erbauten Hauses. Aynur bekam eine Sonderführung durch die High-Tech-Küche, bei der Hikmet Evin halbinteressiert in der Tür stand und zuhörte, wie Monika Aynur in die Geheimnisse der Öko-Spülmaschine einweihte. Der Kanzler und der junge Özakın unterhielten sich derweil über politische Tagesereignisse.

Schließlich setzte man sich im Arbeitszimmer des Kanzlers um einen runden Tisch. Nachdem die Getränkefrage geregelt war, kam Karl Stockmann direkt zur Sache. »Sie halten den Mord an Ihrem Vater also für ein politisches Attentat?«

»Ja«, antwortete Kerim. »Ich glaube, daß islamische Extremisten dahinterstecken.«

»Sie sind ja beileibe nicht der einzige, der das denkt. Die deutsche und auch die türkische Presse haben die Ermordung als Tat von religiösen Fanatikern dargestellt. Mich würde interessieren, was Sie denken, warum gerade Ihr Vater als Opfer für einen solchen Anschlag ausgesucht wurde. Und was könnten die Extremisten durch solche Gewalttaten gewinnen wollen?«

Hikmet Evin kannte diese Taktik des Kanzlers schon. Stockmann war ein aufmerksamer Zuhörer, der seinem Gegenüber das Gefühl vermittelte, er werde ernst genommen. Der Kanzler konnte diese Gabe einsetzen, um seine Gesprächspartner für sich und seine Sache zu gewinnen. Aber Evin hatte auch schon erlebt, wie Stockmann im Gespräch unerwartete Problemlösungen entwickelte und Konflikte löste, nur indem er die richtigen Fragen zum richtigen Zeitpunkt stellte.

Evin lehnte sich in dem bequemen Stuhl zurück und genoß den hervorragenden Wein. Kerim ließ sich über Atatürks Kulturrevolution von oben, Laizismus, Nationalismus und die islamische Renaissance nach dem Zweiten Weltkrieg aus. »Unsere Probleme sind so alt wie die Republik selbst: Laizismus oder Islamismus, Nationalismus oder ethnische Vielfalt, autoritäres Militärregime oder parlamentarische Demokratie«, dozierte er.

Evin beobachtete währenddessen Monika Stockmann und Aynur, die zusammengesunken auf ihrem Stuhl saß. Offenbar hatte die schöne Künstlerin keine großen Hoffnungen mehr, ihren Freund von seinen Detektivspielen abzubringen.

»Sie meinen also«, fragte der Kanzler gerade, »seit der Wahl Tosuns zum Ministerpräsidenten vor drei Jahren sieht der politische Islamismus seine Felle wegschwimmen.«

Kerim nickte. »Ja, selbst in der islamistischen Partei scheint sich eine moderate Strömung durchzusetzen. Tosun hat aus den Enttäuschungen und Hoffnungen der letzten Jahrzehnte eine neue republikanische Bewegung ins Leben gerufen. Er hat so etwas wie einen demokratischen Mainstream geschaffen, in dem sich alle wiederfinden können. Aber die Fanatiker reagieren auf diese Entwicklung mit vermehrten Anschlägen auf Ketzer, Abtrünnige, Laue, Laizisten, Gottlose und was sie sonst noch für Bezeichnungen für ihre Gegner erfinden.«

»Was versprechen sich denn diese Fanatiker von Gewalttaten in Deutschland? Die Türken in Deutschland wollen doch erst recht nichts von religiöser Gewalt wissen.«

»Ich glaube, die Fundamentalisten sind im Grunde gegen eine Integration der türkischen Auswanderer in die deutsche Gesellschaft. Durch solche Gewaltakte wollen sie die Angst der Deutschen vor dem Islam schüren und Deutsche und Türken gegeneinander aufhetzen. Und natürlich schüchtern sie dadurch auch die Türken in Deutschland ein, die sie gerne für ihre Zwecke instrumentalisieren würden.«

Plötzlich richtete sich Aynur auf. Ziemlich heftig sagte sie: »Aber daran kannst du doch nichts ändern, Kerim!«

»Darum geht es mir auch nicht. So gewaltig überschätze ich nicht, was die beiden Teams erreichen können. Eigentlich habe ich ja mehr mit Webseiten und Internetportalen zu tun als mit Politik und religiös motiviertem Terrorismus.« Kerim versuchte sichtlich, ruhig zu bleiben. Doch zumindest Evin sah, daß ihm der Konflikt mit Aynur schwer zu schaffen machte. Und ganz im geheimen mußte sich Hikmet Evin eingestehen, daß er wahrscheinlich nicht so gelassen reagiert hätte, wenn seine Freundin ihn vor anderen Männern derart freimütig angesprochen hätte.

»Teams?« fragte der Kanzler.

Kerim, dessen Aufmerksamkeit auf Aynur gerichtet war, drehte sich zu Stockmann um. »Ah, so nenne ich sie nur. Ein paar Vettern und Freunde, die mir bei der Spurensuche helfen. Hier in Berlin sind auch die Assistenten meines Vaters dabei. Und in Istanbul eine Bekannte, die Kontakte zu den fundamentalistischen Studentenclubs knüpfen will.« Kerim berichtete so begeistert von einem ersten Hinweis, daß er gar nicht merkte, wie Aynur bei der Erwähnung der Bekannten aufhorchte. Hikmet Evin und Monika Stockmann fiel es dagegen sofort auf.

»Das klingt alles ganz vernünftig«, meinte der Kanzler. »Sie sollten nur nicht vergessen, daß Sie kein Geheimagent und kein Privatermittler sind. Ihr Istanbuler Team kann schon durch bloßes Fragenstellen auffallen und in ernste Schwierigkeiten kommen.«

»Wir passen schon auf«, erwiderte Kerim.

Der Kanzler schaute ihn nachdenklich an. Dann wandte er sich unvermittelt an Aynur: »Sie halten gar nichts von dem, was Kerim da vorhat, Frau Korkmaz?«

Aynur hob langsam den Blick und sagte schließlich: »Ich finde, solche Nachforschungen sind Aufgabe der Polizei. Es ist zu gefährlich für Zivilisten. Und mit den Fundamentalisten ist nicht zu spaßen. Ich will nicht, daß Kerim dauernd in die Türkei fährt. Ich will nicht, daß ihm etwas passiert. Ich will ...« Sie brach ab und schluckte. Monika Stockmann legte die Hand auf Aynurs Arm.

Stockmann nickte und schaute für einen Moment in das schillernde Rot seines Glases. »Wissen Sie, dieser Konflikt erinnert mich sehr an das, was Monika und ich durchmachen mußten, bis wir es geschafft hatten, die gegensätzlichen Anforderungen eines Politikerlebens und eines Lebens für die Kunst einfach nebeneinander stehen zu lassen.«

Er schaute zu Monika Stockmann hinüber, die ihn erstaunt anlächelte.

»Kerim, ich habe Ihnen keine Vorschriften zu machen. Aber seien Sie vorsichtig. Auch einer guten Sache kann falscher Eifer nur schaden. – Kennen Sie eigentlich Herrn Döpfner, den Leiter der Sonderkommission?«

»Nur ganz flüchtig. Er hat nach der Ermordung meines Vaters unsere Familie besucht.«

»Rufen Sie ihn an. Ich sage ihm Bescheid über die Arbeit Ihrer Teams. Halten Sie sich an ihn, wenn Sie Hilfe oder Unterstützung brauchen. Und berichten Sie ihm unbedingt von den Hinweisen auf diese fundamentalistischen Kollegen Ihres Vaters an der Uni. Döpfner wirkt vielleicht wie ein braver Bulle, aber er ist ein erfahrener Mann. Und er hat keine Probleme damit, ungewöhnliche Wege zu gehen, wenn er dadurch einen Fall aufklären kann.«

Die Runde diskutierte noch lange über die politische Lage in der Türkei und Deutschland. Als das Gespräch auf die persönliche Religiosität kam, meldete sich Hikmet Evin, der bisher nur zugehört hatte, unvermittelt zu Wort.

»Bei Ihrer Vereidigung, Herr Bundeskanzler, war ich überrascht, daß Sie die religiöse Bekräftigungsformel gebraucht haben. Ich habe Sie bisher kritisch gegenüber den Kirchen erlebt. War das nur Konvention, weil die Leute das von einem Regierungschef hören wollen?«

Der Kanzler drehte sich abrupt zu seinem Mitarbeiter um. »Das wissen Sie genau, Evin, aus Konvention würde ich so etwas niemals sagen. Mit Gott spaßt man nicht.« Sein Ton war fast etwas zu heftig, als hätte Evin einen wunden Punkt getroffen. Ruhiger fuhr er fort: »Für mich ist dieses ›So wahr mir Gott helfe‹ eine Mahnung, daß es mit unserer Macht nicht getan ist, daß Gott größer ist als alles Menschliche. Wenn Sie so wollen, auch eine Mahnung an den Bundeskanzler, politische Macht nicht zu überschätzen.«

»Aber auch ein persönliches Glaubensbekenntnis?« fragte Evin nach.

»Sie wollen es genau wissen, was?« Stockmann schaute ihn nachdenklich an. Dann sagte er: »Ja, ein persönliches Glaubensbekenntnis. Aber das hat für mich nur wenig mit den Kirchen zu tun. Die tun zu oft so, als sprächen sie direkt für Gott, wo sie doch genauso fehlbar sind wie der Rest der Menschheit. Ich glaube, wir erfahren Gott sehr persönlich, in der Liebe, im Schmerz und in der Todesangst. Wir erfahren ihn aus der Schöpfung, die um so wunder- und geheimnisvoller wird, je tiefer wir in sie eindringen. Und wir erfahren ihn aus den großen Menschheitsepen, in denen die Gotteserfahrungen früherer Menschen aufgeschrieben worden sind.«

»Die Heiligen Schriften sind also nur Erzählungen?« fragte Aynur.

Der Kanzler dachte kurz nach. »Wenn ich versuchen darf, meine Antwort ausnahmsweise poetisch zu formulieren: Sie sind Himmelsfackeln, die unser Herz erleuchten, unseren Weg zu Gott erhellen sollen.«

Für einen kurzen Moment herrschte Schweigen. Dann sagte Kerim: »Himmelsfackeln, die in der Hand von religiösen Fanatikern zu gefährlichen Brandfackeln werden. Und damit meine ich nicht nur den islamischen Fundamentalismus.«

»Nein«, stimmte Stockmann zu. »Ich fürchte, jeder religiöse Fundamentalismus kann zu einer Brandfackel werden. Und Fundamentalismen gibt es heute in allen Weltreligionen. Die Kirchen haben Schwierigkeiten, ihre jeweilige Überlieferung mit der modernen Welt kompatibel zu halten. Ihre Schriftgelehrten vertreten so viele unterschiedliche Meinungen, daß die einfachen Gläubigen oft nicht mehr wissen, was sie glauben sollen. Auf der einen Seite führt das zur Suche nach Gemeinsamkeiten der Weltreligionen. Die Fundamentalisten versuchen dagegen, diesen Gewißheitsverlust dadurch zu kompensieren, daß sie ein bestimmtes Dogma, einen bestimmten Text, eine bestimmte Textauslegung absolut setzen. Bis zu einem gewalttätigen Extremismus ist es dann oft nur ein Schritt.«

Die Gäste unterhielten sich noch lange angeregt und verabschiedeten sich erst kurz vor Mitternacht. Kerim Özakın bedankte sich beim Kanzler für das Gespräch und versprach, Kommissar Döpfner anzurufen, bevor er nach Istanbul zurückfliege. Währenddessen bemerkte Hikmet Evin, wie Monika Stockmann Aynur in die Küche zog. Nach ein paar Minuten erschienen die beiden wieder, und die junge Frau wirkte auf Evin gelöster und ruhiger.

Die Gastgeber begleiteten die Gäste die Treppe hinunter in den Vorgarten. Evin trat neben Monika Stockmann und fragte leise: »War ich nun ein gutes Vorbild für Kerim?«

»Viel gesagt haben Sie ja nicht gerade«, erwiderte Monika. »Aber es war gut, daß Sie da waren. Als Ausgleich, sozusagen.« Sie lachte leise. Dann gab sie Hikmet Evin die Hand und wünschte ihm eine gute Nacht.

*

Am nächsten Morgen im Kanzleramt fragte der Kanzler seinen Mitarbeiter nach seinem Eindruck von Kerim Özakın.

»Na, der Kerim hat von seinem Vater die wissenschaftliche Gründlichkeit geerbt. Ein bißchen ausschweifend, aber in der Sache korrekt.« Hikmet Evin schwieg kurz. »Mir hat eigentlich noch mehr imponiert, wie er sich in dem Konflikt mit seiner Freundin verhalten hat. Er hat nichts von dem männlichen Gehabe, das ich sonst aus meinem Bekanntenkreis kenne.«

»Er ist ja auch in seinen politischen Ansichten sehr aufgeklärt«, sagte der Kanzler.

»Das ist in der türkischen Mittelschicht eher die Regel«, erwiderte Evin. »Im Gegensatz zu der meist konservativeren Haltung der Einwanderer aus der Arbeiterschaft. Aber wenn es in den persönlichen Bereich geht, sind viele türkische Männer immer noch ziemliche Macker, egal aus welcher sozialen Schicht.«

Stockmann nickte. »Wäre mir gar nicht so aufgefallen, aber Sie haben recht. Evin, etwas anderes. Ich habe nach unserem Gespräch gestern überlegt, was man denn politisch machen könnte, um den Versuchen islamistischer Extremisten, zwischen Deutschen und Türken Unfrieden zu stiften, etwas entgegenzusetzen. Mir schwebt eine Art Maßnahmenpaket vor, mit dem das Verhältnis Deutschlands zur Türkei weiter verbessert werden könnte. Und auch das Zusammenleben der Türken und Deutschen hier im Land. Ich möchte das groß anlegen, am besten im europäischen Rahmen. Wenn wir etwas vorbereitet haben, möchte ich das mit dem Kabinett, den Fraktionsführungen und den europäischen Regierungschefs besprechen. Die türkische Seite könnte ihrerseits ein Paket schnüren. Darüber muß ich mit Ministerpräsident Tosun reden.«

Während der Kanzler redete, hatte Hikmet Evin sich zu seiner Aktentasche gebeugt und sein Palm herausgeholt. »Herr Bundeskanzler«, sagte er jetzt. »Das ist eine wunderbare Idee. Sie wird für ziemliche Furore sorgen, sozusagen als erste Maßnahme des neuen Kanzlers. Und für ziemlich viel Arbeit, das sehe ich jetzt schon.« Er klappte das Palm auf, tippte mit dem elektronischen Stift einige Male auf den Bildschirm und schaute Stockmann erwartungsvoll an. »Was soll ich dafür vorbereiten? Wo soll ich anfangen?«

Der Kanzler lachte. »Gut, daß Sie bei solchen Projekten immer so enthusiastisch sind, Evin.«

»Nicht bei allen Projekten. Aber bei diesem hier bin ich Feuer und Flamme!«

»Gut.« Der Kanzler kniff kurz die Augen zusammen. Dann sagte er: »Als erstes nehmen Sie mal mit dem Verteidigungsministerium, dem Auswärtigen Amt, dem Innen- und dem Arbeits- und Sozialministerium Kontakt auf, erklären dort, um was es geht, und stellen mir eine Liste von möglichen Projekten und Maßnahmen zusammen. Es sollten alles Dinge sein, die wir noch in dieser Legislaturperiode verwirklichen können.«

»Zur Beschleunigung der Beitrittsverhandlungen?«

Stockmann schüttelte den Kopf. »Nein, die laufen in eigenen Gleisen. Ich denke an Dinge, die wir zusätzlich tun können, im bilateralen und im europäischen Verhältnis. Außerhalb der Beitrittsverhandlungen, aber mit positiven Auswirkungen auf diese.«

Evin schaute skeptisch. »Das wird Reibungsverluste geben.«

»Dann suchen Sie Maßnahmen aus, bei denen die gering bleiben.«

Evin tippte nachdenklich mit dem Stift auf die Tastatur. »Hm. Ich könnte auch beim Wirtschaftsministerium anfragen. Wegen des GAP, des Großen Anatolien-Projekts. Ministerpräsident Tosun benutzt das riesige Strom- und Bewässerungspotential jetzt verstärkt für den Wiederaufbau in den kurdischen Gebieten.«

»Ja, das ist ein gutes Beispiel, zumal es wegen der Auswirkungen auf die Wasserversorgung der unteren Anlieger von Euphrat und Tigris auch eine internationale Dimension hat. Ich denke aber vor allem an innenpolitische Maßnahmen. Dazu brauchen wir die Länder.«

Evin nickte. »Was die praktischen Fragen der Einbürgerung und der Integration betrifft, geht nichts ohne die Länder.«

Der Kanzler überlegte. »Es muß etwas für eine bessere Koordinierung der Länder untereinander getan werden. Sie wissen schon, Moscheenbau, Muezzinruf, Islamunterricht an den Schulen, Ausbildung und Auswahl der Lehrer, Tragen des Kopftuchs etc., etc. Darüber müssen wir im Vorfeld auch wieder mit den Kirchen sprechen.«

»Gut«, sagte Evin und tippte zügig Stichworte in das Palm. »Jetzt weiß ich ungefähr Bescheid, was Sie sich vorstellen. Ich schaue zu, daß ich Ihnen bald einen ersten Entwurf vorlegen kann.« Er wollte schon zur Tür hinaus, aber Stockmann hielt ihn zurück.

»Eine Sache noch, Evin, bevor Sie gleich das gesamte Paket schnüren: Um 18 Uhr kommt der Leiter von der SOKO Özakın, Herr Döpfner, zu mir. Kommen Sie kurz vorbei, ich möchte, daß Sie ihm guten Tag sagen.«

Döpfner erschien am späten Nachmittag im Büro des Kanzlers. Er begrüßte Stockmann herzlich. »Als die Sekretärin mir heute morgen angekündigt hat, daß Kanzler Stockmann am Telefon sei, wußte ich gleich, daß es um den Fall Özakın geht.« Er schaute Stockmann kopfschüttelnd an. »Das politische Verbrechen scheint Ihr Wegbegleiter zu bleiben.«

»Und Sie mit ihm, lieber Döpfner«, lachte Stockmann. Dann rief er Hikmet Evin herein, und die beiden begrüßten sich.

»Bleiben Sie bitte miteinander in Kontakt, so daß ich immer auf dem laufenden bin. Und setzen Sie sich doch bitte, alle beide.«

Als die Männer es sich auf der dunkelgrünen Ledergarnitur im Kanzlerzimmer bequem gemacht hatten, sagte Stockmann: »Döpfner, ich hatte gestern abend Gelegenheit, den ältesten Sohn von Professor Özakın kennenzulernen.«

»Ach, Kerim. Der Programmierer.« Döpfner schien erstaunt.

»Ja, Kerim«, sagte Stockmann. »Ich habe ihn über meine Frau kennengelernt«, fügte er hinzu. Dann erzählte er von dem gestrigen Gespräch und den Aktivitäten Kerims. »Ich dachte, es ist für Sie und die SOKO auf jeden Fall wichtig, zu wissen, was hier vor sich geht. Egal, ob Kerims Nachforschungen sachdienliche Hinweise zutage fördern oder nicht.«

»Das ist ja alles gut und schön«, sagte Döpfner. »Aber für mich klingt das nach Familienrache. Und das ist ein hochexplosives Gemisch: Gewaltsame religiös-kulturelle Auseinandersetzungen gemischt mit Blutsfehde.«

Hikmet Evin räusperte sich. »Also, von Familienrache war bei Kerim keine Rede.«

»Da hat Evin recht«, stimmte Stockmann seinem Mitarbeiter zu. »Der junge Özakın handelt sehr überlegt und aus einem Gefühl der persönlichen Verantwortung heraus, nicht aus Rachegelüsten. Aber ich weiß schon, was Sie meinen, Döpfner. Das ist mit ein Grund, warum ich denke, es wäre gut, wenn Sie mit Kerim Özakın Kontakt halten.«

»Das tue ich schon aus eigenem Interesse. Er stößt mit seiner Crew ja vielleicht wirklich auf Hinweise, an die wir nicht rankommen.« Dann fügte Döpfner noch schnell hinzu: »Aber schützen können wir den jungen Mann und seine Freunde nicht.«

»Das wissen wir«, erwiderte der Kanzler. »Und er selbst weiß es auch.«

Sie redeten noch ein paar Minuten über den Fall Özakın, und Döpfner brachte den Kanzler und seinen Mitarbeiter auf den neusten Stand der Ermittlungen. Vor allem berichtete er von den Ergebnissen, die Gruber aus Sarajevo mitgebracht hatte. Dann zog sich Hikmet Evin mit einem »Ich setze mich jetzt mal an das Maßnahmenpaket« zurück.

Der Kanzler und der Kriminaldirektor schauten sich an.

»Keine psychedelischen Krawatten mehr, Döpfner?« fragte Stockmann.

»Nein, aber Sie sollten mal die Sammlung Boxer-Shorts sehen, die mir Jadwiga geschenkt hat.«

Döpfner sagte das mit einem so todernstem Gesichtsausdruck, daß Stockmann ihn für einen Moment irritiert anschaute. Dann prustete er aber doch los bei der Vorstellung des Kriminalen in bunten Boxer-Shorts.

»Also«, sagte er dann und wischte sich ein paar Lachtränen aus den Augen, »Sie sind skeptisch, was die These von den fundamentalistischen Attentätern betrifft?«

»Ja, zumal es kein Bekennerschreiben gibt. Und die Ermittlungsergebnisse aus Sarajevo deuten auch nicht auf Extremisten als Attentäter.«

Der Kanzler nickte. Er erhob sich und reichte Döpfner zum Abschied die Hand.

»Ich wünsche Ihnen viel Glück. Sie werden es schon wieder schaffen.«

*

Der Blonde mit dem dunkelblauen Regenmantel war mit seiner Yamaha auf der Bosporus-Brücke unterwegs in Richtung Beylerbeyi, wo er nach Norden abbog und die Uferstraße entlangfuhr. In der Brusttasche seiner Motorradjacke steckte der alte Stadtplan von Istanbul, den er in der Bude zwischen den Gotteskrieger-CDs entdeckt hatte. Ein Bauwerk, das anscheinend zu antiken Befestigungsanlagen gehörte, war dort mit einem dicken schwarzen Stift markiert. Ein Blick auf seine viel genauere Karte hatte dem Blonden gezeigt, daß es sich um die Ruine eines alten Wachturms handeln mußte. Es war – zugegeben – eine äußerst vage Spur. Aber nicht selten waren es genau solche vagen Spuren, die ihn in der Vergangenheit weitergebracht hatten.

Es dämmerte schon, als sich die Turmruine in der Ferne vor ihm am Straßenrand erhob. Das Bauwerk war noch relativ gut erhalten, man sah deutlich die Stellen, wo das Mauerwerk in den letzten Jahren mit helleren Ziegeln ausgebessert worden war. Er hielt ungefähr fünfhundert Meter vor dem Turm an, schob die Maschine einen kleinen Pfad die Straßenböschung hinauf und versteckte sie im Gebüsch. Dann folgte er dem Pfad, der sich in Richtung des Turmes durch die Wiesen schlängelte. Auf halbem Weg bemerkte der Blonde plötzlich ein Licht in der Turmruine. Er verließ den Pfad sofort und kauerte sich in das Gebüsch. Er war froh, daß seine Gestalt in dem dunkelblauen Regenmantel in der Dämmerung nur schwer zu erkennen war. Der Lichtstrahl war schwach und nur in einem Fenster zu sehen, offensichtlich eine Taschenlampe, die schlecht abgeschirmt war.

Es war inzwischen ganz dunkel. Langsam näherte der Blonde sich dem Turm. Er schaute sich nach allen Seiten um: Die Straße war leer, von den dunklen Wiesen war nur ab und zu ein verschlafenes Zirpen zu hören. Weiter unten sah man ein Haus mit hell erleuchteten Fenstern. Mehrere Autos fuhren dort vor, Menschen stiegen aus, und aus der Ferne war Musik zu hören. Offenbar war dort eine Party im Gange.

Der Blonde stemmte sich am bröckelnden Sims eines Fensters hoch und verschwand in der schwarzen Öffnung. Im Innern des Turms war die Luft staubig. Er tastete sich an der Wand entlang, bis er eine rauhe Holztreppe unter den Fingern spürte. Allmählich gewöhnten sich seine Augen an die Dunkelheit. Er zog die Stiefel aus und versteckte sie unter dem Treppenaufgang.

Vorsichtig setzte er einen Fuß vor den anderen und stieg langsam die Treppe hoch. Trotzdem konnte er nicht verhindern, daß das alte Gebälk verräterisch knackte. Auf halber Höhe sah er einen Lichtstreifen, der oberhalb der Treppe über den Boden schien. Im selben Augenblick waren oben polternde Schritte zu hören, eine Tür wurde aufgerissen. Die Silhouette eines breitschultrigen Mannes war zu sehen. Offenbar wollte er nach rechts in einen der nebenliegenden Räume.

Der Blonde war mit zwei Schritten hinter ihm, riß ihm im Polizeigriff den linken Arm den Rücken hoch und drückte ihm die Mündung seiner M 5 an die Schläfe. Der Breitschultrige schrie vor Schmerz laut auf.

»Kein Laut, sonst gibt's was aufs Maul«, flüsterte der Blonde auf türkisch. Der Mann erstarrte.

»Ist sonst noch jemand hier?«

Ein knappes Kopfschütteln.

Der Mann ließ sich widerstandslos in das Zimmer führen, in dem die brennende Taschenlampe auf einem wackeligen Tisch lag. Daneben stand ein überquellender Aschenbecher, obendrauf eine zerknüllte Zigarettenpackung.

»Setz dich hin«, befahl der Blonde. Er zog eine dünne Schnur aus der Jackentasche und fesselte den Mann an den Stuhl. Der Kerl war jung, höchstens mal fünfundzwanzig. Kein Profi, so viel war sicher. Dem mächtigen Bart nach vielleicht ein Fundamentalist, aber sicher kein Gotteskrieger.

»Was machst du hier?« Er leuchtete dem Mann mit der Taschenlampe ins Gesicht. Der drehte rasch den Kopf weg, um nicht geblendet zu werden.

»Nichts«, kam es trotzig.

Der Mann im blauen Regenmantel folgte seinem Gesicht mit dem Strahl der Lampe.

»Wie lange machst du hier schon nichts?«

»Ein paar Stunden.« Der Kerl hatte aufgegeben und hielt das Gesicht mit zusammengekniffenen Augen in den Lichtstrahl.

»Hören Sie, meine Freunde und ich feiern in dem Haus dort unten eine Party. Ich paß hier nur auf.«

»Das alleinstehende Haus unten an der Straße?«

»Ja. Wir sind Studenten. Das ist nur so was wie eine Studentenfeier. Nichts Illegales. Es gibt nicht mal Alkohol.«

»Auf was paßt du denn auf?«

Der junge Mann zuckte mit den Schultern. »Nur so. Nichts Besonderes.«

»Na, dann wollen wir deine Nachtschicht mal beenden.« Der Blonde hob die Taschenlampe und verpaßte dem jungen Mann einen gezielten Schlag in den Nacken, worauf der wie leblos zusammensackte. Der Blonde prüfte den Puls des Mannes und knebelte ihn mit seinem eigenen Taschentuch. Dann legte er die immer noch leuchtende Taschenlampe auf den Tisch zurück.

In dem anliegenden Raum fand er einen Schlafsack auf einer fleckigen Matratze. Daneben lag eine angebrochene Stange Zigaretten. Und eine CD. In dem schwachen Mondlicht, das durch die Fensteröffnung hereinschien, erkannte der Blonde das Bild des bärtigen Predigers. Er stieg die Treppe nach unten, holte seine Stiefel und machte sich auf den Weg zu dem erleuchteten Haus.

Suna saß mit verbundenen Augen im Wagen und versuchte angestrengt, nicht die Orientierung zu verlieren. Doch der Wagen fuhr kreuz und quer durch den Stadtteil Beyoglu, in dem ihre Wohnung lag, bis sie schließlich dem dauernden Rechts- und Linksabbiegen nicht mehr folgen konnte.

Ihr Fundi-Verehrer hatte sie mit anderen Studenten abgeholt. Er hatte ihr schon vorher gesagt, daß ihr auf der Fahrt zu dem geheimen Treffpunkt die Augen verbunden werden müßten. Suna, die in den letzten Tagen schon mit etlichen Ritualen konfrontiert worden war, die ihrer Meinung nach ausschließlich den Nimbus der Fundi-Gruppe und die Männlichkeit der Mitglieder bestärken sollten, blieb völlig gelassen. »Dafür könnt Ihr ja gleich mein Kopftuch nehmen.« Für ihre Recherchen hatte Suna sich ein Kopftuch zugelegt und sich damit auf einigen Veranstaltungen der Fundamentalisten gezeigt.

Seit sie seine Einladung zu der Party angenommen hatte, zeigte ihr Fundi-Verehrer sie überall stolz vor. Sein Freundeskreis an der Uni bestand offenbar vor allem aus anti-westlichen Radikalen, die sich unter anderem auch religiöser Themen oder jedenfalls eines religiösen Vokabulars bedienten. Suna hatte nicht den Eindruck, daß sie sich besonders intensiv mit dem Studium des Korans oder allgemein mit religiösen Fragen beschäftigten. Sie war nur insgeheim schockiert, mit welcher Sorglosigkeit die jungen Männer die Einführung der *Scharia* forderten.

Ihr Gastgeber hatte Suna nun also tatsächlich die Augen verbunden. Das Kopftuch wagte er allerdings nicht anzurühren. Suna hatte vorher noch einen Blick auf die Uhr geworfen, es war genau neunzehn Uhr fünf, als sie in das Auto stieg. Ihrer Freundin hatte sie den Namen und die Telefonnummer des Verehrers gegeben, für alle Fälle.

Suna konzentrierte sich auf die Fahrgeräusche. Gerade fuhren sie auf einer langen, geraden Strecke, der Lärm der Stadt wurde leiser und war nur noch gedämpft zu hören. Die Reifen glitten mit einem singenden Ton über den Asphalt. Suna war sicher, daß sie über die Bosporus-Brücke auf die asiatische Seite der Stadt fuhren. Dort bogen sie scharf nach links ab und fuhren dann, entweder auf der Ufer- oder auf einer Parallelstraße, immer geradeaus nach Norden, bis der Stadtlärm wieder abebbte.

Der Wagen hielt an, und ihr Gastgeber nahm ihr die Augenbinde ab. Sie schaute sofort unauffällig auf die Uhr, es war zwanzig Uhr elf. Vor ihnen stand ein weiß gestrichenes, zweistöckiges Haus, aus dessen Erdgeschoß Licht und Lärm drangen, während das Obergeschoß im Dunkeln lag.

Der Blonde mit dem dunkelblauen Regenmantel war ohne Probleme mit einem Schwung Neuankömmlingen ins Haus gekommen. Er hatte sich in einer dunklen Ecke des Tanzraums auf eine

Bank gesetzt, neben sich ein eng verschlungenes Paar, das ganz mit sich beschäftigt war. Während er die Menge beobachtete, plazierte er ein winziges Funkpeilgerät hinter den Vorhang, der neben ihm fast bis zum Boden reichte. Als er die kleine Scheibe gerade hinter den dicken Stoff schieben wollte, fing er den Blick einer jungen Frau von der Tanzfläche auf, die ihn forschend anstarrte. Doch im nächsten Moment wandte sie sich wieder ihrem Partner zu.

Der Blonde stand auf und arbeitete sich durch die Tanzpaare zur Tür vor. Dabei behielt er das lindgrüne Kopftuch der Frau im Blick. Sie hatte aufgehört zu tanzen. Er konnte nicht erkennen, mit wem sie auf der Party war. In den paar Minuten, die er brauchte, um den Weg von der Ecke zur Tür zurückzulegen, gesellte sie sich zu mehreren der diskutierenden Grüppchen, wobei sie sich immer wieder im Raum umsah. Der Blonde verschwand durch die Tür und trat in den dunkleren Gang. Aus dem Keller drangen lachende Stimmen und der Geruch von frisch aufgekochtem türkischen Kaffee. Er wandte sich zur Diele.

Die Tür zur Treppe ins Obergeschoß war verschlossen. Der Blonde wartete, bis er für einen Moment allein war. Dann holte er einen Bund Dietriche aus der Tasche des blauen Regenmantels, wählte einen und öffnete das Vorhängeschloß innerhalb von Sekunden. Er zog die Tür von innen wieder zu und verriegelte sie. Beim Durchsuchen des Obergeschosses wollte er nicht gestört werden. Zwei Zimmer zum Garten, eins nach vorn, ein Bad und eine kleine Kammer. Der Blonde leuchtete mit einer winzigen Punkttaschenlampe die Regale in der Kammer ab. Keine Spur von seinen M16. Auch in den Schlafzimmern fand er nichts Verdächtiges. In dem kleineren Arbeitszimmer zur Straße fand er ein Funkgerät. Außerdem zwei Zehnerpakete mit den CDs des Predigers. Ungeöffnet. Und etliche Stapel von Propagandamaterialien in türkischer und arabischer Sprache. Der Blonde griff in seine Tasche und nahm einen weiteren Mini-Peiler heraus. Er brachte ihn unterhalb des Regals an.

Plötzlich hörte er, wie sich unten jemand an der Tür zu schaffen machte. Er löschte die Punkttaschenlampe, ging leise aus dem Zimmer und lauschte im Gang. Stille. Vielleicht ein Versehen. Oder jemand hatte Verdacht geschöpft und holte Verstärkung. Er schlich die Treppenstufen nach unten. Dort öffnete er den Riegel, der gut geschmiert war und sich lautlos bewegen ließ. Der Blonde hielt die Tür geschlossen und wartete. In der Diele waren Stimmen zu hören, jemand suchte einen Ahmed. Dann Stille. Er trat mit einer schnellen Bewegung in die Diele und ließ das Vorhängeschloß zuschnappen. Dann ging er zur Haustür, die angelehnt war, und trat ins Freie.

Auf der gutbesuchten Party gab es keinen Wein, immerhin aber Musik, die ein Junge, der Suna wie vierzehn vorkam, auflegte. Es wurde mehr diskutiert als getanzt. Dabei wurde vor allem auf Murat Tosun geschimpft. Ihr Gastgeber forderte sie einige Male zum Tanzen auf, konnte aber kaum den Rhythmus halten, weil er zu sehr damit beschäftigt war, sie an sich zu drücken. Einige seiner Freunde tanzten dagegen ausgezeichnet.

In einer Musikpause begann Suna, sich etwas im Haus umzusehen. Es war in gutem Zustand. Sie hatte den Eindruck, daß es normalerweise bewohnt war. In einem kleineren Schlafzimmer zur Seite hinaus lag auf dem Fensterbrett ein aufgeschlagenes Buch mit den Seiten nach unten, als hätte es jemand dort kurz abgelegt, um gleich wieder weiterzulesen. Im Keller, den sie unter dem Vorwand betrat, sich einen Kaffee holen zu wollen, gab es nur Küchen- und Vorratsräume. An der Tür zu der verschalten Holztreppe, die aus der Diele zum dunklen Obergeschoß hinaufführte, hing ein offenes Vorhängeschloß. Als Suna sie in einem unbeobachteten Moment aufziehen wollte, merkte sie aber, daß von innen ein Riegel vorgeschoben war.

Sie trat vor das Haus. Sie hatte sich auf der Fahrt nicht getäuscht. Im Süden und Südwesten spiegelten sich die Lichter Istanbuls in einer Wolkendecke wider, die offensichtlich über dem Bosporus, der Stadt und dem Marmarameer lag. Deutlich konnte sie das Tuten von Schiffen hören. Das Haus mußte ganz in der Nähe des Bosporus liegen. Die Luft erschien ihr hier auch frischer als in der Stadt.

Plötzlich trat ein Mann im Regenmantel aus der Haustür und stieß sie dabei fast um.

»Tut mir leid«, murmelte er, sagte aber nichts weiter. Suna beobachtete ihn unauffällig aus den Augenwinkeln. Er gefiel ihr auf Anhieb. Die auffallend blonden Haare waren fast militärisch kurz geschnitten, die Konturen seines Gesichts, das sie im Dunkeln kaum erkennen konnte, wirkten maskulin. Er paßte überhaupt nicht in diese Gesellschaft. Nach einer Weile ging er wieder ins Haus zurück. Als sie ihm wenig später folgte, konnte sie ihn aber nicht mehr finden.

Trotz des vehementen Protestes ihres Gastgebers ließ sich Suna noch vor Mitternacht nach Hause fahren und nahm dabei noch einmal das Kasperletheater mit der Augenbinde in Kauf.

*

Am nächsten Tag setzte sich Suna am frühen Nachmittag in ihren gebrauchten Şahin und machte sich auf die Suche nach dem weiß gestrichenen Haus. Sie fand es nicht auf Anhieb, entdeckte in seiner ungefähren Umgebung aber die Ruine eines Wachturms. Er sah aus, als hätte er früher einmal der Sicherung des Bosporus gedient. Sie ließ den Wagen in einigem Abstand stehen und ging die Straße entlang zu Fuß zu dem Turm. Vom höher gelegenen, steinernen Fundament des Turmes schaute sie sich um. Nach Westen fiel das Land ab zum Bosporus, sonst war die Ruine von grünen Wiesen und vereinzelten Häusern und Gehöften umgeben. In der Nähe entdeckte sie ein kleineres, weißes Haus, das von der Bauweise und der Art her das Fundi-Quartier sein konnte.

Suna betrat den Turm durch die halbverfallene Türöffnung.

Massive Eisenangeln staken aus dem steinernen Türrahmen, von der Tür fehlte jede Spur. Nach ein paar Sekunden konnte sie im Dunkeln eine Holztreppe erkennen, die nach oben führte. Sie überlegte, ob die wackligen Stufen wohl ihr Gewicht aushalten würden, wenn sie nach oben stieg, um von dort einen besseren Blick auf das weiße Haus zu haben.

Plötzlich hörte sie neben sich das leise Knirschen eines Stiefels auf Stein. Sie drehte sich rasch um, doch ein Arm legte sich wie eine Klammer um ihren Hals und stoppte sie in der Bewegung. An ihrer Schläfe spürte sie kaltes Metall. Suna wußte sofort, daß es ein Pistolenlauf war. Der Arm schnitt ihr die Luft ab.

»Raus hier«, raunte eine Männerstimme dicht neben ihrem Ohr. Schritt für Schritt führte ihr Angreifer sie ins Freie. Dort lockerte der Mann den Griff, und Suna bekam einen krampfartigen Hustenanfall. Der Pistolenlauf strich für einen Moment ihre Wange entlang, dann ließ der Mann sie mit einem überraschten, Ach, los.

Suna griff sich reflexartig an den Hals und stieß mit der anderen Hand den Angreifer von sich. Der Mann trat einen Schritt zurück. Dann erkannte sie ihn: Es war der seltsame blonde Mann, den sie gestern abend vor dem Haus der Fundamentalisten getroffen hatte. Heute trug er keinen Regenmantel, sondern eine warme, gefütterte Lederjacke.

»Du hättest mich beinahe erwürgt«, brachte sie unter Mühen heraus. Die Waffe in seiner Hand machte ihr keine Angst mehr.

»Tut mir leid.« Der Blonde steckte die Waffe weg.

»Du warst doch gestern auf der Party in dem alleinstehenden Haus dort drüben.« Suna erholte sich allmählich von ihrem Schreck. Sie schaute den Mann an. Er trug Jeans und eine Motorradjacke. Wo die Waffe steckte, konnte sie nicht erkennen.

»Ja«, nickte er. »Ich habe dich im Dunkeln nicht wiedererkannt.«

»Du bist aber kein Student, oder?«

Der Blonde schüttelte den Kopf. Sie spürte, wie seine tiefblauen Augen sie musterten. Dann stellte er fest: »Und du trägst heute kein Kopftuch.«

Damit ging er ohne ein weiteres Wort zur anderen Seite des Turms, wo man von der Straße aus nicht gesehen werden konnte. Suna folgte ihm und setzte sich auf die Kante des Turmfundaments. Der Blonde setzte sich neben sie.

»Ich heiße Davud Orak«, sagte er schließlich.

»Ich Suna Yiğit.«

»Warum bist du mir gefolgt, Suna Yiğit?«

»Das bin ich nicht. Ich hatte keine Ahnung, daß sich jemand hier in der Turmruine herumtreibt. Mich interessiert allein das Haus.« Sie deutete mit dem Daumen nach hinten.

»Das Interesse kann gefährlich sein.«

Suna zuckte mit den Schultern. »Auch nicht gefährlicher als das, was du hier machst, nehme ich an. Du bist von der Polizei, nicht?«

»Kann schon sein.« Sein Gesichtsausdruck verriet nichts.

»Vielleicht haben wir ja die gleichen Interessen.«

»Wohl kaum.«

»Und was wolltest du hier an der Ruine?«

»Ich habe hier gestern abend ein Paket gepackt und wollte nachsehen, ob es abgeholt worden ist.« Er lächelte kurz.

»Ein Paket?« Suna war nicht sicher, ob sie sich nicht verhört hatte.

»Nur so eine Redensart.« Der Blonde stand auf. »Du bist mit einem Auto da? Mir war so, als hätte ich einen Motor gehört.«

»Stimmt. Ich habe hinter den Büschen da drüben geparkt.«

»Ich bin mit dem Motorrad hier. Was meinst du? Wollen wir uns nicht im Café Bosporus unterhalten? Das ist gemütlicher und sicherer. Einfach die Straße runter, auf der du gekommen bist, gleich an der Ecke. Das Café liegt ein paar hundert Meter vom Ortseingang auf der rechten Seite.«

»Abgemacht.«

Nachdem sie Kaffee bestellt hatten, fragte Davud: »Wie hast du eigentlich zu dem Haus zurückgefunden. Sie lassen doch nur Eingeweihte ohne Augenbinde dort hinkommen.«

»Ich habe auf der Hinfahrt die Zeit gestoppt und mich auf die Fahrtrichtung konzentriert. Als ich das Tuten der Schiffe gehört habe, wußte ich schon ungefähr, wo sich das Haus befindet. Ich wollte vorhin vom Turm Ausschau danach halten.«

»Mein Kompliment. Und was wolltest du gestern auf der Party?«

»Mich unter Fundamentalisten und Extremisten umsehen.«

»Vielleicht haben wir wirklich gleiche Interessen!«

»Kaum. Mir geht es nicht darum, den korrupten Staat, sondern die Religion vor solchen Leuten zu schützen. Ich bin Alevitin.«

Davud blickte sie erstaunt an. Dann sagte er: »Das trifft sich gut, ich bin Jude – und ich hasse Fundamentalisten.«

»Immerhin eine Gemeinsamkeit.« Sie schaute ihm wieder in die blauen Augen. Auch die gefielen ihr.

Er lächelte verlegen; zumindest kam es Suna so vor. Dann warf er einen kurzen Blick auf seine Armbanduhr. »Wollen wir nicht irgendwo anders weiterreden? Vielleicht heute abend? Ich muß jetzt nämlich leider gehen.« Er zuckte bedauernd mit den Schultern. »Wir könnten uns in der Stadt zum Essen verabreden.«

»Gerne.«

»Treffen wir uns doch um sechs am Eingang der Yeni-Moschee. Wir können von dort aus einfach in eines der Lokale gehen.«

Suna nickte. »Um acht an der Yeni. Abgemacht.«

Suna hatte für das Rendezvous, wie sie die Verabredung mit dem geheimnisvollen Davud in Gedanken bezeichnete, ihr neues Oberteil aus dem Schrank geholt, ein raffiniertes Teil aus leuchtendrotem Stoff, das unter der Brust mit schwarzen Bändern wie ein Bustier geschnürt wurde. Kurz nach sieben verließ sie die Wohnung im schwarzen Ledermantel und Hut. »Du siehst umwerfend aus«, rief ihr Meral aus der Küche nach, die das Ankleidungszeremoniell geduldig verfolgt hatte.

Suna fuhr über die Galata-Brücke zur Yeni-Moschee. Davud erwartete sie schon, allerdings hätte sie den großen blonden Mann im Anzug und mit verspiegelter Sonnenbrille im ersten Moment kaum erkannt. Als sie ihm entgegenkam, nahm er sofort die Brille ab und lächelte sie an. Sie schlenderten eine Weile durch die Gassen des alten Stadtteils und entschieden sich für ein kleines kurdisches Lokal, das für seine gute Küche bekannt war.

Suna hatte das Gefühl, als würde sie Davud schon lange kennen, obwohl alles, was er über seine Istanbuler Wohnung und sein Leben erzählte, neu und fremd für sie war. Er wunderte sich, daß sie mit ihrer Freundin im Stadtteil Beyoglu lebte, »mitten unter Ausländern«.

Suna mußte lachen. »Ja. Genauer sogar: unter Arabern. Da lernen wir die Umgangssprache.«

»Ziemlich weit weg von der Universität, nicht? Meine Wohnung ist ganz in der Nähe vom Campus, etwa eine Viertelstunde von hier.«

»Ah, du hast also unseren Treffpunkt aus Bequemlichkeit gewählt.«

»Nein, nur, weil ich mich hier auskenne.«

Suna schaute ihn kurz an. Davud würde sich vielleicht hier im Viertel nicht verirren, aber gut auskennen tat er sich nun wirklich nicht. Vorhin hatten sie über die U-Bahn gesprochen, und sie hatte das Gefühl, er war noch nie U-Bahn gefahren. Auch kam es ihr so vor, als könne er nicht mehr richtig einordnen, wo von hier aus die Yeni stand.

»Wie lange wohnst du eigentlich schon in Istanbul?«

»Erst seit knapp zwei Jahren. Ich bin im Frühjahr letzten Jahres hergezogen.« Es klang vollkommen überzeugend.

»Und wo hast du vorher gelebt?«

Nun wurde Davud offensichtlich aufmerksam. »Ach, mal hier, mal dort«, sagte er knapp. »Du bist neugierig, was?«

»Ja«, sagte Suna, »ich bin neugierig auf alles, was dich betrifft.«

Davud lachte, ein wenig verunsichert, wie es Suna erschien. Sie sprach von ihrer Familie in Izmir, sie unterhielten sich über die Uni. Davud erzählte eine Geschichte, wie er als Junge in Tel Aviv immer mit der Straßenbahn von zu Hause abgehauen war.

»Du kommst aus Tel Aviv?« fragte Suna.

»1980 dort geboren und auch dort aufgewachsen.« Er schaute sie zögernd an. »Ich bin letzten Monat zweiunddreißig geworden, weißt du. Schon fast zu alt für dich.«

Suna mußte laut lachen. Sie griff über den Tisch und nahm seine Hand, die sich kräftig und gleichzeitig weich anfühlte. »Mach dir darüber keine Sorgen, Davud. Ich habe mich immer in Männer verliebt, die älter waren als ich.«

Kaum hatte sie den Satz gesagt, fing ihr Herz an schneller zu schlagen. Ganz so deutlich hatte sie das doch nicht aussprechen wollen. Aber sogar ein Blinder müßte sehen, oder vielleicht eher spüren, daß sie beide dabei waren, sich ineinander zu verlieben. Davud schaute sie kurz an, fing nicht an zu lachen und wurde auch nicht steif, wie Suna schon befürchtet hatte. Er sagte nur: »Du hast mir vom ersten Moment an gefallen. Obwohl es wirklich dunkel war, da vor dem Fundi-Haus, und ich nicht mal sicher war, ob ich dich überhaupt wiedererkennen würde, falls ich dich noch mal irgendwo treffen sollte.«

Suna nickte. »Du hast mich auch sofort interessiert.«

Die Erinnerung an das weiße Haus brachte sie zur Turmruine und zu den Fundamentalisten zurück.

»Kämpfst du eigentlich nur gegen islamische Extremisten?« frage Suna.

»Nein, ich halte nichts von religiösem Fundamentalismus, egal welcher Couleur. Auch nichts vom jüdischen. Für mich ist es immer noch absolut unfaßbar, daß ultra-orthodoxe Juden in Israel Yitzak Rabin, ihren eigenen Premierminister, erschossen haben.«

»Na, schließlich haben islamische Extremisten auch Präsident Sadat umgebracht. Und der *lunatic fringe* der christlichen Rechten in den USA knallt dort seit Jahren Abtreibungsärzte ab und legt Abtreibungskliniken in Schutt und Asche. So etwas wie den Bombenanschlag in Oklahoma City 1995 oder den Anschlag auf die Synagoge in der New York Lower East Side vor vier Jahren hätte auch niemand für möglich gehalten.«

»Stimmt schon. Aber ich hätte nicht erwartet, daß ultra-orthodoxe Juden das gleiche tun würden.« Davud zuckte mit den Schultern, eine Geste, die Suna an ihm gefiel.

»Aber warum sollten jüdische Ultra-Orthodoxe anders sein als muslimische oder christliche Extremisten?«

»Hm, gute Frage. Die Vorstellung von falschen Göttern und vom falschen Glauben, den man bekämpfen muß, die ist wohl allen drei monotheistischen Religionen eigen.« Er drehte nachdenklich den Fuß des Weinglases, das vor ihm auf dem Tisch stand. Dabei sprach er leise weiter. »Aber die mosaische Religion ist eine Volksreligion, die Religion des auserwählten Volkes. Jude ist man oder ist man nicht. Bei uns gibt es keine Mission und keine Bekehrung. Nur die anderen wollten uns immer zu ihrem Glauben bekehren, allen voran die Christen.«

Suna merkte, daß Davud das Thema unangenehm war. Trotzdem fragte sie: »Würdest du dich als einen gläubigen Juden bezeichnen?«

Davud reagierte auf die Frage erst einmal mit Schweigen. Schließlich sagte er: »Schwierige Frage, Suna. Das ist dir wichtig, nicht?« Er strich leicht über ihre Hand. »Ich bin als Jude geboren, als Jude erzogen worden und bin mit diesem Glauben und der jüdischen Kultur aufgewachsen. Es macht ziemlich viel von meinem Leben aus. Ob ich wirklich an einen Gott glaube, das kann ich gar nicht eindeutig beantworten. Manchmal ja, manchmal nein.« Er schaute sie nachdenklich an. »Und woran glaubst du, Alevitin?«

Suna lachte leise. »Bei mir ist das einfach. Ich halte mich an die fünfte Sure des Korans. Allah hat nicht allen Menschen die gleiche Schrift gegeben, sondern den Juden die Thora, den Christen das Neue Testament und den Muslimen den Koran. Und dann heißt es im Koran: ›Zu Gott ist euer aller Heimkehr. Dann wird Er euch das kundtun, worüber ihr uneins waret‹.«

»Das ist ein schön pathetischer Spruch. Richtig beruhigend. Ich wäre froh, wenn ich so glauben könnte.« Davud hatte sich zurückgelehnt, so daß sein Gesicht im Schatten lag. Seine Züge kamen Suna plötzlich härter vor.

»Es ist nicht nur ein Spruch«, widersprach sie.

»Nein, natürlich nicht.« Davud schaute sie unverwandt an. »Es ist eine Wahrheit, die man erfahren muß. Und ich habe sie noch nicht erfahren, und deshalb spiele ich jetzt den Zyniker.«

»Ich kann eine gehörige Portion Zynismus verkraften, Davud«, sagte Suna.

»Das ist gut, weil ich mich noch oft mit dir unterhalten will. Und auf Turmruinen mit dir herumsteigen. Und dich zum Essen ausführen. Und was uns sonst noch einfällt.«

»Okay. Dann zahlen wir jetzt und gehen zum Ägyptischen Basar. Und wer hier wen ausführt, darüber reden wir noch.«

Sie brachen auf und verließen das Restaurant. Suna legte ohne viel nachzudenken den Arm um Davuds Taille, etwas, das ihr mit ihm vollkommen normal vorkam, so als würden sie sich schon lange kennen. Er zuckte bei der Berührung zusammen, als ob er nicht mit einer so vertrauten Geste gerechnet hätte, fing sich jedoch sofort und legte ihr den Arm um die Schulter. Dann zog er sie für einen kurzen Moment zu sich heran und küßte sie auf die Wange.

So schlenderten sie durch die Gäßchen in Richtung Ägyptischer Markt. Wieder fiel Suna auf, daß Davud mehrmals eine falsche oder umständliche Route wählen wollte. Schließlich überließ er ihr die Führung. Schon von weitem kündigte sich der Ägyptische Markt durch die Gerüche der Garküchen an. Das Aroma von Gewürzen und Kräutern füllte die Luft und wurde um so stärker, je näher sie dem Basar kamen.

Suna wisperte Davud zu: »Ich liebe es, wenn es so stark nach Zimt riecht. Ich bilde mir dann immer ein, ich könne mindestens vier Sorten unterscheiden.« Sie wußte nicht, warum sie flüsterte, aber die Dunkelheit und Davuds Nähe hatten etwas geheimnisvoll Aufregendes, das sie nicht durch laute Worte zerstören wollte.

Davud flüsterte ebenfalls. »Vanillezimt, Rosenzimt, Korianderzimt. Was ist das vierte?«

Suna lachte leise. »Orangenzimt vielleicht. Irgend etwas Fruchtiges auf jeden Fall.«

Sie traten um die Ecke und standen vor dem Eingang des Marktes. Es war relativ früh am Abend, und so herrschte noch reger Betrieb. Davud löste sich aus der Umarmung und setzte seine Sonnenbrille auf.

»Alte Gewohnheit, wenn ich unter Leuten bin«, sagte er. Dann nahm er Sunas Hand, hielt sie aber erst richtig fest, als sie den Händedruck erwiderte.

In einem kleinen Kiosk entdeckte Davud eine CD mit dem Titel *Predigten für Gotteskrieger*.

»Kennst du die?« fragte er Suna.

Sie schaute auf das grüne Cover, auf dem ein bärtiger Mann vor einer Berglandschaft abgebildet war. »Nein. Warum?«

»Ich habe vor kurzem ein ganzes Lager davon gesehen und habe mich gefragt, ob die wohl in Istanbul weit verbreitet sind.«

Suna verkniff sich die Frage, wo er denn dieses Lager gesehen hatte. »Laß uns die doch mitnehmen und einmal reinhören«, schlug sie vor. »Ich habe so etwas noch nie gehört.«

Davud drehte sich zu ihr um. »Willst du mit zu mir kommen? Ich wohne zehn Minuten von hier. Und ich habe eine sehr gute Anlage.«

Suna sagte »Klar«, als wäre es das natürlichste auf der Welt. In Wirklichkeit wurde ihr flau im Magen bei der Vorstellung, Davuds Wohnung zu sehen, sein Schlafzimmer und sein Bett. Sie würde gerne mit ihm schlafen, gestand sie sich ein. Sehr gerne sogar.

Die beiden gingen Hand in Hand, bis sie vor einem neueren Apartmentgebäude standen, das nicht ganz so heruntergekommen aussah wie viele andere Häuser in dieser Gegend. Davuds Wohnung war im obersten, dem dritten Stock. Eine abgerundete Fensterfront blickte von dem großen Wohnzimmer auf die belebte Straße hinaus. Während Davud in der winzigen Küche Tee machte, schaute Suna sich in dem Wohnzimmer um. Die Anlage war wirklich beeindruckend, offenbar eine ultramoderne Hybridanlage aus TV und PC mit allen möglichen Abspielplattformen für DVDs, Videos, CDs, MDs und sogar – wie Suna überrascht feststellte – alte Langspielplatten. Die Möglichkeiten, aufzunehmen, zu schneiden und Geräusche auszufiltern, waren so vielfältig, daß Suna erstaunt war, so ein Gerät in einer Privatwohnung zu finden.

»Wenn du nicht Geheimagent spielst, bist du dann Tontechniker?« rief sie in die Küche.

Davud kam mit einem Tablett zur Wohnzimmertür. »Nein. Das ist nur ein Hobby von mir.« Er stellte eine weiße Porzellankanne auf den Tisch und schenkte Suna eine Tasse der dampfenden goldgelben Flüssigkeit ein.

»Orangen-Zimt-Tee.« Er mußte lachen. »Ist mir vorhin eingefallen, daß ich welchen dahabe.«

Suna kostete den duftenden Tee, während Davud die CD einlegte. Ein paar Minuten lang kam alte türkische Musik, dann erschallte die tiefe, laute Stimme eines Predigers. Teils in türkischer, teils in arabischer Sprache rief er zur weltweiten Durchsetzung der *Scharia* und zum Heiligen Krieg gegen die Ungläubigen und Verdorbenen auf. Der Mann war kein unbegabter Redner. Wenn seine Stimme manchmal vor Eifer ins Schrille kippte, lief es Suna aber eiskalt den Rücken hinunter. Interessanterweise berief er sich für seine Hetzreden gegen den Westen und die Zionisten auch auf die Kritik christlicher und jüdischer Fundamentalisten am Sittenverfall und der Gottlosigkeit ihrer Gesellschaften. Den Gotteskriegern malte der Prediger in flammenden Bildern aus, wie sie als verehrte Helden nach dem Krieg nach Hause zurückkehren oder als Märtyrer in die Gärten des Paradieses eingehen würden.

Suna und Davud unterhielten sich noch lange über den Haß, der aus diesen »Predigten« sprach, und welche Wirkung solche CDs wohl auf die unterschiedlichen Gruppierungen der türkischen Gesellschaft haben dürften.

In einer Gesprächspause sagte Suna, mehr zu sich selbst denn als Frage an Davud: »Ich frage mich, ob solche Leute auch den Mord an Professor Özakın auf dem Gewissen haben.«

Davud sah sie erstaunt an. »Das Attentat in Berlin? Hast du dich deshalb so aufmerksam auf der Fundi-Party umgehört?«

»Oje, hat man das so deutlich mitgekriegt, daß ich nicht wirklich wegen der fundamentalistischen Diskussionen und der miesen Musik da war?«

»Ich glaube nicht, daß es außer mir jemandem aufgefallen ist. Deinem Verehrer ganz sicher nicht.« Davud grinste. Dann hakte er nach: »Und, was hast du denn nun auf der Party gemacht?«

»Ein türkischer Freund von mir aus Deutschland ist der älteste Sohn des Ermordeten Professors. Er heißt Kerim. Kerim Özakın. Er war vor kurzem in Istanbul, weil er etwas über die fundamentalistischen Kreise an der Uni herausfinden wollte, mit denen sein Vater im Streit lag. Er denkt, Professor Özakın ist von Extremisten umgebracht worden.« Suna erzählte ihm kurz von Kerims Teams und ihrem ersten Erfolg.

»Hm.« Davud musterte sie einen Moment lang scharf. »Ich dachte, die Polizei hätte ermittelt, daß Özakın von einem bosnisch-türkischen Killer-Duo aus Sarajevo ermordet wurde.«

Suna richtete sich auf. »Woher weißt du das denn? Jetzt mal im Ernst, bist du beim Geheimdienst?«

Davud schüttelte den Kopf. »Nein, wirklich nicht. Ich habe nur gute Kontakte zur türkischen Polizei. Und ich arbeite mit General Toprak zusammen, den die Deutschen um Informationen über den türkischen Killer gebeten haben. Wenn mir nicht etwas dazwischengekommen wäre, säße ich heute in Sarajevo und nicht neben dir auf der Couch.«

»Das wäre sehr schade«, sagte Suna mit einem verschmitzten Lächeln. »Der General ist übrigens Kerims Onkel. Kerim wollte noch mit ihm sprechen.« Sie überlegte einen Moment. »Also bist du bei der israelischen Polizei?« Wenn sie ihm schon die Geschichte mit Kerim anvertraut hatte, wollte sie auch genauer wissen, mit wem sie es zu tun hatte.

»Ja, so was Ähnliches. Auf jeden Fall bin ich auf eurer Seite, was den Fall Özakın angeht. Ich hoffe bloß, Kerim weiß, mit was für gefährlichen Leuten er es zu tun hat. In dem Fundi-Haus bin ich dir übrigens nachgegangen, weil ich dich warnen wollte.«

»Wirklich?« Suna war mehr als überrascht. »Ich dachte, unser Treffen vor der Tür wäre reiner Zufall gewesen. Warum hast du mich denn nicht angesprochen?«

»Du hast so selbstsicher gewirkt.« Davud nahm ihre Hand. »So, als wüßtest du genau, was du tust. Es kam mir daneben vor, dich vor diesen Jungs zu warnen.«

Er beugte sich zu ihr, und Suna kam ihm entgegen. Sie küßten sich erst vorsichtig, dann leidenschaftlicher. Schließlich lösten sie sich voneinander und schauten sich ein bißchen verlegen an.

Dann sagte Suna mit einem Blick auf ihre Uhr: »Es ist wirklich schon spät.«

Davud bot ihr an, sie nach Hause zu fahren, und sie nickte. »Sehen wir uns bald wieder? Vielleicht morgen abend?«

»Das geht leider nicht.« Suna glaubte, echtes Bedauern in seiner Stimme zu hören. »Ich fliege morgen nachmittag für ein paar

Tage weg. Ich melde mich sofort bei dir, wenn ich zurück bin, aber ich weiß nicht genau, wann das sein wird. Warte …« Davud stand auf und holte seine Brieftasche aus der Jacke in der Garderobe. Wortlos reichte er ihr seine Visitenkarte.

»›Davud Orak. Journalist‹«, las Suna und schaute dann zu ihm hoch. »Du arbeitest für eine Zeitung?«

»Manchmal. Gibst du mir deine Telefonnummer?«

»Ja, sicher. Telefonnummer, Adresse, Geburtsdatum – alles, was du willst. Du mußt mir nur was zu schreiben geben.«

Davud reichte ihr eine weitere Visitenkarte. »Schreib es einfach auf die Rückseite.«

Aber Suna schaute sich erst die Vorderseite an. »›Davud Orak. Import-Export.‹ Manchmal bist du also auch Geschäftsmann.«

»Hm«, nickte Davud mit einem Blick auf die Visitenkarte. »Die gehört eigentlich in den anderen Stapel.«

Suna notierte ihre Adresse und Telefonnummer.

Daheim ging sie auf Zehenspitzen in ihr Zimmer, um ihre Freundin nicht zu wecken, die schon lange ins Bett gegangen war. Als Suna schließlich selbst unter der Decke lag, dachte sie über Davud nach. Die letzten zwei Jahre hatte er auf keinen Fall in Istanbul gelebt, sonst würde er sich zumindest in seinem Viertel besser auskennen. Und in der Wohnung war er auch nicht oft. Suna war die unpersönliche Einrichtung aufgefallen, das Fehlen von allem, was nicht unbedingt notwendig war. Keine Fotos oder Kalender, im Bad keine halbverbrauchten Rasierwasserflaschen oder abgenutzten Zahnbürsten, keine herumliegenden, alten Zeitschriften. Der Kühlschrank, in den sie einen kurzen Blick geworfen hatte, als sie das Geschirr in die Küche brachte, war gähnend leer bis auf einen Pack H-Milch und ein Glas eingelegter Gurken, in dem die Lake schon milchig geworden war. Irgend etwas stimmte an seinen Geschichten nicht. Etwas, das sie nicht genau benennen konnte.

Suna wußte nur eines mit völliger Sicherheit: Davud war mutig und offen und liebevoll. Und sie war total verliebt in ihn.

*

André Gruber war zum zweiten Mal am Flughafen von Sarajevo gelandet und fuhr zum Holiday Inn, wo er dieses Mal untergebracht war. Das zerbombte Pressehaus der Oslobodenje sah genauso aus wie Ende 1993. Vielleicht sogar noch ein bißchen verfallener. Die Kriegsruine war inzwischen ein Denkmal, zu dem Touristengruppen mit Bussen gekarrt wurden, um in dem integrierten Museum von den mutigen Journalisten zu erfahren, die hier trotz Dauerbeschuß während des Krieges weitergearbeitet hatten.

Döpfner hatte Gruber gesagt, ein Special Agent namens Davud Orak erwarte ihn in Sarajevo, um die Verbindung zum Team des türkischen Geheimdienstes herzustellen und vielleicht gemeinsam mehr bei den bosnischen Behörden zu erreichen.

Doch diese Hoffnung erwies sich als Fehlschluß. Der blonde Orak hatte Gruber in der Hotellobby freundlich, aber distanziert empfangen und ihn, kaum hatte der deutsche Kommissar eingecheckt, mit aufs Polizeipräsidium begleitet.

Gruber scheiterte wie gehabt schon am Wachmann. Orak wies sich als türkischer Special Agent für die Bekämpfung des international organisierten Verbrechens aus und verlangte, zum Polizeipräsidenten vorgelassen zu werden. Der Wachmann begutachtete den Ausweis Oraks, als handele es sich um gefälschte Entlassungspapiere einer Nervenheilanstalt. Als Gruber schon meinte, nun würde dem Agenten endgültig der Kragen platzen, kam ein uniformierter Polizist die Treppe herunter und forderte Orak auf, mit ihm hochzukommen. Gruber wurde mit einem knappen Kopfschütteln befohlen, zu warten oder lieber gleich zu gehen.

Orak kam keine zehn Minuten später wieder ins Foyer. »Hier haben wir keine Chance, Gruber.« Der Special Agent war sichtlich am Ende seiner Geduld angelangt. »Die Herren Polizeipräsident und Oberinspektor stellen sich auf den Standpunkt, solange der Kollege Čurič nicht da ist, wird der Fall nicht weiterbearbeitet. Und Predrag Čurič ist offenbar mit sehr wichtigen Ermittlungen im Kosovo unterwegs.«

Gruber und Orak fuhren daraufhin zum Camp Butmir, wo die türkische SFOR-Dienststelle, genauer: das Team des türkischen Geheimdienstes, untergebracht war. Dort wurden sie mit offenen Armen empfangen. Die MIT-Agenten berichteten von ähnlichen Erfahrungen mit den bosnischen Polizeibehörden. Ganz offiziell wurde gerade geprüft, ob die SFOR unter dem Gesichtspunkt des Schutzes ihrer Truppen notfalls selbst gegen den regen Waffenhandel in Bosnien vorgehen könne. Solange allerdings von oben kein grünes Licht kam, könnten sie nicht mehr tun, als alles zu beobachten und Informationen zu sammeln.

Die MIT-Agenten konnten Orak und Gruber allerdings einen Tip geben. In der übernächsten Nacht werde ein türkischer Frachter im Alten Hafen von Dubrovnik Drogen entladen und für die Rückfahrt Waffen aufnehmen. Orak täte ihnen einen Gefallen, wenn er das Geschäft ein wenig stören würde.

*

Am folgenden Tag fuhren Gruber und Orak nach Dubrovnik und machten sich in der Hafengegend ortskundig. Bei Einbruch der Nacht bezogen sie Posten vor dem verschlossenen Eisentor einer Lagerhalle. Im Hafen spiegelte sich die Silhouette der berühmten alten Festungsmauer der Stadt mit ihren Wachtürmen im Mondlicht. Punkt einundzwanzig Uhr dreißig legte die *Adria* an, das Schiff, dessen Namen die MIT-Leute ihnen genannt hatten. Im Licht von großen Scheinwerfern wurde sofort mit dem Entladen begonnen. Ein Teil der Ladung wurde von den Schauerleuten in einen Schuppen direkt an der Hafenseite des Kais gebracht. Ein hagerer Türke organisierte das Ent- und Beladen mit kurzen Kommandos. Das Ganze dauerte fast vier Stunden. Danach blieb der Aufseher allein in dem Schuppen zurück.

Das Holztor zum Schuppen war nach dem Entladen offen geblieben. Orak zog sich lautlos die Stiefel aus und flüsterte Gruber zu: »Halten Sie mal meine Schuhe. Und passen Sie auf, daß nicht einer von den Jungs zurückkommt.«

Damit war er weg. Gruber sah gerade noch, wie er das Tor vorsichtig hinter sich zuzog. Dann sah und hörte Gruber eine ganz Weile gar nichts mehr von seinem Begleiter. Am Kai war keine Menschenseele zu sehen, auch auf der *Adria* war alles dunkel. Das Wasser plätscherte leise an die Kaimauern. Plötzlich kam aus dem Schuppen ein unterdrückter Schrei. Gruber stellte die Stiefel auf den Boden und schob sie hinter einen Mauervorsprung. Von der Straße her sah er drei Männer in seine Richtung kommen. Er zog das Tor gerade so weit auf, daß er sich durch den Spalt zwängen konnte, und trat ins Innere.

Ungefähr zehn Meter vor ihm kniete der hagere Aufseher am Boden und hielt sich mit der linken Hand die offensichtlich verletzte rechte Schulter. Auf einem neben ihm stehenden Schreibpult lagen Listen – offenbar die Adressen für die Weiterleitung der Warenlieferung. Im gedämpften Licht der Grubenlampe auf dem Tisch war das schmerzverzerrte Gesicht des Mannes deutlich zu erkennen. Der Special Agent stand aufrecht und bedrohte den Mann mit dem Pistolenlauf.

»An wen gehen die Waffen?« fragte Orak gerade.

»Weiß ich nicht«, kam es keuchend von dem Mann zurück.

»Komm schon, du mußt doch wissen, was mit dieser Lieferung hier passiert.« Oraks Stimme wurde nicht lauter. Er hob nur den Pistolenkolben.

Der Mann hielt die rechte Hand abwehrend vor sein Gesicht. »Wir bringen sie nach Mersin und stapeln sie dort in einem Lagerhaus. Ein Türke ist immer da, der uns aufschließt und danach wieder alles verriegelt.«

»Wie heißt dieser Türke?«

Der Mann zuckte mit den Schultern. »Keine Ahnung.«

Der Pistolenlauf ging wieder nach oben. Der Mann am Boden wollte sich wegdrehen, aber Orak verpaßte ihm einen Fußtritt, der ihn auf die Seite warf.

»Ich weiß nicht, wie der Türke heißt! Wirklich nicht!«

»Wer liefert die Drogen?« fragte Orak.

Der Mann bewegte sich nicht und schwieg.

»Noch mal: Wer liefert die Drogen?«

Immer noch Schweigen.

Orak hielt dem Mann die Pistole an die Schläfe. »Du antwortest. Oder du bist tot.«

Der Mann keuchte. »Tuncer.«

»Tuncer. Weiter?«

»Mehr weiß ich nicht.«

Gruber ging ein paar Schritte in die Halle. Beim Geräusch seiner Schritte drehte sich Orak sofort um. Der Kommissar deutete Richtung Tor. »Wir müssen weg. Es kommen Leute.«

Von draußen näherten sich Stimmen. Orak wandte sich dem Aufseher zu, der ihn entsetzt ansah. Mit einem trockenen »Muß leider sein« schlug er ihm den Pistolenlauf über den Hinterkopf. Der Mann kippte lautlos mit dem Gesicht auf den Steinboden. Orak deckte die Grubenlampe mit der Jacke des Aufsehers ab und schob Gruber vor sich her in einen Seitengang. Leise flüsterte er: »Sie wären besser auf Ihrem Posten geblieben.«

»Kann sein. Was jetzt?« Gruber lauschte angestrengt auf die Stimmen der Männer draußen.

»Da neben dem Tor, sehen Sie die Säcke? Machen Sie, daß Sie dort hinkommen. Wenn die Kerle im Lager sind, rennen Sie raus zum Wagen. Ich komme nach. Machen Sie. Und nicht über den Hauptgang.« Orak hielt Gruber, der schon in den breiten Gang spurten wollte, an der Jacke fest. »Die Wand entlang.« Orak deutete auf einen schmalen Spalt, der zwischen den aufgestapelten Paletten und der Wand zum Eingang führte.

In diesem Moment wurde das Tor aufgerissen, und drei Männer kamen herein. Offenbar waren es Männer von der *Adria*, die in einer Kneipe gewesen waren. Die Dunkelheit im Schuppen machte sie stutzig.

»Wo ist denn Nafiz?« sagte einer von ihnen.

Von seiner Position hinter den Säcken konnte Gruber erkennen, wie sich die abgedeckte Lampe auf dem Schreibpult langsam bewegte. Orak mußte an dem Stromkabel ziehen. Dann kippte die Lampe mit einem lauten Getöse um, die Jacke fiel auf den Boden. Im Licht der umgestürzten Lampe erkannten die Schauerleute die zusammengekrümmt am Boden liegende Gestalt. Zwei von ihnen stürzten nach vorne, der dritte blieb am Tor stehen. Er trat aber ein paar Schritte in den Gang, um besser zu sehen. Gruber überlegte nicht lange und drückte sich an den Säcken vorbei ins Freie. Er schnappte sich Oraks Stiefel und rannte in Richtung Wagen.

Hinter ihm ertönte ein Schuß, laute Schreie, dann ein weiterer Schuß. Gruber blieb wie angewurzelt stehen und drehte sich um. Von Orak war nichts zu sehen. Er rannte weiter zum Wagen, schloß auf, warf die Stiefel auf den Rücksitz, setzte sich und drehte den Zündschlüssel. Der Motor heulte auf, als Gruber fast im selben Moment die Kupplung kommen ließ und Gas gab. Der Wagen machte einen Satz nach vorn und startete durch.

Von weitem sah Gruber eine Gestalt, die ihm in Strümpfen entgegenrannte. Er hielt auf Orak zu, der sich beim Rennen immer wieder umschaute. Gruber bremste ab, griff über den Beifahrersitz zur Tür und öffnete sie. Der Wagen wurde langsamer und erreichte Orak. Der sprang in den rollenden Wagen, ließ sich auf den Sitz plumpsen und knallte die Tür wieder zu.

»Jetzt aber Vollgas, Gruber«, lachte Orak.

Innerhalb von Minuten waren sie in der Innenstadt von Dubrovnik und dann auf dem Weg zur Autobahn nach Sarajevo.

André Gruber brauchte eine halbe Stunde, bis er von dem Adrenalin-High, in das ihn das kleine Abenteuer katapultiert hatte, wieder herunterkam. Allmählich hörten seine Finger auf zu vibrieren, und sein Magen entkrampfte sich und meldete Hunger an. Der Wagen glitt mit 160 km/h über den glatten Belag der neuen Autobahn. Die Landschaft um sie herum war in der Dunkelheit nur schemenhaft zu erkennen. Immer wieder tauchten in der Ferne die Lichter von kleinen Ortschaften oder einzeln stehenden Häusern auf. Auf der Autobahn hinter ihnen blieben die Lastwagen zurück, deren Scheinwerfer in Grubers Rückspiegel wie eine leuchtende Kette erschienen.

Orak, der die ganze Zeit schweigend neben ihm gesessen hatte, bot Gruber eine Zigarette an.

Gruber schüttelte den Kopf. »Danke. Ich rauche nicht.«

»Stört es Sie, wenn ich rauche?« Orak hielt fragend sein Feuerzeug an die Zigarette.

»Nein, gar nicht.«

Das Feuerzeug klickte, und der kratzige Geruch von Tabak machte sich im Wagen breit. Gruber schaute kurz zu seinem blonden Beifahrer. »Macht ihr das eigentlich immer so?« fragte er.

Orak lachte leise. »Bei der türkischen Kripo, meinen Sie? Nein. Aber wenn wir dem MIT Amtshilfe leisten, manchmal schon.«

Er nahm einen tiefen Zug von der Zigarette. »Was halten Sie eigentlich von dem Fall Özakın?«

»Ich glaube, die Attentäter Özakıns stammen aus dem organisierten Verbrechen. Ihre Mörder auch. Entweder hat sich die Mostarer Bande für die Ermordung ihres Chefs gerächt, oder der Ring aus Sarajevo hat sie selbst umlegen lassen, damit es keine Zeugen gibt.«

»Und wer hat Ihrer Meinung nach Özakın umlegen lassen?«

»Hm. Das ist die große Preisfrage. Vermutlich Geschäftspartner der Kriminellen aus den Reihen islamischer Extremisten.«

Orak stieß eine Wolke Rauch aus. Dann sagte er: »Eher unwahrscheinlich. Extremisten machen ihre Attentate lieber selbst. Schon aus Gründen der *propaganda fidei*.«

»Dann also doch die Mostarer Bande?«

»Nein. Kein Motiv. Was hätten die Mostarer mit dem Tod von Özakın gewinnen können. Nein, ich glaube, hier sitzt ein dritter Spieler mit am Tisch.«

»Reine Spekulation«, meinte Gruber.

Orak drückte die Zigarette im Aschenbecher aus. »Nicht nur. Im östlichen Mittelmeerraum laufen in letzter Zeit komische Sachen ab. In der Türkei sind ein paar große Drogendeals, hinter denen alle das organisierte Verbrechen vermutet haben, in Wirklichkeit von Extremisten aufgezogen worden. Wir haben davon nur durch Zufall erfahren. Und in Israel gab es einige Anschläge, die ganz klar die Handschrift der Palästinenser getragen haben. Verantwortlich waren aber ultra-orthodoxe Juden. In einigen Fällen war diese Maskerade nur aufgrund der Kenntnis sicherheitspolitischer Interna möglich – und die kann nur jemand liefern, der Zugang zu ihnen hat.«

Gruber schaute zu Orak hinüber, der den Blick auf die Straße gerichtet hatte.

»Maskeraden also. Interessanter Gedanke. Ich werde mal aufpassen, ob wir bei den Ermittlungen der SOKO auf etwas Ähnliches stoßen.«

Orak nickte. »Tun Sie das. Und wenn Sie wirklich was haben, lassen Sie es mich wissen. Die Maskeraden sind zwar nur meine kleine Privattheorie, aber ich bin sicher, es ist was dran.«

*

Am nächsten Morgen berichtete Orak dem MIT von der Fahrt nach Dubrovnik. Einzelheiten wie das gebrochene Schulterbein des Aufsehers ließ er zwar unter den Tisch fallen, aber sein Bericht war immer noch so wahrheitsgetreu, daß die Leute der

SFOR nicht anders konnten, als ihn aufzufordern, Bosnien sofort zu verlassen.

Als sie die weißen Wachtürme des Camps hinter sich hatten und zum Hotel zurückfuhren, fragte Orak: »Sagen Sie mal, Gruber, konnten Sie eigentlich meine Stiefel retten? Ich nehm's Ihnen nicht übel, wenn sie in dem Schuppen geblieben sind. Es ist doch ein bißchen hektisch zugegangen.«

Gruber, der wieder am Steuer saß, deutete nur auf die Rückbank. Orak drehte sich um und lachte. »Gut, dann kann ich ja diese unmöglichen Turnschuhe zurückgeben, die mir der Portier vom Holiday Inn geliehen hat.« Er starrte auf die blau-gelb gezackten Schuhe an seinen Füßen.

Gruber räusperte sich. »Orak, was ich Sie noch fragen wollte ...«

Orak schaute hoch. »Ja?«

»Die Listen.«

»Listen?« Orak starrte den deutschen Kommissar an.

»Sie wissen schon, die Listen, die im Schuppen auf dem Schreibpult lagen.«

Der Special Agent schwieg einen Moment, dann schlug er mit der flachen Hand auf das Armaturenbrett. »Sie sind gut, Gruber, ziemlich gut sogar.« Er lachte leise in sich hinein. »Die Listen sind in meinem Gepäck. Ich werde sie von der türkischen Polizei auswerten lassen. Wenn wir irgend etwas finden, jede noch so vage Spur, die Ihnen helfen könnte, die Mörder von Özakın zu finden, dann melde ich mich. Und jetzt holen wir unsere Sachen und dann schnell zum Flugplatz. Ich muß heute noch nach Adana.«

*

Gruber war seit zwei Tagen aus Sarajevo zurück. Die SOKO saß wieder einmal zur Teambesprechung zusammen, und Döpfner berichtete von seiner erfolglosen Nachfrage beim BND.

»Wie Sie alle wissen, hat der BND uns inoffiziell ausrichten lassen, der Mord an dem Professor sei eine Tat islamischer Extremisten. Nichts sonst, keine Hintergründe, keine Belege. Ich war deshalb vor ein paar Tagen beim BND-Präsidenten. Angeblich kommt die Information von der CIA, und die lehnt es strikt ab, die Quellen zu nennen. Also, das bringt uns auch nicht weiter.« Döpfner zuckte mit den Schultern.

»Vielleicht haben die einen Undercover-Agenten, entweder unter den Extremisten oder bei den organisierten Kriminellen, die das Drogen- und Waffengeschäft mit den Fundamentalisten betreiben«, meinte Kripochef Engel.

In diesem Moment wurde die Tür aufgerissen. Die Runde zuckte kollektiv zusammen. Ein uniformierter Polizist, der höchstens zwanzig sein konnte, blickte in die erschreckten Gesichter und entschuldigte sich. »Tut mir echt leid. Aber es hat einen Anschlag auf die Moschee in Schöneberg gegeben! Vor vier Minuten. Eine Streife hat es gerade reintelefoniert.«

»Was!?« Engel fuhr aus dem Sitz hoch. Gruber schob hastig seine Unterlagen zusammen. Gleichzeitig versuchte er, seine Jacke anzuziehen, wobei er seinen Kuli vom Tisch fegte und fast noch die volle Kaffeetasse von Inspektorin Evren mitgenommen hätte.

Engel starrte ihn an. »Gruber, wenn Sie sich einigermaßen zusammengepackt haben, fahren Sie nach Schöneberg.« Er blickte zu Yasemin Evren, die am Boden kniete und Grubers Stift zwischen den Tischbeinen suchte. »Und Sie, Evren, Sie gehen mit.«

Damit stürmte der Kripochef aus dem Zimmer. Döpfner schaute ihm einen Moment lang nach. Dann wandte er sich an Gruber und Evren und fragte: »Nehmen Sie mich mit?«

Döpfner, Gruber und Evren kamen durch die provisorische Absperrung, als Sanitäter gerade den blutüberströmten Imam der Schöneberger Gemeinde auf einer Bahre zum Rotkreuzwagen trugen. Mehrere Gemeindemitglieder liefen neben der Bahre her, eine ältere Frau mit Kopftuch weinte lautlos.

André Gruber sprach die Ärztin des Rettungsteams an, die ihnen knapp mitteilte, daß der Imam schwer verletzt sei und im Krankenhaus sofort operiert werden müsse.

Die Bombe war im Gebetsraum der Schöneberger Moschee plaziert gewesen. Von den farbenprächtigen Mosaiken und Teppichen, die die Wände des Raumes geschmückt hatten, waren nur noch bunte Scherben und angekokelte Stoffetzen übrig. Yasemin Evren unterhielt sich in einer Ecke des zerstörten Raumes mit einer Gruppe von Frauen auf türkisch. Döpfner und Gruber schauten zu, wie die Spurensicherung die Überreste der Bombe zusammensuchte. Ein schwarzer verhedderter Klumpen aus verkohlten Kabeln und verschmortem Plastik, das einmal den Körper des Sprengsatzes gebildet hatte, lag in der Mitte des Raums.

»Können Sie schon etwas zu der Bombe sagen?« fragte Gruber wider besseres Wissen.

Der beleibte Mann im weißen Anzug der Spurensicherung warf ihm einen Blick zu, als könne er nicht glauben, was er da gerade gehört hatte. »Es war eine Bombe«, meinte er dann lapidar.

Sein Kollege, der am Boden kniete und winzige Eisenteilchen mit der Pinzette in einen Plastikbeutel sammelte, schaute kurz hoch. »Eine Bombe mit Fernzündung. Ich würde sagen, ein amerikanisches Modell. So auf den ersten Blick. Aber keine Garantie.« Er wandte sich wieder den geschwärzten Teilchen zu. Der Dicke schüttelte nur den Kopf.

»Der Imam hat bei der Beerdigung von Professor Özakın gesprochen«, sagte Döpfner zu Gruber. »Er hat sich deutlich gegen den gewalttätigen Fundamentalismus ausgesprochen. Vielleicht war das jetzt die Rache dafür.«

Gruber nickte und schaute zu Yasemin Evren, die in ihren Stöckelschuhen gekonnt durch das Chaos schritt. Er schaute die Kollegin fragend an. »Und? Hat irgend jemand etwas gesehen?«

»Die junge Frau mit dem violetten Kopftuch«, Evren deutete

auf die Gruppe der Frauen, »hat gestern beobachtet, wie zwei Männer auffällig vor dem Garten herumgestanden haben. Vermutlich Kroaten. Sie hat sich nichts dabei gedacht, weil vorne an der Ecke eine kroatische Kneipe ist.« Die Inspektorin wandte sich an Döpfner. »Erinnern Sie sich an den vagen Hinweis über Kroaten aus dem Kreis des organisierten Verbrechens, die angeblich die Mörder von Professor Özakın liquidiert haben sollen? Dem sollten wir jetzt einmal nachgehen.«

Döpfner wollte gerade antworten, als Grubers Handy klingelte. Er meldete sich und reichte das Gerät nach ein paar Sekunden an Döpfner weiter.

»Der blonde Engel«, flüsterte er.

Döpfner zwinkerte ihm zu, als er das Handy ans Ohr nahm. »Engel? Was gibt es denn?«

Im nächsten Moment drehte der Kriminaldirektor sich abrupt um und hielt sich die linke Hand auf das freie Ohr, um Engel besser verstehen zu können. Yasemin Evren merkte sofort, daß etwas nicht stimmte. Dann sagte auch Gruber leise: »Scheiße, was ist denn jetzt passiert?«

Nach ein paar Minuten gab Döpfner ihm das Handy wortlos zurück. Evren kam es so vor, als sei der Kriminaldirektor um die Mundwinkel bleicher geworden.

»Es hat einen zweiten Anschlag gegeben«, sagte er schließlich. »In der Oranienburger Straße. Auf das Eingangsportal des Centrum Judaicum und die alte Synagoge. Engel ist dort.«

Yasemin Evren schlug sich die Hand vor den Mund.

Gruber brachte mit Mühe heraus: »Und? Was ist passiert?«

»Anscheinend hat es erheblichen Sachschaden gegeben, auch die Fassade des Centrums hat gelitten. Aber Menschen wurden Gott sei Dank nicht verletzt.«

Die beiden fast zeitgleichen Anschläge versetzten die Berliner Polizei in höchste Alarmbereitschaft. Jüdischen Einrichtungen vom Friedhof Weißensee bis zum stadtbekannten Bagel-Shop in der Joachimsthaler Straße wurden mit Panzerfahrzeugen bewacht. Mehrere Hundertschaften und Beamte in Zivil wurden zum Schutz von Moscheen, islamischen Kulturzentren und Koranschulen eingesetzt.

Zwei Einsatzteams gingen dem Hinweis auf die beiden Kroaten nach. In der Wohnung in Moabit, wo der eine gemeldet war, fanden sie Sprengsätze amerikanischer Herkunft, wie sie mutmaßlich beim Anschlag auf die Schöneberger Moschee verwendet worden waren. Allerdings wurden keine Beweise für eine Verwicklung der Verdächtigen in die Morde an der B 1 gefunden. Die Kroaten wurden verhaftet, verweigerten aber auch nach stundenlangen Verhören jede Aussage.

Die Berliner Polizei klemmte sich hinter einen Hinweis zum Anschlag auf das Centrum Judaicum. Ein wegen Brandstiftung in einem Asylantenheim vorbestrafter Skinhead war am Morgen des Anschlags vor der Synagoge gesehen worden. Er war zum Verhör festgenommen worden, hatte aber erklärt, er sei unschuldig. Eine Hausdurchsuchung hatte nur seine Zugehörigkeit zu einer Neonazi-Gruppe in Marzahn zutage gefördert.

Engel ließ jetzt eine Durchsuchung der Kellerräume dieser Nazi-Gruppe anordnen. Die Polizei fand die gleichen amerikanischen Sprengsätze, wie sie bei beiden Anschlägen benutzt und schon bei dem Kroaten in der Moabiter Wohnung gefunden worden waren. Außerdem entdeckte sie umfangreiches neonazistisches Propagandamaterial in deutscher Sprache, das einem Aufdruck auf der Verpackung nach im US-Bundesstaat Oklahoma gedruckt worden war.

Auf der spätabendlichen Lagebesprechung der SOKO wurden die Ergebnisse der Einsätze zusammengetragen. Daß ein großer Teil der neonazistischen Heftchen, Aufkleber und Flugblätter aus den USA stammten, verwunderte niemand. Was Döpfner und sein Team stutzen ließ, war die Kombination von aus den USA stammendem Propagandamaterial und amerikanischen Sprengsätzen. Dazu hatte Kripochef Engel abends auf seinem Schreibtisch auch noch ein Schreiben der Spurensicherung vorgefunden: Von den Waffenherstellern war eindeutig bestätigt worden, daß die Waffen der Sarajevo-Killer aus Beständen der US-Armee kamen.

*

Eigentlich schaltete Hikmet Evin morgens nie den Fernseher an, doch heute galt sein erster Griff der Fernbedienung. Auf den Nachrichtenkanälen wurde gerade das Pressestatement des Kanzlers zu den Anschlägen vom gestrigen Abend wiederholt. Stockmann war es wichtig gewesen, eindrücklich vor den verheerenden Auswirkungen des religiösen Extremismus zu warnen. Hikmet Evin war mit im Büro gewesen, als der Kanzler mit dem türkischen Ministerpräsidenten telefoniert hatte.

»Als Kanzler der Bundesrepublik Deutschland ist es meine Aufgabe, die Verfassungsordnung zu schützen, einschließlich der Religionsfreiheit von Minderheiten. Genauso ist es aber auch meine Pflicht, die Verfassungsordnung notfalls *gegen* religiöse Minderheiten zu schützen. Alle, die in diesem Land leben wollen, schulden den anderen Respekt und Toleranz. Das ist nicht nur eine Sache des Staates, sondern der ganzen Gesellschaft …«

Mit halben Ohr hörte Evin der Erklärung des Kanzlers zu, während er sich anzog. In aller Hektik hatte Stockmann mit seinen Mitarbeitern gestern nachmittag stichwortartig den Text erarbeitet. Dabei war es Evin gelungen, den Kanzler, der sich gerne auch schärfer gegen die Bigotterie rechter christlicher Kreise ausgesprochen hätte, zu diplomatischen Formulierungen zu bewegen. Für die Rechten waren die Anschläge sowieso ein willkommenes Fressen, um wieder einmal gegen angebliche Versäumnisse der rotgrünen Politik zu wettern.

Evin verließ die Wohnung und spurtete die Treppen hinunter zum Zeitungskiosk an der Ecke. Als er den Laden betrat, bimmelte die kleine Glocke über der Tür. Am Tresen bei dem türkischen Kioskbesitzer standen ein paar Leute aus dem Kiez. Sie schauten kurz zu ihm herüber, dann wandten sie sich wieder ihrer Diskussion zu. Evin schnappte ein paar Brocken der Unterhaltung auf, anscheinend ging es auch hier um die Anschläge.

Er trat zu den Ständern, die mit Ausgaben der nationalen und internationalen Tageszeitungen vollgestopft waren. Wie fast überall in Kreuzberg konnte man hier alle größeren türkischen Tageszeitungen erstehen. »Extremistenanschläge in Berlin« und »Bomben in Moschee und Synagoge« titelten die deutschen Zeitungen, die türkischen sprachen von einem »Blutigen Tag der Attentate«. Wie Hikmet Evin geahnt hatte, nutzte das konservative Lager die Anschläge zu einem Rundumschlag gegen die »Multikulti-Ideologie« der Regierung. »Einwanderergesellschaft vor dem Aus?« kommentierte ein weit rechts stehendes Blatt.

Hikmet Evin nahm ein paar Zeitungen, die er genauer lesen wollte – die Presseschau der Pressestelle kam sicher erst wieder gegen Nachmittag –, und trat zur Kasse. Der Kioskbesitzer kannte den jungen Mann vom Sehen und nickte freundlich. In der diskutierenden Gruppe echauffierte sich gerade ein älterer Deutscher in Lederjacke und rotem Tuch um den Hals: »Der rechte Sack hat es nicht mal für nötig gehalten, den zweiten Anschlag auf die Synagoge zu erwähnen. Davon, daß heute jüdische Einrichtungen in Deutschland immer noch von Faschisten angegriffen werden, wollen diese Herren ja nichts wissen!«

Eine türkische Frau in einem braunen Mantel nickte zustimmend. »Das Interview war wirklich der Hammer. Daß die so etwas überhaupt senden. Als ob Religionsfreiheit für Moslems, die in Deutschland leben, irgend etwas mit ›Überfremdung der deutschen Christen‹ zu tun hätte. Schon das Wort! Was soll ›Überfremdung‹ denn eigentlich heißen?«

Hikmet Evin war aufmerksam geworden. »Um was für ein

Interview geht's denn?« fragte er dazwischen, während er dem Kioskbesitzer einen Zehneuroschein über den Tresen schob.

Ein junger Türke klärte ihn auf. »Im Frühstücks-Talk haben sie heute morgen den Vorsitzenden einer christlich-fundamentalistischen Gruppe interviewt. Der hat ganz unverschämt das ›Ende der Toleranzduselei gegenüber den Muslimen‹ in Deutschland gefordert. Wer die Gottesherrschaft von Jesus Christus nicht anerkenne, sondern ihn zu einem Vorläufer des Propheten Mohammeds herabwürdige, habe in einem christlich-abendländischen Kulturland wie Deutschland nichts verloren.« Er schüttelte den Kopf.

»Da haben Sie recht«, sagte Evin. Er nickte der Runde zu, die weiter diskutierte, nahm sein Wechselgeld und ging. Auf dem Weg zurück in die Wohnung überflog er die Artikel auf den ersten Seiten. Oben angelangt, setzte er Kaffeewasser auf und schaute noch einmal ins Fernsehen, wo gerade Passanten nach ihrer Meinung zu den Anschlägen befragt wurden. In Gedanken war Hikmet Evin allerdings schon wieder bei dem Maßnahmenpaket des Kanzlers. Vielleicht müßte man auch einmal mit der Bildungsministerin sprechen. Die beste Verteidigung gegen religiösen Fundamentalismus war eine aufgeklärte Öffentlichkeit, die sich durch solch dummdreiste Sprüche, wie sie da eben kolportiert worden waren, nicht beeindrucken ließ. Und, fiel Evin plötzlich ein, er mußte unbedingt Herrn Döpfner von der SOKO anrufen. Vielleicht wußte die Polizei nach den ersten Verhaftungen gestern abend ja schon mehr über die Hintergründe der Anschläge.

Ungefähr zur gleichen Zeit, als Hikmet Evin seine Morgenlektüre vom Kiosk holte, saß Kriminaldirektor Döpfner im Polizeihauptquartier und brütete über den mageren Ergebnissen der Durchsuchungen und Verhöre von gestern. Außer der amerikanischen Connection war da nicht viel, was die Ermittlungen weiterbringen könnte. Da die CIA sich bisher so unkooperativ gezeigt hatte, beschloß der Kriminaldirektor, seinen alten Freund Bill Brady anzurufen, der inzwischen beim FBI in Washington in einer leitenden Position war. Döpfner wartete bis zum frühen Nachmittag, als in Washington der Tag erst anfing, dann ließ er sich mit dem FBI verbinden. Er hatte Glück, Brady war da und hatte Zeit für den deutschen Kollegen. Döpfner erzählte ihm von den Recherchen der SOKO und dem doppelten Fund bei den deutschen Neonazis. Brady hielt es für möglich, daß beides vom selben Lieferanten stammte. »Wir haben hier so viele rechtsradikale Verrückte – von der *Aryan Nation* über die *Christian Identity* bis zu den radikalen Randgruppen der *Moral Majority*. Das sind die Verrückten, die 1995 das Murrah-Gebäude in Oklahoma City in die Luft gesprengt haben. 168 Tote, darunter Kinder aus einem Kindergarten! Die reden vom Kampf gegen das ZOG, das *Zionist Occupied Government*. Die Abstimmung läuft inzwischen ganz übers Internet, vom Informationsaustausch bis zur Koordinierung von gezielten Aktionen. Für uns ist das fast unkontrollierbar.«

»Kannst du mir darüber mal aktuelles Material schicken lassen?«

»Sicher, ich laß es dir rübermailen. Bist du schon wieder an einem internationalen Fall dran, Wolf? Muß ich mich darauf einstellen, daß du bald wieder hier auftauchst und ein paar Verbrechern, von denen wir noch nicht mal eine Ahnung haben, das Handwerk legst.«

Döpfner lachte. »Na, ich arbeite gerade wirklich an einem ziemlich brisanten Fall.«

»Kannst du schon was sagen?«

»Nein. Aber ich halte dich auf dem laufenden. Wie geht's bei dir?«

»Ich genieße das Eheleben.«

»Wirklich? Immer noch mit deinem Tierarzt?«

»Ja. Mein Tierarzt ist inzwischen Chef der größten Veterinär-Klinik im Staate Maryland. Bei uns springen zwei Hunde, ein echtes Chamäleon und jede Menge Katzen im Haus herum.« Brady seufzte. »Und wie ist es dir mit deiner schönen Polin ergangen? Wollt ihr nicht auch bald mal in den Stand der Ehe treten.«

»Vielleicht nächstes Jahr. *Goodbye*, Bill!«

*

Sefik Güven, Barbara Mitter, Yussuf Ünlü und Rana Muhamed Chowdhury hatten in tage- und nächtelanger Arbeit den gesamten E-Mail-Wechsel zwischen Professor Özakın und Professor Büyük durchgearbeitet. Die Tendenz war klar; die beiden Männer tauschten sich über die immer weiter zunehmenden Konfrontationen mit fundamentalistischen Kollegen aus. Offenbar hatten beide eine wachsende Bedrohung gespürt, die sich hinter der immer wiederkehrenden gegenseitigen Versicherung verbarg, daß Professoren wie Sever und Çalişkan im Grunde rechtschaffene Männer seien, die aber eben politisch und religiös auf der anderen Seite stünden.

Von Yussuf Ünlü kam die Idee, man müsse sich auch mal im Computer von Professor Sever umsehen. Als dann die ersten Nachrichten über die Berliner Anschläge im Fernsehen kamen und die schockierten Kommentatoren über Verbindungen zwischen dem Anschlag auf die Schöneberger Moschee und das Attentat Özakın spekulierten, war das Team nicht mehr aufzuhalten. Barbara, die als Deutsche am unauffälligsten wirkte, machte sich auf den Weg ins Physik-Institut. Yussuf Ünlü hatte vorher mit der Sekretärin telefoniert und festgestellt, daß der Professor gerade Seminar hatte.

Sie kam ohne Probleme an der Sekretärin vorbei, die ihre sorgsam zurechtgelegte Rede, sie müsse kurz ins Büro des Professors, um nach einem Buch zu schauen, das er sich von dem verstorbenen Professor Özakın ausgeliehen hatte und das jetzt im Nachlaß vermißt würde, mit einem gelangweilten Kopfnicken quittierte und sie durchwinkte. Der Computer von Sever war in Stand-by-Modus, so daß Barbara nur die Tastenkombinationen drücken mußte, die ihr Rana eingeschärft hatte. Dann noch zweimal die Eingabe-Taste, und der Computerbildschirm wurde schwarz.

Wenige Stunden später kam der Anruf des Assistenten von Professor Sever, der – wie abgesprochen – nach dem bengalischen Siemens-Fachmann verlangte, da der Computer des Professors keinen Mucks mehr mache. Rana wurde im Physik-Institut von einer dankbaren Sekretärin und einem genervten Professor Sever empfangen, der ihm lang und breit erklärte, der Computer sei einfach tot gewesen, als er aus dem Seminar zurück ins Büro gekommen sei.

Rana nickte und machte sich an die Arbeit. Als erstes überprüfte er die Verbindung zur Steckdose.

»Das habe ich schon gemacht, junger Mann, das können Sie mir glauben.«

Rana nickte wieder und schaltete den Computer an und wieder aus. Außer dem Geräusch vom Anlaufen der Festplatte war nichts zu hören. Der Bildschirm blitzte kurz, dann war er wieder schwarz. Nun probierte der Computerfachmann etliche Tastenkombinationen aus, von denen keine dem Computer auch nur ein müdes Brummen entlockte.

Der Professor schaute ihm die ganze Zeit über die Schulter und meinte schließlich: »Dauert das lange, was meinen Sie?«

»Das kann dauern. Zwei, drei Stunden mindestens«, sagte Rana mit der Gelassenheit eines Berliner Busfahrers.

»Wissen Sie, dann gehe ich so lange in die Bibliothek. Oder brauchen Sie mich hier?«

»Nein, nein, gehen Sie nur. Wenn Sie zurückkommen, läuft er wieder.« Rana verabschiedete den Professor mit einem aufmunternden Lächeln. Kaum hatte der das Büro verlassen, schnappte er sich das Telefon und rief das Team im Islam-Institut an, das nur auf den Anruf wartete.

Neunzig Minuten später verließ das Team das Büro des Physikprofessors. Ihre Ausbeute befand sich auf drei Computerdisketten. Nachdem Rana Chowdhury den Computer von einer mitgebrachten Systemdiskette neu gebootet hatte und mit einigem Tastendrücken wieder ins Startmenü des Professors gekommen war, ging die Sache schnell. Auch diesmal hatte Rana keine Mühe mit dem Paßwort.

»›Parola‹, Paßwort auf türkisch. Man sollte es nicht für möglich halten.« Rana knackte mit den Fingern und machte sich an die Arbeit. Hauptfund war eine Adreßdatei von islamistischen Fundamentalisten an deutschen Universitäten.

In einer Nachtsitzung arbeitete das Berliner Team die Datei durch. Außerdem e-mailten sie eine Kopie zu Vedat Güven nach Istanbul. Und obwohl Barbara und Yussuf erstaunt waren, wer alles dem islamistischen Lager zugerechnet wurde, fanden sie zwei entscheidende Dinge nicht: Es gab keinen für sie erkennbaren Hinweis auf etwaige Auftraggeber des Attentats an Professor Özakın. Und eine Verbindung zum organisierten Verbrechen in Berlin oder Bosnien konnten sie auch nicht ausmachen.

Das Istanbuler Team brütete seit Stunden über der Adreßdatei aus Berlin, die am Nachmittag in Vedats Mailbox aufgetaucht war. Kerim, der inzwischen wieder in Istanbul war, hatte mit Berlin telefoniert und sich die Details des Fundes genau erzählen lassen. Bekannte Namen oder irgendwelche Querverbindungen zu Bekannten von Professor Özakın konnten aber auch sie in der Datei nicht entdecken. Vedat und Figen Yüksel waren allerdings so von dem Erfolg des Berliner Teams beeindruckt, daß sie hin- und herüberlegten, wie sie an den Computer von Professor Çalişkan herankommen könnten.

Es stellte sich heraus, daß die Sache hier sogar noch einfacher als an der Berliner Humboldt-Universität war. Figen, der sich sowieso fast immer im naturwissenschaftlichen Gebäudekomplex der Uni aufhielt, drückte sich in den Gängen des Physik-Instituts herum. Schließlich schnappte er auf, daß sich Professor Çalişkan die ganze Woche auf einer Konferenz in Konya befand. Mit dem Handy rief Figen Kerim an, der sich sofort auf den Weg zur Bosporus-Universität machte. Als er den Gang zum Physik-Institut entlangeilte, kam ihm Figen schon entgegen.

»Schnell, Kerim, die Sekretärin ist gerade kurz zum Einkaufen. Ich habe ihr versprochen, solange das Sekretariat besetzt zu halten.« Der kleingewachsene Figen grinste bis über beide Ohren. Kerim klopfte ihm auf die Schulter. »Genial!«

Der Zugang zum Computer von Çalişkan war kein Problem; der Professor hatte seine Daten nicht einmal durch ein Paßwort geschützt. Kerim fand eine ähnliche Adreßdatei wie die aus Berlin. Er zog sie auf Diskette. Weil noch Zeit war, warf er einen Blick in die Dokumente, an denen Professor Çalişkan gerade arbeitete. Zwei wissenschaftliche Artikel, ein Protokoll über eine interne Sitzung zur Hochschulreform, eine Rede auf dem Treffen des Aczmendi-Ordens in Konya … Kerim überlegte nicht lange und zog auch dieses Dokument auf die Diskette.

Bei einer ersten Auswertung von Çalişkans Adreßdatei daheim an Vedats Computer ergaben sich keine offensichtlichen Verbindungen oder Überschneidungen mit den in der Datei Severs aufgeführten Personen.

Zwei Namen auf der Istanbuler Liste sprangen Kerim allerdings ins Auge. Sie waren beide als Doktoranden von Professor Büyük aufgeführt.

Obwohl es schon spät war, rief Kerim bei dem Professor an, um ihn von ihrem Fund zu informieren.

»Seltsam«, meinte Büyük. »Der eine ist ein bekennender Fundamentalist, das weiß ich. Er hat daran auch nie einen Zweifel gelassen. Sozusagen eine Stütze meines pluralistischen Doktorandenkollegs. Der zweite allerdings … nun, ich kenne ihn nicht sehr gut, aber er tut immer so, als sei er ein Geistesverwandter von mir.«

»Dann ist der zweite vermutlich der gefährliche«, meinte Kerim

»Na, na, junger Freund. Nur keine übereilten Rückschlüsse. Das ist zuerst einmal ein junger Mann, der bei mir seine Promotion macht. Daß sein Name in dieser Datei auftaucht, kann alle möglichen Gründe haben.«

»Ich bitte Sie ja nur, vorsichtig zu sein. Sie und mein Vater haben beide Sever und Çalişkan des extremistischen Fundamentalismus verdächtigt. Und mein Vater ist jetzt tot.« Es war deutlich zu hören, wie schwer es Kerim fiel, den letzten Satz auszusprechen.

»Ich werde aufpassen, Kerim. Aber malen Sie den Teufel nicht an die Wand. Sie sollten übrigens diese Dateien, die Sie sich da illegalerweise besorgt haben, der Polizei übergeben. Die können sicher noch mehr damit anfangen.«

»Das machen wir.«

Der Professor verabschiedete sich von Kerim und legte auf. Der Entwurf der Rede, die Professor Çalişkan am selben Abend in Konya vor einer Versammlung von mehreren hundert Fundamentalisten hielt, lag ungelesen auf der Diskette in Vedats Computer. Erst als Kerim am nächsten Morgen die Diskette aus dem Laufwerk holte, fiel sie ihm wieder ein.

*

Orhan Kutulmus trat aus dem Haus in der Zuraf Sohak auf die naßglänzende Straße. Offenbar hatte es geregnet, während er dem Hause einen Besuch abgestattet hatte. Jeden Mittwochabend verbrachte er hier sehr vergnügliche Stunden mit einer gewissen Dame, die sich Özgül nannte. Özgül war eine schwarzhaarige Schönheit mit endlos langen Beinen und kleinen, festen Brüsten. Kutulmus hatte sie in seinem zweiten Roman, *Allah im Abseits*, in der Figur der Madame Ö. verewigt.

Der Schriftsteller pfiff leise eine Schlagermelodie und ging die Zuraf vor bis zur Ecke Alageyik Sohak. Unten an der Galata-Brücke würde er sicher ein Taxi kriegen, das ihn nach Hause in seine Junggesellenwohnung brachte.

Kutulmus war nicht aufgefallen, daß, kaum war er aus dem Bordell gekommen, ein Mann aus dem Schatten der Häuser auf der gegenüberliegenden Straßenseite getreten und ihm gefolgt war. Er bemerkte auch nicht den langsam fahrenden Volvo, der in dem Moment die Scheinwerfer abblendete, als der Schriftsteller um die Ecke bog. Orhan Kutulmus genoß den Blick auf die beleuchtete Spitze des Galata-Turmes und die vielen Lichter, die sich im schwarzen Wasser des Goldenen Horns spiegelten.

An der Brücke herrschte immer noch viel Verkehr, allerdings war weit und breit kein Taxi zu sehen. Kutulmus ging ein paar Schritte auf die Brücke und atmete tief die kühlere Luft ein, die vom Bosporus hereinwehte. Aus dem Augenwinkel sah er eine blitzschnelle Bewegung und drehte sich halb zur Brüstung. Dann spürte er einen harten Schlag auf den Hinterkopf. In seinem Gehirn explodierte ein gleißendes, donnerndes Feuerwerk. Vor Schmerz schossen ihm Tränen in die Augen, er wollte schreien, aber er brachte keinen Ton heraus. Und dann spürte er gar nichts mehr.

Sein Verfolger lehnte den toten Körper an die Brüstung und hielt ihn so lange aufrecht, bis der Volvo im Schrittempo auf die Brücke gefahren kam. Als der Wagen ihn fast erreicht hatte, zog der Mann mit einer schnellen Bewegung die Beine des Leichnams in die Höhe und warf ihn über die Brüstung. Der Körper des Schriftstellers schlug mit einem dumpfen Plumpsen auf der dunklen Wasseroberfläche auf. Der Killer beobachtete noch einen Moment, wie der Körper versank, dann setzte er sich in den Wagen, der über die Brücke davonfuhr.

*

Davud Orak hatte vor seinem Flug mit einem jungen Drogenfahnder in Mersin Kontakt aufgenommen. Der Mann mit Namen Arif Eker war ihm durch seine präzisen Berichte über den Drogenhandel im Raum Adana – Tarsus – Mersin aufgefallen. Orak deutete dem Polizisten gegenüber am Telefon an, daß er es auf den Waffen- und Drogenhandel in der Region abgesehen habe. »Darüber würde ich gerne mit Ihnen unter vier Augen sprechen.«

Arif Eker bot ihm an, ihn vom Flugplatz in Adana abzuholen.

Davud Orak erkannte den jungen Mann sofort, der wie ausgemacht rechts vom Gate-Ausgang auf ihn wartete. Er war schmal gebaut, wirkte aber durchtrainiert. Seine Oberlippe war fast vollständig von einem gepflegten Schnauzer bedeckt.

Mit dem Wagen, den Orak für Ekers Privatfahrzeug hielt, fuhren sie von Adana durch die fruchtbare Çukurova. Riesige Baumwoll- und Maisfelder lagen abgeerntet da, dunkelgrüne Zitrusplantagen erstreckten sich bis zum Horizont.

»Das ist seit jeher ein reiches Land«, erzählte der junge Polizist. »Adana war schon vor hundert Jahren Station der Bagdad-Bahn. Seine Bedeutung wächst ständig. Innerhalb der letzten zehn Jahre ist es zur Drehscheibe für den ganzen Nahen Osten geworden. In der Antike spielte Tarsus eine bedeutende Rolle, hat sie aber längst an das moderne Mersin mit Hafen und Freihafen abtreten müssen. Tarsus ist heute vor allem eine Hochburg der organisierten Kriminalität.«

»Dann wird der Drogenhandel von Tarsus aus organisiert?«

»In Tarsus, und auch sonst in der ganzen Gegend. Was ich vorhin über Adana als Drehscheibe gesagt habe, gilt für den legalen und den illegalen Handel. Das Zeug kommt teilweise von weit her, unter anderem aus Afghanistan und dem Iran. Sie kennen ja meine Berichte.«

Orak nickte. Er wartete, bis Eker einen alten Laster überholt hatte, der hoch mit Obstkisten beladen war. »Tel-Aviv-Mersin-Istanbul« stand in ausgebleichten blauen Buchstaben auf der

Rückwand. Darunter war ein Mann in ländlicher Tracht gemalt, der in beiden Händen große Orangen balancierte.

»Ist Ihnen schon einmal der Name Tuncer untergekommen?« fragte Orak.

»Tuncer? Klar, den kennt jeder in Mersin. Emre Tuncer. Ein sehr reicher, sehr angesehener Großhändler. Baumwolle, Getreide, Zitrusfrüchte, Gemüse. Er verschifft seine Waren rund ums Mittelmeer. Im Hafen besitzt er große Lagerhallen und an der Grenze zum Freihafen ein Bürohaus.«

»Bei der Drogenfahndung ist er noch nie aufgefallen?«

»Nein. Dem Zoll auch nicht.« Eker zuckte mit den Schultern. »Was beim hiesigen Zoll allerdings nicht viel heißen muß.«

Orak nickte und schwieg einen Moment. Dann fragte er: »Spielt Waffenhandel hier in der Gegend eine größere Rolle?«

»Hm. Mersin war schon immer ein Hafen für Schmuggel vor allem mit den arabischen Ländern. Aber Waffen kann man heute überall im Nahen Osten bekommen. Ob besonders viel Waffen über Mersin laufen, kann ich nicht sagen. Fällt nicht in mein Ressort.«

»Wo könnte ich denn etwas darüber erfahren? Gibt es vielleicht einen Kollegen, der mehr darüber weiß?«

Arif Eker überlegte. »Wissen Sie, ich würde es an Ihrer Stelle einmal bei der Firma John Miles Inc. versuchen. Ihre Geschäftsräume sind in der Nähe vom Hilton.«

»John Miles Inc.?«

»Eine große amerikanische Import- und Exportfirma. Schon seit Jahrzehnten in der Türkei tätig. Der Geschäftsführer ist Amerikaner. Die Leiter der Filialen – außer hier in Mersin gibt es sie in Istanbul, Izmir, Ankara und Malatya – sind Türken. Die Firma versorgt unter anderem den US-Luftwaffenstützpunkt in Incirlik mit amerikanischen Waren. Deshalb komme ich drauf.«

»Gibt es in dieser Gegend denn islamische Extremisten?«

»Nicht im großen Stil. Hier ist das levantinische Erbe lebendig. Die Çukurova ist kein Nährboden für Fundamentalismus. Die Menschen hier beunruhigt eher die Zuwanderung aus Südostanatolien.«

»Es gibt also keine Einheiten von Gotteskriegern oder Gruppen des organisierten Fundamentalismus hier?«

»Das habe ich nicht gesagt. Ganz verschont bleiben wir davon nicht, dafür sorgen schon die angrenzenden Staaten, allen voran der Iran. Und es gibt auch türkische Gruppen. Wir haben hier eine kurdisch-islamische ›Hezbullah‹. Dann gibt es die ›Islamischen Kämpfer des großen Ostens‹, eine stärker von Intellektuellen bestimmte Gruppe. An der Mersiner Universität hat sie aber nicht viel Zulauf. Studenten aus den islamischen Nachbarländern dürfen da auch nicht studieren. Am gefährlichsten sind wahrscheinlich die Gruppen ›grüner Legionäre‹ aus aller Herren Länder. Neuerdings sollen sie auch kurdischen Zulauf erhalten, sogar aus der alten PKK. Ich stoße auf solche Gruppen aber nur vereinzelt, wenn sie im Drogenhandel mitmischen.«

»Welcher Ihrer Kollegen weiß im einzelnen Bescheid?«

»Ich glaube, im Grunde keiner. Sie müssen den Geheimdienst fragen.«

Sie waren in Mersin angekommen und landeten mitten im beginnenden Feierabendverkehr. Die Nachmittagssonne brannte auf den dunklen Asphalt und verwandelte das Innere des Autos in eine Sauna. Im Norden erhob sich das Massiv des Taurus über den Hochhäusern der Stadt.

Orak nickte zu den Bergen. »Dort oben ist es bestimmt kühler.«

Eker schaute kurz von der Straße hoch, wo er sich durch die Automassen lavierte. »Ja. Es gibt tolle Wanderrouten da oben.« Er wandte sich zu Orak. »Dann fahren wir jetzt zum Polizeirevier? Oder wollen Sie gleich ins Hotel?«

»Warum machen wir nicht zuerst eine kleine Besichtigungstour im Hafen?« meinte Orak. »Ich würde mir gerne einmal die Lagerhallen dieses Emre Tuncer aus der Nähe ansehen.«

Eker nickte mit einem Grinsen, setzte den Blinker und verließ die Straße an der nächsten Ausfahrt zum Hafen. Er zeigte auf ein vierstöckiges Gebäude mit einer auffallenden Natursteinfassade.

»Das ist das Bürohaus von Tuncer, Agrar-Großhandel.«

An der Eingangstür des Hauses lehnte ein Wachposten in Zivil, der sicher nicht nur mit dem Handy bewaffnet war, das er in der Hand hielt. Eker fiel auf, wie genau Orak den Wachmann musterte.

»Das Gebäude wird rund um die Uhr bewacht. Angeblich gibt es innen sogar Koch- und Schlafgelegenheiten für den Wachschutz. Das habe ich aber nur gehört. Ich selbst war noch nie in dem Gebäude.«

Orak nickte nur. Dann fragte er: »Kann man von irgendwo die Rückseite des Hauses sehen?«

»Wir können sie uns vom Freihafen anschauen.« Eker drehte um und fuhr zum Freihafen. Am Eingang zeigte er seinen Ausweis vor, worauf der Posten sie auf das weitläufige, mit vielen Hallen bebaute Areal ließ. Schon von weitem sah man hinter dem hohen Zaun, der das gesamte Freihafengelände abgrenzte, die rückwärtige Fassade des Bürohauses. Hier hatte man auf die teuren Natursteine verzichtet und die Wand mit einfachen Ziegeln hochgezogen, von denen an manchen Stellen der Putz abblätterte. Die Fenster im Erdgeschoß waren mit Stahlgittern geschützt, seitlich darüber befand sich das unterste einer Reihe von Fenstern, die zum Treppenhaus zu gehören schienen. Diese Fenster waren ungesichert.

»Die Lagerhallen Tuncers, wo sind die?«

»Wieder Richtung Tuncers Bürohaus, im inneren Hafengebiet. Sollen wir da vorbeifahren?«

»Nein, ich habe genug gesehen. Fahren wir ins Präsidium.«

Arif Eker kniff die Augen zusammen. »Gut.« Er drehte den Zündschlüssel und ließ den Wagen anspringen. »Was halten Sie von einem Deal, Orak? Sie erzählen mir, was Sie so sehr an Emre Tuncer fasziniert, und ich lasse mich dann vielleicht überreden und sehe nach, was wir über den guten Obsthändler im Computer haben. Falls wir überhaupt etwas über ihn haben.«

»Starten Sie durch, Eker. Der Deal gilt.«

*

Der massive Quader, der den Abschluß des gläsernen Geschäftsturmes bildete, war schon von weitem über der Neustadt von Konya zu sehen. Die horizontalen und vertikalen Fensterstreifen des mächtigen Bauwerks blitzten im Sonnenlicht und konkurrierten mit dem herbstlichen Farbenspiel der Bäume des benachbarten Necmettin-Erkaban-Parks. In dem riesigen Supermarkt, der das gesamte Erdgeschoß des gläsernen Turms einnahm, herrschte hektische Einkaufsstimmung, Menschenmassen kamen mit Tüten beladen durch die sich automatisch öffnenden Glastüren und schleppten ihre Einkäufe heimwärts.

Bekir Nurhan rückte den dunklen Stoff seiner Kopfbedekkung zurecht. Seit Stunden schon saß er am Rande des Parks auf einer Bank und beobachtete die Straße, die zum Geschäftseingang des gläsernen Hochhauses führte. Er wartete auf den Mufti der *Türkiye Diyanet Vakfi*, der Stiftung des Amts für religiöse Angelegenheiten. Nurhans Auftraggeber waren sicher, daß der Mufti heute im gläsernen Turm zu einem Treffen mit einem Kreis islamischer Geschäftsmänner erwartet wurde. Der Auftrag war ihm gestern abend am Rande der Versammlung der Aczmendi überbracht worden. Nurhan hatte seine üblichen Militärhosen und den Armee-Anorak gegen einen einfachen Anzug eingetauscht. Nur die derben Militärstiefel paßten nicht recht zu seiner Verkleidung.

Neben ihm auf der Bank stand eine Plastiktüte des Supermarkts. Er stammte aus Konya, war vor etwas über vierzig Jahren am Fuße des Aladdin-Hügels zur Welt gekommen. Die Neustadt Konyas war damals eine kleine Siedlung gewesen, und die moderne Stadtbahn, die heute die Stadt von der Universität bis zur Altstadt verband, hatte noch nicht einmal auf dem Reißbrett existiert. Hier in der Neustadt war wenig von der tiefen Religiosität zu spüren, die jeden Winkel der Altstadt durchdrang und die ihn immer wieder in seine Heimatstadt zurückzog. Manchmal nachts, wenn nur noch vereinzelt Touristen unterwegs waren, ging Nurhan zum Mevlana-Mausoleum und genoß die Stille. Die tanzenden Derwische, die die Touristenmassen nach Konya lockten, waren ihm dabei recht egal. Das war alte Geschichte, die nichts mit seinem Kampf für eine Welt nach den Vorstellungen Allahs zu tun hatte.

Nurhan schaute auf die Kreuzung. Sie kamen. Drei Fahrzeuge, der Mufti in dem dunklen Mercedes, die zwei kleineren Wagen für die Sicherheitsleute. Die Leibwächter hielten etwas Abstand zu dem Mercedes, wohl, um nicht aufzufallen. Der Gotteskrieger griff in die Plastiktüte, um sich zu vergewissern, daß alles bereit war. An der linken Hand, mit der er vorsichtig den Zündmechanismus der Bombe abtastete, fehlten zwei Finger, der kleine und der Ringfinger. Dafür war der Mittelfinger breiter als gewöhnlich und zu einem knorpeligen Höcker verwachsen. Er war vor dreizehn Jahren im Tschetschenien-Krieg dabeigewesen und hatte seither nicht mehr aufgehört, für die Sache Allahs zu streiten. Er war so oft verwundet worden, daß er nicht einmal mehr genau sagen konnte, woher jede Narbe auf seinem Körper stammte. Die beiden Finger fehlten ihm allerdings schon seit seiner Geburt. Er trug ein Amulett um den Hals, in einen grünen weichen Stoff eingenäht. Es sicherte ihm den Eingang ins Paradies, wo er zwei vollkommene Hände haben würde.

Die drei Wagen parkten am Straßenrand vor dem Eingang des Supermarkts. Die Leibwächter stiegen zuerst aus. Der Gotteskrieger griff mit der verkrüppelten Hand nach der Plastiktüte und stand auf. Das Tor zum Paradies war weit geöffnet. Er ging langsam auf den gläsernen Turm zu, wie jemand, der Zeit zum Einkaufen hat und sich überlegt, ob er sich wirklich unter die hektische Menge mischen soll. Der Blick eines Leibwächters streifte ihn, doch der Mann wandte sich sofort wieder ab. Ein livrierter Chauffeur mit weißer Kopfbedeckung und Vollbart öffnete dem Mufti die Tür des Fonds. Der Gotteskrieger rannte jetzt. Es trennten ihn noch ungefähr dreißig Meter von dem schwarzen Fahrzeug. Im Laufen nahm er die Bombe aus der Tüte, die hinter ihm auf den Boden fiel. Er griff nach dem Zünder, wartete aber noch. Jetzt waren die Leibwächter auf ihn aufmerksam geworden. Sie wollten den Mufti zurück in den Wagen drängen, doch der war so überrascht, daß er sich im ersten Moment sträubte. Der Gotteskrieger war zehn Meter entfernt, als der Mufti die Situation erfaßte. Er trat zurück zum Wagen. Der Gotteskrieger riß am Zünder, überrannte einen der Leibwächter, der sich ihm in den Weg stellte. Mit einem Satz stürzte er auf den Mufti zu, als er im Rücken von einer Kugel getroffen wurde, die ihn zu Boden schleuderte.

Die Bombe explodierte in einem grellen Feuerblitz. Die Leibwächter und der Mufti wurden zu Boden gerissen, während um sie herum Asphaltbrocken, Metallstücke und menschliche Körperteile durch dichten, beißenden Rauch wirbelten.

Bekir Nurhan sah nichts von dem Chaos, hörte den Knall nicht, der das geschäftige Tosen der abendlichen Neustadt zerfetzte. Er sah für einen Moment die Aladdin-Moschee, die in der Nacht rot und golden leuchtete. Dann sah er nichts mehr.

*

In seinem Mersiner Hotelbett wachte Davud Orak von selbst auf, noch bevor ihn der automatische Weckdienst um acht anrief. Gestern abend hatte er mit Arif Eker noch lange die Dateien des Polizeicomputers durchforstet, aber die beiden hatten außer geringen Unregelmäßigkeiten bei der Einfuhrdeklaration und ein paar Strafzetteln nichts über Emre Tuncer finden können. Der Drogenfahnder hatte Orak erneut geraten, dem MIT von dem Hinweis des Dubrovniker Lageraufsehers zu berichten, weil man dort sicher mehr Informationen über den Drogen- und Waffenschmuggel habe.

Orak ließ sich an dem strahlenden Herbstmorgen mit dem Taxi bis vors Hilton im Zentrum von Mersin fahren. Von dort ging er zu Fuß zu dem Bürohochhaus, dessen Adresse ihm Arif Eker genannt hatte. In der großzügigen Lobby des Hauses war ein Messingschild angebracht, das auf die Filiale von John Miles Inc. hinwies. Orak fuhr, wie unten angegeben, in den fünften Stock. Als er aus dem Aufzug trat, war er überrascht. Dichter grauer Teppichboden erstreckte sich von Wand zu Wand, der in hellem Holz gehaltene Empfangstresen war offensichtlich die Einzelanfertigung eines Möbeldesigners. Zwei geöffnete Lilienblüten, die in einer Glasvase am Fenster standen, verbreiteten ihren süßen Duft im ganzen Raum. Durch eine getönte Glaswand blickte man in ein Großraumbüro, das alles aufwies, was die moderne Bürotechnik zu bieten hatte. John Miles Inc. schien sehr gute Geschäfte zu machen.

Davud Orak stellte sich dem türkischen Filialleiter als Journalist vor. Der überaus höfliche Mann informierte ihn bereitwillig über die Filiale. Insgesamt achtzehn Leute seien hier beschäftigt. Das Geschäft gehe sehr gut, und zwar in beide Richtungen, von den Vereinigten Staaten und in die Vereinigten Staaten. Als Orak jedoch auf den Drogen- und Waffenhandel im östlichen Mittelmeer zu sprechen kam, wurde der Mann einsilbig. »Wissen Sie, darüber weiß ich nicht mehr, als in den Zeitungen steht.«

In diesem Moment öffnete sich die Tür zum Zimmer des Filialleiters. Ein rothaariger Mann in einem offensichtlich maßgeschneiderten, dunkelblauen Anzug trat heraus. Er begrüßte Orak in ziemlich gutem Türkisch, obwohl er nun absolut nicht türkisch aussah. Es mußte der amerikanische Geschäftsführer sein. Der Filialleiter stellte Orak vor und fügte dazu: »Herr Orak ist Journalist.«

Der Mann im dunkelblauen Anzug gab Orak die Hand. »Mein Name ist Dobb, Michael Dobb. Freut mich, Sie kennenzulernen.

Ich bin der Geschäftsführer von John Miles Inc. in der Türkei und besuche heute die Mersiner Filiale.«

»Sehr erfreut«, antwortete Orak.

»Für welche Zeitung arbeiten Sie denn?«

»Ich bin ein *freelance*. Gerade arbeite ich an einer Story für den israelischen *Maariv*. Ich dachte, vielleicht könnten Sie mir etwas über den Waffenhandel im östlichen Mittelmeer erzählen«, sagte Orak. Er nahm die Brieftasche aus dem Jackett und reichte dem Geschäftsmann eine seiner Journalisten-Visitenkarten.

Dobb starrte einen Moment auf die Karte, dann sagte er freundlich: »Kommen Sie doch ins Konferenzzimmer, dort können wir uns bei einem guten Kaffee ungestört unterhalten.« Er wandte sich zu dem Filialleiter. »Oder ist das Zimmer besetzt?«

Der Filialleiter schüttelte den Kopf. »Nein, nein, es ist frei. Ich lasse sofort Kaffee servieren, Herr Dobb.«

Nachdem eine Bürokraft eine Kanne frisch gekochten Kaffee und zwei kleine Tassen gebracht hatte, fing Orak an, Dobb, so gut es in der Rolle des Journalisten ging, auszuhorchen.

»Mich interessiert, ob man in dieser Gegend noch zwischen Lieferanten und Empfängern von Waffen klar unterscheiden kann. Heute gibt es ja im ganzen Nahen Osten Waffen im Überfluß.«

»Über den staatlichen Handel, etwa die Waffenlieferungen der USA an Israel oder die Golfstaaten, kann ich Ihnen aus eigener Kenntnis nichts sagen. John Miles Inc. handelt mit Büromaschinen, Haushaltsgeräten und Waren des täglichen Gebrauchs. Mit Waffen haben wir nichts zu tun. Im illegalen Handel geht es wohl meistens um Handfeuerwaffen und Sprengstoff. Abnehmer sollen sowohl kriminelle als auch terroristische Banden sein. Was mich wundert, weil die Gegend hier eigentlich relativ friedlich ist.«

»Man hat mir erzählt, Tarsus sei ein Zentrum der organisierten Kriminalität geworden. Gilt das auch für den Waffenhandel?«

»Das nehme ich an. Aber nach meiner Einschätzung geht es hier immer nur um Handel im kleinen Maßstab.«

»Weil es hier auch nur wenige und nur kleine gewalttätige Gruppen gibt?«

»Das könnte man so sagen. Die Kurden fallen wohl inzwischen als Waffenkäufer aus. Aber Fundamentalisten gibt es hier genug. Sonst hätte dieser radikale Prediger nicht solchen Zulauf.«

»Prediger?«

Dobb schaute sichtlich verwundert hoch. »Haben Sie von dem noch nicht gehört? Der Mann heißt Osman Güçlü, er war früher einmal Imam des *Diyanet*. Er hat unter der staatlichen Gängelung offenbar so gelitten, daß er Fundamentalist geworden ist. Er wohnt ganz in der Nähe, am Seyhan-Stausee nördlich von Adana. Die Leute nennen ihn einfach den Prediger.«

»Der Prediger ...« Orak ließ ein paar Sekunden verstreichen, bevor er zu seiner eigentlichen Frage kam. »Mir sind in Istanbul auf dem Bazar vor kurzem ein paar CDs von einem Prediger in die Hände gekommen.«

Dobb nickte eifrig. »Ja, das ist er. *Predigten für Gotteskrieger*, und solche schönen Titel. Ich glaube, die nimmt er sogar hier irgendwo in der Gegend auf. Statten Sie dem Prediger doch einen Besuch ab. Ich habe ihn einmal zufällig getroffen. Ein interessanter Mann. Gar nicht dumm.«

»Guter Tip«, sagte Orak. »Obwohl der zum illegalen Waffenhandel wahrscheinlich um so weniger sagen wird, je mehr er darüber weiß.«

»Das wäre doch einen Versuch wert. Ihr Blatt – der *Maariv*, nicht – ?«

»Ja.«

»– den *Maariv* würde das Porträt eines fundamentalistischen Predigers sicher interessieren.«

»Na ja. Eigentlich ist der *Maariv* am Waffenhandel interessiert.« Orak machte eine kleine Pause, bevor er sein As ausspielte. »Sie liefern doch Waffen an den Stützpunkt der Amerikaner in Incirlik, nicht?«

Für den Bruchteil einer Sekunde erstarrte Dobb, fing sich aber sofort wieder. Einem unbedarften Gesprächspartner wäre es sicher nicht aufgefallen, doch Orak war geschult, nach solchen Anzeichen Ausschau zu halten. Um so mehr wunderte er sich, als der Geschäftsmann anfing zu schmunzeln. »Ah, Herr Orak, Sie haben Ihre Hausaufgaben gemacht. Diese Information haben Sie von der Polizei, nicht?«

Orak gab es zu.

»Es wäre nicht gut für John Miles Inc, wenn wir öffentlich mit dem Militär in Verbindung gebracht würden. Schon aus Sicherheitsgründen. Immerhin sind in Incirlik über 3000 Mann stationiert, die von dort Überwachungsmissionen und Kampfeinsätze in den Nordirak fliegen. Die Waffenlieferungen sind nicht unbeträchtlich. Auf jeden Fall eine Menge, die für Extremisten interessant sein könnte. Bisher hatten wir keine Probleme, und ich will, daß das auch so bleibt.«

Dobbs Stimme war bei den letzten Worten tiefer und leiser geworden. Orak kam es fast wie eine versteckte Drohung vor. Leichthin erwiderte er: »Ich werde es in dem Artikel nicht erwähnen. Aber vielleicht können Sie mir doch noch ein bißchen auf die Sprünge helfen, was den Waffenschmuggel betrifft?« Er schlug nun seinerseits einen verhaltenen Ton an, den man leicht als subtile Erpressung verstehen konnte. Aber entweder kapierte Dobb nicht, oder er wußte wirklich nichts. Oder er war tougher, als ihn Orak bis jetzt eingeschätzt hatte.

Der Amerikaner zuckte bedauernd die Achseln. »Also, Herr Orak, unsere Geschäfte mit der Army, das sind ganz normale, legale Lieferungen. Die Waffen kommen aus den USA oder direkt vom Werk, aus Deutschland oder Italien. Im Prinzip kümmern wir uns ja nur um die Logistik.«

Orak sah ein, daß aus dem Mann nichts mehr herauszuholen war. Er trank seinen Kaffee aus und bedankte sich für das Gespräch. Dobb wiederholte zum Abschied die Bitte, weder John Miles Inc. noch seinen Namen in dem Artikel zu erwähnen. »Auch nicht, falls Sie den Prediger doch einmal treffen sollten.«

Davud Orak verließ das Bürohaus und rief noch von der Lobby aus Arif Eker an. Sie verabredeten sich in einem kleinen Bistro in der Innenstadt.

Kaum war Eker da und hatte seinen Kaffee bestellt, kam Orak zur Sache: »Kennen Sie Osman Güçlü, auch bekannt als der Prediger?«

»Wer kennt den hier nicht? Ein religiöser Aufwiegler, ungewöhnlich gerissen. Er wohnt schwer bewacht in Kaşoba am Seyhan-See in einer Villa, dem sogenannten Plantagenhaus. Seine Hetzreden gibt es auch auf CDs, die er in der ganzen Türkei vertreibt. Zum Teil sind die verboten worden. Aber trotzdem in gewissen Kreisen sehr begehrt.«

»Ich kenne die CDs. Aber ich dachte, das sei eher allgemeines Propagandamaterial.«

»Ist es auch. Aber alles produziert von Osman Güçlü und seinen Leuten da oben am Seyhan-See. Leider haben wir bisher nicht genügend Beweise, um ihn hinter Gitter zu bringen.«

»Hm. Ob ich den besuchen kann?«

»Was?« Arif Eker verschluckte sich fast an dem Kaffee. »Besuchen? Das ist verrückt. Der empfängt keine Unbekannten. Aber ich kann Ihnen gerne seine offizielle Telefonnummer in Kaşoba geben.«

Eker ließ sich vom Präsidium die Nummer des Predigers heraussuchen und verbinden. Dann reichte er Orak das Handy. Es meldete sich eine tiefe männliche Stimme, die Oraks Besuchswunsch mit der Mitteilung beantwortete, der Imam sei nicht zu sprechen. Danach kam nur noch das Belegtzeichen.

»Dann eben das nächste Mal«, meinte Orak. »Ich fliege heute abend nach Istanbul zurück. Bringen Sie mich wieder nach Adana?«

Auf der Fahrt durch die Çukurova quetschte Orak aus Arif Eker alles heraus, was der je über den Prediger gehört hatte.

Einige Stunden später landete Davud Orak auf dem Atatürk-Flughafen im abendlichen Istanbul. Kaum hatte er das Flugzeug verlassen und durfte das Handy wieder einschalten, rief er Suna an.

»Schon zurück?« Sunas Stimme klang viel glücklicher als der gespielte nebensächliche Ton der Frage. »Ich hatte eigentlich vor Ende des Jahres nicht mehr mit dir gerechnet.«

»Doch, ich bin tatsächlich schon vor Weihnachten zurück. Darf ich dich heute abend noch zu einem Drink einladen?«

Sie verabredeten sich in einer Bar wieder in der Nähe der Yeni-Moschee. Als Davud mit dem Taxi vom Flughafen dort eintraf, wartete Suna schon in einer Sitznische am hinteren Ende neben der Theke. Es war ein eigenartiges Wiedersehen. Davud freute sich, als ob sie sich jahrelang nicht gesehen hätten. Suna trug einen grünen Seidenpullover und eine eng anliegende Hose aus weichem hellbraunen Leder. Sie faßte zur Begrüßung seine beiden Hände und schaute ihn einen Moment lang intensiv an. Dann fragte sie ihn nach der Reise. Davud erzählte ihr von seinem Besuch in Mersin bei Arif Eker und Michael Dobb. »Diese CD, die wir neulich angehört haben, erinnerst du dich?«

»Natürlich. Die göttlichen Hetzreden.«

»In Mersin bin ich auf die Spur dieses Predigers gestoßen. Er lebt dort in der Nähe, die CDs werden dort produziert. Leider hat er mich nicht empfangen, ich hätte mich gerne einmal mit ihm unterhalten. Aber ich kann mir den Typ auch so vorstellen. Ein Fanatiker, der erst die Lauen und Abtrünnigen auslöschen und dann seine ihm total ergebenen Soldaten in die letzte heilige Schlacht führen will.«

»Warum interessiert sich eigentlich Davud Orak, der nicht bei der Polizei ist, aber mit General Toprak in Kontakt steht, so sehr für diese CDs und woher sie herkommen?« Suna schaute ihn lächelnd an.

»Ah, meine neugierige Alevitin. Weißt du, was ein Kuckuck ist?«

»Hm, na klar. Ein Vogel, der seine Eier jemand anderem ins Nest legt.«

»Genau.« Davud erzählte ihr von seiner Maskeraden-Theorie. »Der Prediger kommt mir verdächtig vor. Er hat ein Haus außerhalb von Adana. Hab ich dir erzählt, daß ich solche CDs sogar in dem Haus gefunden habe, in dem die studentische Fundi-Party stattgefunden hat?«

»Nein. Du warst im oberen Stockwerk, nicht? Der Riegel war von innen zugeschoben.«

»Ja. Ich habe das ganze Haus durchsucht.«

»Nur durchsucht?«

Er zögerte und antwortete dann leichthin: »Na, vielleicht habe ich auch noch ein, zwei kleine Wundergeräte zur Aufzeichnung von Funkmeldungen untergebracht. Das Haus ist viel mehr als nur ein Studentenclub.«

»Das kam mir auch so vor.«

»Sag mir, Suna, auf welchen Typ von Mann würdest du als Drahtzieher von solchen Maskeraden tippen, einen fanatischen Prediger oder eher einen angesehenen Gemüsegroßhändler mit großen Lagerhallen im Hafen von Mersin?«

»Oder einen geheimnisvollen israelischen Schnüffler mit sehr guten Kontakten zur türkischen Polizei.«

Davud starrte sie an. Dann mußte er lachen. »Israelischer Schnüffler ist gut. Aber ich erzähle dir viel zuviel. Keine Ahnung, warum ich dir das alles auf die Nase binde.«

Suna beugte sich zu ihm, küßte sein linkes Ohr und flüsterte: »Kann es sein, daß du verliebt bist?«

Davud flüsterte zurück: »Mädchen, du ruinierst mich.« Dann legte er ihr die Arme um den Hals und küßte sie leidenschaftlich.

Nach einer Weile rückten sie wieder auseinander, doch Suna

hielt weiterhin Davuds Hand. Er lehnte sich zurück in die Polster der Nische und fragte: »Hat sich hier etwas ergeben, während ich weg war? Hat dein Freund Kerim etwas über die fundamentalistischen Gegner seines Vaters herausgefunden?«

Ihm schien es, als würde Suna einen Moment zögern, bevor sie antwortete: »Nein. Wir fragen weiter an der Uni herum. Und dann kam heute abend die Nachricht von den Anschlägen in Berlin ...«

»Was?« Davud drückte kurz Sunas Finger und zog dann seine Hand weg. Er setzte sich aufrecht. »Was für Anschläge?«

»In Berlin wurden auf eine Moschee und ein jüdisches Zentrum Bombenanschläge verübt. Der Imam ist schwer verletzt.«

Davud erhob sich. »Entschuldige, ich muß kurz telefonieren.« Er ging ein paar Schritte in Richtung Ausgang und nahm das Handy aus der Jackentasche. Dann drehte er sich noch einmal um und kam zu ihrem Tisch zurück.

»Suna?« Unter ihrem schwarzen, dichten Haar funkelten grünliche Ohrringe. In diesem Moment wußte Davud genau, daß er diese Frau liebte. Trotzdem mußte er jetzt weiterfragen.

»Was ist denn?«

»Du und Kerims Team, ihr habt nichts gefunden, oder?« Er schaute sie aufmerksam an, registrierte jede Nuance ihres Mienenspiels.

Sie zögerte. Dann sagte sie: »Nein, nichts Wichtiges.«

»Etwas Unwichtiges?«

»Nein, auch nicht.« Sie schaute ihn verlegen an. »Aber ich habe Kerim von dir erzählt.«

»Oje.« Davud setzte sich auf die Tischkante. »Wie hat er reagiert?«

Suna lachte kurz. »Also, wenn ich es nicht besser wüßte, würde ich sagen, er ist eifersüchtig. Er findet, ich mache eine Riesendummheit mit dir, wo ich dich doch überhaupt nicht kenne.«

»Kein unvernünftiger Rat von einem Freund, der allen Grund

zur Eifersucht hat.« Davud beugte sich zu Suna und küßte sie auf die vollen Lippen. »Ich bin gleich zurück.«

Suna schaute Davud nach, der seine Cordjacke anzog und beim Hinausgehen eine Nummer auf dem Handy wählte. In Jeans gefiel er ihr fast noch besser als im Anzug. Durch die Fenster der Bar sah sie seine muskulöse Gestalt im Eingangsbereich stehen. Sie trank ihren Wein aus, ging zur Theke und bezahlte. Dann schnappte sie sich ihren Mantel und trat ebenfalls vor die Tür. Davud hatte gerade sein Telefonat beendet und schaute sie überrascht an.

»Mußt du weg?« fragte Suna.

Er schüttelte den Kopf. »Nein. Die Berliner Polizei hat schon in beiden Attentaten Verdächtige festgenommen. Ich gehe morgen früh in meine Dienststelle.«

»Dann komme ich heute nacht mit zu dir.« Suna sagte es nicht wie eine Frage, sondern wie etwas, das schon lange ausgemacht war.

Davud nahm sie schweigend in die Arme. Wieder spürte sie das leichte Zögern, und erst, als sie sich an seinen Oberkörper schmiegte, zog er sie fester zu sich.

Sie gingen nicht gleich zu ihm nach Hause. Hand in Hand spazierten sie durch die nächtliche Stadt, vorbei an den angestrahlten Toren des berühmten Topkapi-Palastes. Als sie schließlich in Davuds Wohnung ankamen, war es lange nach Mitternacht.

Davud knipste eine kleine Tischlampe im Wohnzimmer an. Suna streifte ihm wortlos die Cordjacke ab. Er nahm sie bei der Hand und führte sie ins Schlafzimmer. Sie setzte sich auf das Bett, zog ihn zu sich und küßte ihn. Suna war wie berauscht von seiner Leidenschaft, sie konnte nicht genug kriegen von seinen Zärtlichkeiten. Erst als von draußen das erste schwache Tageslicht durch die Vorhänge schien, schlief Davud endlich ein. Suna lag dagegen noch lange wach. Sie preßte sich eng an den heißen, durchtrainierten Körper ihres Liebhabers und dachte über ihn nach. Schließlich kam ihr eine Idee, über die sie sich selbst amüsierte, und schlief zufrieden ein.

*

Professor Büyüks Frau war vor drei Jahren an Krebs gestorben. Seither wohnte er allein in dem großen, modernen Haus im Istanbuler Stadtteil Sultanahmed, in dem sie gemeinsam über zwanzig Jahre lang gelebt hatten. Er hatte nicht viel verändert und verbrachte eigentlich die meiste Zeit in seinem Arbeitszimmer, wo er auf einer Couch schlief. Wenn die Kinder zu Besuch kamen, machten sie Vorschläge, wie er das Schlafzimmer oder Wohnzimmer neu einrichten könnte, aber ihm gefiel es so, wie es war. Zum Essen ging er meistens mit Kollegen aus. Zweimal die Woche kam die Haushälterin, putzte und kümmerte sich um die Wäsche.

Heute war Donnerstag, und an einem Donnerstag kam die Haushälterin eigentlich nie. Außerdem erschien sie nie so früh am Morgen. Die Klingel schrillte zum zweiten Mal. Büyük schlug die Decke zurück, griff nach seinem Bademantel und schaute durchs Fenster auf die Straße. Durch das herbstlich gefärbte Laub der großen Kastanie auf dem Gehsteig sah er einen Mann in einer blauen Uniform, der vor dem Haus stand und wartete. Offensichtlich ein Kurier von einem Botendienst. Sein Motorrad hatte er am Rinnstein abgestellt.

Büyük schlüpfte in die Hausschuhe und ging die Treppe hinunter ins Erdgeschoß. Es klingelte ein drittes Mal. Nicht hektisch oder ungeduldig, sondern kurz und deutlich. Offensichtlich war sich der Bote bewußt, daß er den Bewohner des Hauses wecken mußte, um seine Sendung an den Empfänger auszuliefern.

»Ich komme«, rief der Professor durch den Gang. Er konnte sich nicht vorstellen, was es denn so Dringendes geben könnte, daß man ihn dafür aus dem Bett holen mußte. Hoffentlich war es kein Telegramm von seiner Schwester. Seinem Schwager war es in letzter Zeit nicht gutgegangen. Er öffnete die Tür.

»Professor Tahir Büyük?«

Büyük nickte.

»Tut mir sehr leid, Herr Büyük, daß ich Sie geweckt habe. Aber ich habe hier ein Paket mit einer Auslieferungsfrist vor acht Uhr. Wenn Sie hier die Sendung quittieren würden, bitte?« Der Bote trat einen Schritt in den Flur und hielt dem Professor ein elektronisches Schreibpad entgegen. Büyük suchte nach dem dazu gehörenden Stift, als er den Revolver in der rechten Hand des Boten sah. Er trat einen Schritt zurück.

»Nicht«, flüsterte er und hielt die Hände vors Gesicht.

Der Bote hob den Arm und zielte. Das Päckchen fiel polternd zu Boden. Wegen des Schalldämpfers waren die beiden Schüsse in der Nachbarschaft nicht zu hören. Ihre Wirkung war allerdings verheerend. Blut und Gehirnfetzen spritzten an den weißen Rauhputz des Flurs, als der Professor, von zwei Kopfschüssen getroffen, nach hinten gerissen wurde und tot zusammenbrach.

Suna war früh von dem ungewohnten Lärm des Verkehrs wach geworden, der von der Straße durch das geschlossene Fenster drang. Davud schlief noch immer fest. Er hatte im Schlaf einen Arm um ihre Taille gelegt. Sie drehte sich vorsichtig um, strich die Haare von seinem Ohr und küßte es. Dann sagte sie auf neuhebräisch ziemlich laut: »Aufwachen, der Mossad ruft!«

Davud zuckte zusammen und riß die Augen auf. Wie auf Kommando antwortete er ebenfalls auf neuhebräisch: »Der Mossad schläft nie.«

Suna mußte laut lachen und weckte Davud damit vollends auf. Als ihm klar wurde, was sie mit ihm angestellt hatte, schob er sich auf ihren Körper, küßte sie und sagte: »Mädchen, du bist zu clever. Das wird dir noch mal zum Verhängnis werden.« Sie ließ es gerne zu, daß er ihr noch einmal sacht die Schenkel auseinanderdrückte.

Später deckte Suna in einem von Davuds weißen Hemden den Frühstückstisch. Wie sie feststellte, war der Kühlschrank inzwischen gefüllt worden. Davud im dunkelblauen Bademantel machte Kaffee und Rühreier. Kaum saßen sie nebeneinander am Tisch, sagte Suna: »So, die Stunde des Geständnisses ist gekommen!«

Davud hielt seine Tasse mit beiden Händen. Über den Rand hinweg schaute er Suna an. »Ich spreche Neu- und Althebräisch.«

»Oh, auch Althebräisch. Schon wieder eine Gemeinsamkeit!«

Er schwieg und trank vorsichtig einen Schluck des dampfenden Kaffees.

Suna schnitt energisch ein Stück Sucuk ab und schob es sich in den Mund. Zwischen zwei Bissen sagte sie: »Laß mich raten: Deine Eltern oder schon deine Großeltern sind nach der Gründung des Staates Israel dorthin ausgewandert. Dort ist aus Davud Orak ein David Magal geworden. Ein schöner, alter hebräischer Name. Du hast Militärdienst gemacht. Offensichtlich kannst du mehr Sprachen als nur Türkisch und Hebräisch. Du kennst dich im Nahen Osten aus. Deine Ermittlungsmethoden sind mehr als ungewöhnlich. Du wohnst in einer Wohnung, die aussieht, als hätte sie jemand nach dem Schöner-Wohnen-Katalog eingerichtet. Dazu technisches Equipment, das sicher nicht im Handel erhältlich ist. Du mußt zugeben, daß es zumindest sehr nach Geheimdienst aussieht. Die Frage ist nur, warum bist du jetzt in der Türkei und nennst dich wieder Davud Orak?«

Davud schaute sie einen Moment lang so durchdringend an, daß Suna schon dachte, er wäre beleidigt. Sie legte langsam ihr Brot auf den Teller.

»Du bist ganz schön gerissen«, sagte er schließlich. »Schöner Wohnen, also. Ich finde es hier eigentlich ganz gemütlich.«

Sie zuckte mit den Achseln. Die Stimmung war plötzlich angespannt. Sie wollte seine Hand fassen, aber im selben Moment stellte Davud die Tasse auf den Tisch und zog die Hände zurück. »Ich bin in den achtziger Jahren im Kibbuz aufgewachsen. Als Kinder haben wir da oft Mossad gespielt. Ich arbeite als Special Agent zur internationalen Verbrechensbekämpfung. Mit dem Geheimdienst hat das reichlich wenig zu tun. Aber meine Themen Fundamentalismus, Sicherheitslecks und Maskeraden stoßen zur Zeit überall auf Interesse.«

»Bei mir auch.«

»Und wenn ich dir etwas erzähle, dann bleibt es zwischen uns. Auch Kerim erfährt nichts davon, okay?«

»Versprochen.«

In diesem Moment klingelte Davuds Handy, und er brummte: »Nicht einmal beim Frühstück lassen sie einen in Ruhe.«

Er schaltete das Gerät an und meldete sich. Seine Reaktion verriet Suna sofort, daß etwas passiert war. Er sagte ein paarmal knapp »Ja«, verabschiedete sich dann von seinem Gesprächspartner mit einem »Ich bin gleich da« und legte auf.

»Was ist?« fragte Suna.

Davud ging wortlos ins Badezimmer. Durch die geöffnete Tür sagte er: »Da war meine Dienststelle. Ich muß sofort weg, Suna. Es tut mir leid. Aber vor einer halben Stunde ist ein Philosophie-Professor von eurer Universität tot in seiner Wohnung gefunden worden.«

»Wie heißt er?«

»Professor Büyük.«

Suna entglitt vor Schreck das Messer. Mit einem lauten Klirren fiel es auf ihren Teller.

Davud kam mit halb zugeknöpftem Hemd in die Küche. »Kennst du ihn?«

»Nicht persönlich, nur dem Namen nach. Ich war nie in einer Vorlesung von ihm.« Sie starrte Davud an. »Er war Alevit. Außerdem war er ein enger Freund von Professor Özakın und ein offener Gegner des Fundamentalismus.«

»Gut zu wissen.« Davud legte sich die Krawatte um und zog

das Jackett über. Er ging vor Suna in die Hocke und küßte sie auf die Augenlider und dann sanft auf den Mund.

»Frühstücke einfach weiter.« Er zog die Schublade des Küchentischs auf, in der sich nichts befand außer ein paar Schlüsseln und einer Packung Streichhölzer. Einen der Schlüssel reichte er Suna. »Der hier ist für dich. Ich rufe dich an.«

Als Orak in seiner Dienststelle eintraf, waren die Kollegen von der Istanbuler Polizei bereits auf der Suche nach einem unbekannten Motorradfahrer, der im Verdacht stand, Professor Büyük erschossen zu haben. Die Leiche des Professors war am Morgen von der Haushälterin gefunden worden. Nach Aussagen einer Nachbarin Büyüks hatte am Vortag frühmorgens ein junger Kurierbote beim Professor vor der Tür gestanden. Der Professor habe die Tür geöffnet, wenig später war der Bote mit seinem Motorrad wieder weggefahren. Der Nachbarin war aufgefallen, daß der Motor des Zweirads eigenartig heulend geklungen habe. Die Polizei vermutete deshalb, daß die Maschine frisiert war.

Im Laufe des Vormittags kam die Nachricht von dem versuchten Attentat in Konya herein. Der Mufti der Stiftung des *Diyanet* war mit dem Schrecken davongekommen, allerdings war einer seiner Leibwächter schwer verletzt worden. Auch einige Passanten hatten leichte Verletzungen davongetragen. Der Attentäter war von einem Leibwächter erschossen worden. Zu diesem Zeitpunkt war die Bombe aber schon gezündet. Die Explosion hatte den Mann, der die Bombe noch im Tode fest umklammert gehalten hatte, zerrissen.

Zusammen mit einem Team von Tontechnikern der Polizei arbeitete Davud Orak unermüdlich an den Funksprüchen, die vom einsamen Haus aufgenommen wurden. Aber auch nach intensiver, stundenlanger Arbeit waren sie immer noch weit davon entfernt, den Code zu knacken. Daß etwas im Haus vor sich ging, war allerdings eindeutig, darauf deutete schon die hohe Anzahl der ein- und ausgehenden Funksprüche. Aber das allein reichte nicht für einen Durchsuchungsbefehl, geschweige denn für eine Festnahme.

Orak ließ die Auslieferungslisten aus Dubrovnik in den Polizeicomputer eingeben. Er rief alle paar Minuten im Computerzentrum an, ob denn die Daten schon abrufbar seien. Die Mitarbeiterin, die die Listen einscannte und vom Texterkennungsprogramm auf das Format der Polizeidateien umwandeln ließ, sagte beim fünften Anruf innerhalb einer halben Stunde schließlich: »Orak, wenn ich nicht Ihretwegen dauernd von der Arbeit weg und ans Telefon rennen müßten, wäre ich vielleicht wirklich bald fertig. Warum gehen Sie nicht in die Kantine oder raus und rennen einfach mal um den Block. Wie wär's?«

Damit legte sie auf.

An der Bosporus-Universität wurde die Nachricht von der Ermordung Professor Büyüks mit Schock und Entsetzen aufgenommen. In der Mensa wurde eine Fernsehansprache von Ministerpräsident Tosun, die auf zwölf Uhr angesetzt war, auf den Monitoren des Uni-Fernsehens übertragen. Die klare Stimme des Ministerpräsidenten klang durch den Aufenthaltsraum neben dem Speisesaal: »Die Regierung wird gegen die Gewalttaten mit aller Härte vorgehen, von wem auch immer sie begangen wurden. Mein Appell geht an die türkische Nation, an all die vielen Volksgruppen und religiösen Gemeinschaften, die die türkische Republik ausmachen: Lassen wir uns nicht auseinanderreißen, schon gar nicht im Namen des Korans!«

Figen Yüksel verfolgte die Ansprache zusammen mit anderen Studentinnen und Studenten, die gerade auf dem Weg zum Mittagessen waren. Dann rief er sofort Kerim an. Der wußte schon von Suna Bescheid. Das Team verabredete sich zu einer Krisensitzung im Studenten-Bistro.

Suna erzählte nun auch dem gesamten Team von ihrem Treffen mit Davud Orak auf der Fundi-Party und am darauffolgenden Tag in der Turmruine. Im Gegensatz zu Kerim reagierten Figen und Vedat eher amüsiert auf die Liebesgeschichte zwischen Suna und Davud.

»Ein israelischer Bulle. Vielleicht ist er sogar beim Mossad.« Vedat verrührte geradezu begeistert den Zucker in seinem Espresso.

»Er sagt, er sei ein Spezialist für internationale Verbrechensbekämpfung«, erwiderte Suna, die trotz des furchtbaren Anlasses ihres Treffens nicht verbergen konnte, wie glücklich sie war. Sie erzählte in groben Zügen, was sie über und von Davud wußte oder zumindest vermutete. Kerim warf ihr immer wieder einen besorgt-mahnenden Blick zu, bis sie ihm zuflüsterte: »Krieg dich wieder ein, Kerim. Du bist nicht mein großer Bruder.«

Kerim zuckte mit den Schultern. »Erzähl den beiden jetzt doch noch von der absurden Maskeraden-Theorie deines Freundes, dann können wir ja darüber reden, wer hinter dem Attentat auf Büyük steckt.«

»Kerim, jetzt ist aber Schluß.« Suna wurde richtig wütend. »Es ist offensichtlich, daß es zwischen der Ermordung deines Vaters und der Ermordung von Professor Büyük eine Parallele gibt. Davud ist also im Grunde hinter denselben Leuten her wie wir. Und er hat den türkischen Polizeiapparat hinter sich. Es wäre kindisch und dumm von uns, nicht mit ihm zusammenzuarbeiten. Ob das klappt mit dem Kontakt über deinen Onkel in Ankara, ist unsicher. Bis jetzt hast du ja noch nicht einmal einen Termin gekriegt.«

Kerim war aufgefahren und wollte zu einer Gegenrede ansetzen, als Vedat ihn wieder auf den Stuhl drückte.

»Okay, ihr beiden, macht das unter euch aus. Wir haben Wichtigeres zu besprechen. Was ist das mit der Maskeraden-Theorie, Suna?«

Suna erläuterte es Vedat und Figen. Vedat schaute währenddessen Kerim nachdenklich an, und als Suna zum Ende gekommen war, fragte er: »Hast du Suna schon von den Dateien erzählt?«

Kerim schüttelte nur den Kopf, und Vedat fuhr fort: »Ich meine, wir sollten diesem Davud unbedingt vom Briefwechsel deines Vaters mit Büyük erzählen und von ihrem Verdacht gegen Sever in Berlin und Çalişkan hier in Istanbul.«

Suna nickte. Dann fragte sie: »Was für Dateien?«

Mit einem letzten Seitenblick auf Kerim sagte Vedat: »Das Berliner Team hat den Computer von Professor Sever geknackt und eine Adreßliste fundamentalistischer Sympathisanten im Unibereich gefunden.«

»Das weiß ich schon.«

»Tja, aber dann konnte Figen kurz Sekretärin im Physik-Institut spielen. Kerim ist in Çalişkans Computer reingekommen. Dreimal darfst du raten, was wir da gefunden haben.«

Suna starrte ungläubig in die Runde. »Ihr habt von Çalişkans Computer auch eine Datei mit Namen von Fundamentalisten heruntergeladen? Du meinst, ihr habt diese Datei?«

Vedat nickte. Der kleine Figen fügte hinzu: »Wir waren vorgestern bis nach Mitternacht mit dieser verdammten Datei beschäftigt. Eine Verbindung zu den Mördern von Herrn Özakın haben wir nicht gefunden. Aber auf der Liste stehen zwei Doktoranden von Büyük.«

»Da ist noch was.« Kerim, der die ganze Zeit schweigend vor sich hin gestarrt hatte, stellte seinen Kaffeebecher auf dem Tisch ab und beugte sich zu seiner Tasche.

»Ja?«

Kerim legte eine Computerdiskette und einen mehrseitigen Ausdruck auf den Tisch.

»Das da.« Er zeigte auf den Ausdruck. »Der Entwurf für eine Rede, die Çalişkan auf dieser Konferenz in Konya gehalten hat.« Er nahm die zusammengehefteten Papiere in die Hand und schlug die zweite Seite auf. »Hört euch das an: ›Im Interesse der großen Sache müssen wir endlich die Tabuisierung von Gewalt aufgeben. Wir isolieren uns damit von den aktivsten islamischen Bewegungen in der Welt und behindern den Kampf nur, statt daß wir in den vordersten Reihen der Kämpfer stehen.‹ In dem Ton geht das vier Seiten lang.«

»Er spricht sich eindeutig für Gewalt aus. Damit macht er sich strafbar. Hat er diese Rede öffentlich gehalten?« fragte Vedat.

»Er hatte es zumindest vor.«

Suna nahm die Papiere, die Kerim wieder auf den Tisch gelegt hatte und überflog die Rede. Nach einer Weile sagte sie langsam: »Kerim, wie lange weißt du schon von dieser Rede?«

Kerim schluckte. »Seit gestern mittag. Wir waren so mit der Auswertung der Adreßdatei beschäftigt, ich hatte ganz vergessen, daß ich noch etwas von Çalişkans Computer herunterkopiert hatte. Professor Büyük meinte, wir sollten die Datei der Polizei übergeben. Ich wollte eine Kopie für das Team machen, und da habe ich die Datei mit der Rede wiederentdeckt.« Er starrte Suna an. »Oh Gott, Suna, glaubst du, das Attentat auf Büyük hätte verhindert werden können, wenn die Polizei gleich Bescheid gewußt hätte?«

Suna kaute auf der Unterlippe. »Ich weiß es nicht. Wahrscheinlich nicht. Aber die beiden fundamentalistischen Doktoranden und diese Rede werden Davud und die Polizei auf jeden Fall interessieren. Ich rufe ihn jetzt an und sage ihm, was wir haben, okay?« Sie schaute in die Runde. Figen und Vedat nickten, und sogar Kerim gab zerknirscht seine Zustimmung.

Davud Orak war sichtlich beeindruckt von den Ergebnissen der Laien-Recherche des Berliner und des Istanbuler Teams.

»Endlich mal eine gute Nachricht, Suna. Wir haben gerade noch einen Fall auf den Tisch gekriegt, der wahrscheinlich auch zu dieser bizarren Reihe von fundamentalistischen Attentaten gehört. Sagt dir der Name Orhan Kutulmus etwas?« Davuds Stimme klang müde über das Telefon.

»Sicher. *Allah im Abseits*, damit ist er doch letztes Jahr durch die Medien gezogen. Nicht gerade eines meiner Lieblingsbücher, aber es ist auf jeden Fall interessant. Was ist mit Kutulmus?«

»Die Wasserpolizei hat seine Leiche aus dem Goldenen Horn gefischt. Offenbar ist er nachts auf der Galata-Brücke erschlagen und dann über das Brückengeländer ins Wasser geworfen worden. Der Obduktionsbericht ist noch nicht da, aber so wie es aussieht, hat die Leiche schon ein paar Tage im Wasser gelegen. Von den Tätern keine Spur.«

»Das kann doch nicht sein!«

»Doch, leider. Na, wenn diese Rede von Çalişkan etwas hergibt, womit ich einen Richter überzeugen kann, dann kann ich diesen Burschen zumindest überwachen lassen. Ich schicke gleich jemand vorbei, der die Diskette abholt.«

Noch am selben Abend rief Orak den Drogenfahnder in Mersin, Arif Eker, an.

»Eker, ich sitze hier an der Attentatsserie ...«

»Das habe ich mir schon gedacht. Kommt ihr denn weiter?«

»Teils, teils. Deshalb rufe ich an. Alle unsere Hinweise führen nach Mersin oder Adana. Gibt es denn keine Möglichkeit, wie man mehr über diesen Prediger oder über Tuncer herauskriegen könnte?«

»Ehrlich gesagt, wir beobachten das Plantagenhaus des Predigers schon seit zwei Tagen.«

»Was?! Das ist ja toll!«

»Ja.« Eker lachte leise am anderen Ende der Leitung. »Nachdem Sie sich so für ihn interessiert haben, und wir dem Kerl eh wegen dieser CDs an den Kragen wollen, habe ich ein paar Routineermittlungen machen lassen. Dabei stellte sich heraus, daß oben am Seyhan-See ein nicht angemeldetes Funkgerät betrieben wird. Aus dem Plantagenhaus heraus. Wir nehmen die Sendungen auf. Allerdings sind alle verschlüsselt.«

»Sicher derselbe Code wie hier.« Davud seufzte. »Wir arbeiten dran. Und sonst?«

»Nichts sonst. Wir haben strikte Weisung, uns auf bloße Beobachtung und Aufnahme des Funkverkehrs zu beschränken. Allerdings gab es einige Bewegung am Plantagenhaus. Autos sind vorgefahren, Leute gekommen, andere wieder gegangen.«

»Irgendwas über Tuncer?«

»Da sind mir die Hände gebunden, obwohl Drogenschmuggel ja in mein Ressort fallen würde. Aber ohne einen begründeten Anfangsverdacht kann ich nichts machen.«

»Hm.«

»Was hm? Geben diese Lieferlisten aus Dubrovnik etwas her?«

»Nichts. Eker, halten Sie mich auf dem laufenden, was den Prediger betrifft, okay? Kann sein, daß ich schon bald wieder in Mersin auftauche.«

*

Zwei Tage später klingelte in der Villa der Familie Güven das Telefon. Es war Special Agent Davud Orak, der gerne mit Kerim Özakın sprechen wollte. Kerim nahm erstaunt den Hörer.

»Orak hier. Kerim, ich wollte mich gerne persönlich bei dem Team für die Mitarbeit bedanken und überhaupt ein paar Dinge mit Ihnen allen besprechen. Können Sie die Leute für heute abend zusammentrommeln. Ich würde gerne so um neunzehn Uhr vorbeikommen, wenn das möglich ist?«

»Äh, sicher. Ich glaube Figen hat Zeit, Vedat ist hier, und Suna wollte sowieso vorbeischauen.«

»Ja, ich habe schon mit Suna gesprochen«, sagte Orak. »Dann sehe ich Sie um sieben?«

Kerim willigte ein. Die Tante war zwar nicht gerade erbaut, daß so kurzfristig Besuch kam, ließ sich dann aber – trotz Protesten von Kerim und Vedat – nicht davon abhalten, einen großzügigen Imbiß herzurichten.

Kerims Team saß im Wohnzimmer der Familie, wo die Tante Sandwiches, Oliven und Schalen mit eingelegtem Gemüse aufgebaut hatte. Davud Orak saß eng neben Suna.

Er begann sofort. »Ich wollte euch zuerst kurz erzählen, wie sehr uns die Datei aus dem Computer von Professor Çalişkan weitergeholfen hat. Wenn wir die Namen nicht gehabt hätten, wären wir jetzt noch keinen Schritt weiter als vor zwei Tagen.« Er nickte anerkennend in die Runde.

»Also, den Mörder von Professor Büyük haben wir gestern morgen in seiner Wohnung verhaftet. Wir wußten von einer Nachbarin, daß der Täter mit großer Wahrscheinlichkeit ein frisiertes Motorrad fährt. Als wir dann die Namen von Çalişkans Datei in den Computer eingespeist haben, hat der den Namen eines Studenten ausgespuckt, der vor ein paar Monaten wegen unerlaubter Umbauten an seinem Motorrad polizeilich verwarnt worden war. Das hat für einen Durchsuchungsbefehl gereicht, und man hat in der Wohnung des Studenten die Uniform des Kurierdienstes gefunden. Das Motorrad war ganz ordentlich in der Parkgarage abgestellt.«

»Und? Hat er schon gestanden?« fragte Figen. Er wandte sich an Kerim und Vedat. »Ich kenne den Kerl nämlich. Der ist ständig bei Çalişkan ein- und ausgegangen. So ein arroganter Typ mit dünnem Vollbart. Ich dachte, der schreibt gerade seine Doktorarbeit und hängt deshalb dauernd bei dem Professor herum.«

Davud nickte. »Ja, er hat sofort gestanden. Es blieb ihm, ehrlich gesagt, auch nicht viel anderes übrig, nachdem man die Tatwaffe im Spülkasten der Toilette gefunden hat. Kein Profi, der Mann. Aber sehr brutal.« Er schwieg einen Moment. »Er behauptet allerdings, mit Fundamentalismus habe seine Tat überhaupt nichts zu tun. Er habe sich an Professor Büyük dafür gerächt, daß er ihn durchs Examen habe fallen lassen. Wir haben das überprüft, und es stimmt. Büyük hat seine Magisterarbeit nicht angenommen.« Davud drehte sich zu Suna. »Aber da habe ich noch eine Bitte. Mir kommt es nämlich so vor, als hätte ich den Burschen schon einmal gesehen, und zwar auf der Fundi-Party in dem weißen Haus. Aber beschwören kann ich das nicht. Vielleicht könntest du ihn dir mal ansehen.«

»Gerne«, nickte Suna. »Was ist mit Kutulmus? Seid ihr da schon weiter.«

Davud stöhnte auf und ließ sich in das Polster sinken. »Leider nein. Das ist der härteste Brocken. Der Schriftsteller ist mit einem perfekt plazierten Schlag getötet worden. Keine Zeugen. Keine Spuren. Hier war ein Profi am Werk.«

Er lehnte sich wieder nach vorn. »Dafür haben wir aber den Attentäter identifiziert, der bei dem Kamikaze-Anschlag in Konya ums Leben gekommen ist. Die Spurensicherung hat einen Teil seiner linken Hand gefunden. Dem Täter haben von Geburt an zwei Finger gefehlt. Es ist ein ziemlich auffälliges Merkmal. Der Computer hat unseren Mann sofort ausgespuckt. Ein bekannter Gotteskrieger, der damals am Krieg in Tschetschenien teilgenommen hatte. Nach Polizeiinformationen hat er zu einer Gruppe von grünen Legionären gehört, die von Tarsus aus operieren. Die Sicherheitskräfte um Adana sind auf Hochtouren damit beschäftigt, nach Spuren zu suchen, die von dem toten Attentäter zu seiner Gruppe führen.

Deshalb wollte ich eigentlich auch mit euch sprechen. Bei den Anschlägen hier in der Türkei haben wir einen Studenten, einen oder mehrere Profikiller und einen Gotteskrieger als Täter. Bei den Berliner Anschlägen – wenn der zeitliche Zusammenhang nicht wirklich bloß Zufall ist – zwei Gestalten aus dem organisierten Verbrechen und einen jungen Neonazi. Ich frage mich, wer kann so unterschiedliche Leute mit so verschiedenen Hintergründen koordiniert haben und vor allem, wie? Die Hinweise, die wir haben, führen in den Raum Tarsus-Adana-Mersin: Der tote Gotteskrieger gehörte zu einer militanten Gruppe in Tarsus, die CDs mit den islamistischen Hetzpredigten werden von einem fanatischen Prediger in Adana produziert, und die illegalen Waffenlieferungen an Fundamentalisten, hinter denen ich her bin, gehen anscheinend an einen Großhändler in Mersin, der dafür im Gegenzug Drogen in den Westen schmuggelt.

Ich wollte das Team fragen, ob ihr nicht bei meiner Suche nach dem Maskeraden-Regisseur, den Lecks im Sicherheitsapparat und den Mördern Özakıns mit mir zusammenarbeiten wollt.«

Figen und Vedat nickten, während Kerim Suna einen fragenden Blick zuwarf.

Davud fuhr fort: »Wir müssen in Mersin weitermachen. Und zwar da, wo die Polizei offiziell derzeit nichts ausrichten kann. Dabei kann mir vor allem Suna helfen. Und Sie, Kerim.« Davud schaute zu dem jungen Özakın, der bisher schweigend zugehört hatte.

»Ich?« fragte er jetzt baß erstaunt.

»Ja«, sagte Davud ohne weitere Erklärung, obwohl von Figen enttäuschte Blicke kamen. »Die Mersiner Sicherheitsbehörden, die Gangster und die Extremisten kennen weder Sie noch Suna. Das kann ein großer Vorteil sein.« Er schaute Kerim scharf an. »Allerdings kann das nur unter meinem Kommando geschehen.«

»Natürlich.« Die beißende Ironie in Kerims Stimme war nicht zu überhören. »So eine Aktion muß ich mir erst überlegen, Orak. Wir wissen ja nicht einmal genau, wer Sie sind und für wen Sie arbeiten. Und ich verstehe vor allem nicht, warum Sie Suna in diese gefährliche Sache mit hineinziehen wollen.«

Davud war von der heftigen Reaktion Kerims überrascht. »Ich … also, Suna hat sich ausgezeichnet verhalten, als sie den studentischen Fundamentalisten-Club ausspioniert hat. Das hätte leicht auch sehr gefähr…«

In diesem Moment unterbrach ihn Suna, indem sie die Hand auf seinen Arm legte. »Laß gut sein, Davud.«

Mit geröteten Wangen und blitzenden Augen wandte sie sich an Kerim. »Vielen Dank, Kerim, aber ich kann sehr gut auf mich selbst aufpassen. Das gehört zum alevitischen Streben nach innerer Vervollkommnung. Übrigens sind die Frauen bei uns schon seit Jahrhunderten gleichberechtigt. Wir brauchen keine patriarchalische Fürsorge. Und jetzt gehe ich.«

Damit stand Suna auf, verabschiedete sich und ging.

Die Männer im Wohnzimmer saßen betreten da. Schließlich stand Davud Orak auf. »Ich gehe dann auch mal.«

Er wandte sich zu Kerim. »Ich würde mich freuen, wenn doch noch etwas aus unserer Zusammenarbeit würde. Suna hat mir erzählt, General Toprak ist Ihr Onkel?«

Kerim nickte stumm.

»Reden Sie doch einmal mit ihm.«

Damit verließ Davud das Zimmer, bedankte sich im Flur bei Frau Güven für das Abendessen und ging. Auch Figen Yüksel verabschiedete sich und machte sich auf den Heimweg.

Als die Tante ins Wohnzimmer kam, um die Platten abzuräumen, saßen Vedat und Kerim im Gespräch.

»Du hast dich wie ein Idiot aufgeführt«, sagte Vedat gerade. »Jetzt rufst du sie an und entschuldigst dich.«

Das tat Kerim dann auch. Suna freute sich, als sie seine Stimme am Telefon hörte. Inzwischen tat es ihr auch leid, daß sie ihn so angefahren hatte, und die beiden versöhnten sich wieder. Sie unterhielten sich über ihre Pläne für die Winterferien. Kerim wollte über das Jahresende nach Berlin, um bei der Familie und mit Aynur zusammen zu sein.

»Außerdem kann ich mich da mit dem Berliner Team beratschlagen und mit Kriminaldirektor Döpfner von der SOKO Kontakt aufnehmen. Vielleicht kann ich von ihm noch ein paar Neuigkeiten erfahren, was die Mörder meines Vaters betrifft. – Was hast du denn vor?«

Suna und Davud hatten beschlossen, über die Weihnachtstage Ski fahren zu gehen. Schließlich war Weihnachten – Europa hin, Europa her – nicht ihr Feiertag. Über Neujahr wollte Suna dann zu ihrer Familie nach Izmir.

»Skifahren mit Davud, also. Jetzt habe ich ihn endlich einmal kennengelernt«, meinte Kerim.

Suna mußte lachen: »Genau. Sag mir, was du von ihm hältst. Ehrlich.«

»Tough und bestimmt ein guter Polizist. Ein bißchen undurchsichtig. Es war nett, daß er sich die Zeit genommen hat, sich beim Team zu bedanken.« Kerim stockte. »Irgendwie paßt er nicht so recht in den türkischen Sicherheitsapparat. Und warum er will, daß wir ihm bei irgendwelchen Dingern helfen sollen, die er in Mersin drehen will …«

»Er meint, niemand würde uns kennen, und im Gegensatz zu irgendwelchen Undercover-Leuten würde man uns den Bullen auch nicht sofort an der Nasenspitze ansehen.«

»Hm.« Am anderen Ende der Leitung war Schweigen.

»Überleg es dir, Kerim. Ich habe Davud gesagt, daß ich auf jeden Fall mitmache.«

»Sei vorsichtig, Suna. Du kennst den Mann kaum.«

Suna fing schon wieder an, sich über Kerims Ratschläge zu ärgern. »Fahr du erst mal nach Berlin und kümmere dich um Aynur. Die ist bestimmt nicht glücklich, daß du sie so lange allein läßt.«

*

Aynur freute sich schon seit Tagen wie ein Kind darauf, daß Kerim endlich aus Istanbul zurückkam. Cem und Ahmed wollten ihn vom Flughafen Tegel abholen und zuerst nach Hause zu seiner Mutter fahren, der Kerim nach dem Tod ihres Mannes doppelt gefehlt hatte. Als Kerim dann schon eine halbe Stunde, nachdem sein Flieger gelandet war, vor ihrer Tür stand, war Aynur so überrascht, daß sie erst einmal vor lauter Freude in Tränen ausbrach.

»Warum bist du denn schon da?« fragte sie, als sie sich ein bißchen beruhigt hatte. »Ich dachte, wir sehen uns erst heute abend.« Kerim hielt sie fest in den Armen, und sie küßte ihn zärtlich.

»Ich konnte die beiden überreden, daß wir kurz hier vorbeifahren. Ich muß aber gleich weiter, meine Mutter wartet.« Kerim nickte Cem zu, der sich mit Aynurs Eltern im Wohnzimmer unterhielt und ihm mit einem Fingerzeig auf die Armbanduhr zu verstehen gab, daß sie weitermußten.

»Wir sehen uns heute abend, Aynur«, flüsterte er ihr ins Ohr. »Du siehst einfach umwerfend aus.«

Die folgenden Tagen verbrachten Aynur und Kerim fast ununterbrochen zusammen. Die Wochen der Trennung und der Sorge hatten sie noch fester miteinander verbunden. Eines fiel Kerim allerdings auf: Aynur rauchte viel, was sie früher nie getan hatte. Als er sie danach fragte, erklärte sie, sie habe ihn eben so sehr vermißt.

»Und, Kerim, ich habe es mir lange überlegt, aber ich möchte nicht, daß du noch einmal nach Istanbul gehst. Ihr habt jetzt doch genug erreicht bei euren Ermittlungen. Ich will, daß du hierbleibst, verstehst du?«

»Aber Aynur, das Team in Istanbul hat zwar zur Ergreifung des Mörders von Professor Büyük erheblich beitragen können, aber von den Mördern meines Vaters fehlt doch nach wie vor jede Spur. Wir können doch jetzt nicht aufhören. Was soll ich Vedat, Figen und Suna denn sagen, warum ich aussteigen will?«

Aynurs Reaktion auf den Namen Suna – sie verzog das Gesicht – verriet ihm, woran sie im Zusammenhang mit seiner Abwesenheit wohl eigentlich litt. So ließ er jetzt in die Unterhaltung mit Aynur nach und nach einfließen, daß Suna sich in einen Davud Orak verliebt habe, der offenbar als Fahnder im Umfeld des Mordfalls Özakın arbeite. Aber das trug weder dazu bei, seine unbestimmte Eifersucht auf Davud abzubauen, noch Aynurs Konkurrenzgefühle gegenüber Suna zu beschwichtigen. So endete die Aussprache mit einer neuen Verstimmung.

Rat kam von Monika Stockmann, die sich wunderte, daß Aynur so niedergeschlagen war, obwohl Kerim doch gerade in Berlin war. Aynur erzählte ihr von dem Streit.

»Du darfst ihn jetzt nicht stoppen«, meinte Monika. »Er würde nicht nur den Respekt seiner Freunde und Familie, sondern auch seine Selbstachtung verlieren. Laß ihn zurückfahren, aber fahr für eine Woche oder zehn Tage mit ihm. Dann könnt ihr in Istanbul ein bißchen Urlaub machen, und du kannst dich umsehen, was es dort in den Galerien und Museen Neues gibt. Das werden sicher schöne Tage werden. Und du kannst seine Freunde kennenlernen.«

Aynur fiel Monika um den Hals. Das war die Lösung. Sie mußte dann nach Kerims Abfahrt nicht gleich wieder allein oder bei ihren Eltern herumsitzen. Am Abend hatte sie Kerim zum Essen eingeladen, und erzählte ihm sofort begeistert von Monikas Idee. Sie hatte schon im Reisebüro angerufen und einen passenden Flug heraussuchen lassen. Kerim wurde von ihrem Enthusiasmus angesteckt, gemeinsam durchforsteten sie Istanbul-Führer und schauten im Internet nach den aktuellen Kunstausstellungen in Museen und Galerien. Und obwohl es nicht genau das war, was er sich vorgestellt hatte, war Kerim froh, daß dieses Problem so glücklich geregelt war.

*

Am folgenden Morgen meldete sich Kerim bei Hikmet Evin, um mit ihm einen Termin bei Kriminalkommissar Döpfner von der SOKO auszumachen. Evin hatte noch einen Mittagstermin, war aber am späteren Nachmittag frei.

Als Hikmet Evin von einem uniformierten Polizisten in den Raum der SOKO geführt wurde, gratulierte Döpfner gerade Kerim zu den Recherche-Erfolgen der Teams in Istanbul und Berlin.

»Hallo«, begrüßte Evin die beiden. »Ich schließe mich übrigens auch im Namen des Kanzlers diesen Glückwünschen an.«

Dann informierte Döpfner Kerim und Evin über den Stand der Ermittlungen in Berlin. »Inzwischen wird hier Professor Sever observiert, genauso wie Professor Çalişkan in Istanbul. Wir überprüfen, ob von den Professoren Spuren zu den beiden Kroaten führen, die wir verdächtigen, die Mörder Ihres Vaters liquidiert zu haben und in den Anschlag auf das Centrum Judaicum in Berlin-Mitte verwickelt zu sein. Aber offenbar gibt es da keine Verbindung. Oder hat Ihre Spurensuche anderes ergeben?«

Kerim schüttelte den Kopf. »Nein, auch nichts. Nur ein paar Notizen in den Papieren meines Vaters über Drohungen, die Sever anscheinend Leuten gegenüber ausgesprochen hat, die nicht seiner Meinung waren. Aber alles sehr allgemein gehalten. Mit den Morden in Berlin hat das sicher nichts zu tun.«

»Tja«, Döpfner lehnte sich zurück. »Leider tappen wir auch in der Frage der Auftraggeber für die Morde noch ziemlich im dunkeln. Die Mörder kamen aus dem organisierten Verbrechen auf dem Balkan. Die Auftraggeber mit Sicherheit nicht. Offensichtlich gibt es Verbindungen zwischen dem organisierten Verbrechen in Bosnien und islamischen Extremisten an der südöstlichen Mittelmeerküste der Türkei. Eigentlich müßte man jetzt vor Ort ermitteln.«

Weil Döpfner nicht weiterredete, frage Evin nach: »Und warum wird dort jetzt nicht ermittelt?«

Döpfner seufzte. »Im Grunde müßte man zunächst die Bosse des Rings in Sarajevo und der Bande in Mostar hochnehmen und ausquetschen. Aber die verfügen weiterhin über beträchtliche Protektion. Von der bosnischen Polizei können wir da nichts erwarten.«

»Na, ich kenne da schon jemand, der mit denen nicht viel Federlesens machen würde«, sagte Kerim.

Döpfner lachte. »Sie meinen Davud Orak, Special Agent für internationale Verbrechensbekämpfung.«

»Sie kennen ihn?«

»Ja, Kommissar Gruber aus der SOKO hatte das Vergnügen, mit ihm in Sarajevo und Dubrovnik zusammenzuarbeiten. Hat Herr Orak Ihnen auch seine Hypothese von den Maskeraden erzählt, mit der er Gruber so schwer beeindruckt hat?«

»Mir nicht, aber Suna Yiğit, einer Freundin von mir aus dem Istanbuler Team. Ich habe sie schon gewarnt, daß der gute Mann vielleicht auf einem besonders komplizierten Weg der Selbstverwirklichung ist.«

Hikmet Evin fiel sofort der mißtrauische Ton Kerims auf. »Was verbirgt sich denn hinter dieser Maskeraden-Hypothese?« fragte er.

Döpfner setzte ihm in knappen Worten die Theorie von Orak auseinander. »Es ist ein interessanter Gedanke«, meinte der Kriminaldirektor. »Leider bisher ohne jeden Beweis in der Realität.«

*

Nach den Weihnachtstagen, die Kerim mit seiner Mutter und den Geschwistern in Berlin verbracht hatte, war er Anfang des neuen Jahres in Begleitung Aynurs nach Istanbul zurückgekehrt. Sie wohnten bei Kerims Onkel und Tante, wo Aynur Vedat kennenlernte. Gemeinsam brachen sie jeden Morgen auf und erkundeten die Stadt. Bei einer Tour zum Campus der Bosporus-Universität traf Aynur auch das gesamte Istanbuler Team. Figen, Vedat und Suna nahmen sie wie selbstverständlich auf. Suna war zu ihr nicht nur schwesterlich-freundlich, sondern verbarg auch nicht, wie verliebt sie in Davud war. Aynur fiel ein Stein vom Herzen.

Bei einem gemeinsamen Streifzug durch Alt-Istanbul bewunderten Aynur und Kerim die im ursprünglichen Stil renovierten, grau oder ochsenblutrot gestrichenen Holzhäuser. Als sie die engen Straßen entlangschlenderten, entdeckte Aynur plötzlich zwei ihrer Landschaftsbilder, die in einer Galerie mit dem Namen *Kulturfenster* ausgestellt waren. Sie stand völlig verdattert vor ihren Bildern, als die Galeristin, eine junge Frau im Hosenanzug und kurzen, blondgefärbten Haaren, auf sie zutrat und fragte, ob sie ihnen weiterhelfe könne.

»Ja«, meinte Aynur. »Woher haben Sie denn diese Bilder?«

»Von einem vor kurzem in die Türkei zurückgekehrten Almancı«, sagte die Frau. »Er brauchte Geld.«

Aynur gab sich der Galeristin als die Malerin der Bilder zu erkennen. Die lud sie und Kerim zu einem Tee ein und verwickelte sie in ein langes Gespräch über türkische Kunst, türkische Kunst in der Diaspora und das Leben in Deutschland. Am Ende schlug sie Aynur vor, ob sie nicht im Herbst eine Ausstellung im *Kulturfenster* machen wolle. Aynur war zuerst sprachlos vor Freude, dann nahm sie das Angebot ohne Zögern an. Zur Feier des Tages lud sie Kerim am Abend in ein Nobelrestaurant ein und war so zufrieden mit der Welt wie lange nicht. Mit dem Gedanken an die Ausstellungsvorbereitungen fiel ihr dann zwei Tage später auch die Rückkehr nach Berlin und der erneute Abschied von Kerim nicht mehr so schwer.

*

Kerim wartete vor dem Tor zum Gebäude des türkischen Generalstabs darauf, daß sein Paß und das Einladungsschreiben des Büros von General Toprak von den Sicherheitskontrollen überprüft würden.

Aynur war gerade einmal einen Tag weg gewesen, als endlich eine Nachricht des Generals gekommen war. Er hatte sich an ihn gewandt, als die Recherchen des Istanbuler Teams im Mordfall Büyük erste Ergebnisse gebracht hatten. Trotz eines Begleitschreibens seines Onkels hatte es dann aber doch noch bis Anfang Februar gedauert, ehe er diesen Besuchstermin erhalten hatte.

Hinter dem Regierungsgebäude ragten die blaugrauen Berge empor, die Ankara von allen Seiten umgeben. Kerim kannte die türkische Hauptstadt nur aus Ferienbesuchen. Auch diesmal beeindruckte sie ihn mit ihren repräsentativen Regierungsbauten und weiten Straßen.

Das Okay vom Sicherheitspersonal kam, und ein uniformierter Wachmann reichte ihm seine Papiere zurück. Mit einer knappen Handbewegung forderte der Mann ihn auf, ihm zu folgen. An der Ehrenwache vorbei betrat er das Gelände.

Der General empfing ihn in einem großen, hellen Arbeitszimmer, das nur mit wenigen Möbeln ausgestattet war. Vor allem der wuchtige Schreibtisch mit dem schmalen Laptop fiel auf. Kerims Onkel war ein hochgeschossener Mann mit kurzen grauen Haaren und ebenso wachen wie harten Augen. Die Familienähnlichkeit mit Onkel Muhammed war nicht zu übersehen, obwohl dieser in den letzten Jahren etwas mehr in die Breite gegangen war.

Der General kondolierte Kerim noch einmal zum Tode seines Vaters. Dann ließ er sich in dem schweren Holzsessel nieder, der ihm als Schreibtischstuhl diente und bot Kerim einen gepolsterten Stuhl ihm gegenüber an.

»Tut mir leid, daß es mit diesem Gesprächstermin so lange gedauert hat. Warum hast du dich nicht früher gemeldet? Du bist doch schon eine ganze Weile in Istanbul. Allerdings höre ich zwei Versionen, was du in Istanbul machst. Muhammed erzählt mir, daß du überlegst, mit deiner Verlobten in die Türkei zurückzukehren. Meine Leute von der Polizei sagen dagegen, Kerim Özakın ermittle auf eigene Faust im Mordfall seines Vaters. Welche Version stimmt denn nun?«

»Die zweite«, antwortete Kerim.

»Das habe ich mir schon gedacht. Du und deine Freunde, ihr habt in Berlin und in Istanbul übrigens sehr gut gearbeitet. Wir hatten bisher keine Ahnung, daß die beiden Physik-Professoren in den islamischen Extremismus verstrickt sind. Ohne eure Hilfe hätte die Polizei den Mörder von Professor Büyük sicher nicht so schnell fassen können. Vielleicht könnt ihr auch helfen, die Mörder deines Vaters aufzuspüren. Ich bin sehr an einer schnellen und vollständigen Aufklärung des Berliner Attentats interessiert. Das bin ich auch der Familie schuldig.«

»Danke.«

»Es müssen aber bestimmte Regeln gelten, Kerim. Anders ist so eine außergewöhnliche Zusammenarbeit nicht zu denken, das ist dir hoffentlich klar. Was ihr da macht, kann sehr gefährlich werden, für euch und für uns. Kontakte zu offiziellen türkischen Stellen dürfen nur über mich laufen. In unserem Sicherheitsapparat kann ich leider nicht allen trauen. Den Kontakt mit der SOKO in Berlin hast du ja schon selbst gemacht, da bleibst du am besten weiter dran. Wenn du allerdings Informationen von uns nach Berlin weitergeben willst, sprich das vorher immer mit mir ab.«

»Einverstanden. Wie ist denn der Stand der Ermittlungen auf türkischer Seite?«

»Er deckt sich mit den Erkenntnissen der deutschen Behörden. Dein Vater wurde von bezahlten Killern eines Drogenrings in Sarajevo erschossen, die ein halbes Jahr vorher einen kroatischen Drogenboß in Mostar umgelegt hatten. Sie selbst wurden dann von zwei Kroaten aus der Berliner Szene liquidiert. Allem Anschein nach kam der Auftrag zur Ermordung deines Vaters von islamischen Extremisten. Allerdings gibt es auf die wirklichen Drahtzieher bisher nur ganz vage Hinweise.«

Der General warf Kerim einen kurzen Blick zu und fragte dann unvermittelt: »Du kennst Davud Orak schon?«

»Ja. Wir haben uns kurz getroffen, als er dem Istanbuler Team für die Hilfe im Mordfall Büyük seinen Dank ausgesprochen hat.« Kerim stockte. Dann fuhr er fort: »Außerdem hat ihn eine Frau aus unserem Team kennengelernt, als sie sich in einem studentischen Fundi-Club umgehört hat.«

»Ja, Suna Yiğit.« Der General nickte. »Orak hat mir von ihr erzählt. Offenbar eine Sache, die über ein rein berufliches Interesse hinausgeht?« Er ließ die Frage in der Luft hängen, aber als Kerim nicht darauf einging, fuhr er fort: »Ich möchte, daß du alles weitere mit Orak absprichst. Ich lasse ihn jetzt holen. Und dann muß ich auch schon wieder weg.« Der General wollte das

Vorzimmer anweisen, Orak hereinzubitten, aber Kerim hielt ihn zurück.

»Entschuldigung. Ich habe vorher noch eine Frage. Davud Orak. Arbeitet er für den Geheimdienst?«

Der General überlegte einen Moment. Dann sagte er: »Laß es mich so formulieren: Er arbeitet mit vielen Stellen zusammen, unter anderem auch dem MIT. Er gehört zu einem Special Operations Team, das gegen das international organisierte Verbrechen ermittelt. Beantwortet das deine Frage?«

Der General lächelte, als Kerim mit den Schultern zuckte.

Orak kam schon nach wenigen Minuten in das Arbeitszimmer und begrüßte den General und Kerim.

»Ihr kennt euch ja schon. Ich mache mich dann auf den Weg und lasse euch allein. Orak, Sie weisen meinen Neffen hier in alles ein.«

Bevor er zur Tür hinaus war, schien ihm aber noch etwas einzufallen und er drehte sich noch einmal zu Orak um. »Wegen Ihrer CIA-Frage. Die Leute in Washington waren ungemein indigniert. Ihre Antwort lautet, sie hätten keinen Agenten in der Umgebung von Adana. Auf dem Stützpunkt in Incirlik säße lediglich der militärische Geheimdienst.«

»So, so«, brummte Davud Orak nur. Dann wandte er sich an Kerim und reichte ihm zur Begrüßung die Hand. »Schön, Sie hier wieder zu treffen, Kerim. Vielleicht arbeiten wir doch noch an dieser Sache in Mersin zusammen?« Er zwinkerte dem jüngeren Mann verschwörerisch zu.

Kerim meinte nur: »Zuerst muß ich mal wissen, um was es dabei eigentlich geht.«

»Ja sicher.« Orak wurde wieder ernst. »Die Spuren, die vom Mord an Ihrem Vater nach Bosnien und Kroatien führen, hat der General sicher schon mit Ihnen besprochen?«

»Ja. Wir waren an der Frage hängengeblieben, wer die Killer auf meinen Vater angesetzt hat und warum. Islamische Extremisten, etwa aus dem Umfeld der Professoren Sever und Çalişkan, oder das organisierte Verbrechen?«

»Ich vermute, keines von beiden, sondern ein Dritter.«

»Die Maskeraden-Theorie. Der Kuckuck, der sein Ei in fremde Nester gelegt haben soll?«

»Ja. Vielleicht sollte ich lieber von meiner Kuckucks-Theorie reden. Irgendwie anschaulicher. Der Kuckuck läßt in Berlin einen vom organisierten Verbrechen ausgeführten Mord als eine Auftragstat islamischer Extremisten erscheinen. In Israel gibt der Kuckuck Anschläge ultra-orthodoxer Juden als solche der Palästinenser aus. Es gibt noch einige Beispiele mehr.«

»Aber die letzten Anschläge in Istanbul und in Ankara gehen doch wirklich auf das Konto von islamischen Extremisten?«

»Ja, das stimmt. Suna hat übrigens den Mörder von Büyük auch als einen Besucher der Fundi-Party identifiziert. Und die Kontakte des Gotteskriegers, der für den versuchten Anschlag auf den Mufti der *Diyanet*-Stiftung verantwortlich war, gehen eindeutig ins radikal fundamentalistische Lager. Und auch bei dem Mord auf der Galata-Brücke bin ich mir fast sicher, daß die Killer von Extremisten angeheuert waren. Der zeitliche Zusammenhang ist fast zwingend.«

»Aber im Falle meines Vaters tippen Sie auf einen Kuckuck?«

»Ja. Ich will Ihnen mal etwas vorspielen, Kerim, eine Sekunde bitte.«

Orak verließ das Arbeitszimmer und kam mit einem MD-Player wieder. »Das hier ist der Mitschnitt eines Telefongespräches, das der türkische Geheimdienst letzten November abgehört hat. Der observierte Anschluß gehört einem führenden Kopf der islamischen Partei in Ankara. Der Anrufer konnte zu einer öffentlichen Telefonzelle in Tarsus zurückverfolgt werden. Leider wissen wir nicht mehr über ihn. Aber hören Sie sich mal diesen Auszug an. Die Stimme, die zuerst spricht, ist der Politiker.«

Er drückte auf eine Taste des silbernen Geräts, und das Band lief an. Zuerst war nur ein Rauschen zu hören, dazwischen fiepende Radiosignale. Dann drang plötzlich eine dunkle Männerstimme deutlich aus den Hintergrundgeräuschen. »Diesen Averroës-Jünger umzulegen, war doch totaler Schwachsinn. So etwas verstößt gegen unsere taktische Linie, das wissen Sie genau. Es schadet nicht nur meiner Partei, sondern der gesamten Bewegung. Das war so unverantwortlich, daß wir uns überlegen, jeden Kontakt mit Ihnen und Ihren Leuten abzubrechen!«

Eine höhere Männerstimme antwortete: »Mit dem Attentat haben wir nichts zu tun. Sie wissen genau, daß wir nur auf Auftrag handeln. Außerdem agieren meine Leute nur in der Türkei. Bei dieser Sache will man uns was anhängen.«

Orak schaltete das Gerät ab. »Das war der Anrufer aus Tarsus.«

»Geht es da um meinen Vater?« Kerim hatte sich über den Apparat gebeugt, um die verzerrten Stimmen besser verstehen zu können

»Wahrscheinlich. Vor einem dreiviertel Jahr wurde allerdings auch in Teheran ein bedeutender Averroës-Forscher ermordet.«

»Ja, ich erinnere mich. Mein Vater hat mir davon erzählt.«

»Das Gespräch könnte sich auch darauf beziehen. Allerdings wurde das Band Mitte November aufgenommen, also ziemlich lange nach dem Teheraner Attentat.«

»Und die Ermordung von Professor Büyük?«

Orak schüttelte den Kopf. »Nein, dann würde der Satz des Anrufers keinen Sinn machen, seine Leute agierten nur in der Türkei. Außerdem war das später.«

Kerim nickte. »Stimmt.« Er schaute von dem MD-Player zu Orak. »Das würde ganz Ihrer Maskeraden-Theorie entsprechen, nicht?«

»Ja. Egal, worauf sie sich letztendlich bezieht, die Aufnahme bringt auf jeden Fall etwas Licht in die ungeklärten Verhältnisse um die Ermordung Ihres Vaters und die anschließende Liquidation seiner Mörder.«

»Wie lange wissen Sie denn schon von dieser Aufnahme?«

Orak nahm die Minidisk aus dem Gerät. »Erst seit knapp zwei

Wochen. Leider. Die Leute vom Geheimdienst hatten keine Ahnung, daß das für uns wichtig sein könnte.«

Kerim überlegte. »Dann müßte dieser Kuckuck also jeweils Kontakt zu den Gruppen haben, die er benutzt und vielleicht auch gegeneinander ausspielt?«

»Das ist genau seine Vorgehensweise.«

»Und wozu das Ganze?«

»Gute Frage.« Orak zuckte mit den Schultern. »Ich weiß es nicht. Wie man mit solchen Verwirrungsstrategien irgendwelche illegalen Deals machen könnte, will mir nicht einleuchten. Aber ich kapiere auch nicht, wie so etwas in die Strategien von Extremisten passen soll.«

Kerim schwieg.

»Na, wie dem auch sei. Unsere deutlichsten Hinweise zur Zeit führen in die Gegend Mersin-Adana-Tarsus. Bei den Ermittlungen in Bosnien sind wir auf einen Agrargroßhändler in Mersin gestoßen, dessen Hauptgeschäft aber anscheinend Waffen und Drogen sind. Die Spur aus Istanbul und dem weißen Haus führt zu einem islamistischen Prediger, der in der Nähe von Adana sitzt. Er ist schon lange im Fadenkreuz der dortigen Polizei, unter anderem, weil er verbotene CDs mit seinen islamistischen Haßtiraden vertreibt. Die Polizei wollte ihn sich schon vor einem Monat schnappen, aber der Kerl hat Dutzende von Zeugen angeschleppt, nach deren Aussagen die CDs Fälschungen sind. Er ist ziemlich gerissen, so daß wir bisher noch nicht einmal einen Durchsuchungsbefehl für sein Haus kriegen konnten. Eventuell müssen wir uns eben selber einen Grund dafür suchen.«

»Wie denn?«

»Wir müssen in Mersin weitermachen. Das habe ich mit Ihnen und Ihrem Team ja schon in Istanbul besprochen. Ich arbeite dort mit einem Drogenfahnder zusammen. Zur Zeit lassen wir Fotos des Großhändlers und seiner Leibwächter aufbereiten. Als erstes werden wir ihm jetzt mal den überörtlichen Zoll auf den Hals schicken. Ich will an seine Unterlagen rankommen.

Und dabei habe ich an Sie und Suna gedacht. Wir müssen ins Bürohaus von diesem Emre Tuncer kommen. Wenn Sie mich unterstützen, haben wir ein Team, das in Mersin absolut unbekannt ist …«

In diesem Moment wurde die Tür aufgerissen, und General Toprak stürmte herein. Er drückte Davud ein Fax in die Hand. »Nun lesen Sie das mal, Orak!«

»Was ist das?« Orak begann, das Fax zu überfliegen.

»Kam gerade von AP herein.«

Orak las laut vor. »›Anschlag auf den obersten Richter Israels bei seinem Besuch in Washington. Richter Baruch wurde beim Verlassen des Supreme Court von einem Motorradfahrer angeschossen und schwer verletzt.‹« Er schaute von dem Fax hoch. »Das gibt's doch nicht!«

General Toprak schlug mit der Hand auf den Schreibtisch. »Jetzt versuchen die Islamisten, den Palästina-Konflikt auch noch in die amerikanische Politik hineinzutragen.«

»Baruch. Die orthodoxe Rechte in Israel kritisiert den Richter schon lange wegen seiner liberalen Rechtsprechung in Religionsangelegenheiten.«

»Orak, basteln Sie daraus jetzt nicht noch einen Fall für Ihre Maskeraden-Theorie. Ultra-orthodoxe Israelis hätten Baruch in Israel doch viel leichter selbst erledigen können.«

»Aber als Camouflage sind die Vereinigten Staaten um einiges besser.« Orak legte das Fax weg. »Es gibt allerdings einen anderen Schönheitsfehler.«

»Nämlich?«

»Die Informationen über Sicherheitsvorkehrungen für den Besuch des Richters dürften eher aus Washington als aus israelischen Quellen stammen. Aber für einen islamistischen Anschlag spricht das auch nicht.«

*

Eine Woche später saßen Kerim und Suna in einem gemieteten Ford und waren auf dem Weg von Konya nach Mersin. Sie waren von Istanbul bis Konya geflogen und hatten sich dort einen Leihwagen genommen, um wie ein Touristenpaar auf der Reise über die Autobahn nach Mersin zu gelangen. Dabei hatten sie sich für die nördliche Route über Karapinar und Eregli entschieden.

Durch die Scheiben des Wagens sahen sie das weite zentralanatolische Hochland. Obwohl es der Jahreszeit entsprechend kalt war, lag kein Schnee, nur an höher gelegenen Stellen waren weiße Tupfer zu sehen.

Suna saß am Steuer des Wagens, während Kerim mit der Landkarte auf den Knien die Route im Auge behielt.

»Auf den Bildern, die uns Davud gezeigt hat, sah dieser Tuncer ja recht zivilisiert aus. Eher wie ein einfacher Mann, der sich hochgearbeitet hat. Dazu paßt auch dieser martialische Schnauzbart.«

»Na«, erwiderte Kerim. »Seine Leute sehen dafür wie richtig brutale Schläger aus. Ich weiß nicht, ob es eine gute Idee war, daß du mitgehst.«

»Komm schon, Kerim, spiel nicht wieder den großen Bruder. Ich weiß schon, was ich mache, und Davud weiß auch, was er mir zutrauen kann.«

Kerim schaute Suna von der Seite her an. »Du bist richtig verliebt in den Typ.«

»Ja. Richtig verliebt.« Suna sagte das mit einer Entschiedenheit, die Kerim fast Angst machte.

Ernst sagte er: »Vertrau ihm nicht zu sehr, Suna. Irgend etwas stimmt nicht mit ihm. Ich habe noch einmal darüber nachgedacht. Vielleicht ist er wirklich vom Mossad.«

»Wie kommst du denn jetzt darauf?«

»Einmal ist mein Onkel für die Beziehungen zum israelischen Generalstab zuständig. Dann habe ich mitgekriegt, wie Orak auf die Meldung vom Anschlag auf den israelischen Richter reagiert hat. Wir waren gerade im Gespräch, als die Nachricht kam.«

»Ja, Davud hat sich ziemlich darüber aufgeregt. Er verdächtigt ultra-orthodoxe Israelis der Tat.«

Kerim nickte. »Genau. Und außerdem hat der General Oraks dienstliche Stellung so unklar umschrieben, daß ich annehme, er hat ihn sich für die Suche nach undichten Stellen im türkischen Sicherheitsapparat ausgeborgt: Fremde Augen sehen mehr.«

Sie kamen auf eine scharfe Kurve zu, und Suna schaltete schweigend in einen niedrigeren Gang. »Ich habe schon ein paarmal mit Davud über seinen Job geredet. Aber ich glaube, selbst wenn er wollte, dürfte er nichts sagen.«

»Kann gut sein. Na ja, müssen wir uns eben mit dem begnügen, was der General gesagt hat.« Kerim lehnte sich zurück und schwieg.

Suna schaute für einen Moment zu ihm hinüber. »Und? Was hat der General gesagt.«

»Was Orak auch immer sagt. Er sei für die Bekämpfung des international organisierten Verbrechens eingesetzt.«

»Und das kommt dir so unwahrscheinlich vor?« Sie schüttelte den Kopf. »Du mißtraust Davud immer noch. Ich dachte, seit deinem Gespräch mit dem General wäre das vom Tisch.«

»Ich mache ja mit bei diesem Ding in Mersin, oder nicht?«

»Ja, aber ich frage mich, warum eigentlich?«

»Offensichtlich ist Orak so eine Art rechte Hand des Generals, da kann ich ja schlecht nein sagen, wenn er mit so einem Vorschlag kommt.« Er schaute auf die Karte. »Übrigens müssen wir jetzt raus, wenn wir uns das Motel ansehen wollen.«

In Ulukışla liefen die beiden eine Weile im großen Hof der alten und leeren Mehmet Paşas-Karawanserei herum, ganz so, als wären sie gewöhnliche Touristen. In Wirklichkeit interessierten sie sich aber für das danebenliegende Motel, in dem sie auf der Rückfahrt von Mersin nach Konya übernachten wollten.

Dann fuhren sie weiter in das gewaltige Taurus-Gebirge. Die Luft wurde kälter, der entlang der Straße aufgehäufte Schnee höher. Auf beiden Seiten der Autobahn lagen ausgestorbene Sommersiedlungen mit großen Stein- und Holzhäusern, die ein bißchen an Schweizer Ferienorte erinnerten. Sie durchquerten das Gebirge knapp westlich der »Kilikischen Pforte«. Bei Tarsus bogen sie auf die Autobahn nach Mersin ab.

Für die Nacht hatte Davud Orak sie bei Freunden von Arif Eker in Çeşmeli untergebracht, einem kleineren Ort westlich von Mersin an der Küstenstraße. Er hatte ihnen dort eine Karte des Mersiner Hafens und Freihafens hinterlegt, auf der das Bürohaus und die Lagerhallen Emre Tuncers eingezeichnet waren. Die Gastgeber waren freundlich und hatten ihnen im Kamin im Gästezimmer ein Feuer angemacht, an dem sie sich vor dem kommenden Tag entspannten und außerdem die Fotos von Tuncer und seinen Männern sowie die Karte, die sie sich gut eingeprägt hatten, verbrannten.

*

Früh am nächsten Morgen holten Kerim und Suna ihre mitgebrachten Touristen-Outfits aus den Reisetaschen. Kerim wollte als Almancı auftreten und trug Jeans mit einer Gortex-Windjacke, Wanderstiefeln und einer Segeltuchmütze mit dem Aufdruck *Willkommen in Hiddensee*. Suna trat als seine amerikanische Ehefrau auf. Meral hatte ihr einen weißen Blazer mit glitzernden Knöpfen ausgeliehen. Dazu zog sie Designer-Jeans an und eine blaue Baseballmütze. Nur die praktischen Turnschuhe paßten nicht ganz zu ihrer Verkleidung – eigentlich wären weiße Cowboyboots viel passender gewesen –, aber Suna wollte für den Fall, daß sie schnell wegkommen müßten, nicht durch schwere Stiefel mit hohen Absätzen behindert sein.

Nach dem Frühstück packten sie ihre Sache zusammen, bedankten sich bei den Gastgebern und fuhren zum Hafen nach Mersin, wo sie mit Davud Orak verabredet waren.

Suna erkannte Davud trotz seiner ungewöhnlichen Kleidung

schon von weitem. Er war mit groben Jeans und einem dicken Wollpullover bekleidet, darüber eine Art Blaumann, wie ihn die Hafenarbeiter trugen. Auf dem Kopf hatte er eine Schildmütze von der Art, wie sie Atatürk in den zwanziger Jahren anstelle des Fes eingeführt hatte.

Als die beiden näher kamen, mußte Davud lachen. »Der deutsche Michel und Dolly, das Western-Barbie-Girl. Fehlen nur noch die Zipfelmütze und die Glitzerstiefel.« Er stieß sich vom Wagen ab, an dessen Tür er gelehnt hatte, und begrüßte die beiden. Als er Suna an der Hand faßte, zog die ihn in die Arme und küßte ihn auf die Wange.

»Ist etwas nicht in Ordnung mit unseren Outfits? Ganz wie gewünscht: Touristenklasse.« Der defensive Ton in Kerims Stimme war nicht zu überhören, und Suna schaute ihn irritiert an. Aber Davud schien nichts zu bemerken oder ließ sich auf jeden Fall nichts anmerken.

»Nein, alles bestens. Genauso habe ich mir das vorgestellt.«

Er führte sie wie ein Einheimischer durch das Hafengelände, zeigte ihnen unauffällig das Tuncer-Haus und die Lagerhallen, ebenso die Hinterfront des Tuncer-Hauses. Danach fuhr Davud in seinem Wagen, dem Privat-Volvo, den er sich von Arif Eker ausgeliehen hatte, auf dem kürzesten Weg zur Autobahn. Suna und Kerim folgten ihm, um die Strecke kennenzulernen. Zurück fuhr er dann eine alternative Route. Kerim, der wieder auf dem Beifahrersitz saß, verglich die Strecken mit seiner Straßenkarte. Dann fuhren sie gemeinsam in ein kleines Lokal außerhalb Mersins zum Mittagessen. Die Aktion war für den späten Nachmittag geplant.

Die drei Pkws der Zollfahndung fuhren pünktlich um sechzehn Uhr fünfzig vor der größten der Lagerhallen von Tuncer-Agrar-Großhandel vor. In dem großen, bläßlich grüngestrichenen Tor wurde für eine Sekunde die darin eingelassene Metalltür geöffnet, dann schnell wieder zugezogen. Arif Eker nahm das Handy, das er auf dem Beifahrersitz liegen hatte, und steckte es in die Tasche an seinem Gürtel. Dann stieg er aus.

Ein älterer Zollfahnder mit einem spärlichen grauen Bart blickte über das Wagendach zu Eker und deutete wortlos mit dem Kinn auf die wieder geschlossene Tür. Eker nickte. Die beiden traten vor das Tor und klopften. Hinter ihnen warteten die übrigen Zollfahnder in den Autos. Mit einem knirschenden Geräusch öffnete sich nicht die kleine Tür, sondern der mächtige Flügel des Tors wurde aufgeschoben. Eker trat überrascht einen Schritt zurück. Ein Junge in einem neu wirkenden Blaumann schaute fragend durch die Öffnung.

»Arif Eker, Drogenfahndung.« Eker hielt dem Jungen seinen Dienstausweis unter die Nase. »Eine Routinekontrolle. Ich muß Sie bitten, mir und meinen Leuten Einlaß in die Lagerhallen von Tuncer-Agrar-Großhandel zu gewähren.« Eker plazierte seinen Stiefel auf die Innenseite des Torflügels und schob ihn ein paar Zentimeter weiter auf. Der Junge drehte sich rasch um und schaute hinter sich ins Innere. Eker drückte das Tor noch mehr auf, und der Zollfahnder schob sich an dem Jungen vorbei in die Halle. Eker folgte ihm auf den Fuß.

Davud Orak, Suna und Kerim standen auf einer Plattform direkt am Wasser, die mit einem niedrigen Metallzaun abgegrenzt war. Durch irgendeine Maßnahme zur Belebung des Tourismus in Mersin war hier ein Fernrohr angebracht worden, durch das man das Hafengelände mit den riesigen Kränen und den Freihafen beobachten konnte. Gemäß ihrer Touristenrolle fütterte Kerim den Apparat nun schon mit der dritten Münze in Folge. Allerdings waren sie nicht so sehr an dem weiten Blick über Hafen und Bucht interessiert, sondern an den Vorgängen im Tuncer-Haus, dessen Vorderfront von ihrer Position aus gut zu sehen war.

»Wenn es nicht bald losgeht, wird es auffällig, daß wir hier so lange herumstehen«, sagte Kerim und schaute wieder durch das

Fernrohr. Durch das Glas sah er am Eingang zum Hafen ihren roten Ford Century stehen.

»Eker und die Zollfahnder sind erst vor ein paar Minuten gekommen. So schnell geht das auch nicht. Aber sowie Tuncer das Haus verläßt, sind wir dran.«

»Warum durchsucht eigentlich der Zoll nicht einfach auch das Bürohaus?«

»Dafür braucht er einen Durchsuchungsbefehl, und für den brauchen wir die Beweise, die wir drei gleich finden werden.« Davud sagte das mit einer Gelassenheit, als wäre es das Normalste auf der Welt. Dabei ließ er das Tuncer-Haus nicht aus den Augen.

Suna lachte verhalten. Sie drehte sich zu Kerim, der bemerkte, wie sie ihn besorgt anblickte. Er runzelte die Stirn.

»Was wir da vorhaben, ist also absolut illegal, das wollen Sie damit sagen?«

Orak drehte sich um. Sein Gesichtsausdruck wirkte erstaunt, obwohl Kerim das Gefühl hatte, er würde ihm zumindest halb etwas vorspielen. »Natürlich ist das keine legale Aktion, Kerim. Das war doch von vorneherein klar.« Er schaute Kerim durchdringend an. »Sie wollen die Mörder Ihres Vaters schnappen, dazu müssen wir an Tuncer herankommen. Und für einen Durchsuchungsbefehl brauchen wir irgendwelche Verdachtsmomente. Die wir uns jetzt besor…«

»Er kommt.« Sunas leise Stimme unterbrach Orak.

Die drei wandten sich schnell dem Tuncer-Haus zu. Emre Tuncer, ein großer, massiv gebauter Mann in dunklen Hosen und einer braunen Weste aus schwerem Stoff, kam aus dem Haus und eilte zu einem davor geparkten Wagen. Zwei ganz in Camouflage gekleidete Wachmänner folgten ihm.

»Hm, nur zwei«, brummte Orak. »Dann sind die anderen zwei Wächter im Haus geblieben. Scheiße!« Er wandte sich an Suna. »Wir machen es trotzdem. Okay, seht ihr den Gorilla hinter der Eingangstür? Das ist euer Mann. Viel Glück.«

Er verließ die Plattform und schlenderte am Kai entlang wie jemand, der kurz vor Feierabend noch einmal draußen eine Zigarette raucht. Und dann war er plötzlich verschwunden.

Arif Eker und die Zollfahnder hatten inzwischen die Durchsuchung des ersten Lagerschuppens beendet. Emre Tuncer war kurz nach ihrem Eintreffen mit zwei seiner Männer erschienen. Er ließ sich geduldig Arif Ekers Ausweis und die Durchsuchungsverfügung des Zollfahnders vorzeigen. Dann fragte er: »Das hier ist reine Routine? Es liegt nicht irgendein Mißverständnis vor, weswegen Sie hier diesen überflüssigen Zinnober veranstalten?«

Eker hielt den Zöllner zurück, der auffahren wollte, und schaute Tuncer direkt in die Augen. »Reine Routine.«

Nach einer knappen Stunde war der Schuppen von vorn bis hinten und oben bis unten durchsucht. Die Fahnder machten sich an die zweite Lagerhalle direkt neben dem Schuppen. Diese Halle war ganz aus Metall gebaut. Eker verlangte den Schlüssel für das Tor, den ihm Tuncer ohne Probleme aushändigte. »Das sind eh nur ein paar kleine Kühlräume«, brummte er.

Als die Männer das Tor öffneten, schlug ihnen sofort kalte Luft entgegen. Im Innern waren sechs Kühlräume, die wie Garagen in einer Reihe hintereinanderlagen. An den schweren Türen war jeweils ein computergesteuertes Thermometer angebracht, auf dem die Kühltemperatur abgelesen werden konnte. Der Junge zeigte ihnen bereitwillig, wie die Kühlräume geöffnet wurden.

»Vorsicht mit den Türen«, sagte er. »Wenn die zufallen, dann dauert es zwanzig Minuten, bis sie wieder aufgehen. Wegen des Temperaturabfalls«, setzte er hinzu. »Zwanzig Minuten in der Kälte sind ganz schön lang.«

»Kann ich mir vorstellen«, brummte der graubärtige Zollfahnder und betrat den ersten Kühlraum.

Doch auch eine gründliche Durchsuchung von allen sechs

Räumen brachte nichts zutage außer Kisten über Kisten randvoll mit allen erdenklichen Obst- und Gemüsesorten. Die Zöllner machten sich an die Durchsuchung der nächsten großen Lagerhalle, die einige hundert Meter entfernt lag. Als ihr Chef ihnen nachwollte, hielt Eker ihn zurück.

»Eine Sekunde noch.« Er durchschritt den Abstand zwischen Wand und Kühlräumen mit einigen großen Schritten. »Höchstens vier Meter. – Was meinen Sie? Wie tief sind die Kühlräume?«

»Zehn Meter, vielleicht elf.« Der Zollfahnder kaute an einer Feige und beobachtete Eker. »Warum?«

»Irgendwie kommt mir die Halle breiter vor.« Eker trat zum Tor, wo er fast mit Emre Tuncer zusammenstieß. Eker sah über Tuncers massige Schultern hinweg einen der Zöllner, die er zur Bewachung von Tuncer und seinen Leuten abkommandiert hatte. Er winkte ihm zu, daß er hier alles unter Kontrolle hatte. Daraufhin verschwand der Zöllner wieder in der großen Lagerhalle, wo Tuncers Wachschutzleute Däumchen drehten.

»Ah, gut, daß Sie kommen«, wandte sich Eker an den Großhändler. »Diese schweren Container hinten an der Wand in Kühlraum vier. Da würde ich gerne mal dahinter schauen.«

Tuncer, der mindestens einen Kopf größer als der Drogenfahnder war, schaute mißbilligend auf ihn herunter. Eker meinte, für den Bruchteil einer Sekunde so etwas wie Überraschung oder gar Schreck in Tuncers Zügen aufblitzen zu sehen, aber er konnte sich getäuscht haben. Der Mann zwirbelte seine linke Bartspitze und brummte: »Die Dinger sind hundsschwer. Wassermelonen. Die kriegt man nur mit dem Gabelstapler von der Stelle.«

Eker deutete auf einen neu wirkenden orangegelben Gabelstapler, der in der Ecke stand. »Kann ich den nehmen?«

Jetzt kam Leben in Tuncer. »Auf keinen Fall, junger Mann. Die Gabelstapler bedienen nur ich oder meine Leute.«

Er schwang sich mit einer angesichts seiner Masse erstaunlichen Wendigkeit auf den Fahrersitz. Dann suchte er einen Moment in den breiten Taschen seiner Weste und brachte schließlich den passenden Zündschlüssel zum Vorschein. Mit einem leisen Klack sprang der Gabelstapler an. Über das surrende Motorengeräusch hinweg fragte Tuncer: »Kühlraum vier, sagen Sie? Machen Sie mir mal die Tür auf und zeigen Sie mir, welche Container Sie aus dem Weg haben wollen.«

Der Zollfahnder gab den Code ein und drehte das Metallrad. Mit einem Knarren ließ sich die schwere Tür des Kühlraums öffnen. Tuncer steuerte den Gabelstapler auf den Markierungslinien ins Innere.

»Wo?« brüllte er zu Eker, der in der Tür stand. Der Drogenfahnder deutete auf die rückwärtige Wand, wo bis unter die Decke drei breite, silbrig glänzende Container übereinandergestapelt waren. Tuncer nickte und rollte auf die Container zu. Der bärtige Zollfahnder ging ihm nach und stellte sich neben die Container. Gekonnt plazierte Tuncer die hydraulischen Gabeln in die Palette, hob sie samt Container ein paar Zentimeter in die Luft und bewegte die Last dann langsam vom Stapel. Er ließ die Gabel bis fast über den Boden nach unten gleiten, drehte den Gabelstapler und hielt mit relativ schnellem Tempo auf die Tür zu. Direkt neben dem Drogenfahnder setzte Tuncer den Container ab.

»Noch einen?« fragte er.

»Sicher. Ich will die ganze Wand frei haben«, nickte Eker. Er folgte dem Gabelstapler, der wieder zurückfuhr. Tuncer wiederholte das Manöver. Als er den zweiten Container von der Wand zog, wurde dahinter der obere Rahmen einer Tür sichtbar. Eker winkte dem Zollfahnder und sagte leise. »Rufen Sie Ihre Leute an. Sie sollen die Hunde noch mal herbringen. Schnell.«

Der Zöllner nickte, griff nach seinem Handy und wählte. Ein paar Sekunden lang hielt er das Gerät ans Ohr, dann zuckte er mit den Achseln und sagte: »Ich krieg von hier drin keine Verbindung. Ich versuch's draußen.« Damit eilte er zur Tür des Kühlraums.

Eker setzte zu einem »Warten Sie« an, als neben ihm der Motor des Gabelstaplers aufheulte. Tuncer hatte gewendet und hielt, den Container immer noch hoch in der Luft, in vollem Tempo auf den Zollfahnder zu. Der drehte sich um, setzte zum Sprung an, stolperte über eine Kiste und schlug längs hin. Das Handy fiel krachend zu Boden. Eker rannte los, dann sah er, daß der Container wackelte, kippte, sich nach vorn neigte. Tuncers Gesicht war starr, seine rechte Hand am Schalthebel bewegte sich langsam und präzise. Eker brüllte eine Warnung, doch sein Schrei ging unter in dem ohrenbetäubenden Getöse, als der Container samt Palette auf den Zöllner stürzte. Hunderte von riesigen Wassermelonen schlugen mit donnernden Schlägen auf dem Boden auf und zerbarsten. Binnen Sekunden verwandelte sich der Kühlraum in ein Chaos aus rotspritzendem Melonenfleisch und dunkelgrünen Schalenteilen.

Eker war zu Boden gegangen, als der Container aufgeschlagen war. Jetzt kroch er auf allen vieren zu dem Zöllner. Der Motor des Gabelstaplers heulte wieder auf. Tuncer fuhr durch die Tür aus dem Kühlraum. Eker kam auf die Füße, stürzte ihm über den glitschigen, mit Melonenkernen übersäten Boden nach, versuchte, so schnell er konnte, die Tür zu erreichen. Er rutschte aus, fing sich gerade noch, sah, wie Tuncer vom Gabelstapler sprang. Eker erreichte den umgestürzten Container, da fiel die Tür mit einem satten Plumpsen ins Schloß.

Augenblicklich war es still in dem Raum. Eine letzte Wassermelone stieß mit einem leisen Schlag gegen eine Obstkiste. Der Atem des Zöllners klang harsch und unregelmäßig. Dann klickte es in der Decke, und das Licht ging aus.

Im Dunkeln tastete sich Arif Eker zu dem schwerverletzten Zollfahnder. Der Container hatte seinen Unterkörper zerschmettert. Eker ergriff die Hand des Mannes, der die Berührung schwach erwiderte. Mit der anderen Hand tastete Eker den nassen Boden ab, bis er das Handy fand. Er wählte jede Nummer, die ihm einfiel, aber aus dem Hörer kam nur abgehacktes Rauschen. Schließlich gab er auf und setzte sich still neben den Sterbenden. Nach ein paar Minuten wurden die keuchenden Atemzüge schwächer. Ein krampfartiges Zittern lief durch den Körper des Zöllners.

Dann hörte Arif Eker nur noch das leise Summen der Kühlanlage.

In der beginnenden Dämmerung schlich Davud Orak an den baufälligen Lagerhallen am Kai entlang. In einiger Entfernung vom Tuncer-Haus überquerte er die Straße und näherte sich dem Bürohaus von hinten. An der Seitenwand entdeckte er eine Stahltür, die aber verschlossen war. Inzwischen war es fast dunkel geworden, und die Flutlichter im Freihafen gingen an. In dem schwachen Lichtschein, der auf die Rückseite des Tuncer-Hauses fiel, sah Orak einen Haufen alter Obstkisten. Eine wirkte noch ganz stabil. Er schob sie leise unter das unterste der ungesicherten, kleinen Fenster, die zum Treppenhaus gehörten. Von der Kiste aus zog er sich hoch, kam auf dem schmalen Fensterbrett zu sitzen, wobei er sich an einem metallenen Tritt in der Wand festhielt. Er nahm eine Punkttaschenlampe aus dem Blaumann und schlug das Fenster mit einem einzigen Schlag ein. Das Klirren trug weit in der abendlichen Stille, aber Orak achtete nicht darauf. Er griff durch die Scherben ins Innere, drehte den Griff und öffnete das Fenster. Dann schob er den Körper durch die schmale Öffnung und ließ sich im Inneren auf den Boden gleiten.

Suna und Kerim hatten die Plattform mit dem Fernrohr verlassen und schlenderten Hand in Hand auf das Tuncer-Haus zu. Als sie vor dem Eingang stehenblieben und so taten, als würden sie die Natursteinfassade bewundern, trat ein Wachmann aus der Tür und beäugte sie mißtrauisch. Die rechte Hand hatte er auf dem Knauf seiner Pistole liegen.

Kerim sprach ihn in einem deutsch-türkischen Kauderwelsch

an und fragte, wie man in den Freihafen gelangen könnte. »Wir kommen von Izmir. Da hat man uns erzählt, der Freihafen von Mersin sei so interessant. Wir sind auf Urlaub, wissen Sie. Ich bin ein Almancı. In Deutschland geboren, aber die Türkei ist immer noch die Heimat, nicht?« Kerim lachte. Suna sagte irgend etwas auf Englisch.

Der Wächter schaute sie halb belustigt, halb irritiert an. Seinem Gesichtsausdruck war anzusehen, daß er nicht wußte, wie er dieses Paar einzuordnen hatte. Gefährlich fand er sie aber wohl nicht, denn die Hand war inzwischen vom Pistolenknauf zur Gürtelschnalle auf seinem Bauch gewandert.

»In den Freihafen kommen Sie ohne Erlaubnis nicht rein. Das ist Sperrgebiet, für das man einen Ausweis braucht.« Er lächelte vielsagend. »Man kann mit den Kontrolleuren am Eingang aber sicher reden.« Er machte eine Handbewegung, die das Hinüberschieben eines Geldscheins andeuten sollte.

Hinter dem Wächter verbreiterte sich der Spalt der angelehnten Tür. Suna fragte: »Aber heute abend klappt das wohl nicht mehr, oder?« Sie zog ihre Augenbrauen hoch, wie sie es bei amerikanischen Touristinnen gesehen hatte.

Davud erschien in dem Spalt. Mit einer kaum wahrnehmbaren Bewegung legte er dem Wächter die linke Hand über den Mund und drückte ihm die Rechte im Polizeigriff den Rücken hoch. Im nächsten Moment zog er den gänzlich überraschten Mann ins Innere des Hauses.

Suna und Kerim folgten ihm, und Kerim schloß die Tür hinter ihnen ab. Der Wächter lag bewußtlos am Boden. Ein schwaches Rinnsal Blut tropfte von einer Platzwunde an seinem Hinterkopf.

»Keinen Ton«, zischte Davud. »Wenn er wieder zu sich kommt, darf er uns nicht an unseren Stimmen wiedererkennen.« Mit geübten Griffen wickelte er dem Mann Klebebandstreifen um Handgelenke und Füße und verklebte ihm den Mund. Die Augen verband er ihm mit einem schwarzen Stofftuch.

»Ihr bleibt hier und wartet. Ich schaue mich im Haus um, ob irgendwo noch andere Wachleute sind. Und schafft den Typen hier aus dem Weg. Bis gleich.« Davud verschwand lautlos im dunklen Treppenhaus.

Suna und Kerim zogen den bewußtlosen Wachmann gemeinsam in die Nische unter dem Treppenaufgang. Der Mann rührte sich nicht.

»Hoffentlich ist der nicht schwerer verletzt. Dein Davud hat ja einen brutalen Schlag drauf. Ich dachte, heutzutage macht man das mit Chloroform oder so was.« Kerim richtete den Oberkörper des Wächters auf und lehnte ihn gegen die Wand. Dem Mann sackte sofort der Kopf auf die Brust.

»Wirklich, Kerim, du hast einfach zu viele von diesen Agatha-Christie-Schinken gesehen. Chloroform!« Sogar in Sunas Flüsterton war die Empörung deutlich zu hören.

»Sshh«, machte Kerim. »Wir sollen doch still sein.«

Nach ungefähr zehn Minuten kamen kaum hörbare Schritte die Treppe herunter, und Davud trat um die Ecke.

»Hier im Haus ist niemand mehr«, sagte er. »Im dritten Stock ist ein ziemlich großes Zimmer durch eine Stahltür gesichert. Das muß das Büro sein. Gehen wir.«

Die drei schlichen die Treppe hoch. Als sie an der offenen Tür zum dritten Stockwerk waren, sagte Davud: »Siehst du die weiße Stahltür da vorn, Kerim? Das ist das Büro. Suna kommt mit mir. Du stehst unten im Treppenhaus Wache. Nach vorne raus kannst du den Eingang sehen, nach hinten raus das Fenster, über das ich eingestiegen bin. An der Seite ist übrigens noch ein Seiteneingang, aber ich habe die Tür von innen verriegelt. Beim geringsten Anzeichen, daß Tuncer oder seine Leute wieder auftauchen, sagst du uns Bescheid.« Kerim nickte und trat zurück ins Treppenhaus.

Davud und Suna machten sich an der Stahltür zu schaffen. Doch selbst mit dem Set von ausgefallenen Dietrichen, die Davud aus dem Blaumann zog, war das Schloß nicht zu knacken.

»Wir müssen sie aufsprengen«, sagte Davud schließlich.

»Das ist doch viel zu laut.«

Davud schüttelte den Kopf und zog einen ungefähr sechs Zentimeter langen Plastiksprengkörper aus der linken Hosentasche. Vorsichtig berührte er den Zünder und befestigte ihn mit dem Klebeband direkt unterhalb des Schlosses. »So laut ist das nicht.«

Er rief im Treppenhaus leise Kerims Namen. »Ist die Luft rein?«

»Keine Menschenseele unterwegs«, signalisierte Kerim.

Davud zündete den Sprengkörper. Eine Stichflamme schoß von der Tür an die Decke, und gelbliche Rauchschwaden füllten den Gang. Suna hatte sich vorsorglich die Hände auf die Ohren gehalten, doch die Explosion war eher ein scharfes Plop als ein lauter Knall. Von dem Schloß war nur noch ein rußgeschwärztes Loch übrig, in dem die geschmolzenen Reste des Sprengkörpers hingen.

Die Tür ließ sich ohne Probleme aufziehen. Dahinter öffnete sich ein großer Büroraum, von dessen drei Fenstern man einen weiten Blick über den Freihafen und auf das Meer hatte. Über dem neuen Linoleumboden waren mehrere Perserbrücken verteilt, die dem Raum zusammen mit dem dunklen Holz der Büromöbel ein gediegenes Aussehen verliehen. Eine große, schon etwas vergilbte Karte des Mersiner Hafens hing an der Innenwand, daneben eine neue Schiffahrtskarte des östlichen Mittelmeerraums.

Auf dem großen Schreibtisch entdeckte Davud einen Terminkalender und ein Notizbuch. Beides packte er in eine schwarze Mülltüte, die er unter seinem Pullover hervorzog. In Schränken und in Wandregalen standen laufende Meter Akten und Korrespondenzen, die sie unmöglich alle einpacken und mitnehmen konnten. Sie begannen, einzelne der sauber beschrifteten Ordner herauszuziehen und stichprobenartig durchzuschauen. Offensichtlich handelte es sich um normale Geschäftsunterlagen.

»Massiv gesicherte Stahltür, aber kein Safe«, sagte Suna und wuchteten einen vollgepackten Ordner mit der Aufschrift *Eing. 11/2012* zurück ins Regal. »Es muß hier irgendwo ein Versteck geben.«

»Dann such es, Alevitin. Wir haben nicht mehr viel Zeit.« Davud schaute auf die Armbanduhr und wandte sich dann sofort wieder dem Stapel Akten zu, den er auf dem Schreibtisch ausgebreitet hatte.

Suna ging langsam durch das Zimmer. Sie hob die Perserteppiche hoch und schaute hinter die Karten. Sie nahm sogar das Bild des grüngewandeten Imams vom Haken, um sich zu vergewissern, daß dahinter kein Safe in die Wand eingelassen war. Davud beobachtete sie und sagte schließlich: »Das ist zu einfach. Diese Leute sind nicht von gestern.«

»Hm«, machte Suna und schaute ihn an. Dann blickte sie in die Höhe. Davud folgte ihrem Blick. Sofort nahm er einen Teil der Akten vom Schreibtisch, packte sie auf den Bürostuhl und schob den Rest zusammen. Suna stieg auf den Schreibtisch und klopfte gegen die eingezogene Holzdecke. Entlang einem Paneel veränderte sich der hohle Ton und wurde tiefer. Weiter zur Mitte des Raums war an diesem Paneel eine Deckenlampe angebracht und das Holzstück deswegen aus mehreren Teilen zusammengesetzt. Davud reichte Suna wortlos einen Schraubenzieher, und sie setzte ihn an dem Schlitz zwischen den Paneelteilen an. Nach einigem Herumprobieren löste sich das Holzstück plötzlich und klappte auf.

»Da sind Scharniere an der anderen Seite«, sagte Suna. »Und wenn ich mich nicht irre, sind hier auf beiden Seiten Geheimfächer. Warte mal.« Sie ließ das Paneel los, das nach unten schwang, und griff mit beiden Händen rechts unter die Holzdecke. Im nächsten Moment brachte sie einen flachen braunen Metallbehälter zum Vorschein. »Es sind insgesamt drei davon hier oben.«

Suna reichte die Box Davud und holte die anderen beiden herunter. Zum Schluß zog sie zwei ungefähr fünfzig Zentimeter lange Maschinenpistolen aus dem linken Fach. Sie waren in Plastiktüten verpackt. »Die haben hinter den Boxen gesteckt«, sagte sie und sprang auf den Boden.

Davud legte ihr den Arm um die Schulter und küßte sie auf die Wange. »Du hast das Versteck gefunden, Alevitin!«

In der mittleren Schreibtischschublade fanden sie einen kleinen Schlüssel, mit dem sich die Boxen öffnen ließen. In ihnen befanden sich Akten und Unterlagen, die offensichtlich Drogen- und Waffengeschäfte betrafen.

Davud schaute sich die Waffen unter dem durchsichtigen Plastik genauer an. »Hm. Amerikanische MP 5.« Er steckte sie in den Müllsack zu den Papieren.

»Laß uns die Boxen wieder unter die Paneele schieben. Dann sieht es zumindest auf den ersten Blick so aus, als hätten wir das eigentlich Interessante nicht entdeckt. Wer weiß, wie die Aktion in den Lagerhallen läuft.«

Nach ein paar Minuten knipste Suna das Licht aus, und das Büro lag im Dunkeln. Sie griff in das rußige Loch und zog die Stahltür zu, wischte sich dann die Hände an den Designer-Jeans ab.

Kerim empfing sie im Treppenaufgang. Davud deutete ihm mit einem nach oben gerichteten Daumen an, daß sie Erfolg gehabt hatten. Kerim flüsterte: »Vor ein paar Minuten ist ein Wagen ziemlich schnell die Straße entlanggekommen. Ich dachte schon, der kommt zu uns, aber er ist vorbeigebraust. Seither ist alles wieder still.«

Sie gingen schweigend die Treppen hinunter. Im Erdgeschoß überprüfte Davud die Fesselung des niedergeschlagenen Wächters, der sich jetzt bewegte. Dann öffnete Davud vorsichtig die Eingangstür und blickte durch einen Spalt nach draußen. Er winkte den beiden. Beim Hinausgehen flüsterte er: »Macht, daß ihr so schnell wie möglich nach Konya kommt. Wir hören morgen voneinander. Und danke.«

Damit schob er Kerim und Suna durch die Tür und schloß sie hinter ihnen sofort wieder zu. Durch ein Fenster sah er ihnen nach, als sie wie ein Touristenpärchen langsam zu ihrem Wagen schlenderten.

Nachdem ihn zwei Assistenzärzte gründlich untersucht hatten, und eine Stationsschwester ihn mit einem Becher brühheißen Kaffee versorgt hatte, kam Arif Eker endlich an sein Handy. Er rief sofort Davud Orak an.

»Orak? Wo sind Sie? Alles klar?«

»Ich bin im Polizeipräsidium, sitze in Ihrem Büro herum und warte. Hat alles geklappt?« Orak klang zufrieden.

»Na, von geklappt würde ich nicht reden. Ich habe eine gute und eine schlechte Nachricht.«

»Spucken Sie's aus, Mann. Und wo sind Sie überhaupt? Kommt mir so vor, als höre ich da Sirenen im Hintergrund.«

Eker schaute zum Fenster des Behandlungszimmers hinaus, wo gerade eine Ambulanz zur Notaufnahme vorfuhr. »Ich bin im städtischen Krankenhaus.«

»Was? Gott, was ist denn passiert? Sind Sie in Ordnung, Eker?«

»Mir geht's ganz gut, ich hab mir höchstens einen Schnupfen geholt.« Er schwieg einen Moment. »Aber der Chef der Zollfahnder ist tot. Tuncer hat ihn umgebracht. Ich war bei ihm, als er gestorben ist. Kein schöner Tod.«

Am anderen Ende der Leitung war Schweigen. Schließlich kam ein gepreßtes »Und Tuncer?«

»Tuncer ist weg. Mitsamt seinen Gorillas entwischt.«

»Wie konnte das denn passieren? Das gefährdet die gesamte Operation.« Eker hörte im Hintergrund einen Knall und sah den Agenten förmlich vor sich, wie er verärgert auf den Tisch schlug.

»Ich erzähle es Ihnen nachher«, sagte Eker müde. »Die gute Nachricht ist, daß unsere Durchsuchung erfolgreich war. Wir sind auf einen versteckten Raum gestoßen, der nur von den Kühlräumen aus betreten werden kann. Wir haben sicher an die fünfzig Kilo Heroin beschlagnahmt. Alles in raffinierten Transportbehältern, die wie Kühlaggregate für den Obsttransport aussehen.«

»Na immerhin. Das rechtfertigt die ganze Aktion. Haben Sie die Fahndung nach Tuncer eingeleitet?«

»Ist vor vierzig Minuten rausgegangen. Wegen Mordes.«

»Gut. Oder auch schlecht. Eker, ich bin hier am Auspacken des ganzen Papierkrams, den wir aus dem Tuncer-Haus geholt haben. Wir müssen alles so schnell wie möglich durchgehen. Vielleicht finden wir darin auch einen Hinweis, wohin Tuncer fliehen wird.«

»Möglich.« Eker nahm einen Schluck des heißen Kaffees und verbrannte sich fast die Zunge.

»Wann können Sie hier sein?«

»Ich bin in einer halben Stunde im Präsidium.« Er schaute hoch zu der Schwester, die mit einer Wolldecke auf ihn zukam. »Das heißt, wenn sie mich hier rauslassen.«

Als Arif Eker im Polizeipräsidium eintraf, hatte Davud Orak den Inhalt des schwarzen Müllbeutels auf einem quadratischen Arbeitstisch ausgeschüttet und angefangen, die Unterlagen in Geschäftspapiere, Notizen und Korrespondenzen zu sortieren. In der Ecke zischte die Espressomaschine, und Eker schenkte sich das schwarze Gebräu in seine Bürotasse. Dann berichtete er Orak ausführlich, was in den Lagerhallen passiert war. Als er zu Ende war, schob Orak ihm einen hohen Stapel Geschäftspapiere hinüber und setzte sich selbst an den Rest.

Nach etlichen Stunden in dem grellgelben Licht in Ekers Amtszimmer kristallisierte sich ein Gesamtbild des illegalen Waffen- und Drogenhandels von Tuncer-Agrar-Großhandel heraus. Emre Tuncer war seit langem auf Drogenlieferungen an die Adria spezialisiert. Früher hatte er auch Italien und Albanien beliefert. Seit die albanischen Banden fest mit der italienischen Mafia zusammenarbeiteten, hatte er das aber aufgegeben. Jetzt lieferte er den Stoff vor allem nach Kroatien und Bosnien, unter anderem an den Ring in Sarajevo und die Mostarer Bande. Nach einer Liste von Bestechungsgeldern zu urteilen, wußten weder alle Schiffseigner noch alle Kapitäne, was sie unter dem Deckmantel von Tuncers legalen Obst- und Gemüselieferungen heimlich mittransportierten.

Die Drogen kaufte Tuncer von »Kämpfern des Islam« in der Region auf. Er bezahlte seine Lieferanten mit Geld oder Waffen. Die Waffen wurden im Mersiner Hafen an Tuncer geliefert. Der transportierte sie dann nach Adana und lagerte sie dort. Die Auslieferung an die Kunden erfolgte aus diesem Lager.

»So, und hier kommt jetzt endlich die Verbindung zum Prediger«, sagte Orak. »Der Stapel hier, das sind alles Abrechnungen über Drogen- und Waffendeals von Tuncer mit einem gewissen Osman Güçlü ...«

»... auch bekannt als der Prediger«, ergänzte Eker. »Dann haben wir jetzt endlich einen Anlaß, von dieser frustrierenden Überwachung zu einer echten Durchsuchung des Ladens dort oben am Seyhan-See zu kommen.«

»Ja, das könnte reichen. Sagen Sie mal ...« Davud schaute in seinen Notizen nach. »Hier taucht schon zum zweiten Mal der Name Dinç auf, Kommandant Dinç hieß es vorhin in einer Korrespondenz. Sagt Ihnen der Name was? Scheint einer von den engen Vertrauten des Predigers zu sein.«

»Keine Ahnung.«

Eine halbe Stunde und zwei Mokka später schob Arif Eker Orak eine auf Tuncers Geschäftspapier gedruckte Rechnung über den Tisch.

»Schauen Sie sich mal die handschriftliche Notiz an. Unten rechts am Rand.«

Orak überflog das Blatt. »Das ist eine Rechnung für eine Lieferung M16. Hinter denen bin ich ja eigentlich her. ›Nicht über

Mersin/Adana, sondern über Incirlik gelaufen.‹ Orak schaute hoch. »Jetzt sagen Sie mir mal, wozu braucht ein Luftwaffenstützpunkt Gewehre? Die Amis beliefern doch nicht etwa Gotteskrieger?«

»Kann ich mir nicht vorstellen. Aber vielleicht unterstützen sie die Kurden im Nordirak, die dort seit den Jahren Sadam Husseins verfolgt werden. Möglich wäre das – allerdings ein Verstoß gegen türkische Interessen. Hier wird von offizieller Seite niemand dulden, daß von der Türkei aus Waffen an Kurden geliefert werden, egal, ob innerhalb der Türkei oder im Ausland.«

Orak stand auf. »Ich mach mir von der Rechnung eine Kopie für meinen Bericht an General Toprak. Der soll unbedingt noch mal bei der CIA nachhaken, ob die irgendwie in Incirlik vertreten sind und bei diesen Waffenlieferungen mitmischen.« Er ging zur Tür hinaus, und Eker hörte das Klicken des Kopierers. Von draußen rief Orak ihm zu: »Wer die Waffen nach Mersin an Tuncer liefert, haben Sie darüber irgend etwas finden können?«

»Absolut nichts, leider.« Eker nahm einen Zettel von einem kleinen Stapel, auf den er wichtige Hinweise aussortierte. »Aber hier ist etwas, das Sie interessieren wird. Es geht um das Berliner Attentat.«

Orak trat in den Türrahmen und starrte Eker an. »Den Mord an Professor Özakın?«

»Ja. Das ist eine Notiz aus Tuncers Tischkalender vom 4. November. An der Seite steht ›Anruf Plantagenhaus‹ und dann dieser Vermerk.« Eker las vor: »Ömer Yıldırım, Mujo Manovič, arbeiten seit Jahren für Sarajevo Ring. Mord Özakın nicht … – das ›nicht‹ ist doppelt unterstrichen – also, Mord Özakın nicht vom Ring beauftragt. Auftraggeber Liquidierung des Killer-Duos ebenfalls unklar. Täter wahrscheinlich Kroaten, trotzdem Negativ aus Mostar. Auftraggeber muß Insider sein. Wer kommt in Frage?«

Orak setzte sich nachdenklich auf den Stuhl. »Die Frage am Schluß klingt fast so, als verdächtige er den Prediger. Und gleichzeitig scheint er genau zu wissen, daß der Prediger niemals einen dritten Namen nennen würde.«

Draußen wurde es schon hell, als die beiden Männer endlich alle Unterlagen gesichtet hatten. Orak schickte Eker nach Hause zum Schlafen. Er selbst begann, seinen Bericht an General Toprak zu skizzieren. Um neun ging er zum Frühstücken in ein kleines Café neben dem Polizeipräsidium. Dann rief er den General an und gab ihm einen Vorbericht. Der General wies ihn an, mit der nächsten Maschine nach Ankara zu kommen und sich bei ihm zu melden.

*

Kerim und Suna saßen Rücken an Rücken gefesselt in einem engen unterirdischen Lagerraum. Es war stockdunkel und so feucht, daß Wassertropfen an den Wänden herunterliefen. Der einzige Weg ins Freie war eine Klapptür über ihren Köpfen. Sie hörten die schweren Schritte ihrer Bewacher, die über ihren Köpfen hin- und herliefen. Wenn die Bodentür hochgeklappt wurde, konnten sie die Dachbalken eines Holzdaches sehen. Zweimal hatte ein Wächter ihnen schon Wasser und Fladenbrot gebracht, ohne mit ihnen zu sprechen.

Der etwa dreißigjährige Mann mit vollem Kinn- und Backenbart hatte dabei die Augen nicht von Suna genommen. Ohne Skrupel hatte er ihre Brüste fixiert, und ihr dann, offensichtlich zufrieden mit dem, was er sah, direkt ins Gesicht gelacht. Er hatte ein grünes Tuch um den Kopf geschlungen, trug eine dunkelbraune Stoffhose und eine an den Ellbogen mehrfach ausgebesserte Weste. Wann immer die dreckstarrenden Stiefel am Rand der Klapptür zu sehen waren, zog Suna sich ein bißchen weiter zurück in das Dunkel des Verlieses. Der hölzerne Griff eines Messers schaute aus dem rechten Stiefel des Mannes. Auch die Pistole, die in seinem breiten Ledergurt steckte, war unübersehbar.

Kerims Kopf war mit einem schmutzigen Verband umwickelt, der am Hinterkopf blutdurchtränkt war. Lederfesseln an Hand- und Fußgelenken schnitten ihnen in die Haut, die schon ganz abgeschürft war.

»Ich habe sicher eine Gehirnerschütterung, so wie mir der Schädel brummt«, flüsterte Kerim.

»Und mir ist immer noch schlecht von dem Betäubungsmittel. Die haben uns vielleicht zugerichtet.« Suna rückte in eine bequemere Position, wobei sie sich bemühte, ruckartige Bewegungen zu vermeiden, die Kerim noch mehr Schmerzen bereiten könnten. Dann meinte sie: »Ich kapier immer noch nicht, wie die uns gefunden haben könnten.«

»Vielleicht hat uns jemand beobachtet, als wir uns auf dem Parkplatz kurz vor Ulukışla umgezogen haben«, meinte Kerim im Flüsterton.

Suna schüttelte den Kopf. »Kann ich mir nicht vorstellen. Es war ja dunkel.«

»Oder es war doch noch ein zweiter Mann im Tuncer-Haus. Vielleicht ist der abgehauen, als Orak den ersten niedergeschlagen hat. Dann hat er alles aus der Ferne beobachtet und seinen Komplizen unser Autokennzeichen durchgegeben.«

»Unwahrscheinlich. Ein Wächter wird dafür bezahlt, daß er einen Einbrecher aufhält. Die Wachmänner in dem Bürohaus waren ja alle bewaffnet. Keiner von denen hätte Davud freiwillig mit diesen Unterlagen davonkommen lassen. Wenn er davongekommen ist.« Sie schwieg. In der Dunkelheit war nur ein leises Tropfen zu hören. Über ihnen war alles still. Suna drehte den Kopf zur Seite und sprach noch leiser direkt in Kerims Ohr: »Wir müssen herausfinden, wo wir sind. Wir sind noch mindestens anderthalb Stunden gefahren, nachdem die Kerle uns im Motel gekidnappt haben. Erst ziemlich lang über die Autobahn, erst hoch, dann wieder runter. Ich glaube, wir sind zurückgefahren, irgendwo in die Nähe von Mersin.«

»Ich kann mich an gar nichts erinnern«, brummte Kerim.

»Was glaubst du, was sie mit uns vorhaben? Sie hätten uns ja einfach gleich umlegen können.«

»Hm. Orak hat Tuncer sicher festnehmen lassen, mit dem, was ihr gefunden habt.« Kerim sprach langsam, als bereite ihm auch das Sprechen Schmerzen. »Vielleicht wollen seine Leute mit den Behörden einen Deal aushandeln.«

Suna schüttelte den Kopf. »Darauf sollten wir uns lieber keine große Hoffnungen machen. Die türkischen Behörden kaufen uns nicht frei. Wir müssen hier selber rauskommen.«

»Hört sich ja an wie Liebesgeflüster da unten«, sagte plötzlich eine dunkle Männerstimme über ihnen. »Faruk, hol die beiden Täubchen mal hoch!«

Sie hörten Schritte, dann wurde die Bodentür zurückgeklappt. Kerim und Suna waren im ersten Moment geblendet von dem hellen Tageslicht und kniffen die Augen zusammen. Kerim verzog schmerzhaft das Gesicht.

Der Wächter ließ sich zu ihnen hinuntergleiten und band sie auseinander. Er nahm ihnen die Fuß-, nicht aber die Handfesseln ab. Auf einer kleinen Leiter kletterten sie hoch in ein großes, hohes Zimmer, offenbar den Wohnraum einer geräumigen Holzhütte. Suna kam es wie eine Ferienhütte vor. Ihr Verlies diente wahrscheinlich als Kühlraum für die heißen Sommertage. Durch zwei breite Fenster in der Vorderfront konnte man auf eine Wiese und ein Waldstück sehen. Andere Hütten oder Straßen konnte Suna auf den ersten Blick nicht erkennen. Die Märzsonne, die durch kleine dreieckige Fenster in den Giebeln schien, machte Sonnenflecken auf dem Holzboden. Suna tippte auf späten Vormittag.

In der Mitte des Raumes stand ein niedriger Couchtisch, dessen Oberfläche aus einem unregelmäßigen Stück Holz gearbeitet war. Darauf standen zwei leere Weinflaschen als Kerzenhalter. Faruk, ihr Bewacher, stieß sie auf ein altes durchgesessenes Sofa, das an der Wand vor dem Tisch stand. Ihnen gegenüber hatten zwei Männer in bequemen Korbsesseln Platz genommen. Suna mußte sich zusammenreißen, um sich die Überraschung nicht anmerken zu lassen. Zu ihrer Erleichterung hatte sich auch Kerim ganz unter Kontrolle. Den einen der beiden etwa fünfzigjährigen Männer erkannte sie nämlich sofort: Es war Tuncer.

Der zweite Mann war hager und trug ein dunkles Gewand, das bis zum Boden reichte. Er hatte die Beine übergeschlagen, so daß man sehen konnte, daß er darunter eine elegante schwarze Hose trug und auf Hochglanz polierte Schuhe. Trotz seines Prophetenbarts wirkte er, verglichen mit dem eher grobschlächtigen Aussehen Tuncers, wie ein Intellektueller. Suna suchte nach einer Ähnlichkeit mit dem Mann auf den Covers der Gotteskrieger-CDs, konnte aber keine feststellen. Trotzdem war sie sich sicher, daß es sich bei dem Mann um den berüchtigten Prediger handeln mußte.

An der Rückwand des Raumes zur Küche hin stand ein langer, schwerer Eßtisch, an dem drei bewaffnete Männer in Tarnanzügen saßen, offensichtlich die Leibwächter.

»Kerim Özakın und Suna Yiğit«, begrüßte der Prediger sie mit einer erstaunlich vollen und nuancierten Stimme. »Unsere großen Drogenfahnder!«

»Und nicht zu vergessen: die selbsternannten Rächer des Professors«, ergänzte Tuncer. Ihm gehörte die dunkle Stimme. Kerim und Suna schauten offensichtlich so verblüfft, daß er lachend hinzufügte: »Tja, auch wir haben unsere Informationsquellen.«

Der Prediger musterte Suna und sagte auf arabisch zu seinen Männern: »Die Kleine sieht wirklich scharf aus. Ist einen Stoß wert, was?« Vom Eßtisch kam verhaltenes Lachen, und der Prediger wandte sich wieder seinen Gefangenen zu. Suna, die alles verstanden hatte, blitzte ihn wütend an, was er, offensichtlich leicht irritiert, zur Kenntnis nahm. Er betrachtete sie nachdenklich.

Tuncer beugte sich nach vorn und beäugte Suna und Kerim,

als wären sie zwei schrumpelige Gartenäpfel, die aus Versehen in eine Lieferung ausgesuchten Tafelobsts gerutscht waren. Er drehte sich zum Prediger um und fragte spöttisch: »Was machen wir jetzt bloß mit ihnen?«

»Na ja, Strafe muß sein«, antwortete der Prediger, der immer noch Suna fixierte.

»Gut.« Tuncer hob die rechte Hand, worauf sich der Wächter sofort erwartungsvoll neben ihn stellte. »Faruk, du versorgst den Herrn Drogenfahnder mit Drogen.« Der massige Mann drehte sich zu Faruk und schaute ihm direkt ins Gesicht. »Aber nur vom Besten, haben wir uns da verstanden?«

Faruk nickte und grinste.

»Und das Mädchen ...« Tuncer schaute Suna an und fuhr sich langsam mit der Zunge über die dicken Lippen. »Dazu brauche ich dir nichts weiter zu sagen. Nicht, Faruk?«

Vom Eßtisch kam Gelächter. Faruk blickte kurz hinüber, dann nickte er noch einmal.

»Damit ist hier ja alles geklärt«, sagte der Prediger und erhob sich. »Bis zum nächsten Mal, meine jungen Freunde.« Er nickte den Leibwächtern zu, von denen zwei sofort aufstanden und mit ihm die Hütte verließen. Durch das Fenster sah Suna, wie er in einen schwarzen BMW stieg und losfuhr.

Tuncer erhob sich ebenfalls aus dem knirschenden Korbsessel. Er würdigte die beiden Gefangenen keines Blickes mehr, sondern verschwand im hinteren Teil der Hütte. Faruk wies Suna und Kerim an aufzustehen und brachte sie in ihr Kellerloch zurück. Als sie die Sprossen hinunterstieg, sah Suna noch, wie auch Tuncer mit dem dritten Leibwächter die Hütte verließ.

In der Dunkelheit flüsterte Suna in Kerims Ohr. »Wir müssen hier unbedingt raus.«

»Aber wie denn, Suna?« Kerim klang verzweifelt. »Gleich kommt dieser widerliche Affe mit der Spritze und setzt mir einen Schuß.« Er stockte und fuhr dann noch leiser fort: »Und dann bist du dran.«

Suna ging nicht darauf ein. »Die wollen dich abhängig machen, bis du ihnen alles sagst, was sie wissen wollen.«

»Das können sie einfacher haben. Ich verrate ihnen jetzt schon alles. Dieser arrogante Sack von Prediger hätte mich nur fragen müssen.« Er ließ den Kopf nach vorne fallen, stöhnte aber sofort auf, weil die abrupte Bewegung ihm offensichtlich Schmerzen bereitete. »Na, wenigstens kriege ich jetzt endlich mal ein Schmerzmittel in dem Sauladen hier«, sagte er so laut, daß es auch im Zimmer über ihnen zu hören sein mußte.

Suna lächelte in der Dunkelheit. Solange Kerim Widerstandsgeist zeigte, gab es noch Anlaß zur Hoffnung. Sie wisperte so leise sie konnte direkt in sein Ohr: »Hör zu. Ich hab so eine Art Plan.«

»Was denn?«

»Faruk. »

»Nicht, Suna. So tough bist nicht mal du.« Die Besorgnis in Kerims leisem Flüstern war überdeutlich.

»Ich habe sowieso keine Wahl. Aber wunder dich nicht über mich, wenn er nachher runterkommt. Ich hol uns hier schon raus.«

*

Es war spätnachmittags am Tag nach der erfolgreichen Aktion im Tuncer-Haus, als General Toprak Special Agent Orak empfing. Der erstattete ausführlich Bericht, wobei er nicht vergaß, die tatkräftige Mitwirkung Kerims und Sunas zu loben.

»Alles über den Drogen- und den Waffenhandel leiten wir an den Apparat weiter. Aber die Verbindung zu diesem Prediger und seinen Kämpfern des Islam geben wir noch nicht raus. Und auch nicht die Informationen, die auf einen unbekannten Dritten hindeuten oder Ihre berühmte Maskeraden-Theorie stützen.«

»Hier ist noch etwas Interessantes.« Orak reichte dem General die Rechnungskopie mit dem Verweis auf Incirlik.

»Was ist das?« Toprak überflog die Rechnung.

»Die Randbemerkung«, erklärte Orak und deutete auf die handschriftliche Notiz.

»›Nicht über Mersin/Adana, sondern über Incirlik gelaufen‹? Von wem stammt die Notiz?«

»Mit ziemlicher Sicherheit von Tuncer. John Miles Inc. liefert die Waffen zum amerikanischen Luftwaffenstützpunkt in Incirlik. Und zwar ausschließlich, wenn ich den Geschäftsführer richtig verstanden habe.«

»Hm.« Der General starrte auf das Papier. »Kann ich das behalten?«

»Ja, sicher. Gehört zu meinem Bericht. Werden Sie Washington noch einmal in Sachen CIA angehen?«

Der General schüttelte langsam den Kopf. »Nein. So was braucht diplomatisches Fingerspitzengefühl. Sonst mauern die vollständig.« Er legte die Kopie zu Oraks Bericht. »Wir müssen jetzt erst in Bosnien die Verhaftung der Spitzen des Sarajevo-Rings und der Mostar-Bande durchsetzen. Berlin muß uns dabei helfen. Und falls die bosnischen Behörden die Gangster dann immer noch decken, soll die SFOR etwas auf eigene Rechnung unternehmen. Schon unter dem Gesichtspunkt der Sicherheit ihrer Truppen. Sie müssen noch einmal nach Sarajevo, Orak. Der Chef der Berliner SOKO soll diesen jungen deutschen Kollegen ...«

»Gruber.«

»Ja, genau, der soll diesen Gruber auch noch einmal herunterschicken.«

»Gut.« Orak packte seine Unterlagen zusammen und erhob sich. Auch der General stand auf und brachte den Agenten zur Tür. Beim Hinausgehen fragte er: »Sagen Sie mal, Orak, wo stecken denn überhaupt mein Neffe und Ihre Suna?«

»Ich habe heute noch nicht mit ihnen gesprochen. Aber sie sind sicher schon wieder in Istanbul. Als wir fertig waren mit dem Tuncer-Haus, sind sie mit dem Mietwagen gleich zurück in

Richtung Konya. Sie wollten auf der Strecke in einem Motel übernachten.«

»Ich habe versucht, Kerim zu erreichen, aber sein Cousin in Istanbul weiß nicht, wo er steckt.«

»Augenblick. Ich rufe sie an.« Orak holte sein Handy aus der Aktentasche und wählte Sunas Nummer. »Komisch«, sagte er dann, »es springt nur die Mailbox an.«

»Na, sie werden sich von selbst melden, wenn sie zurück sind.« Damit verabschiedete der General Orak.

Auf der breiten Treppe, die zum Eingangsportal des Generalstabsgebäudes führte, wählte Orak noch einmal Sunas Handynummer. Wieder kam nur die Mailbox. Entgegen aller Gewohnheiten hinterließ der Special Agent eine Nachricht, Suna möge ihn umgehend zurückrufen.

Im Laufe des Nachmittags wählte Davud Sunas Handynummer immer öfter, am Abend stündlich, immer mit demselben frustrierenden Ergebnis. Er erkundigte sich bei der Mietwagenfirma in Konya, ob der Wagen zurückgebracht worden sei. Auch dort waren die beiden nicht aufgetaucht. Ein Anruf beim Flughafen war ebenso erfolglos, allerdings ging ihr Flug erst um neunzehn Uhr. Davud hoffte, daß sich die beiden einen schönen Tag in Konya machten und mit der Abendmaschine in Istanbul eintreffen würden. Doch als er kurz nach neunzehn Uhr noch einmal mit dem Flughafen telefonierte, wurde ihm mitgeteilt, daß Kerim Özakın und Suna Yiğit auch nach mehrmaligem Aufruf nicht zum *Boarding* erschienen waren und den Flug verpaßt hätten. Davud verbrachte eine sehr unruhige Nacht in seinem Hotelzimmer in Ankara. Immer wieder schreckte er hoch und versuchte, Suna über das Handy zu erreichen.

Am nächsten Morgen rief er als erstes Arif Eker in Mersin an. Der wußte auch nicht, wo die beiden stecken könnten, und teilte Davuds Besorgnis.

»Vielleicht sind sie beobachtet worden, als sie das Tuncer-

Haus verlassen haben und zu ihrem Wagen gegangen sind. Wenn Tuncers Leute ihnen gefolgt sind, dann dürften sie in seiner Gewalt sein.«

Nach Rücksprache mit dem General löste Davud eine Fahndung aus. Alle Polizeidienststellen und Militäreinheiten auf der Strecke Mersin – Eregli – Konya wurden angewiesen, Tankstellen, Gasthäuser und Motels nach den beiden Verschwundenen und ihrem Mietwagen abzusuchen. Als bis zum frühen Nachmittag keine Spur auftauchte, entschied der General, die Fotos der beiden in der Morgenpresse zu veröffentlichen.

»Das ist dann das Ende der kurzen Karriere als Fahnder für die beiden«, meinte Davud. »Für unsere Zwecke sind sie verbrannt.«

»Besser als Laien-Fahnder verbrannt als tot«, antwortete der General knapp.

*

Am nächsten Vormittag meldete sich der Manager eines Motels in Ulukışla, etwa auf der halben Strecke zwischen Mersin und Konya, bei der Polizei. Das gesuchte Pärchen sei vorletzte Nacht bei ihm abgestiegen, am nächsten Morgen aber verschwunden. Der Wagen sei auch fort, und nicht einmal bezahlt hätten sie.

Als das Davud gemeldet wurde, rief er wutentbrannt im Motel an. »Guter Mann, die beiden sind aus Ihrem Etablissement entführt worden, und Sie wollen nichts bemerkt haben? Damit kommen Sie nicht durch. Das gibt ein paar Jahre wegen unterlassener Hilfeleistung, wenn nicht gar wegen Beihilfe.«

Der Mann blieb bei seiner Version. Davud benachrichtigte den General. »Wir müssen die Fahndung auf die Umgebung von Ulukışla konzentrieren.«

»Einverstanden.«

»Und noch etwas.«

»Ja?«

»Ich brauche einen Durchsuchungsbefehl für das Plantagenhaus des Predigers am Seyhan-Stausee. Notfalls müssen wir es stürmen. Einen so guten Anlaß, dem Prediger aufs Fell zu rükken, kriegen wir so schnell nicht wieder.«

»Was haben wir denn gegen ihn in der Hand?«

»Die Unterlagen, die wir bei Tuncer gefunden haben. Und die CDs mit den Hetzpredigten. Die Mersiner Polizei will ihn deswegen drankriegen. Bisher behauptet er steif und fest, die CDs seien Fälschungen. Ich bin aber sicher, daß er die Aufnahmen zumindest im Plantagenhaus abmischt und dann irgendwo in Mersin illegal fabrizieren läßt.«

»Im Augenblick geht es um die Suche nach Kerim und Suna.«

»Tuncer mußte für die beiden schnell ein Versteck haben. Da liegt das Plantagenhaus in Kaşoba nahe.«

»Okay. Was brauchen Sie, Orak?«

»Eine Vollmacht, die uns von allen Polizei- und Militärdienststellen Unterstützung zusichert, und ein paar gute Leute.«

»In Ordnung.«

Der Special Agent rief von einem abhörsicheren Diensttelefon aus dem Generalstabsgebäude Arif Eker an. »Ich habe Vollmacht von General Toprak, das Plantagenhaus hochzunehmen. Die Aktion geht heute abend über die Bühne. Wir können nicht länger warten, er ist durch unsere Aktion im Tuncer-Haus vorgewarnt. Wie gut kennen Sie oder Ihre Leute sich denn in dem Haus aus?«

»Nicht besonders. Die Außenanlagen, die gesamte Situation, alles, was man von einem Überwachungsposten mit einem guten Fernglas so sehen kann. Aber nicht mehr.«

»Schicken Sie von Mersin sofort eine Vorauspatrouille los. Ihre Leute sollen die Umgebung kontrollieren, sich dem Haus aber nicht auf Sichtweite nähern. Wir brauchen alle verfügbaren Kräfte, um etwaigen Widerstand zu brechen. Und wenn wir drin sind, lasse ich das Haus von Spezialisten auseinandernehmen.«

»Klingt gut.«

»Ich fliege jetzt mit einem Hubschrauber los und bin spätestens in vier Stunden in Kaşoba. Wir treffen uns dort.«

»Verstanden. Soll ich die Polizei in Adana unterrichten? Wir werden eventuell ihre Hilfe brauchen.«

»Ja, aber erst, wenn Ihr Voraustrupp schon am Seyhan-See ist.«

In den U-Haftzellen des Kaşobaner Polizeireviers wartete eine besondere Überraschung auf Arif Eker. Als er nämlich mit dem Polizeipräsidium in Adana Kontakt aufnahm, wurde ihm von dort berichtet, daß am Morgen der Gärtner des Plantagenhauses verhaftet worden sei. Ihm wurde die Vergewaltigung eines vierzehnjährigen Mädchens vorgeworfen.

Eker ließ den Mann sofort vorführen. Er war etwa vierzig Jahre alt, klein gebaut, aber recht gut aussehend. Dem Mersiner Fahnder fielen sofort die kräftigen Hände des Mannes auf, als ihm die Handschellen im Verhörzimmer abgenommen wurden.

»Sie heißen Çetin Pamuk?«

Der Mann nickte. Er hatte die Tat noch nicht zugegeben, aber die Aussagen des Opfers und dreier Freundinnen waren überwältigend.

»Man nennt Sie Izzi?«

»Ja.« Der Mann schaute hoch. »Schon seit der Schule.«

»Hören Sie mir genau zu, Izzi. Sie haben jetzt gefährliche Feinde. Einmal den Vater des Mädchens, das Sie vergewaltigt haben.«

Diese Tatsache schien den Gärtner nicht sehr zu bekümmern.

»Und den Staatsanwalt«, fuhr Eker fort. »Vergewaltiger haben keinen besonders guten Stand im Knast. Glauben Sie, daß Sie das zehn Jahre lang durchhalten werden?«

Der Mann wurde unruhig. »Zehn Jahre? Ich hab die Kleine doch kaum angefaßt! Dafür gibt's doch keine zehn Jahre!« Er schaute Eker unsicher an.

»Wie hoch die Strafe ausfällt, hängt ganz von Ihnen ab. Wenn Sie hier kooperieren, könnte ich mit dem Staatsanwalt reden. Was halten Sie davon?«

Der Mann zuckte mit den Schultern und nickte.

Eker atmete tief ein. »Sie sind für den ganzen Garten des Plantagenhauses verantwortlich?«

»Ja. Ich habe aber noch drei Gehilfen. Die Gartenanlagen sind ja viel zu groß für einen Mann.«

»Richtiggehende Plantagen eben. Ist das Gelände eigentlich umzäunt?«

»Sicher.«

Eker schaute den Gärtner aufmunternd an. »Nicht so wortkarg, Izzi. Ich will mehr über die Umzäunung wissen.«

»Das ist ein starker Drahtzaun, zweieinhalb Meter hoch. An den meisten Stellen wachsen immergrüne Büsche davor. Deshalb sieht man den Zaun von der Straße aus nicht.«

»Der Zaun wird elektrisch gesichert?«

»Ja.« Der Mann blickte trotzig auf den Boden.

»Ja, und?«

Der Gärtner seufzte. »Na gut. Die ersten zwanzig Meter links vom Eingangstor sind zur Zeit nicht unter Strom. Irgendwas stimmt nicht mit den Schaltkreisen. Der Elektriker hat sich's gestern angeschaut. Aber der Eingang zum Gelände wird mit zwei Fernsehkameras überwacht, die in die Steintürmchen am Tor eingelassen sind. Das gleiche am Hauseingang.«

»Alarmanlage?«

»Keine.« Der Gärtner schüttelte den Kopf.

»Der Prediger scheint sich sicher zu fühlen.«

»Er wird ständig von sechs schwerbewaffneten Gotteskriegern bewacht. Und er kann sofort Leute aus der Umgebung abberufen, wenn etwas Größeres ansteht.«

Eker machte sich schweigend Notizen. Dann sagte er: »Sie wissen gut Bescheid.«

»Ich bin seit über acht Jahren im Plantagenhaus beschäftigt.

Aber den Job bin ich sofort los, wenn der Prediger hört, daß ich hier geplaudert habe.«

»Hm«, brummte Eker nachdenklich. »Noch eine Frage: Wissen Sie irgend etwas über ein Tonstudio im Haus?«

»Sie meinen, wegen der CDs, *Predigten für Gotteskrieger* und so.«

»Genau.«

Der Gärtner holte tief Luft. »Okay, das auch noch. Aber Sie versprechen mir, daß Sie sich für mich einsetzen werden.«

»Ich überleg es mir. Was ist mit den CDs?«

»Versuchens Sie's im Keller. Und zwar unterhalb der Tiefgarage.«

Bei Anbruch der Dunkelheit waren am Treffpunkt circa zwei Kilometer vor dem Plantagenhaus fünfzig Mann versammelt. Die Vorauspatrouille berichtete, am Haus und auf dem Gelände sei heute den ganzen Tag nichts Besonderes vorgefallen. Der Prediger sei einmal kurz durch den Garten spaziert, habe sich aber sonst den ganzen Tag im Haus aufgehalten.

Ein Teil der Männer übernahm die Abschirmung, falls vom Haus aus weitere Gotteskrieger angefordert wurden, ein anderer sicherte die Umgebung des Anwesens. Die eigentliche Einsatztruppe fuhr mit abgeblendeten Scheinwerfern die Straße entlang und bog dann auf die ungepflasterte Auffahrt hoch zum Plantagenhaus. Von dort hielten die Jeeps mit hohem Tempo auf das Grundstück zu.

Erst auf den letzten hundert Metern blendeten sie die Scheinwerfer auf, so daß das Eingangstor und das dahinterliegende Haus plötzlich hell erleuchtet wurden. Die Jeeps kamen vor dem Tor und dem Zaun abrupt zum Stehen. Der Einsatzleiter schwang sich mit einem Megaphon aus dem Wagen. »Hier spricht die Polizei«, hallte es durch die Dunkelheit. »Legen Sie die Hände hinter den Nacken und verlassen Sie einzeln das Haus.«

Nichts rührte sich.

Der Einsatzleiter wiederholte seine Aufforderung.

Als Antwort blitzten Schüsse aus dem Obergeschoß des Hauses. Zwei Scheinwerfer gingen zu Bruch. Die Fahrer der Jeeps machten daraufhin sofort alle Scheinwerfer aus. Die Polizeitruppe antwortete mit Feuer aus ihren Maschinengewehren. Im Schutz dieses Feuers arbeiteten sich Einzelkämpfer zu dem hohen Drahtzaun vor. Eker hatte sie angewiesen, sich links vom Tor zu halten. Die Männer bemühten sich, leise zu sein, um nicht die Aufmerksamkeit der Schützen im Haus auf sich zu lenken. Trotzdem ließ sich bei dem dichten Gebüsch nicht verhindern, daß Äste knackten und das Laub sich bewegte. Immer wieder zischten Kugeln vom Haus durch das Blattwerk oder streiften mit einem hohen Pfeifen den Stahlzaun. Die Einzelkämpfer machten weiter, und schließlich waren auf den ersten zwanzig Metern Zaun Sprengladungen an den Stahlpfosten angebracht.

Als alle Männer wieder bei den Jeeps waren, gab der Einsatzleiter den Befehl zur Sprengung. Die steinernen Torpfosten wurden durch die Wirkung der Detonation aus dem Boden gerissen. Der Zaun links vom Tor stürzte ein, Laub und Büsche gingen in Flammen auf. Der qualmende Rauch verzog sich nur langsam. Als nur noch das leise Zischen des Feuers zu hören war, ertönte plötzlich ein lautes Motorengeräusch. Aus der Mitte einer Gruppe hoher Büsche auf der gegenüberliegenden Seite des Anwesens stieg ein kleiner Hubschrauber auf, wie er zum Besprühen von Feldern mit Pestiziden benutzt wird.

»Nicht schießen!« rief der Einsatzleiter in sein Megaphon.

»Warum denn nicht?« schrie Davud zurück. »Das ist der Prediger. Allein. Für die Geiseln ist da kein Platz!«

Inzwischen hatte der Hubschrauber an Höhe gewonnen und lenkte weg vom Plantagenhaus Richtung Norden.

»Scheiße, er haut ab.« Orak verfolgte den Hubschrauber durch ein Infrarotfernglas. Er wandte sich an Eker. »Lassen Sie sofort durchgeben, daß wir wissen müssen, wohin dieser Hubschrauber fliegt.« Eker nickte und nahm über das Funkgerät in einem der Jeeps mit dem Polizeipräsidium in Adana Kontakt auf.

Die Einzelkämpfer drangen, Sturmgewehre im Anschlag, durch den gesprengten Zaun auf das Gelände und umstellten das Haus. Die Scheinwerfer der Jeeps warfen harte Schatten auf die Vorderfront des Hauses. Nach ein paar Minuten öffnete sich die Haustür, ein Gotteskrieger warf seine Waffen auf die Kiesauffahrt und kam dann mit erhobenen Händen heraus. Ihm folgten drei weitere, zwei davon angeschossen. Auf dem Grundstück fand die Polizei einen toten und einen schwerverletzten Gotteskrieger, der sofort ins Krankenhaus gefahren wurde. Die Polizisten selbst hatten zwei leichtverletzte Einzelkämpfer zu beklagen.

Dann begann die Durchsuchung des in einem Meer von Bäumen, Sträuchern und Pflanzen gelegenen Hauses. Orak und Eker durchkämmten mit einem Trupp Männer die gesamte Anlage nach irgendeiner Spur von Suna und Kerim, aber ohne Erfolg. Es stellte sich auch bald heraus, daß das Haus des Predigers im Gegensatz zu Tuncers Bürohaus keine Fundgrube für vertrauliche Unterlagen war. Dafür gab es eine große Bibliothek mit islamischen Büchern und Schriften und sogar einen teuer eingerichteten Gebetsraum. Offensichtlich war der Prediger, was seine Verwicklung in den Drogen- und Waffenhandel betraf, weit vorsichtiger als Tuncer. Im aufgesprengten Safe fand die Polizei eine große Menge Geld in verschiedenen Währungen, aber keine weiteren Hinweise.

Dafür erwies sich der Tip des Gärtners auf die unter der Tiefgarage gelegenen Kellerräume als Volltreffer. Eker ließ eine Tür aufsprengen, die als Zugang zu den Heizräumen deklariert war. Dahinter verbarg sich ein vollständiges Tonstudio und kistenweise CDs mit Predigten für Gotteskrieger.

Außerdem wurde im Haus ein Funkgerät aus US-Army-Beständen sichergestellt. Unter das Funkgerät geklebt fand Orak eine Liste mit Sendefrequenzen. Er rief in Istanbul an und ließ prüfen, ob sich unter ihnen die Frequenz des weißen Hauses befand. Neben dem Funkgerät stand eine Tischlampe, offenbar eine Antiquität. Orak fiel der massive Messingfuß ins Auge. Er drehte die Lampe um und entdeckte im Hohlraum des Fußes einen kurzen türkischen Text, der genau einunddreißig Zeilen lang war.

»Könnte der Code sein, nach dem wir schon so lange suchen«, sagte Orak. »Für jeden Tag eines Monats eine Zeile, von vorne oder von hinten zu lesen, für die Verschlüsselung des Alphabets. Nicht wasserdicht, aber schwer zu knacken.« Er ließ den Text nach Istanbul durchgeben.

Schließlich fanden die Fahnder in der Ritze eines Ledersessels ein schmales Notizbuch mit einer Reihe von Handynummern. Vermutlich hatte der Prediger es bei seinem schnellen Aufbruch vergessen oder in der Eile verloren. Orak steckte es ein. Diese Nummern wollte er selber kontrollieren.

*

In ihrem Verlies in der Ferienhütte hatten Suna und Kerim eine Zeitlang gegeneinander gelehnt gedöst. Die Stille im Haus und das gleichmäßige Tropfen des Wassers wirkten trotz der Kälte einschläfernd.

Suna schreckte hoch, als über ihnen plötzlich schnelle, schwere Schritte auf die Falltür zukamen, die im nächsten Moment hochgehoben wurde. Die Stiefel ihres Wächters waren unverkennbar. Dann wurde die Leiter heruntergelassen. Faruk ging vor Kerim in die Hocke und streifte ihm wortlos den Pullover und den Hemdsärmel hoch. Dann setzte er eine Spritze, die mit einer durchsichtigen Flüssigkeit gefüllt war, in Kerims Armbeuge an.

Suna spürte, wie sich Kerim verkrampfte und instinktiv an seinen Fesseln zerrte. Dann zuckte er plötzlich zusammen, offenbar hatte Faruk zugestochen.

»Schöne Träume«, sagte der Wächter. Er trat vor Suna und beugte sich zu ihr hinunter. Mit der Linken hielt er sie am Kinn fest und küßte sie auf den Mund. Mit der Zunge bohrte er sich zwischen ihre zusammengepreßten Lippen, so daß Suna von dem Geschmack nach abgestandenen Zigaretten und Bier würgen mußte. Er lachte nur, versetzte ihr einen Klaps auf die Wange und kletterte die Leiter wieder hoch. Die Falltüre ließ er offen.

Suna flüsterte: »Kerim?«

Keine Antwort. Kerims Körper schwankte leicht, als würden ihn nur die Fesseln aufrecht halten. Die Spritze wirkte anscheinend schon.

Suna rief Faruk. Als er von oben in den Kellerraum schaute, sagte sie, sie müsse auf die Toilette. Faruk kam nach unten und band sie von Kerim los, der sofort zur Seite wegsackte. Der Wächter nahm Suna die Fesseln ab und führte sie, Pistole in der Hand, ins Badezimmer. Als sie die Tür hinter sich schließen wollte, hielt er seine Hand dagegen und kam mit ihr in den kleinen Raum. Er lehnte sich von innen an die Tür und starrte sie an. Suna zuckte mit den Schultern, bückte sich und zog ihre Turnschuhe aus. Erst stieg sie aus ihrer Hose, dann knöpfte sie ihre Wolljacke auf und zog sie aus. Sie ging sogar noch aufs Klo, was Faruk nicht davon abhielt, sie weiter anzustarren. Schließlich zog sie den dünnen Rollkragenpullover und ihr Unterhemd über den Kopf und löste mit einer Bewegung ihren BH, der zu Boden glitt.

Die Pistole hatte sich gesenkt, der Finger war aus dem Abzug gerutscht und die schwere Waffe drohte Faruk fast aus der Hand zu gleiten. Dafür spannte seine Hose jetzt deutlich. Als Suna begann, die Strumpfhosen von ihren Beinen zu rollen, hielt er es nicht mehr aus.

Der kräftige Mann packte sie, stieß sie ins Wohnzimmer und warf sie brutal auf das Sofa. Er zerriß die Strumpfhosen und zog ihr den Slip herunter, den er zur Seite warf. Dann preßte er Sunas Schenkel auseinander und drang mit seinen dicken Fingern so brutal in sie ein, daß Suna dachte, sie müsse vor Schmerz ohnmächtig werden. Sie schrie gellend auf. Faruk lachte und biß sich an einer ihrer Brustwarzen fest. Suna rutschte auf der Couch nach hinten, um seinen Zähnen zu entkommen, doch er folgte ihr, drückte sie mit seinem Gewicht nach unten und schaffte es dabei noch, seinen Hosenbund zu lösen. Abrupt ließ er die Brust los, und Suna spürte, wie warmes Blut über ihre Haut tropfte. Dann schlug Faruk sie hart ins Gesicht, immer wieder, auf den Mund, die Nase, die Wangenknochen.

Plötzlich zog er sie hoch und legte sie auf die Kante des niederen Tisches. Er faßte ihre Kniekehlen, riß ihre Beine hoch und drang hart und schnell in sie ein. Unter Schmerzen griff Suna sich eine der Kerzenflaschen, die neben ihr auf dem Tisch umgefallen waren. Sie packte die Flasche am Hals und wühlte sich mit der anderen Hand in das dichte Nackenhaar des Vergewaltigers. Dann riß sie so stark sie konnte an dem Haarbüschel und schlug Faruk gleichzeitig die Flasche über den Kopf. Der stieß ein gurgelndes Geräusch aus und hörte auf, sie zu malträtieren. Suna schlug noch einmal zu und noch einmal. Faruk sackte bewußtlos auf ihr zusammen.

Suna dachte erst, sie könne sich nicht bewegen. Dann gelang es ihr aber, Faruk so weit zur Seite zu rollen, daß sie sich unter ihm hervorzwängen konnte. Mühsam schleppte sie sich zurück ins Badezimmer, wo ihr ein kleiner Wandschrank aufgefallen war. Das Schränkchen war verschlossen. Suna tastete vorsichtig die Oberkante ab und stieß auf einen kleinen Metallschlüssel. Er paßte. Doch statt Drogen, die sie in dem Kästchen vermutet hatte, fand sie zu ihrer Überraschung nur eine Großpackung Aspirin, die halbvolle Ampulle eines Betäubungsmittels und mehrere Einwegspritzen. Faruk hatte Kerim offensichtlich nur ruhigstellen wollen, solange er mit ihr beschäftigt war.

Suna nahm eine der Spritzen, zog den Rest des Mittels auf und humpelte schwerfällig zum Sofa zurück. Ohne Zögern verabreichte sie dem immer noch bewußtlosen Faruk die zweite Hälfte der durchsichtigen Flüssigkeit. Dann holte sie einen Pakken Papiertücher aus der Küche und ging wieder ins Badezimmer. Ihr zerschlagenes Gesicht fühlte sich taub an und brannte gleichzeitig. Sie blutete stark aus der Scheide und konnte vor Schmerzen kaum gehen. Sie stopfte die Papiertücher in den Slip und zog sich wieder an.

Dann stieg sie hinunter zu Kerim, der seitlich auf den harten Boden gekippt war. Seine Augen waren geschlossen, und er atmete ruhig, wie im Schlaf. Sie sprach ihn mehrmals an und schüttelte ihn sanft, aber es kam keine Reaktion. Sie löste seine Fesseln und steckte ihm ihr Taschentuch in die linke Hand. Er würde es am Duft ihres Parfums als einen Gruß von ihr erkennen. Die Bodenklappe ließ sie offen. Sie nahm eine ihr viel zu große Regenjacke von der Garderobe und verstaute Faruks Pistole in der Jackentasche. Dann verließ sie die Hütte.

Orak hatte beschlossen, sich das Motelpersonal noch einmal vorzunehmen. Arif Eker begleitete ihn auf der Fahrt von Mersin nach Ulukışla.

»Warum haben Sie eigentlich für die Aktion im Tuncer-Haus nicht Polizisten mitgenommen?« fragte Eker während der Fahrt.

»Hm«, brummte Orak. »Ich dachte, Kerim und Suna wären geeigneter als die meisten der Kollegen. In Mersin kannte sie niemand, und die Touristenrolle war ihnen auf den Leib geschneidert. Sie mußten kaum schauspielern.«

»Ausgebildeten Leuten wäre es mit Sicherheit aufgefallen, daß ihnen ein Fahrzeug folgt. Und im Motel wären sie wohl nicht so leicht zu überrumpeln gewesen. Wahrscheinlich hätten Tuncers Leute das nicht einmal versucht.«

»Wollen Sie mir ein schlechtes Gewissen machen, Eker? Ich hab eh schon eins, also lassen Sie's gut sein.«

Der Drogenfahnder beschwichtigte, trotzdem war Orak nicht in bester Laune, als sie bei dem Motel an der alten Karawanserei ankamen. Er ließ, obwohl das den Motelbetrieb zum Erliegen brachte, das fünfköpfige Personal gemeinsam antreten. Zunächst nahm er sich noch einmal den Manager vor, den er schon am Telefon zusammengestaucht hatte. Doch der blieb steif und fest dabei, er habe nichts gesehen und nichts gehört und überhaupt schulde man ihm noch die Kosten für die Übernachtung.

Orak schnitt ihm das Wort ab. »Ach was, Sie machen doch gemeinsame Sache mit den Kidnappern und werden dafür gut bezahlt. Schade, daß Sie keine Zeit mehr haben, das Geld auszugeben, denn den größeren Teil Ihres restlichen Lebens werden Sie hinter Gittern verbringen, das kann ich Ihnen versprechen.«

Er wandte sich zu den anderen. »Sagt mir vielleicht jemand von Ihnen die Wahrheit, oder wollen Sie alle mit Ihrem großartigen Chef in den Knast wandern?«

Die Leute schauten sich betreten an und schwiegen.

Eker mischte sich ein und fragte: »Wie lange ist das Motel denn überhaupt abends geöffnet?«

»Bis dreiundzwanzig Uhr«, antwortete der Manager. »Oft kommen Touristen erst abends, übernachten hier, besuchen morgens die Paşas-Karawanserei und fahren dann weiter in den Taurus oder ins Hochland.«

»Was ist, wenn Touristen nach elf hier aufkreuzen?« fragte Davud.

»Dann müssen sie die Aufsicht an der Rezeption rausklingeln.«

»Ist ja interessant. Und wer war vorgestern nacht an der Rezeption?«

»Gülay«, kam es aus den Reihen des Personals.

»Wer von Ihnen ist Gülay?« Orak schaute die beiden Frauen des Motelteams an.

Der Manager antwortete. »Das ist eine Aushilfe, die nur manchmal hier arbeitet.«

»Und?« Orak wurde sichtlich ungeduldig. »Nachname, Adresse? Wie kann ich diese Gülay am schnellsten erreichen?«

Gülay Necmettin arbeitete in einem Friseursalon und besserte mit dem Teilzeitjob im Motel ihr Gehalt auf.

»Das ist keine schwere Arbeit«, erklärte die junge Frau. »Das Motel ist klein, nicht viel Betrieb. Wenn ich Nachtdienst habe, lerne ich Englisch. Ich will nämlich nach Amerika.«

»Erzählen Sie uns doch noch mal, was Sie der Polizei über die Nacht der Entführung gesagt haben.«

Gülay schaute sie mit großen Augen an. »Mich hat doch noch gar niemand befragt.«

Orak und Eker schauten sich an, und Orak stöhnte leise auf. »Okay, dann erzählen Sie uns, was passiert ist.«

»Also, ich hab schon auf der Couch neben der Rezeption geschlafen. Da bin ich aufgewacht, weil draußen laute Geräusche waren und Leute herumgebrüllt haben. Mir kam das komisch vor, es waren ja gar nicht viele Gäste da, gerade mal drei der zehn Zimmer waren belegt. Na, ich habe auf jeden Fall meinen Mantel angezogen und wollte gerade raus, um nachzusehen. Aber der Sönmez, äh, also, unser Chef stand schon vor der Tür und hat gesagt, es habe in einem Zimmer Streit gegeben. Es sei aber wieder in Ordnung. Da hab ich mich wieder hingelegt.«

Sie schaute Orak erwartungsvoll an.

»Das ist sehr interessant, was Sie da sagen. Gab es sonst noch etwas Ungewöhnliches?«

»Tja, mich hat's gewundert, daß zwei Autos aus der Ausfahrt rausgefahren sind, gerade in dem Moment, als ich zur Rezeption rausgeschaut habe. Aber danach war wirklich Ruhe.«

Suna hinkte, so schnell es ihre Verletzungen erlaubten, einen Feldweg entlang, der sie von der Hütte auf eine kleine Landstraße brachte. An der Kreuzung stand ein einfacher hölzerner Wegweiser. Nach rechts, bergab, ging es nach Tarsus. Nach links, bergauf, ging es nach Çamliyayla. Suna wählte Richtung Tarsus, nach Süden. Nur schnell weg von der Hütte. Irgendwo würde sie schon ein geeignetes Transportmittel auftreiben. Sie stolperte und wäre fast auf dem feuchten Gras der Straßenböschung ausgerutscht. Panisch schaute sie hinter sich den Feldweg entlang. Jeden Moment rechnete sie damit, daß Faruk aufgewacht war und ihr nachsetzen würde. Die Entschlossenheit und die Kraft, mit der sie ihren Wächter ausgeschaltet hatte, war wie weggeblasen. Suna fühlte sich hilflos. Die Schmerzen im Unterleib wurden immer schlimmer. Lange laufen konnte sie jedenfalls nicht. Gegen ihren Willen traten ihr Tränen in die Augen, rollten die Wangen hinunter und brannten in den offenen Verletzungen.

Suna hielt an. Jeder Atemzug tat weh, und sie versuchte, ganz flach zu atmen. Die Straße zog sich wie ein graues Band vor ihr durch den Wald. Plötzlich zuckte sie zusammen und sprang erschrocken von der Straße auf die Böschung. Aus der Richtung der Hütte war Mofageknatter zu hören. Ein Junge, fast noch ein Kind, kam stolz die Straße herangefahren. Suna winkte ihm anzuhalten, und er stoppte.

»Na, hast du dem Opa die Klamotten geklaut?« lachte er. Dann schaute er genauer in ihr Gesicht und sah, wie sie zugerichtet war. »Bist wohl in 'ne Schlägerei gekommen, was?«

Suna zog die Pistole und befahl ihm, sich umzudrehen. Der Junge wurde leichenblaß, stieg von seinem Gefährt und stellte sich mit dem Rücken zu Suna, wobei er den Kopf seitlich hielt, um zu sehen, was hinter ihm vor sich ging. Suna trat schnell auf ihn zu und schlug ihn mit dem Pistolenknauf nieder.

»Tut mir leid, Kleiner. Aber ich muß auf Nummer sicher gehen.« Sie wickelte ihn in die große Jacke und legte ihn neben der Straße an den Fuß einer hohen Zeder. Dann schwang sie sich auf das Mofa. Doch der Sattel verursachte ihr so große Schmerzen, daß sie wieder abstieg und ihn mit dem Wollschal umwickelte, der in der Jacke gesteckt hatte. Mit zusammengebissenen Zähnen fuhr sie los. Die Pistole warf sie nach ein paar Kilometern in die Büsche.

Nach nicht ganz einer Stunde kam Suna an die Autobahn Tarsus – Mersin. Sie fuhr unter ihr durch bis zur alten Nationalstraße nach Mersin. In die bog sie ein, hielt dann aber an und täuschte einen Motorschaden vor. Auf keinen Fall konnte sie die restlichen Kilometer bis Mersin auf dem Mofasattel aushalten. Mit locker geöffneter Bluse stellte sie sich zum Trampen hin. Schon der vierte Lastwagen, der vorbeikam, hielt an.

»Ich muß nach Mersin, und das Ding«, sie zeigte auf das Mofa, »ist kaputt.«

Der Mann stieg aus, stemmte ihr Mofa hinten auf die Ladefläche und sagte: »Steig ein.«

In einem Vorort von Mersin ließ sich Suna an einer Poststelle absetzen. Der Mann holte ihr das Mofa vom Wagen und wünschte ihr alles Gute. Sie rief das Polizeipräsidium an und verlangte, Davud zu sprechen. Sie hatte Glück. Er und Eker waren vor einer knappen Stunde aus Ulukışla zurückgekehrt.

»Davud! Ist das schön, deine Stimme zu hören.«

»Endlich! Wo treibst du dich denn herum, Alevitin?« Die Erleichterung in seiner Stimme war unüberhörbar.

»Ich bin an der Poststelle in Mersin-Ost. Kannst du mich hier abholen? Ich muß ins Krankenhaus. Und Eker soll Leute mobilisieren, um Kerim zu befreien. Ich führe euch zu der Hütte. Es ist etwa eine Stunde von hier.«

Davud ließ sich mit Blaulicht und Sirene zur Post nach Mersin-Ost bringen. Suna wartete auf einer Bank im Schalterraum, von einer Postangestellten liebevoll mit Tee und Gebäck versorgt. Als Davud zur Tür hereinkam, stand sie auf, verzog aber sofort schmerzhaft das Gesicht. Er nahm sie in die Arme, fuhr ihr zärtlich durch das ungekämmte Haar und küßte sie sanft auf die Platzwunden und Schnitte in ihrem Gesicht. Suna fing an zu weinen. Die Postfrau und die Polizisten, die Davud hergebracht hatten, standen betreten um das Paar und schauten zu, wie Davud Suna tröstete. Dann fuhren sie ins SSK-Krankenhaus.

Auf dem Weg dorthin erzählte Suna, was passiert war, seit sie und Kerim Mersin verlassen hatten. Sie berichtete von dem Treffen mit dem Prediger und Tuncer. Die Brutalitäten Faruks deutete sie nur an. Die konnte sich Davud angesichts ihres Zustands selbst zusammenreimen.

Im Krankenhaus erhielt Suna Erste Hilfe, und eine Polizistin nahm ein kurzes Protokoll für eine Anzeige wegen Vergewaltigung auf. Danach brach Suna zusammen mit Davud und Eker in Begleitung von drei Streifenwagen und einer Ambulanz zu der Ferienhütte auf. Ab Tarsus nahmen sie die Landstraße, die Suna mit dem Mofa gekommen war. An der Stelle, an der sie die Pistole in die Büsche geworfen hatte, wies Davud die Besatzung eines der Streifenwagen an, die Waffe nach Abschluß der Aktion zu suchen. Dann erreichten sie die große Zeder, unter der Suna den Jungen bewußtlos zurückgelassen hatte. Er war samt Jacke verschwunden. Davud versprach Suna, den Jungen später suchen zu lassen, um ihm das Mofa samt Entschuldigung und Geschenk zurückzubringen.

Sie kamen an den Wegweiser, von dem der Feldweg zur Hütte abging.

»Von hier aus gehen wir besser zu Fuß. Bis zur Hütte ist es höchstens noch ein Kilometer«, schlug Suna vor. »Keine Ahnung, wie lange das Zeug wirkt, das ich Faruk gespritzt habe. Vielleicht ist er inzwischen schon längst aufgewacht.«

Arif Eker nickte. »Es könnten sich auch noch andere Komplizen in der Gegend herumtreiben. Ich kann mir nicht vorstellen, daß Tuncer und der Prediger ihre wertvollen Geiseln nur von einem Mann bewachen lassen.«

Sie parkten die Streifenwagen in dem Dickicht zwischen den Büschen, so daß sie vom Weg aus nicht auf den ersten Blick gesehen werden konnten. Die Ambulanz fuhr rückwärts ein paar hundert Meter in einen zugewachsenen Holzweg.

Davud wollte mit zwei Scharfschützen durch das Unterholz an die Hütte heranschleichen und in sie eindringen.

»Soll ich nicht mit, als Scout? Ich kenne den Weg und das Innere der Hütte«, meinte Suna, bei der die im Krankenhaus verabreichten Schmerzmittel Wirkung zeigten.

Davud blickte kurz zu Eker, der hinter Sunas Rücken energisch den Kopf schüttelte. »Du hast schon genug getan, Alevitin. Wir schaffen das allein«, meinte er nur.

Dann machte er sich mit den Scharfschützen auf den Weg. Die übrigen Polizisten arbeiteten sich in einem weiten Kreis zur Hütte vor und umstellten sie von allen Seiten.

Das Kommando hatte inzwischen im Schutz der Büsche die Hütte erreicht. Davud kauerte an der Tür, die offensichtlich nur angelehnt war. Auf sein Zeichen überquerten die beiden Scharfschützen mit schnellen Schritten die Wiese und bezogen rechts und links der Tür Stellung. Davud stieß sie vollends auf. Im Inneren rührte sich nichts. Er betrat mit gezogener Waffe die Hütte. Einer der Scharfschützen folgte ihm, der andere hielt draußen Wache.

Faruk lag mit halb heruntergelassener Hose seitlich auf dem Tisch. Sein Kopf blutete, und Speichel troff ihm aus dem Mundwinkel. Neben ihm auf dem Tisch lag die leere Spritze. Davud stieg durch die offene Bodentür in das Verlies. Kerim lag zusammengekrümmt auf dem kalten Steinboden und rührte sich nicht. Davud fühlte seinen Puls, der nur schwach zu spüren war.

Von unten rief er zu einem der Männer hoch: »Sagen Sie Eker, er soll mit seinen Leuten vorrücken. Und wir brauchen die Ambulanz. Schnell!«

Knapp zehn Minuten später kam Suna mit Eker in die Hütte. Sie würdigte Faruk keines Blickes, sondern kümmerte sich sofort um Kerim, den Davud zusammen mit einem der Scharfschützen aus dem Verlies geholt und in eine Decke gewickelt auf die Couch gelegt hatte. Er atmete nur mühsam.

»Er hat sich übergeben«, meinte Davud, der neben Suna stand. »Wahrscheinlich eine Reaktion auf das Betäubungsmittel.«

»Oder eine Folge der Gehirnerschütterung. Als die Kerle uns im Motel überrascht haben, hat einer ihm mit einem Holzknüppel einen Schlag auf den Kopf versetzt.«

In Kerims linker Hand steckte noch immer Sunas Taschentuch. Sie lächelte und küßte vorsichtig seine Hand. Dann wandte sie sich zu Davud und fragte leise: »Glaubst du, er wird wieder gesund?«

Davud sah die Tränen in ihren Augen, nickte und nahm sie in den Arm.

Das Fahrzeug des Roten Halbmonds kam mit heulendem Motor den steinigen Feldweg hochgefahren und hielt direkt vor der Hüttentür. Der Polizeiarzt untersuchte Kerim und gab ihm eine Spritze zur Stärkung des Kreislaufs. Dann legten ihn zwei Sanitäter auf eine Bahre und trugen ihn in die Ambulanz.

»Warten Sie auf mich«, rief Suna ihnen zu.

Die Scharfschützen hatten inzwischen mit zwei Kübeln kaltem Wasser Faruk wieder zum Leben erweckt. Sie mußten ihn allerdings stützen, da er sich nicht sicher auf den Beinen halten konnte. Suna baute sich vor ihm auf, aber an seinem glasig-stieren Blick war nicht abzulesen, ob er sie überhaupt erkannte. Sie trat dicht vor ihn hin und spuckte ihm ins Gesicht. Er wandte ruckartig den Kopf und wollte dem Griff der Scharfschützen entkommen, doch die lachten und hielten ihn fest.

Suna drehte sich weg. Davud ging auf sie zu, doch ein Blick in ihr Gesicht verriet ihm, daß er sie jetzt allein lassen mußte.

»Willst du mit mir und Eker zurückfahren?« fragte er.

Suna schüttelte den Kopf. »Ich fahre mit Kerim ins Krankenhaus.«

*

Mit viel Glück hatte Aynur kurzfristig einen Platz in einem Flug von Berlin nach Mersin bekommen. Kaum hatte sie von Vedat erfahren, was passiert war, hatte sie sofort im Krankenhaus angerufen, um eine Verlegung Kerims zumindest nach Istanbul zu erreichen. Aber die Ärzte hielten das für bedenklich. Kerim Özakın habe eine schwere Gehirnerschütterung und kämpfe immer noch mit den Auswirkungen der Geiselnahme. Er sei noch nicht transportfähig. Aynur hatte sofort beschlossen, zu Kerim zu fliegen.

Jetzt saß sie in einem Café des Istanbuler Atatürk-Flughafens und wartete auf den Anschlußflug nach Mersin. Auf dem Hinflug hatte Aynur die deutschen Zeitungen gelesen, die alle auf der ersten Seite über die Geiselnahme und Befreiung berichteten, in die immerhin ein deutscher Staatsangehöriger und Sohn eines ermordeten Berliner Professors verwickelt war. Vor allem die »kulturellen Aspekte« der Ereignisse standen im Vordergrund der Berichterstattung. Ein Leitartikel warnte eindringlich vor einer Neuauflage der Diskussion über den »Kampf der Kulturen«.

Hier in Istanbul war die Tagespresse voll von Berichten und Kommentaren zu der Geiselnahme. Aynur fiel auf, wie die dramatischen Ereignisse sofort für den Kampf gegen den politischen Islam benutzt wurden. Die Medien konzentrierten sich vor allem auf den Prediger und seine Hetzkampagne. Im Fernseher, der über dem Tresen des Cafés hing, lief eine Stellungnahme des Pressesprechers von Ministerpräsident Tosun, in der dieser durchblicken ließ, daß der Ministerpräsident überlegte, die kommenden Wahlen vorzuziehen. Mit hoher Wahrscheinlichkeit hätte das eine weitere Niederlage der islamistischen Partei bedeutet.

Am Nebentisch überhörte Aynur eine Unterhaltung zwischen zwei Männern, die sich darüber aufregten, daß die Täter der Polizei entkommen waren und weiter frei herumliefen.

»Mit seinen ganzen Reformen hat Tosun die Republik immer noch nicht sicher gemacht«, regte sich einer der beiden auf.

Und der andere fügte dazu: »Das Militär hat er ja auch nicht richtig im Griff.«

In diesem Moment wurde Aynurs Flug aufgerufen. Sie packte die Zeitungen zusammen und machte sich auf den Weg zum Gate.

Knapp drei Stunden später stieg Aynur aus dem Taxi, das sie vom Mersiner Flughafen zum Städtischen Krankenhaus gebracht hatte. Sie erkundigte sich beim Pförtner nach Kerims Zimmernummer und ging dann durch lange Gänge und Treppenhäuser in den dritten Stock hoch. Leise klopfte sie an die hellgrün gestrichene Tür. Von innen rief eine weibliche Stimme: »Herein.«

Aynur trat in das Zimmer. Als sie den schlafenden Kerim blaß und mit dunkelvioletten, geschwollenen Lidern im Krankenhausbett liegen sah, fing sie an zu weinen. Suna, die neben dem Bett saß, stand auf und nahm sie in die Arme.

»Verdammt, ich weiß gar nicht, warum ich jetzt losheule. Ich bin ja froh, daß er überhaupt noch am Leben ist. Aber schau ihn dir nur an, er sieht so fertig aus.«

»Ja. Er kriegt auch immer noch Schmerzmittel. Und die Veilchen, die kommen von der Gehirnerschütterung. Deswegen darf er auch noch nicht verlegt werden.«

Aynur setzte sich vorsichtig auf die Bettdecke und nahm Kerims Hand. Sie drehte sich zu Suna um. »Sobald es geht, nehme ich ihn mit nach Berlin.«

»Das ist gut. Nach allem, was passiert ist, muß Kerim endlich mal wieder zur Ruhe kommen, wieder zurück in seinen Alltag finden.«

Aynur schaute Suna nachdenklich an. Die blauen Flecke in ihrem Gesicht hatten sich bläulich-gelblich verfärbt. Auf der rechten Wange klebte ein Pflaster. »Dieser Kerl hat dich ja schön zugerichtet. Danke für das, was du für Kerim getan hast. Ich hätte das nicht gekonnt. Du hast ihm das Leben gerettet.«

»Ach was. Ich habe nur uns beiden aus der Patsche geholfen.« Suna sagte das so ruhig, als verrate sie Aynur einen Kochtrick.

»Wie geht es dir denn«, fragte Aynur. Sie hielt immer noch Kerims Hand.

Suna zuckte mit den Schultern. »Ich habe Anzeige erstattet wegen Vergewaltigung. Und wegen Freiheitsberaubung, natürlich.« Sie strich eine unsichtbare Falte auf ihrem Rock zurecht.

»Weißt du, auf eine Art war es so besser für mich. Ich konnte wenigstens etwas tun. Kerim dagegen war immer das hilflose Opfer, von dem Moment an, als er im Motel zusammengeschlagen wurde, bis zu der Spritze, die ihm Faruk verabreicht hat.«

Am Nachmittag trafen sich Aynur, Suna und Davud in Kerims Krankenzimmer. Kerim war wach und freute sich wie ein kleines Kind, daß Aynur da war. »Ehrlich, am liebsten würde ich gleich mit Aynur heimfliegen. Aber ich kann doch das Team nicht so hängenlassen.«

»Wenn du zurück in Berlin bist, können Vedat und Figen ja trotzdem mit ihren Nachforschungen in Istanbul weitermachen.«

»Das ist ein Schlag für das Team, wenn wir beide aufhören«, meinte Kerim. »Obwohl du ja mit Davud weiterhin an dem Fall dranbleibst, nehme ich an?«

Suna nickte und schaute Davud an. »Ja. Ich bin jetzt so was wie Davuds Partnerin. Aber du kannst einfach in Berlin mehr für die Aufklärung des Mordes an deinem Vater tun.«

»Sie sollten vor allem den Kontakt mit der SOKO in Berlin halten. Die Abstimmung zwischen Ankara und Berlin wird immer wichtiger«, warf Davud ein. »Nach den Unterlagen, die wir im Tuncer-Haus gefunden haben, müssen wir uns jetzt einmal intensiv um diese Waffenlieferungen über Incirlik kümmern. Und nur weil die CIA mauert, werde ich die Suche nach CIA-Spuren nicht einfach aufgeben, ganz im Gegenteil. Für die Kooperation mit den Amerikanern ist der deutsche Kriminaldirektor aber geradezu prädestiniert. Döpfner hat mit dem FBI schon an mehreren großen, internationalen Fällen erfolgreich zusammengearbeitet.«

»Ich hab eh genug vom Detektivspielen«, seufzte Kerim und sank auf das Kopfkissen. »Ich komme mir wirklich ›verbrannt‹ vor.« Dann schien ihm etwas einzufallen, und er richtete sich noch einmal auf. »Aber Davud, Sie müssen mir unbedingt für Döpfner einen Vermerk über Ihre Maskeraden-Theorie mitgeben. Und am besten eine Kopie dieses Mitschnitts von dem Telefonat des islamistischen Politikers, falls den die SOKO noch nicht hat. Der hat zumindest mich von Ihrer Theorie überzeugt.«

*

In der Zwischenzeit war die »Aktion Mersin« von Davud Orak und Arif Eker für die Akten aufgearbeitet worden. Orak drang bei General Toprak darauf, sich selbst in die Ermittlungen um den Waffenhandel über Incirlik einschalten zu dürfen. Der General willigte nur unter der Bedingung ein, daß Davud die Ermittlungen des Polizeiapparats nicht durch Alleingänge störe.

Als erstes versuchte Orak, wieder in der Journalisten-Rolle, mit Mr. Dobb von John Miles Inc. Kontakt aufzunehmen. Aber weder die John-Miles-Filiale in Istanbul noch die Zentrale in Ankara konnten ihm helfen. Michael Dobb sei ständig unterwegs, hieß es. Die Zentrale war noch nicht einmal in der Lage, Orak mit einem Foto Dobbs zu versorgen. Davud mußte das Pressearchiv einer großen Tageszeitung bitten, ein Foto Dobbs von einem der offiziellen Empfänge der Firma in Ankara auszugraben. Er schickte Arif Eker eine Kopie mit der Bitte, die Augen auch nach Michael Dobb offenzuhalten.

»Fahndet ihr jetzt nach ihm? Liegt denn etwas gegen ihn vor?«

»Nein, überhaupt nicht. Aber ich will herausfinden, warum Dobb mir so dringlich eine Überprüfung des Predigers ans Herz gelegt hat. Mir kam es fast so vor, als wolle er damit auf den Prediger Druck ausüben. Die Journalisten-Story hat er mir keine Sekunde lang abgekauft. Aber wenn er dachte, ich sei von der Polizei, warum ist er dann nicht sofort mit dem rausgerückt, was er über den Prediger weiß.«

»Vielleicht hatte er auch nur Vermutungen. Die sich allerdings voll bestätigt haben.«

»Ich gehe davon aus, daß John Miles Inc. als Waffenlieferant des amerikanischen Stützpunkts mehr über die Verhältnisse auf dem Stützpunkt weiß, als Dobb mir gegenüber zugeben wollte. Und darüber würde ich mich gerne ausführlicher mit ihm unterhalten.«

»Okay«, versprach Eker, »ich halte die Augen offen.«

*

Zurück in Istanbul trafen sich Davud und Suna zu einem gemeinsamen Abendessen in seiner Wohnung. Davud erzählte von seiner Einschaltung in Sachen John Miles Inc. und Dobb, während sie zusammen kochten.

»Kann ich dir dabei weiterhelfen?« fragte Suna, die an der Spüle Tomaten wusch. »Mich kennen die ja noch nicht.«

»Lieber nicht«, antwortete Davud kurz. Er würzte gerade fachmännisch das Lamm, das sie auf dem Bazar erstanden hatten.

»Und warum nicht?«

Davud nahm ihr die gefüllten Weinblätter aus den Händen und schloß sie in die Arme. »Weil ich dich nie wieder so in Lebensgefahr bringen will wie in Mersin. Es war unverantwortlich, euch in die Aktion hineinzuziehen.«

»Es war nicht deine Schuld, Davud. Man kann nicht jedes Risiko ausschalten – und ich will es auch nicht.« Sie küßte ihn.

»Ich würde gerne jedes Risiko ausschalten«, sagte Davud, als Suna sich wieder dem Salat zuwandte. »Ach, am liebsten wäre es mir, wenn du einfach weiterstudierst und ich immer wieder zu dir heimkommen kann, die Dinge mit dir durchsprechen, wenn du meine chaotischen Gedanken für mich ordnest ...«

Suna lachte. »So hätten Sie es wohl gerne, Herr Orak. Kommt nicht in Frage. Ich spiele auf keinen Fall das Heimchen am Herd, während du in der weiten Welt das Abenteuer suchst.« Sie stellte die Schüssel mit dem Knoblauchjoghurt auf den Tisch und küßte Davud auf die Nasenspitze. Dann fragte sie ihn: »Warum bist du eigentlich bei dieser vermeintlichen CIA-Verbindung so hartnäckig?«

»Ein Gefühl. Nenn es Intuition, nenn es jahrelange Erfahrung«, antwortete Davud. »Außerdem: Erinnerst du dich, als ich dich mal gefragt habe, nach welcher Art von Mann du auf der Suche nach einem ›Kuckuck‹ Ausschau halten würdest. Du hast geantwortet: ›Nach einem wie dir.‹«

»Das war nur eine spontane Reaktion.«

»Ja sicher, aber genau deshalb interessant. Jemand also, der sehr gut informiert ist, jemand, der ...« Davud brach ab und lächelte Suna kurz an. »... na sagen wir mal, jemand, der gute Kontakte zu den Geheimdiensten hat. Bei all diesen ›maskierten‹ Aktionen hatten die Täter offenbar Zugang zu sicherheitsrelevanten Fakten. Das spricht für die Treffsicherheit deiner Reaktion.«

»Aber was könnte John Miles damit zu tun haben?«

»Das liegt doch auf der Hand. Wenn die CIA wirklich Waffen nach Incirlik und von dort weiter in den Nordirak liefert, dann braucht sie einen Transporteur. John Miles Inc. wäre dafür ideal. Eine große und angesehene, lange in der Türkei ansässige amerikanische Export-Importfirma, die den US-Luftwaffenstützpunkt Incirlik ohnehin mit amerikanischen Waren versorgt.«

»Klingt trotzdem ein bißchen weit hergeholt.«

»Es ist zumindest eine Möglichkeit.« Davud trug den Teller mit den Fleischstücken zum Herd und setzte eine Pfanne auf. »Könnte doch sein, daß bei John Miles Waffen für den Prediger und seine islamischen Kämpfer abgezweigt werden. Dieser Möglichkeit muß man nachgehen, bis man sie entweder beweisen oder ausschließen kann.«

»Da haben Sie recht, Special Agent Orak«, sagte Suna und öffnete den Herd, in dem Okraschoten brutzelten, die ihr Abendessen komplett machten.

*

Vorerst mußte Davud Orak John Miles Inc. und die Waffenlieferungen über Incirlik erst einmal für eine Weile vergessen. Von General Toprak erhielt er den Auftrag, nach Sarajevo zu fliegen und sich dort bei der türkischen SFOR-Einheit mit André Gruber zu treffen.

Die bosnischen Behörden hatten die Aufforderung Berlins und Ankaras, endlich gegen die Spitzen des Rings in Sarajevo und der Bande in Mostar vorzugehen, erneut mit einer fadenscheinigen Begründung abgelehnt. Der General war es leid, ständig von nicht aufzufindenden Akten und Mitarbeitern zu hören, die angeblich gerade mit Wichtigerem beschäftigt waren. Dabei hatte das MIT-Team in Sarajevo die Logistik der Banden ziemlich vollständig aufgeklärt. Deshalb wurden in Absprache mit dem deutschen SOKO-Team und unter dem Kommando der SFOR mehrere Aktionen geplant, mit denen die Banden in Alarmbereitschaft versetzt werden sollten. SFOR-Aktionen konnten allerdings nur im ›Dayton-Staat‹, in Bosnien-Herzegowina ausgeführt werden. Die kroatischen Häfen waren tabu. Aber da, wo der SFOR die Händen gebunden waren, sollten Orak und Gruber vor Ort einschreiten.

Am Abend des 16. Mai stoppten türkische Militärpolizisten der SFOR drei vollbeladene Lkws des Sarajevo-Rings, die auf dem Weg zum Hafen in Dubrovnik waren. Unter den Planen der Laster fanden die Polizisten Kisten voll von fabrikneuen Handfeuerwaffen. Die Begleitmannschaft wurde festgenommen und samt der beschlagnahmten Waffen in eine SFOR-Kaserne in Sarajevo gebracht.

Nicht ganz so reibungslos verlief die Durchsuchung des Kellers eines Hochhauses in Mostar, wo der MIT ein Drogenlager der Mostar-Bande vermutete. Deutsche Militärpolizisten umstellten am frühen Morgen des 17. Mai das Hochhaus und wollten die Kellerräume durchsuchen. Dabei wurden sie von Revolverschüssen der Drogendealer empfangen. Nach einer mehrstündigen Belagerungsaktion drang ein Special Operations Team in den Keller ein und setzte die Dealer außer Gefecht. Sie wurden schwerverletzt in das Krankenhaus des Militärgefängnisses gebracht. Es wurden mehrere Tonnen Marihuana und einige Kilo Heroin beschlagnahmt und zur SFOR-Kaserne gefahren.

Orak und Gruber waren schon am Vortag der geplanten SFOR-Aktionen in Sarajevo eingetroffen. Sie waren dieses Mal beide im Holiday Inn untergebracht, hatten die Nacht aber auf dem Gelände der SFOR Headquarters im Lager Butmir verbracht. Frühmorgens saßen sie in den Räumen des MIT-Teams und warteten zusammen mit den türkischen Geheimdienstlern auf Nachricht von der Durchsuchungsaktion in Mostar.

»Das wird ein herrliches politisches Nachspiel haben«, sagte Gruber und schlürfte seinen heißen Tee. »Die bosnischen Behörden werden Zeter und Mordio schreien und uns des Rechtsbruchs, der Amtsanmaßung und was weiß ich noch bezichtigen.«

»Ich nehme doch an, die SFOR-Regierungen haben sich ihre Erklärungen schön zurechtgelegt«, erwiderte ein älterer glatzköpfiger Geheimdienstler. »›Beschlagnahmen und Festnahmen zum Schutz der SFOR notwendig, da bosnischer Sicherheitsapparat durch Seilschaften und Korruption lahmgelegt‹, oder so was in dem Stil. Immerhin haben wir ja drei LKW-Ladungen von MP 5 beschlagnahmt. Spricht ja irgendwie für sich.«

Ein jüngerer Mann fügte hinzu: »Die SFOR will auch eine Liste von Beamten und Politikern veröffentlichen, die vom organisierten Verbrechen bestochen worden sind. Die Informationen stammen zum Teil aus unseren Ermittlungen über den Sarajevo-Ring. Vielleicht führt diese ganze Aktion ja dazu, daß endlich einmal etwas gegen die Korruption im Verwaltungsapparat unternommen wird.«

»Na, das wird erst recht einen tollen Krach geben.«

»Ja, aber der politische Teil ist nicht unser Bier.« Davud Orak hatte während des Gesprächs intensiv den Stadtplan von Sarajevo studiert, der an einer Wand der MIT-Zentrale hing. »Wir kümmern uns um die Bandenchefs. Hinter denen bin ich schon eine Weile her. Ich will jetzt endlich Antworten auf meine Fragen kriegen. Und wenn wir die Kerle tagelang ausquetschen müssen.«

In diesem Moment kam die Nachricht aus Mostar, daß das Special Operations Team erfolgreich gewesen sei.

»Okay«, sagte der Glatzköpfige. »Sie bringen jetzt die Verletzten ins Krankenhaus und die beschlagnahmte Ware in die SFOR-Kaserne.«

»Sind wir jetzt dran?« fragte Gruber.

»Noch etwas Geduld. Erst müssen wir abwarten, ob sich die jeweiligen Bandenchefs auch wirklich zu einer Krisensitzung treffen. Der Ring in Sarajevo agiert hier in der Stadt ziemlich ungeniert. Ich bin sicher, daß die Bosse sich in der Skenderia treffen.«

»Das ist dieses Einkaufszentrum auf der Straße Richtung Mostar?« Davud deutete auf einen grellpink markierten Punkt auf dem Stadtplan.

Der Geheimdienstler nickte. »Ja. Einkaufszentrum, Bürohaus, Sportanlage – das Ding wurde für die Olympiade gebaut, war dann zwischenzeitlich ziemlich heruntergekommen. Vor ein paar Jahren wurde es totalsaniert.«

»Und in Mostar?« Die Frage kam von Gruber.

»So wie ich die Mostarer Bande kenne, treffen die sich auf jeden Fall. Wahrscheinlich in den Geschäftsräumen einer Firma, die sie als Cover benutzen. Die sind fast familiär organisiert. Daß ihr Hauptdrogenlager von den Bullen ausgeräumt worden ist, sorgt sicher für einen gehörigen Familienkrach.«

Am frühen Nachmittag hatte das MIT-Team über ihre Undercover-Leute in Erfahrung gebracht, daß die Banden sich tatsächlich zu Krisensitzungen trafen. In Sarajevo war ein Treffen in der Skenderia um achtzehn Uhr anberaumt, in Mostar in den Büros einer Kosmetikfirma im Westteil der Stadt um zwanzig Uhr. Nach einer kurzen Besprechung mit Orak machte sich Gruber mit einem Team der deutschen Militärpolizei auf den Weg nach Mostar.

Kurz vor achtzehn Uhr brach Orak mit dem Einsatzkommando auf und umstellte in einer Blitzaktion die Skenderia. Der Versammlungsraum des Sarajevo-Rings im neuen Bürokomplex der Anlage wurde aufgebrochen und die total überraschten Bodyguards mit Maschinenpistolen in Schach gehalten. Die drei anwesenden Bosse des Rings ließen sich zusammen mit den anderen Bandenmitgliedern ohne Widerstand festnehmen und ins Militärgefängnis transportieren. Drei Stunden nach der Aktion telefonierte Orak mit Gruber in Mostar. Auch dort war alles glattgelaufen. Die ganze fünfköpfige Spitze der Mostarer Bande war festgenommen worden.

Noch in der Nacht begann Davud Orak die Vernehmung. In dem kahlen Vernehmungszimmer des Militärgefängnisses erläuterte er den drei Männern ihre Lage.

»Meine Herren, die SFOR kennt die Logistik des Sarajevo-Rings in- und auswendig. Das muß Ihnen nach der Beschlagnahme der Lastwagen und der Waffen klar sein. Und die SFOR wird den Ring vollständig zerschlagen. Daran wird auch die bosnische Polizei nichts ändern können. Mit der Protektion, die Sie bisher genossen haben, ist es vorbei. Was mit Ihnen persönlich geschieht, hängt nun ganz von Ihnen selbst ab. Ich habe Fragen an Sie. Viele Fragen. Wenn Sie die wahrheitsgemäß beantworten, werden wir Sie den bosnischen Ermittlungsbehörden übergeben. Wenn nicht, bleiben Sie eben solange im Gewahrsam der SFOR, bis Sie auspacken. Und eins kann ich Ihnen versprechen: Sehr gemütlich ist es in den Zellen des SFOR-Gefängnisses nicht.«

Die drei Männer starrten ihn trotzig an. Einer sagte: »Wie wär's erst mal mit einem Anwalt, Herr Vernehmer?«

Orak grinste ihn an. »Na gut, ich hoffe, Sie sind bereit für eine lange, anstrengende Nacht. Eine sehr lange Nacht.« Er schaute auf die Wanduhr. »Wissen Sie, wenn es Ihnen lieber ist, kann ich Sie auch erst mal ein paar Tage bei Wasser und Brot in den Zellen schmoren lassen. Einzelzellen, übrigens. Und kein Kontakt zur Außenwelt. Ich sage es noch einmal: Ihre guten Beziehungen zur Polizei nützen Ihnen hier im Lager überhaupt nichts.«

Die Männer schwiegen.

»Na gut, vielleicht fangen wir einfach an. Meine erste Frage betrifft die Ermordung von Professor Özakın in Berlin durch das Killer-Duo Yıldırım/Manovič. Haben Sie den Auftrag zu diesem Mord erteilt?«

Der älteste der Bosse, ein unglaublich hagerer Typ mit einem runzligen, braungebrannten Gesicht, machte eine genervte Handbewegung. »Diese Sache schon wieder! Ich weiß nichts von diesem Özakın. Ich will auch nichts von ihm wissen. Und ich weiß nichts von einem Auftrag in Berlin. Warum denken eigentlich alle, wir hätten etwas damit zu tun?«

»Aber Yıldırım und Manovič haben für den Ring gearbeitet?«

»Natürlich. Waren gute Männer, die beiden. Aber immer nur Auftragsarbeit, verstehen Sie? War eine Geschäftsverbindung. Keine Ahnung, mit wem die noch Geschäfte gemacht haben.«

»Der tote Drogenboß in Mostar, das war aber ein Auftrag, für den Sie Yıldırım und Manovič bezahlt haben?«

Der Alte zuckte mit den Schultern. »Ein Mißverständnis, diese Sache in Mostar. Schlecht fürs Geschäft, sehr schlecht.«

»Für wie viele solcher tödlichen Mißverständnisse sind Sie denn sonst noch verantwortlich?«

»Junger Mann, hier geht es um geschäftliche Dinge, von denen Sie keine Ahnung haben. Wir sind Geschäftsleute, keine Mörder!« In seiner Stimme lag ein solcher Brustton der Überzeugung, daß Davud lachen mußte.

»Geschäftsleute, die sich hin und wieder eines Paars von Profikillern bedienen.«

Der Alte funkelte Davud aus seinem runzeligen Gesicht an und schwieg.

»Na gut. Nächste Frage: In Berlin sind zwei Kroaten festgenommen worden. So wie es aussieht, habe die Yıldırım und Manovič nach dem Attentat auf den Professor umgebracht. Woher kam dieser Auftrag?«

»Keine Ahnung«, brummte der Alte.

Davud schaute die beiden anderen Bosse an. Auch da nur unbewegte Gesichter.

»Aber meine Herren, das ist zu wenig«, sagte Davud. »Muß ich Ihnen wirklich noch einmal die Vorzüge von Einzelhaft in SFOR-Zellen schildern?«

Der jüngste Boss im schwarzlila Jogginganzug schaltete sich ein: »Wir glauben, es war ein Geschäftsfreund von Emre Tuncer. Den suchen Sie doch gerade wegen der Geiselnahme im Taurus. Der Typ soll in Mersin sitzen. Spricht mehrere Sprachen.« Der dritte nickte, während der Alte weiterhin stur vor sich hin starrte.

»Sie sind ganz sicher, daß der Auftrag nicht von Ihrer Konkurrenz in Mostar kam?«

»Hundertprozentig sicher. Das Geschäft ist hart mit den Leuten aus Mostar. Aber der Tod von Beganovič war ein Mißverständnis. Ein Fehler von Yıldırım und Manovič, wirklich. Der Ring hat sich in Mostar entschuldigt. Beide Seiten wollten keinen Bandenkrieg.«

Orak lehnte sich auf dem harten Stuhl zurück. »Hm. Dann mal eine ganz andere Frage: Wer liefert Ihnen eigentlich die Schnellfeuergewehre der US-Army zur Weiterlieferung nach Mersin? Immer das neuste Modell. Inzwischen sogar die M16 A5, wenn ich richtig informiert bin.«

Der Mann im Jogginganzug schaute kurz zu dem Alten. Von dort kam ein kaum merkliches Nicken, worauf der Jüngere antwortete: »Das Geschäft läuft überhaupt nicht über uns. Leider. Sehr lukrative Sache. Aber meines Wissens geht das überhaupt nicht über Bosnien.«

»Kommen die M16 direkt aus den USA nach Mersin?«

Der Mann zuckte die Achseln. »Keine Ahnung.« Er blickte noch einmal zu dem Alten. Dann sagte er zu Orak: »An die Lieferungen gibt es kein Rankommen, das sag ich Ihnen. Die sind wasserdicht. Absolut kein Geschäft mit zu machen.«

Nach einigen weiteren Nachfragen machte Orak eine Pause, in der er Gruber in Mostar anrief. Der war mitten im Verhör der Bosse der Mostar-Bande. Ein Polizist ließ ihn ans Telefon holen. Orak erzählte ihm von den bisherigen Ergebnisses seiner Vernehmung.

»Das deckt sich mit dem, was die hier von sich geben«, meinte Gruber. »Was den Mord an Özakın betrifft, habe ich auch hier nur den Hinweis auf einen unbekannten Geschäftsmann aus Mersin gekriegt. Ich werde sie gleich mal fragen, ob ihnen der Name Tuncer nichts sagt. Der Auftrag, Yıldırım und Manovič umzulegen, stamme ebenfalls nicht von ihnen. Allerdings sagen die, der Auftrag sei in Berlin erteilt worden. Von einem jungen Amerikaner. Na, davon gibt's in Berlin ja mindestens zehntausend. Ich weiß nicht, ob uns der Tip weiterbringt. Die Erfolgshonorare sollen übrigens in beiden Morden außergewöhnlich hoch gewesen sein.«

»Ein junger Amerikaner, so so«, brummte Orak. »Bruce aus Mostar, würde ich sagen.«

»Bruce? Welcher Bruce?«

»Ein Typ, der mir bei meinen Nachforschungen in Mostar aufgefallen ist. Hast du sie nach den amerikanischen M16 gefragt?«

»Ja. Angeblich haben sie keine Ahnung. Ihr Geschäft seien die Drogen.«

»Paß auf: Ich frage jetzt meine Gangster nach der Höhe der Blutgelder. Und du fragst deine Lumpen, ob Mostar mit Sarajevo tatsächlich eine Art Absprache zur Vermeidung eines Bandenkriegs getroffen hat.«

»Okay. Ich rufe dich dann zurück.«

Mostar bestätigte die Aussage Sarajevos über die Absprache, Sarajevo die Gerüchte über immens hohe Auftragshonorare.

»Verdirbt den Preis«, kommentierte der Alte. »Schlecht fürs Geschäft.«

Auf Oraks Frage, ob ein Amerikaner den Auftrag für die Ermordung des Killer-Duos gegeben haben könnte, kam nur Schulterzucken.

Am nächsten Morgen verabschiedeten sich Gruber, der weit nach Mitternacht aus Mostar zurückgekommen war, und Orak auf dem Flughafen. Orak flog nach Ankara, Gruber zurück nach Berlin.

Die Aussagen der Banden-Bosse brachten die Ermittlungen der SOKO ein wesentliches Stück voran. Mit der Behauptung geblufft, die Bosse in Mostar hätten sie des Mordes an Yıldırım und Manovič beschuldigt, räumten die in Berlin festgenommenen Kroaten den Doppelmord ein und legten auch ein Geständnis wegen des Anschlags auf die Schöneberger Moschee ab. Auftraggeber sei ein junger Amerikaner gewesen, der nur gebrochen Deutsch gesprochen habe. Er habe auch die Sprengsätze für den Anschlag geliefert. Auf die Frage, wie hoch ihr Auftragslohn gewesen sei, verweigerten die beiden die Aussage.

*

Emre Tuncer und der Prediger waren, obwohl der Fahndungsdruck hier am stärksten war, in der Umgebung von Adana und Mersin geblieben. Dort kannten sie sich am besten aus, dort hatten sie die meisten Helfer. Mit Hilfe von einem seiner Leute in Tarsus arrangierte der Prediger Ende Mai eine Zusammenkunft mit Tuncer in einem islamistischen Kulturzentrum in Adana, dessen Hinterzimmer für geheime Treffen der »Kämpfer des Islam« genutzt wurde.

»Was macht dein Geschäft, während du weg bist?« Der Prediger ließ einen seiner Leute Tee bringen.

»Mein Bruder und mein ältester Sohn kümmern sich darum. Mit diesem Geschäft ist die Familie reich geworden. Und was sonst noch gelaufen ist, habe ich eingestellt.«

»Da darf ich ja wohl noch ein Wörtchen mitreden. Schließlich habe ich dich damals in das lukrative Drogengeschäft hereingenommen und dich später auch in den Waffenhandel eingeschaltet.«

»Laß uns Klartext reden, Güçlü. Für dich war das die einmalige Chance, mein Vertriebsnetz und die gesamte Logistik meiner Firma für deine illegalen Geschäfte zu nutzen. Ich habe mich darauf eingelassen. Für die Sache Allahs. Und das Geschäft war auch gut. Aber jetzt wollen sie mich wegen dieses toten Zöllners drankriegen. Ich habe mit meinem Anwalt gesprochen. Wenn die Sache schlecht läuft, muß ich mit lebenslänglich rechnen. Du weißt, was das in einem türkischen Gefängnis bedeutet. Und meine Familie will mit illegalen Geschäften nichts mehr zu tun haben.«

»Aber genau darauf spekuliert doch die Polizei. Die traut euch nicht die Nerven zu weiterzumachen.«

»Die Antwort lautet nein. Laß uns abrechnen, was zwischen uns noch offen ist, und dann such dir andere Leute.«

»Willst du dich absetzen?«

»Ich weiß es noch nicht. Ich muß mich hier versteckt halten, bis die legalen Geschäfte an meinen Bruder übergeleitet sind. Danach sehe ich weiter.«

»Geschäft, Geschäft. Bei dir geht es immer nur ums Geschäft. Ich kämpfe für eine große Sache, die größte, die es gibt. Darum werde ich bei meinen Leuten bleiben.«

»Kannst du machen, wie du willst. Das ist deine Sache.«

»Zu meiner Sache gehören aber auch die Waffen. Das Lager hier in Adana haben wir gestern schon geräumt.«

Tuncer fuhr aus seinem Sessel hoch. »Was?!«

»Dich konnten wir ja nicht fragen.«

»In Zukunft braucht Ihr nicht nur ein neues Lager, sondern auch einen neuen Anlandeplatz. Mein getarnter Lagerschuppen im Mersiner Hafen fällt aus. Mersin fällt überhaupt aus, die drehen jetzt im Hafen jeden Stein um.«

»Hör mal zu, Tuncer. Wir beziehen die modernsten Waffen garantiert und zu einem Bruchteil von dem Preis, mit dem sie auf dem Markt gehandelt werden. Das kann ich nicht aufgeben.«

»Dann mußt du dir mit neuen Leuten eine neue Vertriebsstruktur aufbauen. Falls dein großzügiger Lieferant nicht selbst aussteigt.«

»Warum sollte er?«

»Das muß doch auch dem großen Unbekannten klar sein: Je länger die Fahndung nach uns beiden läuft, desto größer wird die Gefahr, daß die Bullen irgendwann auch auf seine Spur stoßen. Außerdem traue ich ihm nicht. Habe ihm noch nie getraut. Ich bin sicher, meine Kontakte in Bosnien haben die Aufträge zu den Anschlägen in Berlin nicht erteilt. Meiner Meinung nach war er der Auftraggeber. Er kennt die Strukturen unseres Geschäfts genau und auch einen Teil des Personals. Außerdem ist er immer bestens über alles informiert.«

»Wie kommst du darauf, daß er überhaupt etwas mit den Anschlägen in Deutschland zu tun hat? Ihn interessiert unser Kampf doch gar nicht. Für ihn ist das eine rein geschäftliche Angelegenheit.«

»Du bist vielleicht ein guter Prediger, aber vom Geschäft verstehst du nichts, Güçlü. Erklär mir doch mal, warum jemand, dem es nur ums ›rein Geschäftliche‹ geht, modernste M16-Sturmgewehre zu solchen Spottpreisen verscherbeln sollte.«

Der Prediger blickte nachdenklich auf den massigen Mann und schwieg.

Tuncer erhob sich. »Wie dem auch sei. Ob du ihm traust oder nicht, mußt du selber entscheiden. Auf jeden Fall mußt du dir eine neue Logistik aufbauen. Ich bin draußen.«

Zwei Tage später wurde Emre Tuncer in seinem Versteck in Tarsus verhaftet. Er hatte keinen Zweifel, wem er das zu verdanken hatte. Schließlich hatten ihn die »Kämpfer des Islam« auch aufgestöbert, um ihn zu dem Treffen mit dem Prediger zu bewegen.

*

Davud Orak erfuhr von der Verhaftung Tuncers, als er in Ankara war, um General Toprak über die Aktionen in Bosnien-Herzegowina zu informieren. Er rief Arif Eker an, er solle sich mit ihm im Gefängnis von Adana treffen, und machte sich dann sofort auf den Weg.

Den breitschultrigen Mann in blauer Gefängniskluft, der zu Orak und Eker ins Verhörzimmer geführt wurde, hätte man anhand der herausgegebenen Fahndungsfotos nur schwer als Emre Tuncer identifizieren können. Tuncer hatte seine Haare extrem kurz geschnitten und sich den Schnauzbart abrasiert, was sein Gesicht um mehrere Jahre jünger aussehen ließ.

Orak befahl ihm, auf einem niedrigen Stuhl Platz zu nehmen und richtete die helle Tischlampe direkt in sein Gesicht. Tuncer schloß wortlos die Augen.

»Emre Tuncer, wie er leibt und lebt. Allerdings kaum wiederzuerkennen«, begrüßte Orak ihn. »Man hat Sie uns auf einem silbernen Tablett serviert. So ist das mit Geschäftsfreunden.«

Tuncer zog eine Grimasse, antwortete aber nicht.

Arif Eker begann mit dem Verhör. »Emre Tuncer, die Staatsanwaltschaft wird Sie des Mordes an dem Zollfahnder Akkaya, der Entführung und schweren Körperverletzung zum Nachteil von Suna Yiğit und Kerim Özakın, des illegalen Drogen- und Waffenhandels und der Unterstützung einer kriminellen Organisation anklagen. Das sind schwerwiegende Anklagepunkte. Sie brauchen unsere Fragen nicht zu beantworten. Ich kann Ihnen aber nur in Ihrem eigenen Interesse empfehlen, mit uns zu kooperieren.«

»Was soll das heißen? Bieten Sie mir einen Deal an?« Tuncer öffnete die Augen und blinzelte Eker mißtrauisch an.

Orak ging dazwischen. »Erst mal müssen Sie uns was bieten, Tuncer. Hier geht es um eine Anklage wegen vorsätzlichen Mordes. Eines sehr brutalen Mordes.«

»Der Tod des Zollfahnders in meinen Kühlhallen, das war ein Unfall, kein Mord.« Tuncer verschränkte die Arme vor seinem mächtigen Bauch.

»Sicher«, sagte Eker mit gepreßter Stimme. »Ihnen ist die Hand am Schalthebel ausgerutscht. Verarschen können Sie sich selbst, Tuncer. Vergessen Sie nicht, daß ich dabei war.«

Der Großhändler starrte Eker an und schwieg.

»Kommen wir zu unseren Fragen.« Orak schlug sein Notizbuch auf. »Wozu brauchen Sie in Ihrem Geschäft bewaffnete Leibwächter?«

»Die Zeiten sind hart. Anschläge der PKK hat es bis hin nach Antalya gegeben.«

»Das ist lange her. Sind Ihre Leibwächter ›Kämpfer des Islam‹?«

»Nein. Das sind meine eigenen Leute.«

»Warum haben Sie Kerim Özakın und Suna Yiğit entführen lassen?«

»Die beiden sind in mein Büro eingebrochen und haben Geschäftsunterlagen gestohlen. Ich wollte mir meine Unterlagen zurückholen. Außerdem hat mich interessiert, was sie damit vorhatten.«

»Warum haben Sie nicht die Polizei zu Hilfe gerufen?«

»Ich regle so etwas lieber gleich selbst. Meine Männer hätten die beiden nur noch einmal vernommen und sie dann laufenlassen.«

»Was hatte der Prediger bei der Vernehmung der beiden zu suchen?«

»Sie meinen, als wir uns in der Hütte mit den beiden jungen Leuten unterhalten haben?«

»Nennen Sie das, wie Sie wollen.«

»Osman Güçlü und ich waren Geschäftspartner. Und die gestohlenen Unterlagen betrafen auch ihn.«

»Sie erhalten von Güçlü Drogen gegen Waffen?«

»Darauf werden Sie von mir keine Antwort kriegen.« Tuncer schüttelte den Kopf.

»Wo ist der Prediger jetzt?«

»Das weiß ich nicht. Und dafür sei Allah mein Zeuge.«

»Haben Ihre Geschäfte mit den Islamisten Sie fromm werden lassen, Tuncer?«

»Ich war schon immer ein frommer Mann. Ich bin so erzogen worden.«

»Eine Frage zu dem Waffenlager hier in Adana. Das gehört ja wohl der Firma John Miles Inc. Die hat das Lager auch vor ein paar Tagen räumen lassen. Haben Sie noch mehr Geschäftsbeziehungen zu John Miles, oder beschränkt sich das auf das hiesige Lager?«

»Wie kommen Sie denn auf diesen Schwachsinn?« Tuncer kniff die Augen zusammen und musterte Orak. »Da haben Ihnen Ihre Spitzel Quatsch erzählt: Das Lager in Adana gehörte mir. John Miles hat damit nichts zu tun.«

Orak blätterte in seinem Notizbuch. »Da habe ich andere Informationen. Tuncer-Agrar-Großhandel hat den Lagerraum nur angemietet. Sie lagern dort die Waffen, die nach Mersin angeliefert werden. Für die Lagerung und für die Auslieferung an die Kunden kriegen Sie dann eine Provision. So oder so ähnlich läuft doch das Geschäft in Adana, habe ich recht?«

Tuncer antwortete nicht sofort, sondern behielt Orak im Auge. »Oder so ähnlich«, brummte er schließlich.

»Wer liefert Ihnen die Waffen nach Mersin?«

»Sie kommen per Schiff, der Absender wechselt. Ich kenne ihn nicht.«

»Das nehme ich Ihnen nicht ab. Sie sind einer der wichtigsten Großhändler im Raum. Da wollen Sie mir weismachen, Sie kennen den Lieferanten für eine Ihrer lukrativsten Waren nicht?«

»So ist das eben.« Tuncer grinste.

»Nicht so überheblich, Tuncer.« Orak sprach leiser. »Kooperation würde ich das nicht nennen. Und auf Mord steht die Todesstrafe.«

Der Gefangene wurde sichtlich ein paar Töne blasser.

»Ist Ihnen und Ihren islamistischen Geschäftsfreunden eigentlich nie der Verdacht gekommen, daß der Mann, für den Sie die modernsten Waffen an die Gotteskrieger des Predigers weiterleiten, ein Undercover-Agent eines ausländischen Geheimdienstes sein könnte?«

Tuncer wurde noch eine Spur blasser und biß sich auf die Unterlippe.

»Wie gefällt Ihnen der Gedanke?« Orak beobachtete Tuncer aufmerksam. »Wenn das wahr wäre, stünden Sie und der Prediger ziemlich dumm da.«

Der Gemüsehändler riß sich offensichtlich zusammen. »Das ist unmöglich«, sagte er lahm.

»Zum letzten Mal: Wie heißt der Lieferant der M16?«

Tuncer holte tief Luft. »Der Mann ist selten selbst aufgetreten. Ich habe ihn vielleicht drei-, viermal gesehen. Und er gebraucht verschiedene Namen: türkische, arabische, englische. Aber ich werde Ihnen keinen Namen verraten, weil ich sonst ein toter Mann bin.«

»Das ist zuviel der Rücksichtnahme, Tuncer. Der Kerl hat Sie hereingelegt, von Anfang an.«

Tuncer lehnte sich zurück. »Ohne meinen Anwalt sage ich gar nichts mehr.«

»Wie Sie wollen. Ich freue mich, daß der türkische Rechtsstaat solche Fortschritte macht.«

*

Nach seiner Rückkehr aus Sarajevo hatte André Gruber der SOKO ausführlich über die Ergebnisse der SFOR-Aktionen und der Verhöre der Bandenchefs berichtet. Bei SOKO-Chef Döpfner klingelten sofort die amerikanischen Glocken. Er setzte sich noch in der Nacht nach Grubers Berichterstattung an eine Ausarbeitung für seinen FBI-Freund Bill Brady über die bisherigen »American connections« der Anschläge in Berlin.

Am Nachmittag des nächsten Tages, als in der FBI-Zentrale in Washington gerade der Tag anbrach, rief Döpfner Bill Brady an.

»Hallo, Bill. Ich lasse dir morgen durch einen Kurier eine Aufzeichnung bringen. Sie stellt die ›US-Connections‹ zusammen, auf die wir in den deutschen und türkischen Ermittlungen zu den Anschlägen in Berlin bisher gestoßen sind. Ich habe eine Bitte: Schau dir das alles genau an. Und dann sag mir, daß ich unrecht habe, wenn ich vermute, daß es hier eine Spur in die USA gibt. Schon wie die CIA auf alle Anfragen von uns und von General Toprak mauert, ist verdächtig. Bei den Anschlägen und Attentaten in Berlin wurden Sprengsätze und Waffen aus Beständen der US-Army verwendet. Und es gibt einen Hinweis auf einen jungen Amerikaner, der offensichtlich den Auftrag für den Anschlag auf die Moschee gegeben hat. Und dann diese Firma, John Miles Inc. Die liefern im offiziellen Auftrag Waffen zum Stützpunkt Incirlik. Aber einer der Ermittler auf türkischer Seite ist sicher, daß da irgend etwas nicht in Ordnung ist …«

»Okay, okay, Wolf. Ich werde mir dein Paper gründlich zu Gemüte führen.«

»Noch eins: Bei dem Papier ist ein Vermerk von diesem Ermittler. Er hat eine Theorie zu den Fällen, die er ›Maskeraden‹ nennt. Die Auftraggeber für die Anschläge in Berlin sind seiner Meinung nach nicht islamische Extremisten gewesen, sondern Leute, die es so aussehen lassen wollten, als ob es sich um Anschläge islamischer Extremisten handele.«

»Wie heißt der Mann?«

»Davud Orak.«

»Hm. Die Theorie kommt mir ein bißchen sehr konstruiert vor.«

»Lies es erst einmal. Übrigens: Wie weit seid Ihr inzwischen mit den Ermittlungen zum Anschlag auf Richter Baruch in Washington?«

»Wolf, du darfst mich am Telefon alles fragen – nur das nicht.«

Und damit hatte Bill Brady aufgelegt.

*

Nach zwei Wochen meldete sich der FBI-Mann bei Döpfner und bat ihn, nach Washington zu kommen. Er holte ihn selbst vom Flugplatz ab und fuhr mit ihm direkt ins FBI-Hauptquartier. Dort angekommen begannen die beiden Freunde sofort, Döpfners Papier durchzugehen. Anstelle des labberigen Kaffees waren auch beim FBI die ausgesuchten Kaffeespezialitäten aus den diversen Röstereien an der Westküste angekommen. Döpfner wählte einen French Vanilla Columbian Roast Cappuccino.

Brady begann mit John Miles Inc. »Das ist eine ziemlich angesehene Firma mit Sitz im Bundesstaat Virginia. Altes Familienunternehmen, in den fünfziger Jahren gegründet. Der derzeitige Chef John Miles III ist regelrecht aus der Haut gefahren, als ich habe vortasten lassen, ob seine Niederlassung in Mersin etwas mit illegalem Waffenhandel zu tun haben könnte. Gelegentlich übernimmt die Firma Transporte für die US-Regierung, Büromaschinen und Haushaltsgeräte, so was. Für diplomatische Vertretungen, hat uns Mr. Miles III wissen lassen. Und Waffenlieferungen für den Luftwaffenstützpunkt Incirlik. Als meine Agentin gefragt hat, ob er seinem Geschäftsführer Michael Dobb voll vertraue, hat Miles den Mann erst über den grünen Klee gelobt. Nach und nach ist dann aber rausgekommen, daß es Auseinandersetzungen mit Dobb gegeben hat. Und zwar über die Anzahl der Container, die von der Frachterlinie für den Transport der Waren in Rechnung gestellt worden sind. Miles hatte wohl den Eindruck, daß da mehr abgerechnet wurde, als für die versandten Waren eigentlich erforderlich gewesen wäre. Dobb hat ihm aber meistens gute Gründe für den zusätzlichen Bedarf an Containern nennen können.«

»Meistens?«

Brady nickte. »Ja, meine Agentin hat aus Miles rausgeholt, daß es einmal wohl deswegen zu einem richtigen Streit gekommen ist. Eben wegen dieser Containergeschichten. Aber da sei dann ›jemand mit einem Regierungsausweis‹ gekommen und habe erklärt, die Sache habe ihre Richtigkeit. Die Transportkosten für die zusätzlichen Container sind der Firma erstattet worden. Miles behauptet, das Geld sei von einem Regierungskonto gekommen.«

»Langley?« fragte Döpfner.

»Wahrscheinlich.«

»Und Dobb?«

»Hat einen erstklassigen Leumund.«

Döpfner zuckte mit den Schultern. »Was ist mit dem Propagandamaterial, das wir bei der Neonazi-Gruppe in Berlin gefunden haben?«

»Da ist die Sache klar. Es ist aus Oklahoma geliefert worden. Dasselbe gilt für die Sprengsätze, die bei den Anschlägen auf die Synagoge und die Moschee verwandt wurden. Im einzelnen kennen wir die Lieferanten noch nicht. Aber manche Gegenden in Oklahoma sind bekannt als Sammelbecken der rechtsradikalen Szene. Die *Aryan Nation*, fundamentalistische Gruppen wie die *Christian Identity*, vereinzelte rechte Spinner mit Hang zu großkalibrigen Waffen, was du willst.«

»Eine explosive Mischung!«

»Kann man wohl sagen. Ein paar meiner Leute sind an der Sache dran.«

Er warf einen Blick auf seinen gelben Notizblock. »Okay, die Auftraggeber der Anschläge in Berlin. Für die Anschläge auf die Moschee und die Synagoge dürfte das gleiche Lager verantwortlich sein, das die Sprengsätze geliefert hat. Die beiden Kroaten haben den jungen Mann, der ihnen den Auftrag zu diesem Anschlag erteilt hat, ja auch für einen Amerikaner gehalten.«

»Habt ihr über den was in Erfahrung bringen können. Er ist immer noch eine blinde Stelle in unseren Ermittlungen.«

Brady schüttelte den Kopf. »Nichts. Aber er paßt ins Bild. Was man von den Auftraggebern für die Ermordung Özakıns und die Liquidierung seiner Mörder nicht sagen kann. Hier tappen wir genauso im dunkeln wie deine SOKO. Es sieht nach einer Verbindung von organisiertem Verbrechen und islamischem Extremismus aus, vielleicht im Rahmen eines türkisch-bosnischen Joint-venture im Drogenhandel. Oder vielleicht auch etwas ganz anderes.«

»Und was hältst du von Oraks Maskeraden-Theorie?«

»Hm. Die Theorie will den Verdacht auf einen unbekannten Geheimagenten, genauer, auf einen CIA-Agenten lenken.«

Döpfner schaute seinen alten Freund an. »Es war die CIA, die dem BND die Story verkauft hat, die Ermordung des Özakın sei die Tat islamischer Extremisten. Irgendwoher muß sie diese Information ja haben. Die Aussage von John Miles III deutet ja auch in Richtung Langley.«

Brady nickte nachdenklich.

Döpfner starrte auf den Milchschaum auf seinem Cappuccino. »Sag mal, Bill, ich weiß, du darfst mir eigentlich nichts zum Fall Baruch sagen, aber woher hatten die Attentäter eigentlich die Informationen über den Zeitplan seines Besuches im Supreme Court? Und die dafür getroffenen Sicherheitsmaßnahmen?«

»Ich bin nicht sicher, daß für diesen Anschlag solche Informationen überhaupt erforderlich waren. Wenn sie welche hatten, dann vermutlich aus einem Leck in unserem Sicherheitsapparat.«

»Das würde sich ganz mit der Meinung von Davud Orak dekken. Und nach seiner Theorie haben nicht islamische Extremisten, sondern ultra-orthodoxe Israelis den Anschlag auf Baruch verübt. Anscheinend war der Richter seit Monaten unter heftigem Beschuß wegen seiner Rechtsprechung in Religionsangelegenheiten.«

»Das klingt verrückt.« Brady kaute nachdenklich auf seinem Kuli. »Allerdings ist unsere Suche nach palästinensischen oder islamistischen Attentätern bisher absolut ergebnislos. Wir haben nicht die geringste Spur.«

»Vielleicht sucht ihr in der falschen Richtung.«

Nachdem er den deutschen Kriminalkommissar verabschiedet und von einem Mitarbeiter raus zum Flughafen hatte fahren lassen, rief Brady seine *opposite number* in Langley an.

»Eine Anfrage, inoffiziell natürlich. Auf meinem Schreibtisch häufen sich die Anhaltspunkte für eine amerikanische Verbindung zu illegalen Waffenlieferungen an islamistische Extremisten an der türkischen Mittelmeerküste. Raum Mersin – Tarsus – Adana. Das ist einmal ...«

Noch bevor er die gesamte Story erzählen konnte, unterbrach ihn der CIA-Mann. »Um was geht es hier eigentlich? Seit Wochen werden wir mit diesen Anfragen wegen Incirlik genervt. Erst fragt uns der BND ein Loch in den Bauch, dann kommen die türkischen Sicherheitsbehörden, schließlich der Mossad – und jetzt auch noch ihr. Bill, wir haben keinen Agenten da unten, schon gar keinen, der im illegalen Waffenhandel mit islamischen Extremisten tätig ist.«

»Wo viel Rauch ist, ist auch Feuer. Überlegt euch gründlich, was ihr auf unsere offizielle Anfrage antworten werdet.«

*

Im Juli stieß die türkische Kripo durch Zufall auf die Spur von Osman Güçlü. Der Prediger – mit gestutztem, rot gefärbtem Bart und in einem weißen Sommeranzug – bestieg an einem Samstagmittag auf dem Flugplatz Adana eine Maschine nach Izmir. In derselben Maschine saß einer der Fahnder, der Wochenendurlaub bekommen hatte. Der hatte sich mit dem Gesicht des Predigers so gründlich beschäftigt, daß er ihn auch in seiner neuen Aufmachung erkannte.

Per Handy verständigte der Fahnder noch aus dem Flugzeug seine Zentrale. In Izmir heftete er sich Güçlü an die Fersen. Der fuhr in die Stadt und ging durch einen Seiteneingang in die Filiale von John Miles Inc.

Die Polizeizentrale schickte Verstärkung in Zivil, die sich an den Haupt- und Nebeneingängen und in der Tiefgarage postierte. Nach etwa einer halben Stunde verließ Güçlü die Garage in einem schwarzen Mercedes. Die Beschatter folgten ihm. Offensichtlich rechnete der Prediger mit der Möglichkeit, observiert zu werden, denn er fuhr eine ganze Weile lang kreuz und quer durch die Innenstadt, wechselte öfters plötzlich auf Abbiegestreifen und fuhr mehrmals durch Ampeln, wenn sie gerade auf Rot umsprangen. Die Beschatter konnten ihm nur auf den Fersen bleiben, weil inzwischen fast alle Zivilstreifen zu diesem Fall abkommandiert waren.

Der Prediger war schließlich offenbar überzeugt, daß ihm niemand folgte. Jedenfalls fuhr er in den Yachthafen, der wie immer am Wochenende vollkommen überfüllt war. Hier bekamen die Beschatter zum ersten Mal ernsthaft Schwierigkeiten, den Mercedes nicht aus den Augen zu verlieren. Aber er parkte seinen Wagen ziemlich schnell und schlenderte zu einer großen Hochseeyacht. Er sprach kurz mit dem Wachtposten an der Gangway und betrat dann das Schiff.

Die Beschatter bezogen auf dem Kai und auf Booten in der Nachbarschaft Position. Nach etwa zehn Minuten erlebten sie eine weitere Überraschung. An Deck zeigte sich kurz ein Mann, den sie ebenfalls vergeblich gesucht hatten. Michael Dobb mit schwarzgefärbtem Haar im Segel-Outfit. Sie meldeten das sofort der Zentrale, in der Davud Orak inzwischen die operative Leitung übernommen hatte. Er wies seine Leute an, nicht zuzugreifen, solange die beiden Männer auf der Yacht seien, und schickte weitere Verstärkung, darunter Abhörspezialisten. Vorsichtshalber wies er dann die Hafenpolizei an, ein etwaiges Auslaufen der Yacht mit Namen *Die Arche* zu verhindern. Nach telefonischer Rücksprache mit General Toprak ordnete er auch die Durchsuchung der fünf türkischen Filialen von John Miles Inc. für den nächsten Morgen an. Nachdem Dobb sich mit dem zur Fahndung ausgeschriebenen Prediger traf, brauchte die Polizei ihm gegenüber keine Zurückhaltung zu üben.

Auf der *Arche* saßen der Prediger und Michael Dobb in dessen luxuriös eingerichteter Wohn- und Arbeitskajüte. Durch die in Messing gefaßten, runden Bullaugen sah man auf die Gischt. Kleine Wellen schwappten immer wieder an die Scheiben, obwohl das Boot an diesem sonnigen Nachmittag ganz ruhig lag. An der Innenwand hing ein großes Ölgemälde, das in groben bunten Pinselstrichen die Strandung von Noahs Arche auf dem Berg Ararat darstellte. Dobb hatte eine angebrochene Bierflasche vor sich auf dem Tisch stehen, der Prediger ein Glas Selters.

»Unsere Lage beurteilen wir ja offensichtlich gleich«, stellte der Prediger gerade fest. »Was machen wir mit Tuncer?«

»Erst mal gar nichts«, antwortete Dobb. »Solange er in U-Haft sitzt, ist er für uns weniger gefährlich, da kann er keinen Unsinn machen. Außerdem läßt sich die Abwicklung der Geschäfte zwischen uns beiden leichter regeln. Ich kriege von Ihnen und Tuncer noch eine Menge Geld.«

»Sie wollen sich absetzen? In den USA sind Sie kaum sicherer als hier.«

»Das sehen Sie falsch. Hier würde ich wegen Drogen- und Waffenhandels für Jahre in ein türkisches Gefängnis geworfen, in dem ich wahrscheinlich krepieren würde. Zu Hause kriege ich ein rechtsstaatliches Verfahren und – für Taten in der Türkei – ein mildes Urteil, falls es überhaupt zu einem Verfahren kommt: Ich habe Freunde, die an den richtigen Stellen sitzen.«

»Das ist der Unterschied zwischen uns.« Der Prediger nahm das Glas und fuhr mit dem Finger langsam den Rand entlang. »Ihnen geht es nur ums Geld. Ich gehorche Allah. Ich könnte in ein islamisches Land gehen, aber ich bleibe hier. Hier habe ich eine Aufgabe und eine Verantwortung im Kreise meiner islamischen Kämpfer.«

»Ach, und Ihr religiöser Eifer rechtfertigt, daß Sie von unseren Geschäften auch nicht gerade schlecht leben? Da bin ich aber überrascht. Ich habe Religion immer anders verstanden.«

»Die Welt des Glaubens und des Gehorsams Gott gegenüber ist Ihnen fremd. Glücklicherweise sind nicht alle Menschen wie Sie.«

Dobb fuhr auf. »Für wen halten Sie sich eigentlich, daß Sie sich ein solches Urteil über mich erlauben?!«

Der Prediger schaute Dobb erstaunt an. »Ich wollte ...«

Aber der Amerikaner hob die Hand. »Schon gut. Lassen wir die Religion und kommen wir zurück zum Geschäft. Ich kriege von Ihnen noch Geld.«

»Ich kann von hier aus nicht prüfen, ob wir die letzte Lieferung nicht schon an Tuncer bezahlt haben. Wenn Ihnen noch Geld zusteht, werden Sie es natürlich erhalten.«

»Wann kriege ich es?«

»Sagen wir in einer Woche? Am üblichen Treffpunkt?«

»Geht in Ordnung. Solange kann ich hier noch auf Tauchstation bleiben.«

Er nahm einen Schluck aus der Bierflasche und lehnte sich in den Sessel zurück. »Was sind denn Ihre nächsten Pläne? Mit welchen Aktionen wollen Sie aus der Defensive herauskommen?«

»Warum interessiert Sie das eigentlich? Sie werden sich doch eh absetzen. Unsere Geschäfte sind damit vorerst vorbei.«

»Nur so.« Dobb nahm noch einen Schluck.

Der Prediger beobachtete ihn schweigend. Dann fragte er leise: »Was halten Sie eigentlich von dem Mord an diesem Berliner Professor?«

Der Amerikaner zuckte mit den Schultern. »Ich dachte, das sei eines Ihrer segensreichen Werke.«

»Sie wissen genau, daß so ein Attentat unserer Sache nur schadet.«

»Schrecken Sie plötzlich vor Gewalt zurück, Prediger?« Dobb lachte leise vor sich hin. »Vielleicht sollten Sie wieder einmal in Ihre eigenen CDs hineinhören. Oder sich auch absetzen. Hier wird man Sie über kurz oder lang stellen.«

»Eher sterben wir, als daß wir den heiligen Boden unseres türkischen Vaterlandes verlassen.«

»Heroische Sprüche, mit denen Sie Ihre Gotteskrieger abspeisen können, aber ziemlich unpraktisch. Und vor allem, keine gute Strategie.«

Damit stellte Dobb seine Flasche auf den Tisch, stand auf und zog die Gardinen vor die Bullaugen.

»Ich rufe jetzt die Jungs an, dann feiern wir hier ein bißchen.«

Er drehte sich zu dem Prediger um, der immer noch sein Glas in der Hand hielt.

»Wir sind doch fertig, oder.«

Der Prediger nickte.

Dobb wählte eine Nummer auf seinem Handy und meldete sich: »Paul? Ich bin soweit. Ihr könnt jetzt rüberkommen. … Ja. … Bis gleich.« Er legte das Handy weg und sagte zu dem Prediger: »Sie kommen gleich.«

Das Observierungsteam auf der benachbarten Yacht sah, wie ein kleines Motorboot außenbords an der *Arche* festmachte. Zwei Männer in Segelkleidung und mit Skippermützen auf dem Kopf stiegen über das Fallreep auf die Yacht. Unter Deck wurde es laut. Gläser klirrten, und die Männer redeten und lachten durcheinander. Das Abhörteam konnte Dobbs Stimme ausmachen, der offenbar immer betrunkener wurde. Nur Güçlüs Stimme war nicht zu hören oder ging im Lärm unter. Kurz vor Mitternacht sagte einer der Gäste: »Jetzt machen wir uns mal zum Aufbruch bereit. Sonst endet das wie beim letzten Mal, und Paul landet wieder im Wasser. Oder wir rammen bei der Rückkehr den Bootssteg.« Schließlich stiegen die beiden Männer wieder in das Boot. Während sie ablegten, winkten die Zurückgebliebenen ihnen von der Reling zu.

Nach einer halben Stunde kamen auch Dobb und der Prediger an Deck. Beide trugen jetzt Skippermützen auf dem Kopf. Sie wünschten dem Wachmann an der Gangway eine gute Nacht und taten baß erstaunt, als sie auf dem Kai plötzlich von mehreren Männern in Zivil umstellt wurden.

»Polizei. Sie sind festgenommen«, sagte der Leiter des Fahndungsteams und zeigte seinen Ausweis.

»Was?« lachten die beiden Männer.

»Das gibt's doch nicht«, sagte der Mann, den die Fahnder für Dobb gehalten hatten. Dabei nahm er seine Mütze ab und strich sich über das braune Haar. An Dobb erinnerte nur vage die Statur des Mannes. In diesem Moment fiel den Fahndern auch ein, daß der Bart des Predigers ja inzwischen rötlich gefärbt war und nicht mehr so tiefschwarz wie der Bart des zweiten Mannes.

Die Fahnder nahmen die beiden Komplizen fest, die das Ganze zu einem Scherz erklärten. Zerknirscht meldete der Einsatzleiter Davud Orak die Blamage. »Die Kerle haben uns hereingelegt. Sie haben auf der Yacht die Klamotten mit ihren Besuchern getauscht und sich mit dem Motorboot davongemacht. Wir wissen noch nicht einmal, wo sie sich wieder treffen wollen. Der Prediger hat nur von einem üblichen Treffpunkt geredet.«

»Das ist nun auch egal.« Orak klang erstaunlich gelassen. »Sie werden sich sicher nirgends treffen, wo sie davon ausgehen müssen, daß sie abgehört werden. Aber …«

»Ja?«

»Ihr seid doch die größten Idioten, die mir je im Polizeidienst begegnet sind.« Orak legte auf. Als er anschließend General Toprak von dem Fehlschlag unterrichtete, blieb der nicht so ruhig. Sein Referent, der Orak nach draußen begleitete, meinte: »Ich hoffe, der General beruhigt sich wieder. So ausgeflippt ist er noch nie.«

*

FBI-Agent Thomas Washington Nelson war seit sieben Jahren beim FBI. Er war schon mehrmals im Bereich Organisierte Kriminalität tätig gewesen und Döpfners Name sagte ihm deshalb etwas, schon von den früheren Fällen, in denen der Kriminaldirektor mit dem FBI zusammengearbeitet hatte. Bill Brady gab ihm das Paper Döpfners. Er bekam den Auftrag, dessen Hinweise auf die amerikanische Neonazi-Szene zu verfolgen.

Anfänglich hatte sich das FBI-Team unter Nelson darauf beschränkt, die in Berlin beschlagnahmten Nazi-Schriften mit in den USA bereits bekanntem Material zu vergleichen. Sehr weit war man damit nicht gekommen. Eine vielversprechendere Spur schienen dem Team die bei den Berliner Anschlägen verwendeten Sprengsätze. Weil die Berliner SOKO mitgeteilt hatte, innerhalb der Neonazi-Gruppe in Marzahn seien die Broschüren und Flugblätter als »Hilfe unserer Freunde aus Oklahoma« gefeiert worden, konzentrierte Nelson die Suche auf diesen Staat. Dann kam von der SOKO die Nachricht, sie habe den Spediteur ausfindig gemacht, der die Fracht in Berlin ausgeliefert habe. Aus seinen Unterlagen ergab sich, daß sie aus Vinita/Oklahoma auf den Weg gebracht worden sei.

Die Ermittlungen von Nelson und seinem Team konzentrierten sich auf die Nordostecke Oklahomas und das Länderdreieck Oklahoma – Missouri – Arkansas, das als Tummelplatz rechter Kreise bekannt war. In Vinita entdeckten sie eine kleine Druckerei, in der beim Eintreffen des FBIs gerade ein Reprint der berüchtigten *Turner-Diaries* von den Druckerpressen lief. Außer dieser Bibel des amerikanischen Rassismus und Rechtsradikalismus fanden die Agenten im Lager der Druckerei kistenweise Neonazi-Schriften in englischer und deutscher Sprache.

Zusammen mit seinem Team und dem Sheriff von Fairland ging Nelson durch das Camp, das die *Aryan Nation* hier am Lake of the Cherokees nahe der Grenze zu Missouri aufgebaut hatte. Den Hinweis auf das Camp hatten sie aus dem Internet, wo auf einer Homepage der *Aryan Nation* für das »Kampflager« geworben wurde. Dem Sheriff war anzumerken, daß er über den Besuch des FBIs nicht gerade erbaut war. Der Mann hatte wiederholt nach dem Einsatzleiter gefragt, bis Nelson ihm unmißverständlich zu verstehen gegeben hatte, daß er, Agent Nelson, hier das Kommando führe. Der Sheriff hatte ihn kurz gemustert und sich dann abgewandt. Wieder einer, der es immer noch nicht wahrhaben wollte, daß auch Schwarze für Führungspositionen in allen Bereichen der Gesellschaft geeignet waren. Dabei hatten sie sogar seit fünf Jahren einen schwarzen Vize-Präsidenten.

Die Männer, die vor den Blockhütten des Camps herumstanden, trugen zum Teil die bizarrsten Uniformen. Offenbar kam es darauf an, möglichst martialisch auszusehen. Camouflage und bräunliches Grün waren die verbreitetsten Farben. Nelson entdeckte mehrere Hakenkreuz-Tatoos auf muskulösen Armen und SS-Abzeichen auf Schulterklappen.

Aus einer zusammenstehenden Gruppe brüllte jemand: »Haut ab, ihr Scheißbullen!«

»Ja, schmeißt die Nigger runter vom Camp!«

»Amerika muß vom ZOG befreit werden!«

»Nehmen wir sie hoch?« fragte die junge schwarze Agentin aus Nelsons Team.

Nelson schüttelte den Kopf. »Aufgrund welchen Tatverdachts? Hast du hier irgendwo die Sprengsätze entdeckt?«

»Vielleicht würden wir ja Sprengsätze finden, wenn wir eine richtige Durchsuchung machen könnten. Mir wäre es ein großes

Vergnügen, hier persönlich jede einzelne Blockhütte Balken für Balken abzutragen. Und anfangen würde ich mit der Hakenkreuzfahne, die hier die schöne Landschaft versaut.«

Der Sheriff starrte die Frau wütend an, hielt sich aber zurück.

Nelson verkniff sich ein Lachen. »Wie dem auch sei, wir haben keine Handhabe. Jetzt fahren wir erst einmal zurück nach Fairland. Ich kann diese Typen hier nicht mehr ertragen.«

Das dreiköpfige FBI-Team sorgte für einige Aufregung, als sie wenig später die kleine Bar an der Main Street Fairlands betraten. Wahrscheinlich betraten Schwarze die Kneipe nur äußerst selten, und schon gar nicht in Begleitung eines blonden Hünen, dessen Bodybuilder-Figur auch der schlichte FBI-Anzug nicht verbergen konnte. Die Einheimischen starrten sich fast die Augen aus dem Kopf. Nelson versuchte, die eisige Stimmung zu brechen und sagte in die Runde: »Keine Angst, wir suchen hier keine Aliens.«

Die rotgelockte Frau, die hinter der Theke Bier zapfte, lachte. Sonst erntete Nelson nur verständnislose Blicke. Nach ein paar Minuten kam der Sheriff herein und wurde sofort an einen Tisch gezogen, wo leise getuschelt wurde.

Das FBI-Team hatte sich an der Theke niedergelassen. Die Rothaarige stellte ihnen zwei eiskalte Bierflaschen und ein hohes Glas mit Cola und Eiswürfeln hin. »Nehmen Sie das nicht persönlich«, sagte sie und nickte in den Schankraum. »Die Leute tun sich hier schwer mit Fremden.«

»Die Leute tun sich hier schwer mit Fremden, die die falsche Hautfarbe haben, meinen Sie?«

Die Frau zuckte mit den Schultern. Dann sagte sie leiser: »Kann schon sein. Aber alle hier sind auch nicht so.« Sie wischte sich die feuchten Hände an ihrer Schürze ab und meinte: »So, nun trinken Sie mal. Prost!«

Die Agenten prosteten sich zu und stießen auf die Entdeckung der Nazi-Druckerei in Vinita an.

»Schaut mal«, sagte der blonde Agent plötzlich, »die beobachten das Zionist Occupied Government bei der Arbeit!«

Er deutete mit dem Colaglas auf zwei Fotos, die neben vielen anderen an das Flaschenregal gepinnt waren. Auf dem einen war eine Reisegruppe vor einem Kleinbus abgebildet, das andere zeigte dieselben Touristen am Zaun des Weißen Hauses.

Nelson beugte sich über den Tresen. »Ah, Washington!« Er bat die Rothaarige, ihm die zwei Fotos doch einmal zu zeigen.

»Gern. Das sind Stammgäste von uns. Die haben im Februar einen Trip nach Washington gemacht.«

Es waren typische Sightseeing-Fotos. Auf beiden war die Gruppe so abgelichtet worden, daß die vorderen in der Hocke saßen und größere Personen weiter hinten standen. Nelson fiel auf, daß auf dem Foto vor dem Weißen Haus zwei Personen fehlten. Auf dem Kleinbus stand »Lord Omnibus Lines/Afton«. Er wollte die Fotos schon zurückgeben, da fiel ihm die digitalisierte Datumslinie in der rechten unteren Ecke der Bilder auf. Sie waren am 7. Februar aufgenommen worden, dem Tag des Anschlags auf Richter Baruch in Washington.

Er gab die Fotos mit Dank zurück. Als sie ausgetrunken hatten, verließen die drei die Bar.

»Zurück zum Camp?« fragte die junge Agentin.

»Nein. Wir fahren nach Afton.« Nelson drückte auf den automatischen Türschloßentriegler und setzte sich auf den Fahrersitz. »Los, steigen Sie ein.«

»Nach Afton?«

»Auf dem Kleinbus stand ›Lord Omnibus Lines/Afton‹ – und das Reisedatum der Gruppe war genau der Tag des Anschlags auf Richter Baruch.«

»Das ist verrückt. Jeden Tag fahren Hunderte von solchen Besuchergruppen nach Washington.«

»Ja, aber nicht jeden Tag aus dieser Gegend.« Nelson startete den Wagen und schaute seine Beifahrerin an. »Hol die Karte und sag mir, wo dieses Kaff ist.«

Bei der Firma Lord bestätigte der Chef die Fahrt nach Washington und das Datum. Gemietet worden sei der Bus von einem Gabriel Bratter aus Eagle Rock in Missouri, dicht an der Grenze zu Arkansas. Bei dem könnten sie sich nach dem Komfort seiner Busse und der Zuverlässigkeit seiner Fahrer erkundigen, ermunterte sie der Firmeninhaber.

Das FBI-Team fuhr zurück in das Motel in Fairland. Der hünenhafte Agent saß in der Mitte des Rücksitzes und lehnte sich vor, um sich besser mit seinen Kollegen unterhalten zu können.

»Nelson, du meinst, während des Besuchs in Washington könnten zwei aus der Gruppe Richter Baruch umgelegt haben? Das wäre vielleicht ein Ding.« Er schüttelte seinen blonden Schopf.

»Ich halte es für möglich. Einer als Täter und der andere als Helfer. Wir müssen erst einmal die Reisegruppe durchchecken. Vielleicht sind das ja alles ganz unbescholtene Bürger. Dann ist da die Frage des Motorrads. Das können sie unmöglich mit im Bus transportiert haben. Es müßte also einer mit dem Motorrad nach Washington gefahren sein. Oder sie haben Komplizen in Washington, die es dort für ihn bereitgehalten haben.«

»Das Motorrad und die Tatwaffe ruhen sicher längst in irgendeinem See.«

»Das glaube ich nicht. Solche Leute bewahren so etwas als Trophäen auf – für die Feier nach dem Endsieg.«

Im Motel angekommen, rief Nelson sofort Bill Brady an und berichtete ihm, was das Team entdeckt hatte.

»Gut gemacht, Nelson. Bleiben Sie an diesem Bratter dran. Ich mache mich mit dem Team, das auf den Baruch-Anschlag angesetzt ist, an die Mitglieder der Reisegruppe. Lassen Sie die beiden Fotos in der Bar in Fairland sicherstellen und nach Washington mailen. Mal sehen, ob wir die Leute nicht schon anhand der Bilder identifizieren können. Und wenn die behaupten, sie seien in Washington immer zusammengewesen, dann wissen wir, daß sie etwas zu verbergen haben.«

»Gut. Ich setze mich mit meinen Leuten auf die Spur von Gabriel Bratter. Wenn wir genug über ihn wissen, statten wir ihm in Eagle Rock einen Besuch ab.«

»Und ich schaue zu, daß ich wegen der Reisegruppe bis morgen etwas Definitives für Sie habe.«

Bill Brady rief das Team in Fairland noch am selben Abend zurück. Die Reisegruppe bestand aus bekannten Rechtsradikalen. Sieben von den zwölf Teilnehmern waren Mitglieder der *Christian Identity.*

*

Am nächsten Morgen fuhr das Team mit Unterstützung durch die lokale Polizei los und klapperte die Mitglieder der Reisegruppe ab. Alle beschworen zunächst, daß sich ihres Wissens nie jemand von der Gruppe entfernt habe. Als ihnen die Fotos vorgelegt wurden, gerieten sie ins Schwimmen. Die größte Überraschung für die FBI-Leute waren aber die Informationen, die sie über Gabriel Bratter aus den Leuten herausholten: Der 39jährige war hauptberuflicher Schatzmeister der Sektengemeinde, deren lokale »chapter« im ganzen Dreiländereck zu finden waren.

Da Bratter nun ohnehin vorgewarnt war, wies Nelson seine Leute neu ein. Sie sollten im Camp der *Aryan Nation*, in der Druckerei in Vinita, im Busunternehmen in Afton und in den Büros der *Christian Identity* intensiv nach Motorrad und Tatwaffe suchen. Dann machte er sich mit den beiden FBI-Agenten auf den Weg nach Eagle Rock.

Gabriel Bratter war den Umgang mit der Polizei offenbar gewöhnt. Er empfing sie freundlich, bat sie ins Wohnzimmer und war über die Vernehmungen seiner Sektenmitglieder schon bestens informiert. Voller Stolz erzählte er den FBI-Leuten, dank großzügiger Spenden verfüge die Gemeinde über Mittel, um ein reichhaltiges Bildungsprogramm durchführen zu können. Zu dem gehörten auch Touren wie der Ausflug in die Hauptstadt, »zum Sitz unserer demokratischen Institutionen«.

»Nun machen Sie mal 'nen Punkt«, sagte Nelson. »Diese Reisegruppe hat nach Ermittlungen des FBI nur aus bekannten Rechtsradikalen bestanden.«

Bratter zuckte nicht mit der Wimper. »Ach, wissen Sie, die Leute hier sind traditionell sehr konservativ. Sie lieben ihre Glaubens- und Meinungsfreiheit.«

Mehr war aus ihm nicht herauszukriegen. Nelson kochte innerlich. Ihr Gastgeber hatte sie gerade mit beispielhafter Freundlichkeit verabschiedet, als auf dem Weg zum Wagen Nelsons Handy klingelte. Es war der Leiter des Teams, das mit der Durchsuchung des Busunternehmens beauftragt war. Er meldete, sie hätten beim Juniorchef in einem Gartenschuppen hinter dem Haus das Motorrad und aller Wahrscheinlichkeit nach sogar die Tatwaffe gefunden. Alles sei beschlagnahmt und die Familie festgenommen.

»Wir haben ihn!« Nelson packte zufrieden das Handy weg. Dann machte er auf dem Absatz kehrt, ging zurück zu Bratters Haus und nahm den Schatzmeister wegen des Verdachts der Mittäterschaft an dem Anschlag auf Richter Baruch am 7. Februar in Washington vorläufig fest. Als seine Kollegen Bratter abführten, rief Nelson Bill Brady an, informierte ihn über den Fund in Afton und schlug vor, sofort alle Mitglieder der Reisegruppe festzunehmen.

Die zuständigen Richter erließen in allen Fällen Haftbefehle – mit einer Ausnahme: Gabriel Bratter mußte das FBI laufenlassen. Er habe nicht zur Reisegruppe gehört, sei an dem Tag des Attentats nicht in Washington gewesen. Die Tatsache, daß er – wie bei vielen Reisetouren von Gemeindemitgliedern – für die Gruppe den Bus angemietet habe, begründe keinen ausreichenden Tatverdacht. Ein Antrag der Staatsanwaltschaft auf Abhören seines Telefonanschlusses wurde jedoch genehmigt.

Bradys Leute drehten im Dreiländereck das Unterste zuoberst. Nach der Druckerei, die das deutschsprachige Neonazi-Material gedruckt hatte, ermittelte sie auch den Auftraggeber. Es war der selbsternannte »Kommandant« des *Aryan Nations*-Camp. Autor der deutschsprachigen Texte war ein seit längerem im Camp lebender, österreichischer Einwanderer.

Dagegen blieb die Suche nach einem Lieferanten der Sprengsätze zunächst erfolglos. Auch das Verhör des jungen Lord nach der Herkunft der Tatwaffe, die er zum Attentat auf Richter Baruch verwendet hatte, brachte nichts zutage. Nach achtundvierzig Stunden Einzelhaft im *Women's Penitentiary* von Oklahoma City gestand dann aber die gesundheitlich angegriffene Mrs. Lord, daß ihr Sohn engen Kontakt zu einem Neffen der Familie, Zacharias Lord, gehabt habe. Von dem sei auch die Waffe, da sei sie sich sicher.

»Mein Junge hätte so etwas nie von sich aus gemacht. Wir haben ihn nach den zehn Geboten erzogen. ›Du sollst nicht töten‹ haben wir ihn gelehrt.« Die Frau in der dunklen Gefängniskluft strich sich eine Haarsträhne aus der Stirn. »Der Zacharias, der ist von einem ganz anderen Schlag. Schon als Junge hat der immer mit Waffen gespielt. Na, bei dem Vater …« Sie blickte zur Dekke des Vernehmungszimmers und flüsterte: »Gott sei seiner Seele gnädig.«

»Können Sie uns sagen, wo sich Ihr Neffe gerade aufhält?«

»Zacharias ist schon immer viel unterwegs gewesen. Europa, Asien, der war schon überall.« Mrs. Lord zuckte mit den Schultern. »Wo er jetzt ist, weiß ich nicht. Ich habe ihn schon lange nicht mehr gesehen.«

Mehr war weder aus Mrs. Lord noch aus den anderen Mitgliedern der Familie über den geheimnisvollen Neffen herauszukriegen. Das FBI erließ vorsorglich einen internationalen Haftbefehl gegen Zacharias Lord.

Der wichtigste Erfolg war natürlich die Aufklärung des Mordes an Richter Baruch. Beim Verhör durch das FBI gestand Lord junior, das Motorrad nach und in Washington gefahren und die Schüsse auf den Richter abgegeben zu haben. Die beiden Gruppenmitglieder, die auf dem Foto am Zaun des Weißen Hauses fehlten, hatten den Täter vor dem Gebäude des Supreme Court per Handy mit Lageberichten unterstützt. Was Brady am meisten alarmierte, war ein Fund im Schreibtisch des Juniorchefs in Afton. Die Fahnder fanden dort eine Kopie der gesamten Akte der geheimdienstlichen »Sicherungsgruppe Baruch« zum Washington Besuch des Richters.

*

Gabriel Bratter war nach der kurzen Festnahme unter Auflagen nach Hause zurückgekehrt. Der Abhörspezialist, der mit dem Mitschnitt der Gespräche von Gabriel Bratter aus Eagle Rock beauftragt war, konnte dem Ermittlungsteam des FBI nichts Neues berichten.

»In den ersten beiden Tagen haben sich erstaunlich viele Freunde mit Hilfsangeboten gemeldet. Bratter hat sie alle mehr oder weniger abgewimmelt.« Der Spezialist zuckte mit den Schultern. »Dann noch ein paar Telefonate, wo es um die festgenommenen Mitglieder der Reisegruppe ging. Er scheint so was wie die Seele der *Christian Identity*-Gemeinde zu sein. Aber wirklich am meisten telefoniert hat dieser Typ mit seiner alten Mutter, oder richtiger, sie mit ihm. Die alte Frau ist wohl richtig erschrocken, daß ihr guter Sohn festgenommen wurde. Ruft bestimmt sechsmal am Tag an. Und dann beendet sie jedes Gespräch mit diesem Satz: ›Vergiß nicht, du bist auch der Hüter deines Bruders.‹«

Der Abhörmann schaute sich in der Runde um und meinte: »Mir sagt das überhaupt nichts, aber ich bin auch nicht besonders religiös. Ist das etwas aus der Bibel?«

In den Unterlagen des FBI war nichts über einen Bruder Bratters zu finden. Weitere Nachforschungen ergaben, daß Gabriel Bratter einen Halbbruder hatte, der aus der ersten Ehe seiner Mutter mit einem Lucas Dobb stammte. Sowohl die Mutter als auch ihre beiden Ehemänner stammten aus alten Ku-Klux-Klan-Familien. Wo der Bruder steckte, wußte niemand in der Gegend. Er war seit langem von der örtlichen Bildfläche verschwunden.

»Ich kann euch sagen, wo er steckt«, erklärte Brady seinen überraschten Mitarbeitern. »Er vertritt die Firma John Miles Inc. in der Türkei.«

Brady beantragte Durchsuchungs- und Haftbefehle gegen Bratter und seine Mutter. Dann rief er auf dem »kleinen Dienstweg« seinen Kollegen in Langley an. »Wir müssen uns sofort sehen.«

»Aber nicht schon wieder wegen Mersin.«

»Nein, wegen eines gewissen Michael Dobb.«

Brady hörte, wie dem Mann in Langley kurz die Luft wegblieb. Dann kam aber nur: »Wer soll denn das sein?«

»Das ist euer Mann in der Türkei, der in illegalen Drogen- und Waffenhandel verstrickt ist und übrigens aus einem rechtsradikal-rassistischen Milieu stammt.«

»Du bist ja verrückt.«

»Nein, aber ihr seid so dilettantisch, daß ihr nicht mal merkt, wenn euer eigener Verein unterwandert wird.«

»Bill, ich sage es dir noch einmal: Wir haben keinen solchen Agenten in Mersin. Schon gar keinen, der Michael Dobb heißt.«

»Aber vielleicht eine ›Quelle‹ oder eine ›Sonderverbindung‹, oder wie immer ihr Leute bezeichnet, die ihr als Mitarbeiter rekrutiert habt.«

Am anderen Ende der Leitung war Schweigen.

»Es gibt zwei Möglichkeiten«, fuhr Brady fort. »Erstens: Michael Dobb nutzt seine Stellung bei John Miles Inc. aus, um in der Türkei illegalen Drogen- und Waffenhandel zu betreiben, und steckt das Geld, das er damit verdient, in seine eigene Tasche. Oder er macht das alles mit eurem Wissen und mit eurer Rückendeckung, um leichter an die Informationen heranzukommen, die er euch liefern soll. Ich halte es nicht einmal für ausgeschlossen, daß ihr ihm dafür gelegentlich auch sicherheitsrelevante Informationen steckt, zur Weitergabe an seine ›Partner‹. Den Gewinn streicht er entweder selber ein oder liefert ihn an euch ab. Wäre doch praktisch: Ihr kassiert das Geld aus den Drogen- und Waffendeals, um damit eigenmächtige Undercover-Operationen durchzuführen.«

Der Mann in Langley schwieg immer noch. Brady wartete. Schließlich kam leise: »Sei vorsichtig. Du redest dich um Kopf und Kragen.«

»Du schweigst dich um Kopf und Kragen. Sag deinem Chef, wir wollen bis morgen eine amtliche Stellungnahme von ihm, persönlich von ihm unterschrieben. Sonst erscheint übermorgen eine Stellungnahme von uns. Über die Einleitung der Verfahren gegen Gabriel Bratter wegen Mittäterschaft am Anschlag auf Richter Baruch und gegen seinen Halbbruder Michael Dobb wegen Anstiftung zur Ermordung von Professor Özakın und zum Mord an dessen Mördern, zu den Anschlägen auf eine Synagoge und eine Moschee in Berlin, wegen illegalen Drogen- und Waffenhandels in der Türkei und auf dem Balkan und schließlich wegen der Unterstützung einer kriminellen Vereinigung in der Türkischen Republik. Und weißt du, wie der Schlußsatz unserer Pressemitteilung lauten wird? ›Bratter ist Schatzmeister der *Christian Identity* in Eagle Rock/Missouri, Dobb ist Mitarbeiter der CIA in der Türkei.‹«

Am nächsten Tag trafen sich die Chefs von FBI und CIA an einem neutralen Ort. Die CIA erklärte streng vertraulich, Dobb sei seit Jahren eine außerordentlich ergiebige Sonderverbindung des Dienstes gewesen. Von seinen illegalen Geschäften habe die Agency nichts gewußt. Die mit ihnen erworbenen Gewinne habe Dobb offensichtlich in die eigene Tasche gesteckt. Er sei inzwischen abgeschaltet worden.

Das FBI verzichtete darauf, diese Tatsachen in der Pressemitteilung zu der Verhaftung von Gabriel Bratter publik zu machen. Michael Dobb wurde auf die Fahndungsliste von Interpol gesetzt.

*

Seit dem Treffen auf der *Arche* in Izmir waren inzwischen mehrere Wochen vergangen. Osman Güçlü, der Prediger, hatte Michael Dobb die Nachricht zukommen lassen, daß er sich mit ihm in der zweiten Augustwoche treffen wolle. Und zwar in einem Trainingslager für Ruderer am nördlichen Ufer des Seyhan-Stausees, etwa zwei Stunden von seinem Plantagenhaus entfernt. Dobb hatte schon von dem Trainingslager gehört. Offensichtlich benutzten die Kämpfer des Predigers das Lager als Ausgangsbasis für ihre Aktionen. Dobb selbst war noch nie dort gewesen. Er hätte auf einen ihm bekannten Treffpunkt bestanden, doch Güçlü hatte unmißverständlich mitteilen lassen, daß er sich nach der Erfahrung in Izmir nur noch an einem sicheren Ort seiner Wahl treffen würde. Dobb hatte nicht mehr viel Spielraum. Er brauchte das Geld, das Güçlü ihm noch schuldete, um die Türkei zu verlassen. Der Boden hier wurde ihm zu heiß.

In Adana hatte er sich einen Leihwagen genommen, mit dem er zum Trainingslager hochgefahren war. Schon von der Straße her hatte man einen spektakulären Blick auf den Staudamm, der mitten in den Bergen lag. Das Treffen fand in dem einstöckigen Wohnhaus des Lagers statt, in dem Männer in Trainingsanzügen herumliefen, von denen Dobb nicht mit Sicherheit sagen konnte, ob es nun wirklich Ruderer oder verkleidete Gotteskrieger waren.

Dem Amerikaner fiel auf, daß Güçlü – im Bart und Kopfhaar des Predigers schimmerte allmählich wieder das ursprüngliche Schwarz durch – ihn recht förmlich begrüßte. Allerdings hatten sie sich in Izmir auch nicht gerade in herzlicher Freundschaft getrennt. Dobb kam gleich zum Geschäft.

»Ich brauche das Geld sofort. Es wird allmählich brenzlig für mich in der Türkei. Ich muß so schnell wie möglich abtauchen.«

»Ich habe das Geld hier«, meinte der Prediger und zeigte auf einen schmalen Aktenkoffer, der neben dem Tisch stand.

Dobb stand auf, legte den Koffer auf den Tisch und öffnete ihn. Zufrieden strich er über die Stapel von gebrauchten Geldscheinen. »Gut. Ich hoffe, das ist wie immer gewaschenes Geld.«

»Sicher.«

»Ich werde es nicht nachzählen. Immerhin ist das unser letzter Deal, nachdem wir so lange zusammengearbeitet haben.«

»Richtig.«

Dobb lachte. »Nicht so einsilbig, Güçlü. Gibt es hier nicht etwas zum Anstoßen? Oder kriegen die Ruderer hier überhaupt nichts zu trinken.«

»Tee?«

»Auch Tee, meinetwegen.«

Der Prediger ließ Tee bringen und schenkte erst Dobb, dann sich selbst ein. »Wissen Sie schon, wo Sie hingehen werden?«

»Ja, aber das geht niemanden etwas an. Wir wollen nicht vergessen, wer den armen Tuncer an die Bullen verraten hat.«

Der Prediger sagte nichts.

»Na, dann gebe ich euch zum Abschluß unserer Geschäftsbeziehungen noch kostenlos einen guten Rat.«

»Ich bin gespannt.«

»Am 14. September eröffnet die Frau des deutschen Bundeskanzlers eine Ausstellung der deutschländischen Malerin Aynur Korkmaz aus Berlin. In einer Istanbuler Schickimicki-Galerie, *Kulturfenster* heißt sie. Die Korkmaz ist die Verlobte von diesem Kerim Özakın, den Sie ja schon mal als Geisel genommen hatten. Den Medien wird dieser Termin nicht bekanntgegeben, es ist ein reiner Privatbesuch der Kanzlerfrau. Nach der Ausstellungseröffnung will die Korkmaz der Kanzlerfrau Istanbul zeigen. Und danach wollen die beiden Frauen drei Tage am

Meer in Antalya ausspannen. Sie werden dort im Hotel wohnen.«

»Woher wissen Sie das alles.«

»So was weiß ich eben.«

»Ich verstehe Sie richtig? Sie meinen, wir sollten die beiden Frauen kidnappen?«

»Das habe ich nicht gesagt. Ich sage nur, wenn ihr Geiseln nehmen wollt, wären die beiden Frauen die richtigen. Am besten in Antalya. Strand, Ferienstimmung, Sonne, da werden die Sicherheitsleute alles etwas lockerer sehen.«

»Eine Geiselnahme in einem Hotel ...« Der Prediger nickte langsam. »Nicht einfach, ein großes Hotel unter Kontrolle zu bringen.«

»Einfach nicht, aber machbar. Sie haben hier doch, wie ich gesehen habe, eine stattliche Zahl Soldaten Allahs um sich, die sich alle das Paradies verdienen wollen.«

»Machen Sie sich nicht über meinen Glauben lustig«, fuhr der Prediger Dobb an.

»Schon gut, schon gut.« Dobb hob beschwichtigend die Hand. Er spürte, wie der Prediger ihn genau musterte.

Dann fragte Güçlü spöttisch: »Haben Sie sich auch schon Gedanken gemacht, welche Forderungen wir stellen sollen?«

»Ja, natürlich. Sie werden gesucht, genau wie ich. Da macht es nur Sinn, einen freien Abzug in ein islamisches Land auszuhandeln.«

Der Prediger stellte mit einem Knall die Teetasse auf den Tisch. »Ach was! Sie denken immer nur an sich selbst. Sie sind ein Feigling. Wir sind Kämpfer Gottes. Unsere Forderung an die Regierung muß lauten, Schluß mit der Unterdrückung der Islamisten. Ich will ein Versprechen der Regierung, daß die Türkei nicht der Europäischen Union, sondern einer Union islamischer Staaten beitritt.«

»Soviel kriegen Sie selbst für diese Geiseln nie. Das können Sie vergessen.«

»Ich bin anderer Meinung. Wenn ich mich auf ein derartiges Risiko einlasse, dann muß sich das auch lohnen. Ich war Imam des *Diyanet*. Mein Ziel ist es, die Türkei nach den Gesetzen Allahs zu lenken. Das will ich mit einer Geiselnahme erreichen.«

»Güçlü, Sie staatlich geprüfter Gotteskrieger, selbst für einen Feldherrn Allahs sind Sie glatt verrückt. Aber ich habe Ihnen meinen Tip gegeben, tun Sie damit, was Sie wollen. Ich bin dann jedenfalls weg.«

Der Prediger sagte ruhig: »Ob Sie hier wegkommen, entscheide alleine ich.«

Dobb sah ihn überrascht an. »Hören Sie mal gut zu. Seit ich erwachsen bin, habe ich nur ein Ziel gehabt: In die CIA hereinzukommen. Dafür habe ich alles getan, und es ist mir auch gelungen.« Er schaute dem Prediger in die Augen. »Und Sie müssen eins wissen: Meine Leute wissen alles über Sie und Ihre Kämpfer des Islam. Und wenn ich alles sage, meine ich auch alles. Also seien Sie mir gegenüber äußerst vorsichtig.«

In diesem Moment klingelte das Handy in Dobbs Jackentasche.

»Was …?« Dobb holte das Gerät erstaunt aus der Tasche. Nur ganz wenige Leute hatten die Nummer zu diesem Handy. Er schaltete es ein und meldete sich mit einem »Hallo«.

Eine männliche Stimme sagte nur einen einzigen englischen Satz: »Dein Bruder und deine Mutter sind verhaftet worden.« Dobb kam die Stimme bekannt vor. Er sagte leise: »Zacharias, bist du das?« Doch der Anrufer hatte schon aufgelegt.

Dobb zog hastig ein kleines Adreßbuch heraus und wählte auf dem Handy die Nummer seines Bruders in Eagle Rock. Nach einer ganzen Weile meldete sich eine Männerstimme und sagte: »Einen Moment bitte.« Dobb ließ eine gute Minute verstreichen, dann fluchte er leise und steckte das Handy ein. »Die Schweine haben mich reingelegt.«

Der Prediger hatte ihn die ganze Zeit über beobachtet. Jetzt nahm er gelassen einen Schluck Tee und fragte: »Das ist das

Handy, dessen Nummer Sie mir vor ein paar Monaten gegeben haben?«

»Ja.«

»Dieser Orak hat eine Liste mit Telefonnummern beschlagnahmt, als er das Plantagenhaus hochgenommen hat. Die Nummer war dabei.«

Dobb sprang auf. »Dann muß ich jetzt sofort weg.« Er griff nach dem Aktenkoffer.

Der Prediger rührte sich nicht. Wie aus dem Nichts hatte er plötzlich eine Pistole in der Hand. »Sie bleiben schön sitzen.«

Er rief einen untersetzten breitschultrigen Mann in einer olivgrünen Uniform herein: »Dinç, wir müssen sofort aufbrechen. Die Polizei wird jeden Moment hier sein. Dieser Kerl kommt mit ins Berglager.«

»Sie kidnappen mich?« Dobb starrte wie gebannt auf die Mündung der Pistole in der Hand des Predigers.

»Aber nein. Wir bitten Sie nur, unser Gast zu sein. Sie werden für uns verhandeln. Als Amerikaner und CIA-Schnüffler sind Sie dafür weitaus geeigneter als ich, ein ›Feldherr Allahs‹, wie Sie so richtig gesagt haben.«

*

Monika Stockmann blinzelte in die Morgensonne und beobachtete ihre erfolgreiche junge Künstlerin, die ausgelassen im Wasser herumtobte. Es war schön, Aynur endlich wieder so unbeschwert lachen zu hören. Die letzten Wochen vor der Ausstellung waren hart und anstrengend gewesen. Monika war immer wieder erstaunt, wie ernsthaft sich Aynur ihrer Karriere als Malerin widmete, wie gewissenhaft sie sich um alles kümmerte, vom Hängen der Bilder bis zur Pressearbeit. Der Erfolg der Ausstellung im *Kulturfenster* hatte sie dafür belohnt. Die sorgfältig ausgewählten Bilder hatten einen guten Einblick in die Arbeit der jungen Künstlerin vermittelt, und die Ausstellung war eine

Art Geheimtip in der jungen Istanbuler Kunstszene geworden. Der Publikumsbesuch hatte ihre Erwartungen weit übertroffen. Fast ein Drittel der ausgestellten Bilder waren verkauft worden. Offenbar war es nicht nur die Almancı-Herkunft Aynurs, die die Besucher anlockte, die Qualität der Arbeiten und die große Begabung der Künstlerin überzeugten. Aynur war von anderen Istanbuler Galeristen zu Künstlergesprächen eingeladen worden, die Tage in Istanbul waren voll von aufregenden Terminen gewesen. Sie beide hatten sich die paar Tage Erholung am Meer reichlich verdient.

Monika drehte sich auf den Bauch. Der warme Wind hatte ihren violetten Badeanzug schon fast wieder getrocknet, nur der Rücken war noch feucht. Sie hatte sich frühmorgens eine deutsche Tageszeitung im Hotelkiosk geholt und blätterte nun darin herum. Doch angesichts der Urlaubsstimmung um sie herum konnte sie sich nicht auf den Bericht über die Bundestagsdebatte zu Karls Türkei-Paket konzentrieren. Der Kanzler Stockmann und ihr Karl waren für sie immer zwei verschiedene Personen geblieben, auch wenn ihr gemeinsames Leben so vollständig von der Politik dominiert war. Sie hatten gestern abend telefoniert. Monika hatte Karl von ihrem Besuch im hoteleigenen »Hamam« berichtet, wo Aynur sie in die Sitten und Abläufe eines traditionellen türkischen Frauenbades eingeführt hatte. Er hatte seinerseits vom regelmäßigen Saunabesuch erzählt und wieder in höchsten Tönen von seiner Masseurin geschwärmt. Monika mußte leise lachen. Nur gut, daß die brave Frau Apert, die Karl schon in seinen Zeiten als Innenminister massiert hatte, nicht wußte, welche Rolle sie in den privaten Neckereien zwischen Monika und Karl spielte.

Weißer Sand rieselte auf Monikas Zeitung. Sie wischte ihn von dem Papier und schaute hoch. Ein junger Mann in einem dunklen Straßenanzug war nahe an ihrem Kopf vorbeigelaufen. Ein seltsamer Anblick auf dem Privatstrand des Hotels, wo sich sonst nur Menschen in Badekleidung oder kurzen Hosen und T-

Shirts aufhielten. Der Mann drehte sich kurz zu Monika um, und sie nickte. Das Gesicht des Mannes hinter der Sonnenbrille ließ kein Anzeichen einer Entschuldigung erkennen. Er wandte sich ab und lief auf eine Familie zu, die mit den Kindern eine Sandburg baute.

»Aah!« Monika drehte sich blitzschnell um und fuhr hoch. Ein Strahl kalten Wassers hatte sie mitten auf den Rücken getroffen. »Sind Sie wahnsinnig!? Ich bin zu Tode erschr…«

Monika brach ab und fing an zu lachen. Während sie geheimnisvollen Männern nachstarrte, hatte sich Aynur mit einer Handvoll Meerwasser angeschlichen. Die junge Frau lachte, daß ihr Tränen in die Augen traten.

»Das war toll … Du hättest dein Gesicht sehen sollen, Monika … Als hättest du den Teufel persönlich … über den Strand laufen sehen.« Aynur japste und rang nach Luft. Die ganze Anspannung der letzten Monate löste sich in diesem Heiterkeitsausbruch, und Monika konnte nicht anders, sie mußte mitlachen.

Nach einer Weile hatten sich die beiden Frauen wieder unter Kontrolle, packten Zeitung und Badezeug zusammen und machten sich auf den Weg ins Hotel zu ihrer Suite, wo sie sich zum Frühstück umziehen wollten.

Die Pläne für die Geiselnahme, die der Prediger und seine Kämpfer des Islam im Berglager ausgeklügelt hatten, wurden seit den frühen Morgenstunden in die Tat umgesetzt. Die Frauen waren wie erwartet vor dem Frühstück zum Schwimmen an den Strand gegangen. Ein Mann mit Handy behielt sie dort im Auge. Als er durchgab, daß sie auf dem Weg hoch zu ihren Zimmern waren, gingen Kommandant Dinç und einer seiner verläßlichsten Männer in Position. Dinç selbst hatte sich schon vor Tagen die passende Uniform eines Zimmerkellners aus der Wäscherei des Hotels stehlen lassen. Sein Begleiter steckte in der blauen Montur eines Fahrstuhlmechanikers.

Der Kommandant nahm sich den deutschen Leibwächter vor,

der direkt vor der Suite der Frauen Wache schob. Ein kurzes, lautloses Gerangel, und der Leibwächter war tot. Dinç blickte zum Treppenaufgang. Sein Mann winkte ihm von dort. Auch der zweite, türkische Leibwächter war unschädlich gemacht. Er beobachtete einen Moment lang, wie der vermeintliche Monteur die Leiche weg von der Treppe in eine Nische schleppte, dann zog er mit einer schnellen Bewegung das blutige Messer aus dem Herzen des Mannes, der daraufhin langsam auf die Türschwelle sank. Dinç wischte die Klinge am Ärmel des Toten ab und verstaute das Messer wieder im rechten Stiefel. Mit dem Handy benachrichtigte er die Leute am Feuermelder, in zehn Minuten den Alarm auszulösen. Der Monteur brachte das Frühstücksgedeck, das in der Küche bestellt worden war, als die beiden Frauen noch am Strand waren. Dinç nickte zufrieden, als vor mehreren Zimmern am Ende des Ganges seine Leute – alle als Hotelangestellte verkleidet – in Position gingen.

»Wartet noch ein paar Minuten, bis ich die Geiseln festgesetzt habe. Dann kümmert ihr euch um die Bodyguards auf den anderen Stockwerken.«

Stummes Nicken. Dinç winkte den Mechaniker zu sich. »Du sorgst dafür, daß die ganze Etage hier komplett geräumt wird. Wenn der Prediger und der Amerikaner kommen, will ich keine Hotelgäste mehr sehen.«

Der Kommandant nahm dem Mann das Gedeck ab. »Und schaff den hier zu dem anderen.« Mit der Schuhspitze stieß Dinç in den leblosen Körper des Leibwächters.

Er wartete, bis der Fahrstuhlmechaniker mit seiner Last außer Sichtweite war und klopfte dann an die Tür der VIP-Suite der beiden Frauen.

Aynur trat gerade aus der Dusche, als sie hörte, wie Monika durch die verschlossene Eingangstür sprach, dann aufschloß und jemanden hereinbat. Eine männliche Stimme sagte freundlich: »Guten Morgen, Ihr Zimmer-Service«, dann ein leiser Schrei und Stille. Aynur trocknete sich langsam ab und versuchte dabei zu hören, was im anderen Raum vor sich ging. Hatte Monika etwa ein Sektfrühstück aufs Zimmer kommen lassen? Als Überraschungsfeier für die erfolgreiche Ausstellung? Aber wer hatte dann geschrien? Aynur lauschte, ob sie Gläserklirren oder andere Geräusche ausmachen konnte, die darauf hindeuteten, daß leise ein Frühstückstisch gedeckt wurde. Sie hörte kaum vernehmbare Schritte, eine Tür wurde geöffnet, jemand ging offenbar in eines der Schlafzimmer. Sie zog den flauschigen Bademantel über und fuhr sich schnell mit dem Kamm durch ihre langen schwarzen Haare. Dann drückte sie voller Erwartung die Klinke der Badezimmertür und trat ins Zimmer. Es war leer. Auf dem Balkontisch stand ein Tablett mit einem Frühstücksgedeck.

»Monika! Wie nett von dir. Wo steckst du denn?« Aynur lief schnell ins Schlafzimmer. Sie kam nur bis zur Tür. »Was ist denn …«

Der Anblick der schwarzen Revolvermündung verschlug ihr die Sprache. Plötzlich waren vom Gang her laute Schritte zu hören, jemand brüllte auf türkisch: »Die Wache wurde niedergeschlagen!«, dann krachendes Poltern und Stiefeltrampeln, als ob eine Menge Menschen den Gang entlangrannten.

»Aufs Bett!« Trotz des Tumults konnte Aynur die leise Stimme des Mannes in der weißen Uniform eines Zimmerkellners deutlich verstehen. Die Waffe war direkt auf ihr Herz gerichtet. Wie in Trance drehte sie den Kopf zu dem überbreiten Doppelbett, wo Monika vollständig bekleidet an das Kopfende gelehnt saß. In ihrem Mund steckte ein Profi-Knebel mit roter Kugel, wie Aynur sie von Fernsehkrimis kannte, ihre Beine waren mit Lederriemen zusammengebunden und die Hände mit Handschellen an das durchbrochene Holz der Kopflehne gefesselt. Ihre Augen blickten angstvoll und besorgt zugleich.

»Aufs Bett!« wiederholte der Mann. Seine Stimme war immer noch ruhig, nur die drängende Geste mit der Waffe verriet seine Ungeduld.

Aynur sagte auf türkisch: »Was soll denn das!?«

Der Mann ging auf sie zu, bis die Mündung den Stoff des Bademantels berührte. Aynur zuckte unwillkürlich zurück.

»Bitte tun Sie, was ich sage. Sie sind eine schöne junge Frau und wollen sicher noch nicht sterben. Und ich würde Sie nur ungern erschießen. Sie und Ihre deutsche Freundin geben nicht nur schöne, sondern außerordentlich wertvolle Geiseln für uns ab. Also machen Sie mir jetzt keine Schwierigkeiten.«

Aynur wurde leichenblaß. Der sachliche, fast freundliche Ton des Mannes machte ihr viel mehr Angst als die auf sie gerichtete Waffe. Sie zweifelte keinen Moment, daß es ihm todernst war.

Wenige Stunden nach der Geiselnahme landete Davud Orak auf dem Flughafen von Antalya. Mit dem Taxi ließ er sich mit Höchstgeschwindigkeit zum Hotel Kaleiçi im alten Teil der Stadt fahren. Im Radio wurde live vom Schauplatz des Geiseldramas gesendet. Eine Frauenstimme berichtete über die Bemühungen der Rettungsmannschaften. Dann folgte ein Interview mit einer türkischen Urlauberin aus dem Hotel.

»Es gab also einen falschen Feueralarm?« – »Ja. Ich dachte erst, das ist sicher nur ein Probealarm. Mein Mann und ich haben noch ganz gemütlich nachgeschaut, wo der Fluchtweg aus unserem Zimmer ist. Aber dann haben wir die Knallerei gehört. Also, wir dachten, da explodiert was, wegen des Feuers. Das Flugticket und das Geld habe ich immer in der Handtasche. Die hab ich mir geschnappt, und dann sind wir raus.« – »Und wann haben Sie bemerkt, was wirklich im Hotel passiert ist?« – »Als wir runter in die Lobby wollten. Überall waren da diese Kellner, die die Leute alle in die Aufzüge stecken wollten. Aber das weiß ja jeder, daß man bei Feuer nicht mit dem Aufzug fahren soll. Vor uns war ein deutsches Paar, die wollten partout nicht in den Aufzug. Und da hat einer dieser Kellner eine Pistole aus dem Hosenbund gezogen und die Frau in den Kopf geschossen. Sie ist direkt vor mir zusammengebrochen, und das ganze Blut ...«

»Schalten Sie das aus!« Davud klopfte dem Fahrer auf die Schulter. »Bitte!«

Der Fahrer griff zum Radio und machte es schweigend aus. Dann schaute er im Rückspiegel zu seinem Fahrgast. »Wir kommen gleich zur Mauer. In der Altstadt kann ich dann nicht mehr so schnell fahren.«

Davud nickte müde.

»Sehr nahe werden wir nicht an das Hotel Kaleiçi herankommen.« Der Fahrer zögerte. »Die Polizei hat es weiträumig absperren lassen.«

»Lassen Sie mich irgendwo raus, wo ich zu Fuß zum Hotel komme.«

»Okay.« Der Taxifahrer trat auf die Bremse, als vor ihnen die über zweitausend Jahre alte Mauer der Altstadt von Antalya auftauchte.

Die Straßen rund um den Yachthafen, an dessen östlicher Seite das Hotel Kaleiçi lag, waren mit Polizeifahrzeugen versperrt, und es wurde überall scharf kontrolliert. Mit seiner Dienstmarke verschaffte Davud sich Zugang zum Hotelgelände. Endlich hatte er sich zum verantwortlichen Chef der Yandarma, die den massiven Polizeieinsatz koordinierte, vorgearbeitet. Der sehnige Mann Mitte Vierzig schilderte Davud die Lage. Er sprach schnell, aber unaufgeregt.

»Die Gotteskrieger hatten im gesamten Hotel Leute in Verkleidungen postiert, Portiers, Kellner, Handwerker, so was. Der Feueralarm wurde offenbar direkt nach der Geiselnahme ausgelöst. Im selben Moment hat sich die falsche Hotelmannschaft die Kontrolle über die Aufzüge und Treppenhäuser verschafft. Eine Sturmtruppe von Kämpfern hat in der Nähe gewartet und das Hotel gleichzeitig von unten aufgerollt.«

»Sieht aus, als wäre die Geiselnahme von langer Hand geplant und bis ins kleinste ausgeklügelt«, kommentierte Davud.

Der Einsatzleiter zuckte mit den Schultern. »Ist anzunehmen.«

»Wer befindet sich jetzt noch im Gebäude?«

»Die Geiseln, die Geiselnehmer. Wir gehen inzwischen davon aus, daß mindestens fünfzig Gotteskrieger im Hotel sind.«

»Wo sind die Frauen?« fragte Davud.

Der Chef der Yandarma deutete mit dem Kinn auf die Balkonfront über dem Pool. Die spiegelnden Fensterscheiben erlaubten keinen Einblick ins Innere. »Das Eckzimmer gehört zur VIP-Suite, in der die Gattin des Bundeskanzlers untergebracht ist. Der Wohnbereich der Suite geht zur Hafenseite.«

Davud kniff die Augen zusammen und versuchte, etwas zu erkennen. Doch es regte sich nichts.

»Vor einer Stunde ist ein Mann in einer Kellneruniform auf den Balkon getreten«, berichtete der Einsatzleiter. »Er hat sich nur kurz umgeschaut, und ist dann wieder verschwunden. Wahrscheinlich wollte er sehen, ob wir Scharfschützen postiert haben.«

»Und?« Davud wandte sich wieder dem Mann zu.

»Die umliegenden Häuser sind geräumt. Auf den Dächern halten sich unsere Scharfschützen versteckt. Die Polizeikräfte haben das gesamte Hotel umstellt, auf der Hafenseite warten Speedboote der Wasserschutzpolizei außer Sichtweite. Normalerweise hätten wir das Hotel schon längst gestürmt. In solchen Situationen muß man möglichst frühzeitig eingreifen.« Er hielt inne und schaute Davud an, als warte er auf Zustimmung.

»Ja,« erwiderte Davud und nickte. »Schnell handeln, bevor die Geiselnehmer die Situation für sich nutzen können.«

»Genau!« Sichtlich befriedigt, daß man hier einer Meinung war, fuhr der Chef der Yandarma fort. »Seit bekannt ist, daß die Frau des deutschen Bundeskanzlers gekidnappt wurde, halten wir uns zurück. Wir warten auf weitere Befehle von oben. Wir sind bereit.«

»Sind noch Hotelgäste im Gebäude?«

Wieder zuckte der Mann in der dunklen Uniform mit den Schultern. »Falls sich noch Gäste oder Personal im Hotel befinden, sind sie jedenfalls nicht mehr am Leben. Die Geiselnehmer haben mit allen kurzen Prozeß gemacht, die sich nicht an ihre Anweisungen gehalten haben.« Er stockte. »Oder einfach nicht schnell genug die Treppen hinunterkamen. Das sind Fanatiker. Ein Menschenleben zählt für die nichts.«

Der Offizier wandte den Kopf und schaute zum Hotel Kaleiçi, das ungefähr hundert Meter entfernt war. Davud folgte seinem Blick.

Die ruhige hellblaue Fläche des Hotelpools glänzte im Sonnenlicht. Um das Becken standen wuchtige Töpfe mit blühendem Jasmin und Geißblatt. An den Rand der Anlage hatte man Magnolienbäume und Oleanderbüsche gepflanzt. Davud meinte, er könne den zarten Duft des Jasmins riechen, den die leichte Brise vom Meer zu ihnen herübertrieb.

Dann sah er die Frau, die nur mit einem Bikini bekleidet, halb verdeckt hinter einem Liegenstuhl auf den Terrakottaplatten lag. Um ihren Körper hatte sich eine dunkle Lache gebildet. Eine zweite reglose Gestalt kauerte wie festgefroren am Geländer der geschwungenen Treppe, die von einer Hotelterrasse zum Poolbereich hinunterführte.

Davud schaute zum Hauptgebäude des Hotels. Auf den Stufen zum Hoteleingang lagen zwei Leichen, auf der Auffahrt davor konnte er mehrere weitere Tote auf dem Asphalt ausmachen. Er schluckte und tastete unwillkürlich nach seiner Waffe im Schulterholster.

Hikmet Evin hatte am späten Vormittag eine Nachricht der Privatsekretärin des Kanzlers in seiner Mailbox gefunden, er solle sich bitte um dreizehn Uhr beim Kanzler einfinden. Inzwischen liefen die Bilder des Geiseldramas an der türkischen Riviera auch im deutschen Fernsehen, so daß für Evin kein Zweifel bestand, um was es bei dieser kurzfristig angesetzten Besprechung gehen würde.

Der junge Mann war selbst wie vor den Kopf geschlagen. Immer wieder fielen ihm die gleichen Szenen ein. Eine strahlende Monika Stockmann im schwarzen Seidenkleid bei der Ausstellungseröffnung in Istanbul vor wenigen Tagen. Evin hatte extra ein paar Tage Urlaub genommen, um bei dem großen Ereignis dabeizusein. Monika Stockmann in der Cafeteria des Reichstags, wie sie sich immer wieder mit ihm über seine Familie und seine Heimat unterhalten hatte. Und schließlich eine schweigende Monika Stockmann vor nun fast einem Jahr, die bedrückt zuhörte, wie ihr Mann den Amtseid als neuer Bundeskanzler geleistet hatte.

Evin wurde durch den Taxifahrer aus seinen Gedanken gerissen. Der Fahrer verkündete, sie seien am Kanzleramt angekommen. Evin zahlte, stieg aus und betrat das Gebäude. Am Büro des Kanzlers angekommen, begrüßte er die Sekretärin und winkte ab, als sie aufspringen und ihn anmelden wollte. Evin öffnete leise die Tür zum Büro des Kanzlers.

Im Zimmer saßen Innenminister Franz Wimmer, ein alter Freund Stockmanns, Wolfgang Döpfner und Kripochef Engel. Der sonst lichtdurchflutete Raum war durch Jalousien abgedunkelt, und es herrschte Schweigen. Nur eine leise Stimme aus dem Fernseher war zu hören. Zusammen mit dem Kanzler verfolgten die Gäste die Dreizehnuhrnachrichten, wo ausführlich über das Geiseldrama berichtet wurde. Döpfner begrüßte Evin leise, Wimmer nickte ihm zu. Der Kanzler selbst hob den Kopf und blickte Evin einen Moment lang direkt in die Augen. Dann erhob er sich, zog einen weiteren Stuhl vor den Fernseher und forderte den jungen Mitarbeiter mit einer Handbewegung auf, sich zu setzen.

Mit einem schnellen Seitenblick versuchte Evin zu erfassen, in welchem Gemütszustand sich der Kanzler befand. Er wirkte müde und ausgelaugt, aber gefaßt. Seine Hand war ruhig, als er Evin ein Glas Wasser reichte.

Ministerpräsident Tosun wirkte auf den Bildern des türkischen Senders Cine 5 fast noch jünger als in der Realität. Er wandte sich in einer kurzen Fernsehansprache an die türkische Nation. Er teile die Gefühle, mit denen die Bürger auf diesen erneuten verbrecherischen Anschlag islamischer Extremisten reagierten. Er bitte sie aber, die schwierige Aufgabe, vor der die Regierung und die Sicherheitsorgane stünden, nicht durch falsche Reaktionen noch zu erschweren. Es gehe um das Leben von Menschen, deren persönliche Freundschaft zugleich ein Symbol deutsch-türkischer Freundschaft sei.

Karl Stockmann stand auf, ergriff die Fernbedienung und sagte, zu Evin gewandt: »Tosun hat heute morgen angerufen und mich über die Geiselnahme von Monika und Aynur informiert. Er hat mir versprochen, daß seine Leute alles menschenmögliche tun werden, um eine Katastrophe zu verhindern.«

»Ich hoffe nur, die türkischen Sicherheitskräfte unternehmen nichts Voreiliges. Die sind darauf trainiert, mit Terroristen jeder Couleur hart umzuspringen.«

Franz Wimmer warf ein: »Wir müssen auf die türkische Regierung Einfluß nehmen, damit sie das Leben der Frauen im Blick behält und mit Geduld verhandelt.«

Der Kanzler schaute kurz zu den Nachrichten, wo für den Abend eine Sondersendung angekündigt wurde. »Ich glaube, das war vorerst alles über das Geiseldrama.« Bei dem letzten Wort brach seine Stimme, und er holte tief Luft.

Franz Wimmer legte Stockmann die Hand auf die Schulter. »Karl, es tut mir so leid. Aber mit Gottes Hilfe wird sicher alles gut.«

»Ja, mit Gott. Und mit dem, was Eiferer und Verbrecher aus ihm machen.« Der Kanzler drehte sich abrupt um und schaltete das Fernsehgerät mit einem energischen Druck auf die Fernbedienung aus. »Also, meine Herren, was können wir konkret tun?«

»Ich denke, es wäre das beste, wenn Herr Döpfner sofort nach Antalya fliegen würde.« Hikmet Evin sprach Döpfner direkt an.

»Sie haben Erfahrung mit schwierigen Verhandlungen. Und die türkische Polizei und die Yandarma werden Sie als Autorität anerkennen.«

Wimmer schloß sich dem Vorschlag an. »Das Geiseldrama darf nicht zum Spielball der Politik werden. Die türkische Regierung wird unter gewaltigem Druck der Öffentlichkeit stehen. Man wird fordern, daß sie auf diese erneute Provokation der Islamisten mit aller Härte reagiert. Und das kann leicht in einem Blutbad enden. Für die Regierung ist schon die Entführung als solche ein politisches Fiasko – und im nächsten Jahr hat Tosun Wahlen.«

Stockmann schaute zu Döpfner. »Was meinen Sie? Die Luftwaffe kann Sie runterbringen. Sie könnten noch heute abend dort sein.« Nach einer kleinen Pause setzte er nach: »Und mir wäre es wohler, wenn ich Sie da unten weiß.«

Der Kriminaldirektor zwirbelte an seiner Fliege. »Die Entscheidung wird am Ende vor Ort fallen. Entweder durch die Extremisten oder durch die staatlichen Sicherheitskräfte, deren unterschiedliche Interessen wir kaum einschätzen können. Es wäre gut, einen Vertreter der deutschen Polizei dort zu haben.«

Hikmet Evin nickte. »Und nehmen Sie Kerim mit. Es geht auch um das Leben seiner Verlobten.«

Döpfner stand auf. »Gut. Ich mache mich sofort auf den Weg. Sie bekommen den ersten Bericht, sowie ich in Antalya bin.«

*

Davud Orak saß auf der hölzernen Eckbank des Hotels und blätterte in den herumliegenden Zeitschriften. Alle paar Sekunden starrte er auf die große, gläserne Schwingtür, die unbewegt in den massiven Messingangeln hing. Die meisten Gäste des Hotels in direkter Nachbarschaft zum Hotel Kaleiçi waren abgereist oder hatten sich ein anderes, weniger gefährdetes Quartier gesucht.

Plötzlich bewegte sich ein Schatten vor der Tür. Davud stand auf und begrüßte den deutschen Kriminaldirektor und Kerim Özakın, die mit wenig Handgepäck durch die Schwingtür traten.

»Gut, daß Sie so schnell kommen konnten. Hat alles mit dem Flug geklappt?« Davud hörte mit einem Ohr Döpfners knappe Antwort. Kerim sagte kein Wort und erschien Davud sehr mitgenommen. Er nahm ihm wortlos die Reisetasche ab und lächelte ihm aufmunternd zu. Dann blickte er zu Döpfner, der einen besorgten Seitenblick auf Kerim warf.

»Ich habe ein Besprechungszimmer für Sie reservieren lassen, Herr Döpfner. Wollen wir uns dort, sagen wir, in einer halben Stunde treffen? Dann berichte ich Ihnen erst einmal, wie die Lage jetzt aussieht.«

»Machen Sie eine Viertelstunde draus, Orak. Ich will nur schnell das Gepäck aufs Zimmer bringen.« Damit setzte Döpfner sich zielstrebig in Richtung Rezeption in Bewegung.

Zehn Minuten später erschien Döpfner mit Kerim im Schlepptau in dem kleinen Konferenzzimmer, in dem außer Annehmlichkeiten wie einer Kaffeemaschine und einer Schale türkischer Kekse auch ein Telefon mit einem Faxgerät auf dem Sideboard standen. Orak erhob sich aus dem dunkelgrün bezogenen Sessel.

»Kaffee? Saft? Wasser?« Er nahm eine frische Tasse vom Stapel und stellte sie auf eine Untertasse. »Man hat uns hier gut versorgt.«

»Ich nehme gerne einen Kaffee.« Döpfner ließ sich schwer in einen der Sessel fallen.

»Nur Wasser«, sagte Kerim.

»Nun, Orak, wie sieht es aus?« Döpfner riß ungeduldig ein Päckchen Zucker auf und streute es in die tiefschwarze Flüssigkeit.

»Also, der Belagerungsring um das Hotel ist seit über zwölf Stunden geschlossen. Der falsche Feueralarm wurde heute morgen um acht Uhr vierundfünfzig ausgelöst. Kurz zuvor muß die

Geiselnahme stattgefunden haben. Aynur und Frau Stockmann waren davor noch am Strand zum Schwimmen …«

»Gibt es irgendein Lebenszeichen von den beiden?« Kerim hielt das Glas mit beiden Händen umfaßt und starrte auf ein Gesteck aus Kunstblumen, das den Holztisch schmückte. »Weiß man, wie es ihnen geht? Glauben Sie, die beiden leben noch?«

Davud kaute kurz auf der Unterlippe und setzte dann zögernd an. »Wir wissen nichts Genaues, Kerim. Aber«, fuhr er fort, als er sah, wie Kerims Knöchel am Glas weiß wurden, »heute mittag ging es ihnen allem Anschein nach noch einigermaßen gut. Die Geiselnehmer haben die beiden kurz auf dem Balkon vorgeführt. Ich habe es mit dem Fernglas beobachtet, und es gibt eine polizeiinterne Filmaufnahme. Die beiden schienen übermüdet, aber unverletzt.«

Die Erleichterung in Kerims Zügen war unübersehbar.

Orak fuhr fort: »So wie es aussieht, sind die ersten Verhandlungen auf morgen früh acht Uhr angesetzt. Die türkische Regierung hat die Unterredungen einem erfahrenen Polizeioffizier anvertraut. Die Verhandlungen sollen mit dem Ziel geführt werden, die beiden Frauen auszulösen.«

Orak sprach weiter zu Döpfner gewandt. »Der Prediger hat uns bei der Kontaktaufnahme übrigens wissen lassen, daß die Kämpfer des Islam von ihm und Michael Dobb vertreten werden. ›Euer CIA-Mann‹ hat er ihn genannt.«

»Wundert mich, daß Dobb auch hier ist.« Offensichtlich hatte Döpfner beschlossen, nicht auf die Anspielung Davuds einzugehen. »Ich hätte nicht gedacht, daß er bei einer so brisanten Aktion mit dem Prediger gemeinsame Sache machen würde. Es ist doch völlig unberechenbar, wie die Geiselnahme ausgehen wird.«

»Keine Ahnung, wie sich unser Kuckuck in diese Situation gebracht hat. Das letzte Lebenszeichen von ihm hatten wir vor ein paar Wochen, als wir ihn über sein Handy in diesem Rudererlager aufgespürt haben. Interpol hat in Mostar übrigens den Amerikaner gefaßt, der die Attentate in Berlin in Auftrag gegeben hat.« Orak schaute Döpfner an. »Wußten Sie das schon?«

»Ja, die SOKO ist gleich von Kommissar Čurič informiert worden, der in Sarajevo wieder an dem Fall sitzt. Zacharias Lord …«

»Alias Bruce. Nachname unbekannt«, ergänzte Orak.

Döpfner nickte. »Ich habe seine Aussage gelesen. Er leugnet jede Zusammenarbeit mit den Bratter-Brüdern.«

»Deshalb brauchen wir den Kuckuck unbedingt lebend«, sagte Orak.

»Ach, jetzt hört doch mal mit eurem verdammten Kuckuck auf«, fuhr Kerim dazwischen. Er hatte das Gespräch mit wachsender Unruhe verfolgt. »Der ist doch jetzt scheißegal. Ich verstehe nicht, wie ihr so ruhig dasitzen und palavern könnt.« Er blickte entschuldigend zu Döpfner. »Tut mir leid. Aber wir müssen doch Aynur und Frau Stockmann lebendig da rauskriegen, und zwar schnell.«

»Kerim, ich kann mir gut vorstellen, wie furchtbar die Situation für Sie ist. Aber wir müssen alle einen kühlen Kopf behalten.«

»Ich kann einfach nicht verstehen, daß die Leibwächter Aynur und Monika Stockmann nicht schützen konnten. Ihre Suite war doch gesichert, als seien die Erotics da einquartiert«, sagte Kerim leise und lächelte traurig.

»Erotics?« Döpfner schaute erstaunt von Orak zu Kerim.

»Eine neue Girl-Band aus Norwegen«, erklärte der Agent.

In diesem Moment klopfte es an die Tür des Konferenzzimmers.

»Das wird Suna sein!« Orak sprang auf und ging zur Tür. »Ihre Maschine war gerade gelandet, als Sie im Hotel angekommen sind.«

Döpfner blickte überrascht. »Die Suna aus Kerims Istanbuler Team?«

»Ja, Suna Yiğit«, sagte Orak und begrüßte die junge Frau, die in einem hellblauen Kostüm das Zimmer betrat.

»Hallo, Davud«, sagte Suna mit einem angedeuteten Lächeln.

Auch Kerim war aufgestanden und nahm Suna in den Arm. »Gut, daß du da bist, Suna.« Er blickte dankbar zu Orak, der Suna dem deutschen Kriminaldirektor vorstellte.

»Hello, Ms Yiğit«, begrüßte Döpfner sie freundlich auf englisch. »Sie haben Kerim und auch der Fahndung sehr geholfen. Ich bewundere Ihren Mut.«

»Danke.« Suna schüttelte die Hand, die ihr Döpfner reichte. »Aber in der jetzigen Situation kann ich offenbar gar nichts mehr tun.«

»Das werden wir noch sehen«, schaltete sich Orak ein.

Döpfner schaute ihn erstaunt an. »Haben Sie einen Vorschlag? Dann raus damit. Welche Chancen haben wir denn noch?«

»Wir müssen die Verhandlungen abwarten. Bis jetzt weiß ja niemand, was die Geiselnehmer fordern. Aber die Situation im Hotel ist explosiv. Der Prediger ist ein Fanatiker, seine Leute alles Gotteskämpfer. Dobb kann ich nicht richtig einschätzen. Und bei den türkischen Sicherheitskräften ist vieles möglich – egal, was Ministerpräsident Tosun und General Toprak sagen und anordnen mögen.«

»Denken Sie, sie würden eine gewaltsame Befreiung riskieren, auch wenn sie damit das Leben der Frauen aufs Spiel setzen?« Kerims Stimme zitterte.

»Das würden sie nie machen!« erwiderte Suna sofort.

»Hm.« Orak preßte die Lippen aufeinander. »Offiziell muß jeder Versuch, die Geiseln mit Gewalt zu befreien, von Ministerpräsident Tosun persönlich genehmigt werden. Und für ihn ist es sicher das letzte Mittel. Aber …« Er brach ab und blickte zu Kerim.

Döpfner vollendete Oraks Gedanken. »Aber der türkische Sicherheitsapparat ist unberechenbar, da haben Sie recht. Wie schätzen Sie den Chef der Yandarma ein?«

»Çavdar? Scheint mir ganz vernünftig …« Davud hatte Kerim im Auge, der langsam den Sessel zurückschob und aufstand. »Kerim, noch ist überhaupt nichts entschieden. Die Verhandlungen haben noch nicht mal angefangen.«

Doch Kerim hatte sich umgedreht und ging wortlos zur Tür.

Döpfner sagte leise zu Suna: »Gehen Sie ihm nach, damit er keine Dummheiten macht.«

Suna nickte und lief Kerim nach. Als die beiden das Zimmer verlassen hatten, fiel die gepolsterte Tür mit einem Knall ins Schloß.

»Das Leben der Frauen hängt an einem sehr, sehr dünnen Faden.« Oraks Worte durchbrachen die Stille, die Suna und Kerim hinterließen.

»Ich fürchte, Sie haben recht«, erwiderte Döpfner. »Was können wir denn noch konkret hier tun?«

»Wenig. Ich werde Sie dem Chef der Yandarma vorstellen. Vielleicht können wir auch direkt mit dem türkischen Verhandler reden. Ihm eindrücklich klarmachen, wie wichtig es für die internationale Öffentlichkeit ist, daß die beiden Frauen am Leben bleiben.« Davud wandte sich zu Döpfner. »Mehr fällt mir nicht ein. Ich halte Sie aber auf dem laufenden.«

»Danke«, sagte Döpfner.

Als sie das Konferenzzimmer verließen, kam ihnen Suna entgegen. »Er hat sich in seinem Zimmer eingeschlossen. Ich habe geklopft, aber er will mit niemandem reden. Was soll ich denn jetzt machen?«

Davud Orak nahm Suna in die Arme, zum sichtlichen Erstaunen Döpfners. Über den Kopf der jungen Frau weg lächelte der Special Agent den Kriminaldirektor an. Zu Suna gewandt flüsterte er: »Du bleibst am besten bei Herrn Döpfner. Ich muß noch zu Çavdar.«

Suna löste sich aus seiner Umarmung. »Okay. Ich will auch da sein, wenn Kerim sich wieder beruhigt hat. Vielleicht kommt er ja wenigstens morgen früh zum Frühstück raus.«

*

Die Atmosphäre in dem Büro des Geschäftsführers des Hotels Kaleiçi, das die Geiselnehmer zum Verhandlungszimmer erklärt hatten, war vom ersten Augenblick an gespannt. Der Verhandlungsführer der türkischen Regierung, ein beleibter Mann Anfang Fünfzig, und sein Begleiter, ein jüngerer, schwarzgelockter Polizist mit Brille, hatten das Hotel am frühen Morgen durch den Vordereingang betreten. Auf dem kurzen Weg zwischen Lobby und Fahrstuhl waren sie gleich zweimal rüde und entgegen den Vereinbarungen von schwer bewaffneten Gotteskriegern auf Waffen durchsucht worden.

Der hagere Prediger war in Begleitung von Michael Dobb erschienen. Er trug eine phantasievoll zusammengestückelte Uniform. Besonders ins Auge fiel der altmodische breite Patronengurt, den er sich wie eine Schärpe über die Brust gelegt hatte. Das eingefärbte Rot seines Bartes verblaßte allmählich und wuchs von oben dunkel und grau nach. Dobb trug einen eleganten Anzug, dessen Jackett er über die Stuhllehne hängte.

Der Prediger begrüßte die Verhandlungsführer mit der Bemerkung, Kommandant Dinç habe den Befehl, die beiden Frauen sofort zu erschießen, falls während der Verhandlungen nicht alles mit rechten Dingen zugehen sollte. Darauf ließ er einen zehnminütigen Monolog folgen, in dem er mit zahlreichen Verweisen auf den Koran und seine persönliche Rolle als jetziger Feldherr Allahs seine Forderungen darlegte. Der türkische Verhandlungsführer versuchte mehrmals, Zwischenfragen zu stellen, doch der Prediger dachte nicht daran, seinen Sermon zu unterbrechen.

Als er schließlich doch zum Ende gekommen war, herrschte für einige Sekunden angespannte Stille. Der junge Begleiter des Verhandlungsführers tippte hektisch die letzten Worte des Predigers in sein Palm, merkte plötzlich, daß alle seinem Tippen zuhörten, und legte mit einer entschuldigenden Geste das Palm zur Seite. Der Prediger lehnte sich in seinem Sessel zurück, nahm den Verhandlungsführer ins Visier und meinte: »Irgendwelche Fragen?«

Der Polizist drehte seinen massigen Körper in einer unerwartet raschen Bewegung. Er richtete den Blick auf den direkt hinter ihm stehenden Gotteskrieger. »Erst mal, was soll diese hautnahe Bewachung?«

Der Prediger hielt den Gotteskrieger mit einem scharfen Blick zurück. »Jetzt können Sie reden.« Die selbstgefällige Geste, mit der er sich über den Patronengurt strich, ebenso wie ein nicht zu überhörendes Amüsement in der Stimme verrieten, wie sehr er seine Macht auskostete.

Nach einem kurzen Blick zu seinem Begleiter, der wieder über den Stichworten brütete, die er notiert hatte, sagte der Verhandlungsführer mit ruhiger Stimme: »Ich bin nicht ganz sicher, ob ich Sie recht verstanden habe.« Er stockte, fuhr dann aber etwas lauter fort: »Sie wollen die Frauen nur freilassen, wenn Ihnen die Regierungsgewalt in der Türkei übertragen wird?«

»Sie haben meine Forderungen gehört. Wie Sie sie deuten, ist Ihre Sache.« Der Prediger klopfte mit einer Hand auf den Tisch.

»Ich bin beauftragt, Ihnen eine nicht gerade kleine Auslösungssumme anzubieten. Eine halbe Million Dollar, um genau zu sein. Ein Flugzeug wird gestellt, das Sie außer Landes bringen wird. Die Regierung ist auch bereit, über die Freilassung von Gotteskriegern zu verhandeln, die zur Zeit ihre Haftstrafen verbüßen. Aber …« Der Verhandler setzte sich aufrecht. »… es muß Ihnen doch klar sein, daß wir auf so weitgehende Forderungen, wie Sie sie uns hier stellen, auf keinen Fall eingehen können. Wir werden nicht die Sicherheit des Landes gefährden.« Die Stimme des Polizeioffiziers war bei den letzten Worten lauter geworden.

Der Prediger erhob sich langsam aus seinem Stuhl, stützte sich mit den Fäusten auf dem Tisch ab und beugte sich zu seinem Gegenüber. Der Patronengurt schlug mit lautem Klirren auf der Tischplatte auf. »Jetzt hören Sie mir mal zu! Hier wird nach meinen Regeln gespielt. Ich habe die Frauen!« Das Gesicht des Predigers war rot angelaufen, und seine Augen blitzten. Der Verhandlungsführer rührte sich nicht.

In diesem Moment räusperte sich Dobb, der die ganze Zeit stumm und mit ausdruckslosem Gesicht dabeigesessen hatte. »Darf ich etwas sagen?« Er schaute fragend zum Prediger, der sich überrascht umdrehte und den Amerikaner wütend anstarrte. Einen Moment lang schien er die Konfrontation mit dem Verhandlungsführer nicht aufgeben zu wollen, dann ließ er sich brummend zurück in den Sessel fallen. »Mach schon.«

»Also, sehen Sie, das ist so«, begann Dobb mit leiser Stimme. Der Verhandlungsführer sah, daß seine Hände zitterten. Er schaute den Amerikaner aufmunternd an, vielleicht konnte mit dessen Hilfe die verfahrene Situation entspannt werden. Da veränderten sich plötzlich die scheinbar gefaßten Züge Dobbs, er sprang auf, lief an die Querseite des Verhandlungstisches und brüllte: »Ich bin selbst eine Geisel. Dieser Verrückte hat mich gezwungen, mit ihm zu gehen. Er hat total den Verstand verloren.« Mit einem zitternden Finger deutete Dobb auf den Prediger. »Ich habe ihm geraten, die beiden Frauen gegen die Zusicherung freien Geleits in ein islamisches Land freizulassen. Aber er will lieber den Expreß ins Paradies für sich und seine Leute.«

»Das reicht jetzt«, schrie der Prediger, der ebenfalls aufgesprungen war. »Sie haben gehört, was ich zu sagen habe. Alles weitere berede ich nur auf der Basis meiner Forderungen.« Er trat zur Tür.

»Und wenn dieser Feigling nicht in fünf Minuten in seiner Suite ist, dann erschieße ich die beiden Frauen persönlich.« Der Prediger gab zweien seiner Männer einen stummen Befehl, dann verschwand er mit den restlichen Gotteskriegern durch die Eichentür.

Dobb starrte ihm nach. Sein Blick blieb an den beiden Wächtern haften, die schweigend neben dem Tisch Position bezogen hatten, die Gewehre schußbereit in den Händen.

»Sie müssen mir hier raushelfen«, flüsterte Dobb. Er drehte langsam den Kopf und fixierte den Polizeioffizier.

»Tun Sie, was er gesagt hat«, erwiderte der barsch. Auf Dobbs Gesicht machte sich Entsetzen breit. Doch der Verhandlungsführer blieb hart. »Wir werden Sie nicht schützen. Ihre amerikanischen Freunde haben uns übrigens auch nicht darum gebeten.«

Kreidebleich ließ sich Dobb von seinem Wächter aus dem Büro führen.

Davud trat in das Hotelzimmer, das er mit Suna teilte. Die junge Türkin saß an einer Art Schreibtisch und legte gerade den Telefonhörer auf.

»Davud!« empfing sie ihn mit einem erfreuten Lächeln. Doch sie wurde sofort wieder ernst. »Wie sieht es aus?«

Der Agent ließ sich auf den blaugemusterten Bettüberwurf fallen und zog die Schuhe von den Füßen. »Schlecht. Der Prediger ist übergeschnappt, nach dem Bericht des Verhandlers zu urteilen. Und der Ami macht es nicht mehr lange, so viel steht fest.«

»Und was passiert dann?« Suna hatte sich neben Davud auf das Bett gesetzt.

»Der Chef der Yandarma hat die sichtbare Präsenz von Scharfschützen auf den Dächern der Nachbargebäude des Hotels angeordnet. Die Aktion ist mit Tosun abgesprochen. Viel bringen wird es nicht. Und eine Spezialeinheit bereitet sich gerade darauf vor, von Hubschraubern auf das Dach des Hotels zu springen und sich von dort auf die Höhe der VIP-Suite abzuseilen. Sie wollen die Suite durch die geschlossenen Fenster und Vorhänge hindurch stürmen.«

Suna legte die Hand an den Mund. Sie flüsterte: »Das wäre der Tod der Geiseln. Das ist denen doch klar.«

Davud nickte. »Tosun hat dem Plan noch nicht zugestimmt. Aber das Militär macht Druck.«

Sie saßen eine Weile schweigend nebeneinander. Dann fragte Davud: »Mit wem hast du telefoniert?«

»Mit Herrn Döpfner. Er ist auf der Suche nach Kerim.« Suna zuckte mit den Achseln, als sie Davuds fragenden Blick sah. »Er ist nicht zum Frühstück gekommen, und in seinem Zimmer ist er auch nicht. An der Rezeption hat man uns gesagt, er habe das Hotel schon sehr früh verlassen. Ich mache mir wirklich Sorgen.«

»Dazu hast du auch allen Grund.« Davud rollte sich vom Bett und zog hastig seine Schuhe wieder an. »Kerim ist ein Hitzkopf. Er verkraftet die Sache nicht. Er hätte nie nach Antalya kommen sollen. Wer weiß, welche Dummheiten er gerade ausheckt.« Davud nahm die Schlüsselkarte vom Tisch. »Von wo hat Döpfner angerufen?«

Auch Suna war aufgestanden und holte ihre Jacke aus der Garderobe. »Er ist unten in der Lobby.«

Die leblosen Augen der toten Frau starrten Kerim direkt ins Gesicht. Ein schwacher, süßlicher Geruch stieg von der eingetrockneten Blutlache auf, die den Kopf und Oberkörper der Frau umgab. In ihrer Stirn direkt zwischen den weit aufgerissenen Augen prangte ein rundes Einschußloch. Kerim überwand sich und kroch neben die Leiche hinter den Liegestuhl. Auf seinem Weg zur Terrasse, von der er über das die ganze Hotelfassade entlanglaufende Gestell der Saunalamellen zu Aynur hochklettern wollte, war der Stuhl das einzige, das einigermaßen Sichtschutz bot. Bis zum Hotel waren es noch knapp dreißig Meter. Bei der Terrasse waren rotweiße Barrikaden aufgebaut, hinter denen Polizisten standen und rauchten. Kerim wartete ungeduldig darauf, daß sie durch irgend etwas abgelenkt wurden.

Kerim hatte die ganze Nacht kein Auge zugetan. Er konnte an nichts anderes denken als an Aynur. Immer wieder stellte er sich vor, was sie nur ein paar hundert Meter von ihm entfernt in den Händen der Geiselnehmer durchmachen mußte. Während der gemeinsamen Tage in Istanbul hatten sie oft über ihre Heirat gesprochen, Pläne für die Hochzeit geschmiedet. Bei der Erinnerung daran spürte er einen schmerzhaften Stich in seinem Herz. Als endlich von draußen fahles Morgenlicht durch die Gardinen drang, stand er auf und zog sich rasch an. Er konnte Aynurs Schicksal nicht einfach diesen Apparatschiks überlassen. Sein Vater hatte für die religiösen Phantastereien einer durchgeknallten Minderheit einen grausamen Tod sterben müssen. Solange es noch die kleinste Chance gab, solange er noch irgend etwas tun konnte, würde er alles daran setzen, daß er Aynur nicht auch noch verlieren würde.

In der Morgendämmerung war es Kerim gelungen, unbemerkt bis zu der Reihe dichter Oleanderbüsche zu kommen, die außerhalb und innerhalb der Mauer des großzügig angelegten Poolbereichs wuchsen. Die Mauer hatte sich nicht als das unüberwindbare Hindernis herausgestellt, wie es Kerim eigentlich befürchtet hatte. Als er sich nämlich unter die Büsche geduckt hatte, bemerkte er eine niedrige Eisentür, die in die Mauer eingelassen war. Die Tür war alt und verrostet und vollkommen hinter den Büschen verborgen. Schon nach wenigen Versuchen mit seinem Taschenmesser hatte das Schloß nachgegeben, und er war auf das Hotelgelände geschlüpft.

Kerims Versteck hinter dem Liegestuhl war gefährlich. Er hielt den Blick auf die Polizisten bei den Absperrungen gerichtet. Einer der jungen Männer spielte nervös mit der Sicherung der Maschinenpistole, aber er war mit dem Rücken zu Kerim gewandt. Da kam endlich Bewegung in die Journalistenmenge, die sich trotz der frühen Stunde schon am Schauplatz der Geiselnahme versammelt hatte. Ein Panzerfahrzeug der Yandarma bahnte sich den Weg nach vorn zum Hotel. Kerims Blick folgte der gedrungenen Gestalt des Verhandlungführers, der zusammen mit einem jüngeren Polizisten aus dem Wagen stieg. Auch die Polizisten hatten sich für einen Moment vom Hotel abgewandt und beobachteten die Ankömmlinge. Das war Kerims Chance: Er spurtete los, erreichte die Terrasse und duckte sich blitzschnell hinter einige Sommertische, die dicht an der Lamellenwand aufeinandergestapelt waren. Kerim blinzelte in die immer wärmer werdende Sonne. Auf den gegenüberliegenden Dächern meinte er ein Blitzen wie von einem Spiegel gesehen zu haben. Er schaute genauer hin und sah plötzlich die Reihe von schwarzgekleideten Scharfschützen, die auf den Dächern in Position gegangen waren. Sicher hatten sie ihn gesehen!

Kerim blickte sich panisch um, aber niemand schien bemerkt zu haben, daß er auf der Terrasse war. Dann sah er Suna an der Absperrung; er erkannte sie an ihrer hellblauen Jacke und an ihren Gesten, als sie auf den Polizisten einredete. Oberhalb von ihm wurde eine Tür zugeschlagen, und jemand brüllte laut. Kerim überlegte nicht lange. Er griff in die Lamellen und zog sich an einer stärkeren Holzstrebe hoch. Das Gestell wackelte bedenklich, und für einen Moment dachte er, die Wand würde sein Gewicht nicht aushalten und zusammenbrechen. Hastig packte er das obere Ende des Gestells und versuchte, an der Hotelwand Halt zu finden. Da spürte er plötzlich mehr, als daß er den Schuß hörte, wie neben ihm eine Kugel in die Lamellen einschlug. Kerim erstarrte. Fast gleichzeitig ertönte irgendwo oben bei den Suiten ein durchdringender Schrei. Der Todesschrei eines Mannes. Kerim zog sich mit einer ernormen Kraftanstrengung weiter nach oben. Fast hatte er die Knie auf dem oberen Rand des Lamellengestells, da knallte wieder ein Schuß. Kerim sah das Blut an seiner Hand, bevor er den brennenden Schmerz fühlte. Reflexartig ließ er das Gestell los, verlor den Halt und stürzte nach unten.

*

Aynur war weggedöst in der Ruhe, die in der Suite eingetreten war, als der Prediger, Dinç und der Amerikaner zu den Verhandlungen gegangen waren. Richtig schlafen hatte sie in den letzten vierundzwanzig Stunden nicht können, sie war viel zu nervös. Die Geiselnehmer hatten ihr und Monika die Fesseln nur zum Gang ins Badezimmer abgenommen und sie gezwungen, an Händen und Füßen gefesselt auf dem Bett sitzen zu bleiben. Aynur hatte noch nicht einmal den Bademantel ablegen und ein Kleid anziehen dürfen. Inzwischen wußte sie nicht mehr, wie sie bequem sitzen sollte, und ihre Handgelenke waren von den Handschellen wundgerieben. Zu essen hatten sie auch nichts bekommen, nur einen Kaffee am Morgen und etwas Wasser. Ihr Magen knurrte, trotz der Anspannung.

Aynur legte den Kopf auf Monikas Schulter. Ihre Freundin kam ihr viel ruhiger vor als sie. Monika hatte sich kein einziges Mal über ihre Lage beschwert. Sie saß die ganze Zeit an das Kopfteil des Bettes gelehnt. Aynur war aufgefallen, daß Monika – soweit es durch die halboffene Flügeltür ins Wohnzimmer möglich war – die Geiselnehmer immer im Auge behielt. Leise hatte sie Monika gefragt, ob sie einen Fluchtplan habe.

»Keine Chance, Kleines«, hatte Monika zurückgeflüstert. Selbst in den wenigen Worten hörte Aynur, wie sehr Monika es haßte, den Geiselnehmern so hilflos ausgeliefert zu sein.

Mit einem knallenden Schlag ging die Tür auf, und der Prediger stand im Wohnzimmer der Suite. Aynur schreckte hoch, und Monika ergriff Aynurs Hände. »Die Verhandlungen sind nicht gut gelaufen«, sagte sie und versuchte, ganz leise zu sprechen.

Trotzdem hatte der Prediger sie gehört. Auf türkisch brüllte er durch die geöffnete Tür des Schlafzimmers. »Haltet bloß die Klappe, Weiber. Eure Chancen stehen verdammt schlecht. Dieser Verrückte will uns verraten.«

Aynur rückte näher zu ihrer Freundin. Sie erwiderten beide nichts.

Die Tür ging zum zweiten Mal auf. Für einen Moment konnten die Frauen einen leichenblassen Dobb sehen, der unschlüssig in der Mitte des Zimmers stehen blieb. Kommandant Dinç trat mit dem Revolver in der Hand hinter ihn. Anscheinend befahl der Prediger Dobb mit einer Geste, zu der Sitzgruppe am Fenster zu kommen, denn Dinç deutete mit der Waffe in diese Richtung.

»Ist ja schon gut, Dinç«, sagte Dobb und trat aus dem Blickfeld der Frauen. »Du kannst das Ding runternehmen. Hier kann ich ja wohl schlecht abhauen.« Seine Stimme zitterte leicht.

»Was wolltest du eigentlich erreichen mit dieser erbärmlichen Szene da unten?« fuhr der Prediger Dobb an.

»Das hast du doch gehört.« Dobb klang trotzig.

»Das hier war deine Idee, wenn ich dich erinnern darf«, sagte der Prediger. Monika wollte Aynur etwas zuflüstern, aber die legte den Zeigefinger an die Lippen und bedeutete der Freundin, ruhig zu sein.

»Ich habe nie so einen Schwachsinn vorgeschlagen«, kam Dobbs Stimme. »Zu fordern, daß du als Feldherr Allahs eingesetzt wirst, mit uneingeschränkten Machtbefugnissen über Militär und Parlament. Das ist Größenwahnsinn! Darauf kann sich niemand einlassen. Du wolltest doch gar nicht verhandeln.«

»Und du bist ein absoluter Egoist und Feigling. Für den wahren Glauben muß man sein Leben wagen. Und der Name Allahs verpflichtet mich, Großes zu tun und von der Welt Großes zu fordern.«

Dobb grunzte verächtlich. Dann sagte er: »Nun hör mir mal gut zu, du großer Stratege, der im Namen Allahs seine schwarzen Konten im Ausland mit den Profiten des Drogen- und Waffenhandels gefüllt hat.« Dobb unterbrach seine Rede. Offenbar zu Dinç gewandt, fuhr er fort: »Das habt ihr nicht gewußt, daß euer heiliger Prediger ständig etwas für sich abzweigt, was?«

Von dem Kommandanten war nichts zu hören. Allerdings sagte der Prediger: »Hör nicht auf dieses Schwein, Dinç, er will uns nur gegeneinander aufhetzen.«

Der Amerikaner lachte heiser. »Das wär was, wenn deine kampfgestählte Marionette hier mal den eigenen Kopf gebrauchen würde. Jeder Idiot kann sehen, daß unser Prediger sein eigenes Süppchen kocht. Mit deinem angeblichen himmlischen Auftrag hast du dir schon manche fette Summe auf deine Schweizer Konten rüberschieben können.«

»Halt dich zurück, Dobb, ich lasse mich nicht ungestraft beleidigen.« Die Stimme des Predigers war leise, aber selbst im Schlafzimmer war der drohende Unterton nicht zu überhören. Aynur wandte sich zu Monika und ließ sie mit einer kreisenden Bewegung des Zeigefingers wissen, daß die beiden jetzt total durchdrehten. So gut es mit geflüsterten Worten und Gesten ging, übersetzte Aynur der Freundin knapp, was im anderen Zimmer auf türkisch gesprochen worden war.

Plötzlich unterbrach sie Monika, die die Szene im Wohnzimmer im Auge behalten hatte. »Es passiert was.«

Aynur lauschte. Im Türrahmen war Dinç zu sehen. Er hielt die Waffe gesenkt und starrte zur Sitzgruppe. Dobb sagte gerade: »Ich habe immer nur Gott, dem wahren Gott gedient ...«

»Indem du dich von der CIA hast anheuern lassen?«

»Nein«, antwortete der Amerikaner. »Die Arbeit für die CIA war nur der Deckmantel für mein eigentliches Ziel: Amerika endlich von der Herrschaft der Zionisten zu befreien, das weiße, christliche Amerika wieder seiner wahren Bestimmung zuzuführen, der von Gott bestimmten Weltherrschaft der weißen Rasse. Dafür hat er sie erschaffen. Die *Nigger* und die anderen Farbigen stammen vom Affen und die Juden vom Satan ab. 1995 die Bombe in Oklahoma war der Anfang. 2008 der Brandanschlag auf die Kehila-Kedosha-Synagoge in New York. Dann der Anschlag auf die zionistische Nobelpreisträgerin. Dieses Jahr das Attentat auf den Zionisten Baruch. Das sind die ehrenvollen Stationen unseres Kampfes.« Der Amerikaner hielt inne und holte Luft.

»Er spielt mit dem Feuer«, raunte Aynur Monika zu, der sie alles stichwortartig übersetzte.

»Kein Spiel«, erwiderte Monika. Ihre Stimme klang ausgelaugt. »Er glaubt daran.«

Dobb sprach weiter, in einer eintönigen, fast feierlichen, tiefen Stimme: »Ich stamme aus einer sehr alten Familie. Mein Urahn war einer der Überlebenden des Kinderkreuzzugs des Jahres 1212. Er wurde in Brindisi von einem Kreuzritter in die Sklaverei verkauft – und ist seinem christlichen Glauben trotzdem bis in den Tod treu geblieben. Er ist für seinen Glauben am Kreuz gestorben, wie unser Herr.«

Aynur sah, wie Kommandant Dinç einen fragenden Blick in Richtung Prediger warf. Doch anscheinend kam von seinem Chef die Order zu warten. Dinç nickte fast unmerklich, während der Prediger Dobb fragte: »Was war denn deine Aufgabe in Mersin, wenn du nicht für die CIA Agent gespielt hast?«

»Ich kämpfe für die Befreiung der heiligen Stätten und des heiligen Landes der Christenheit von der Beschmutzung durch Juden und Muslime. Jeder Cent, den ich mit unseren Deals verdient habe, ist in die Kassen unseres heiligen Kampfes gegangen.« Er machte eine Pause. »Du hast es mir leichtgemacht, Güçlü. Die Kämpfer des Islam verwechseln Glauben mit Dummheit. So fanatisch wie ihr seid, habt ihr es nie mitgekriegt, daß ich unter dem Deckmantel des islamischen Fundamentalismus der *White Supremacy* gedient habe.«

Der Prediger sagte langsam: »Ich glaube, ich kapiere langsam.«

Im Wohnzimmer war es plötzlich still. Monika und Aynur sahen Dinç, der lautlos einen Schritt auf ihre Tür zukam, die Augen aber starr auf das Geschehen im Wohnzimmer gerichtet hatte. Aynur hielt sich die Hand vor den Mund.

»Du steckst hinter den Morden und Anschlägen in Berlin!« Die Stimme des Predigers war nur noch ein heiseres Raunen. Aynur entfuhr ein unterdrückter Schrei, aber die Männer im Wohnzimmer achteten nicht auf die Geiseln. Im Wohnzimmer war Sesselrücken zu hören, jemand war aufgesprungen.

»Nicht. Tu das nicht«, kam gepreßt die Stimme des Amerikaners.

»Du bleibst sitzen«, schrie der Prediger, doch noch während die Worte im Raum verhallten, stolperte Dobb rückwärts ins Sichtfeld der Frauen. Dinç wollte sich ihm in den Weg stellen, da schallte ein trockener Knall durch die Suite. Der Kopf des Amerikaners wurde abrupt nach hinten gerissen, er taumelte noch einen Schritt weiter, dann stürzte er mit dem Gesicht nach unten zu Boden. Von seinem Hinterkopf war nur noch ein blutiger Krater übrig.

Die beiden Geiseln drückten sich aneinander. Aynur schluchzte leise. »Wir haben keine Chance mehr, oder, Monika?«

Monika Stockmann liefen selbst die Tränen über die Wangen. Sie schüttelte stumm den Kopf. Aynur fing leise an zu beten.

Der Prediger stand in der Tür.

»Oh Gott«, flüsterte Monika. Aynur murmelte: »Sein Wille geschehe.« Als seien die Worte plötzlich aus ihrem Unbewußten aufgestiegen, fügte Monika hinzu: »Wie im Himmel, also auch auf Erden.«

»Erschieß die beiden Frauen«, befahl der Prediger dem Kommandanten. »Jeder hier soll erfahren, daß die Zeit für Kompromisse vorbei ist.«

»Nein!« Monika löste sich von Aynur und sprach den bärtigen Mann auf englisch an. »Verschonen Sie die junge Frau, bitte. Sie hat nichts mit der Politik zu tun. Sie ist eine begabte Künstlerin. Erschießen Sie mich, aber nicht Aynur!« Die Stimme versagte ihr. Mit Tränen in den Augen blickte sie dem Prediger ins Gesicht, der sie stumm anstarrte.

»Laß sein, Monika. Es ist Allahs Wille, und so soll es geschehen.« Aynur war ganz ruhig geworden. Das Geschehen kam ihr fast unreal vor, so als passiere das alles nicht ihr, sondern einer anderen Frau, die sie nur flüchtig kannte. Dann mußte sie plötzlich an ihre Eltern denken. Und an Kerim. Sie dachte nur noch an Kerim. Die Tränen schossen ihr in die Augen, und sie weinte stumm.

»Mach endlich Schluß mit den beiden«, sagte der Prediger, drehte sich um und verließ das Zimmer.

Kommandant Dinç schaute von einer Frau zur anderen. Mit ruhiger Stimme sagte er: »Ich habe gehört, wie ihr gebetet habt.«

Er wandte sich Aynur zu: »Du bist eine gläubige Muslimin und wirst noch vor uns ins Paradies eingehen.«

Dann wandte er sich an Monika: »Ungläubige, möge Allah dir barmherzig sein.«

Er drückte ab. Aynur schrie auf. Monikas Blut spritzte auf ihren weißen Bademantel. Dann hörte sie einen zweiten Knall, leise, weit entfernt, wie ein Echo des Schusses, der ihre Freundin getötet hatte.

Kaum war das Scheitern der ersten Verhandlungsrunde bekannt geworden, hatte sich eine Spezialeinheit auf dem Dach des Hotels postiert. Sie warteten auf den Befehl, an Seilen durch die Fenster zu springen. Der erste Schuß aus der Suite wirkte wie ein Startsignal. Ohne Rücksprache mit dem Ministerpräsidenten oder General Toprak gab der Chef der Yandarma den Befehl, in die Suite einzudringen und zu retten, wer oder was noch zu retten war.

Die Tür der VIP-Suite zum Flur stand weit offen. Vom Gang hörte man Schreien und Rufen. Der Prediger und Kommandant Dinç stachelten ihre Männer an, bis zum Letzten zu kämpfen. Doch sie kämpften einen aussichtslosen Kampf. Die Soldaten der Spezialeinheit drangen vom Dach und die Yandarma vom Erdgeschoß aus in das besetzte Hotel ein. Die Kämpfer des Predigers wurden mit MP-Salven die Treppenhäuser hoch in die VIP-Etage geradewegs in das Feuer der Spezialeinheit getrieben. Die Sicherheitskräfte waren erbarmungslos. Von den Gotteskriegern blieb keiner am Leben. Dinç hatte sich vor seine Männer gestellt und war einer der ersten, der dem Angriff zum Opfer fiel. Der Prediger hatte sich in der Nische versteckt, in der die Leichen der Bodyguards lagen. Dort entdeckte ihn ein Soldat der Spezialeinheit und tötete ihn mit einem Kopfschuß.

Suna und Davud waren den Soldaten durch die Absperrung gefolgt und zu Kerim auf die Terrasse gerannt. Der saß mit dem Rücken an die Lamellenwand gelehnt. Seine Augen waren geschlossen, sein Gesichtsausdruck schmerzverzerrt. Die blutende Hand hatte er gegen die Brust gepreßt, und der linke Fuß stand in einem unnatürlichen Winkel vom Bein ab. Suna kniete sich zu ihm und redete ihn behutsam an. »Kerim, wir müssen weg hier. Sie stürmen die Suite.«

Kerim öffnete entsetzt die Augen und starrte sie an. Mühsam brachte er ein Wort über die Lippen: »Aynur?«

Suna schüttelte stumm den Kopf. Gemeinsam mit Davud brachte sie den humpelnden Kerim zu dem wartenden Krankenwagen und begleitete ihn zur Notaufnahme.

»Schlimmer hätte es nicht ausgehen können«, konstatierte Döpfner. »Wie sage ich das nur dem Kanzler?«

Der Kriminaldirektor saß wie das sprichwörtliche Häuflein Elend auf dem geblümten Hotelsofa in seinem Zimmer und rieb sich immer wieder den linken Nasenflügel.

Orak saß ihm gegenüber und starrte in den gezuckerten Orangensaft, den er sich aus der Minibar geholt hatte. Er räusperte sich. »Am besten warten Sie, bis Ministerpräsident Tosun ihn unterrichtet hat. Das macht es leichter für Sie.«

»Danke für den Ratschlag, junger Mann. Aber das macht meine Aufgabe nicht einfacher.«

Orak zuckte mit den Schultern und starrte wieder auf die Eiswürfel in der orangen Flüssigkeit. Als die Stille unerträglich wurde, sagte er: »Wissen Sie, aus Sicht der Sicherheitskräfte hat die Sache eigentlich ihren bestmöglichen Ausgang genommen.«

»Wie kommen Sie denn darauf?« Döpfner, der ganz in Gedanken versunken gewesen war, schaute Orak überrascht an.

»Na, erstens trifft sie keine Schuld am blutigen Ende der Geiselnahme. Die Geiseln waren tot, bevor sie irgend etwas unternehmen konnten. Sie haben sechs Tote und elf Schwerverletzte zu beklagen, aber das war unvermeidbar angesichts des Fanatismus der Gotteskrieger und ihres Anführers. Die Verhandlungen waren von vornherein aussichtslos. Zweitens sind Dobb, der Prediger und alle seine Männer tot. Das ist nun wirklich praktisch. Keine Zeugen für das, was in der Suite passiert ist. Keine Zeugen über etwaige Beziehungen von Dobb, den Extremisten oder dem organisierten Verbrechen zum türkischen Sicherheitsapparat. Und diejenigen, die tote Extremisten für die besten Extremisten halten, sind auch voll auf ihre Kosten gekommen.«

Orak starrte an Döpfner vorbei auf das Bild an der Wand. Es stellte eine belebte Straßenszene dar. Im Hintergrund ragten zwei Minarette über die hellroten Ziegeldächer. Die Eiswürfel in seinem Glas klirrten leise, als er die Hände beim Sprechen bewegte. »Und am besten ist natürlich die CIA dran. Keine bohrenden Nachfragen, keine peinlichen Enthüllungen. Man wird einfach Mrs. Bratter mitteilen, ihr Sohn sei in Erfüllung seiner vaterländischen Pflichten gefallen. Und dem Sicherheitsberater des Präsidenten wird der CIA-Chef melden, der Fall Michael Dobb sei abgeschlossen.«

Döpfner blickte auf das Glas. Orak bemerkte, daß die Eiswürfel immer noch klirrten, weil er das Glas immer noch in der Hand drehte. Er stellte es mit einer raschen Bewegung auf dem Tisch ab. Der deutsche Kriminaldirektor verzog den Mund zu einem angedeuteten Lächeln. »Die Rolle des abgebrühten Zynikers nimmt man Ihnen nicht richtig ab, Orak.«

Der Special Agent lachte kurz auf. »Eigentlich bin ich froh darüber. Und bevor ich doch noch zu einem echten Zyniker werde, schmeiße ich lieber alles hin. Ich wollte schon immer Sprachen studieren.«

»Wie Suna?« fragte Döpfner.

»Ja, wie Suna. Ich kann mir gut vorstellen, wie wir zur Abwechslung einmal zusammen in einer Vorlesung sitzen.« Davud stand auf. »Ich gehe jetzt runter und erkunde, was die Hotelbar an Whiskey zu bieten hat.«

Eine Viertelstunde später erschien auch Döpfner in der Hotelbar. Im selben Moment, als er Davud und Suna in einer Ecke an der hinteren Wand des geräumigen Barraums entdeckte, bemerkte die junge Türkin ihn, sprang auf und winkte ihn zu ihrem Tisch. Als er sich in dem rotledernen Stuhl niederließ, schob Davud ihm wortlos einen Whiskey zu.

Döpfner schaute ihn fragend an.

»Glenfiddich, das Beste, was sie hier haben. Auf Kosten des Hauses«, erklärte Davud. Er zeigte in Richtung der Bar, wo der Barkeeper der Gruppe ernst zunickte.

»Den brauche ich jetzt wirklich.« Döpfner nahm das Glas und kostete von der goldenen Flüssigkeit. Dann schaute er in die Runde. »Wie geht es Kerim?«

»Den Umständen entsprechend okay, was die Verletzungen betrifft. Sie haben ihn in der Notaufnahme bandagiert und den gebrochenen Knöchel eingegipst«, erwiderte Suna. »Er hat kaum ein Wort gesprochen die ganze Zeit. Er kann einfach nicht begreifen, was passiert ist. Daß Aynur wirklich tot ist.« Sie hielt kurz inne und blickte zu Davud. Dann meinte sie: »Es wird eine Weile dauern, bis er den Schock überwunden hat und anfangen kann, richtig um sie zu trauern.«

Döpfner nickte.

»Was hat der Kanzler gesagt?« fragte Suna.

»Ob er jetzt allen danken müsse.«

»Oje. Das hört sich nicht gut an.«

Döpfner schüttelte den Kopf. »Nein, gar nicht gut. Der Innenminister hat mir gesagt, der Kanzler sei nicht wiederzuerkennen, so tief habe ihn der Tod seiner Frau getroffen. Er habe nicht nur seine Frau, sondern seinen Menschen verloren. Das hat er gesagt.«

»Und das ist nur der erste Schock.« Sunas Stimme zitterte, und sie fuhr sich schnell über die Augen.

»Konnten Sie ihm klarmachen, daß die Sicherheitskräfte das Ende nicht forciert haben? Daß wir am Ausgang der Geiselnahme nichts ändern konnten?« fragte Davud.

»Das hab ich ihm gesagt. Aber ich habe ihm auch gesagt, daß es nichts gäbe, für das er mir oder irgend jemandem sonst danken müßte.« Döpfner blickte grimmig in die Runde.

»Sie trifft keine Schuld, Döpfner«, sagte Orak. »Von dem Moment an, als der Prediger und Dobb beschlossen haben, die Frau des deutschen Bundeskanzlers als Geisel zu nehmen, war das Schicksal der beiden besiegelt.«

»Nicht gerade ein Trost«, erwiderte Döpfner.

Orak schwieg. Er blickte zu Suna. Die nahm seine Hand und sagte: »Aber das Leben geht weiter. Davud hat mich gerade gefragt, ob ich ihn heiraten würde. Ich habe nicht nein gesagt.«

»Dann wird er als Ehemann bald auf Sprachen umsatteln«, meinte Döpfner.

»Hm, vielleicht tauschen wir auch einfach die Berufe.«

Der Kriminaldirektor legte den Arm um Sunas Schulter: »Meine schöne und mutige Suna, tun Sie das bitte nicht. Es ist ein Scheißberuf.«

»Ach was«, sagte die junge Frau, »das sagt ihr doch auch nur so im ersten Schock.«

*

Die Beerdigungen fanden im engen Kreis von Familie und Freunden statt. Karl Stockmann hatte mit Kerim und der Familie Korkmaz vereinbart, die beiden Frauen am gleichen Tag zu begraben. Monika Stockmann wurde auf dem Friedhof im Grunewald, Aynur Korkmaz auf dem islamischen Gräberfeld in Gatow beerdigt.

In den folgenden Wochen zog sich Stockmann fast vollständig aus der Öffentlichkeit zurück. In der Regierungsarbeit konzentrierte er sich auf die Verabschiedung eines deutsch-türkischen und eines europäisch-türkischen Pakets. Hikmet Evin saß bis in die Nacht hinein in langen Besprechungen mit dem Kanzler, in denen sie überlegten, wie der EG-Beitritt der Türkei innerhalb der Europäischen Gemeinschaft zügiger durchgesetzt werden könnte. Bei diesen Gesprächen blitzte manchmal für kurze Momente der Kanzler hervor, den Evin vor dem Geiseldrama und dem Tod von Monika gekannt hatte: der enthusiastische Stockmann, der sich über kleine diplomatische Erfolge genauso sehr freute wie über große, der idealistische Stockmann, der nie das übergeordnete Ziel eines Europas der religiösen Vielfalt und kulturellen Toleranz aus den Augen verlor.

Doch diese Momente waren selten. Hikmet Evin legte dem Kanzler immer wieder Zeitungsartikel vor, in denen Kirchen und Religionsgemeinschaften, einschließlich fundamentalistischer Flügel und Gruppen, den Terror der Extremisten verdammten und früher geäußerte Kritik an seiner Politik zurücknahmen. Stockmann ließ diese Meldungen ungelesen von seinem Schreibtisch abräumen. Ebenso versuchte Evin vergeblich, ihn zu einem Treffen zu bewegen, das die Sprecher der islamischen Gemeinden und Organisationen angeregt hatten, die dem Kanzler für seine Politik des gegenseitigen Respekts danken und ihre Loyalität zur Verfassungsordnung der Republik im persönlichen Gespräch bekräftigen wollten.

»Was soll ich dort noch? Die Arbeit an dem Paket ist viel wichtiger«, war alles, was Evin zu solchen Vorschlägen vom Kanzler zu hören bekam.

Er selbst fühlte sich in diesen Wochen wie in einer immer wiederkehrenden Zeitschleife. Jeden Morgen ging er durch den Tiergarten zum Kanzleramt, doch das herbstliche Spiel des Windes mit den bunten Blättern erinnerte ihn nur an den sinnlosen Tod von Monika und Aynur. Er und Stockmann hatten selten über Persönliches gesprochen, und auch jetzt erwähnten sie das Geiseldrama kaum. Einmal hatte Stockmann ihn gefragt, warum er nicht zum Begräbnis von Monika gekommen war.

»Ich konnte es einfach nicht.« Evin blickte auf den hohen Stapel Papiere, die vor ihm auf dem Schreibtisch lagen. In die Augen schauen konnte er dem Kanzler nicht. »Ich konnte noch nicht von ihr Abschied nehmen. Für mich war sie noch lebendig. Ein Begräbnis ist so … endgültig.« Evin hob den Blick und suchte in den Zügen Stockmanns nach Verständnis.

Der Kanzler nickte. »Es ist alles furchtbar schnell gegangen. Manchmal ist Monika auch für mich noch lebendig.«

»Ich war ein paar Tage später an ihrem Grab.«

»Ja, ich habe Ihren Kranz gesehen. Rote Gerbera und Sonnenblumen. Er hätte ihr gefallen.«

Evin verzog das Gesicht zu einem angedeuteten Lächeln. »Ich weiß. Ich habe ja schließlich oft genug der Sekretärin gesagt, welche Blumen sie für die Kanzlergattin bestellen soll.«

*

Hikmet Evin hatte die Nacht durchgearbeitet, mit dem Kanzler und der Redenschreiberin zusammen an der Rede gefeilt, die Stockmann am Nachmittag zur Verabschiedung des deutsch-türkischen Pakets halten würde. Es war das erste Mal seit dem gewaltsamen Tod Monikas, daß der Kanzler wieder im Bundestag sprach. Evin hatte sich am frühen Morgen für ein paar Stunden hingelegt, aber er war zu aufgedreht, um richtig schlafen zu können. Seit Monaten hatte er Berichte gewälzt, Kontakte geknüpft, Gespräche organisiert, Protokolle verfaßt, hatte in stundenlangen Ausschußsitzungen diskutiert und gesessen, um das Paket zur Abstimmung vorlegen zu können.

Evin stand auf, duschte, wählte mit Bedacht einen dunkelgrauen Anzug, den er nur bei besonderen Anlässen trug. Der Gang durch den entlaubten Tiergarten an diesem frostigen Dezembertag – nach dem christlichen Kalender hatte gerade die Adventszeit begonnen – tat ihm gut und weckte seine Lebensgeister.

Evin hielt sich an die Anweisung des Kanzlers, ihn nicht im Büro abzuholen, und ging direkt in den Bundestag. Im Foyer war ein riesiger Adventskranz mit leuchtendroten Kerzen und einer Unmenge von goldenen Schleifen aufgehängt worden.

Der Saal füllte sich schnell. Evin war früh genug gekommen und hatte einen Platz in einer der vorderen Reihen ergattert. Hinter ihm drängelte sich eine Berliner Schulklasse mit unterdrücktem Rufen und Geschubse auf die Zuschauerplätze. Die türkische Lehrerin wies die ihr anvertrauten Schützlinge energisch in ihre Grenzen. Hikmet Evin beobachtete, wie sie einen Jungen an den Schultern nahm und in einen der blauen Sessel bugsierte. Während Evin noch hinter sich schaute, bemerkte er, daß sich die Abgeordneten unten im Saal erhoben. Es war kein Laut zu hören. Auch die Schulkinder, die Sekunden vorher noch getobt hatten, waren unvermittelt verstummt.

Evin sah den Kanzler, der am Rednerpult stand und seine Papiere zurechtrückte. Stockmann hatte die Bundestagspräsidentin gebeten, bei seinem Auftritt vor dem Bundestag von jeglicher Beileidsbekundung abzusehen. Seine aufrechte Haltung wirkte energisch, sein schwarzer Anzug saß wie immer einwandfrei. Während andere Politiker am Rednerpult oft wie Manager oder Büttenredner wirkten, hatten die Reden des Kanzlers immer den Anstrich des Besonderen, beinhalteten immer eine Art Respektbezeugung vor dem Parlament.

Nur jemand, der ihn so gut kannte wie Hikmet Evin, bemerkte die leicht nach vorne fallenden Schultern, die tiefe Müdigkeit in den Zügen des Kanzlers.

Hikmet Evin erhob sich. Im gleichen Moment ging eine Welle durch die Pressebühne, die anwesenden Journalisten folgten dem Beispiel der Abgeordneten und der Zuschauer. Aus den Augenwinkeln sah Evin das tiefernste Gesicht des seitlich hinter ihm stehenden Jungen.

Der Kanzler fuhr sich mit einer raschen Bewegung durchs Haar. Leise sagte er: »Ich danke Ihnen.« Er räusperte sich. Dann trug er mit gewohnt klarer Stimme eine Rede vor, die sowohl in die deutschen wie die türkischen Geschichtsbücher eingehen sollte.

Das Hohe Haus stimmte nach nur zwei Debattenrunden, so war

es zwischen den Fraktionen vereinbart worden, mit großer Mehrheit dem Paket zu. Die Bundestagspräsidentin gab das Abstimmungsergebnis bekannt. Dann wandte sie sich Stockmann zu und sagte: »Herr Bundeskanzler, ich gratuliere Ihnen im Namen des Hauses.«

Von den Abgeordneten und den Zuschauerrängen kam lauter Beifall. Auch Hikmet Evin schloß sich dem Applaus an. Der Kanzler schaute für einen Moment hoch zu den Besuchern. Dann wandte er sich wieder der Präsidentin zu. Evin hörte abrupt auf zu klatschen.

In den Beifall hinein bat der Bundeskanzler noch einmal ums Wort. Die Bundestagspräsidentin war offenkundig erstaunt, machte aber eine einladende Geste zum Rednerpult. Stockmann trat mit wenigen Schritten hinter das Pult.

»Frau Präsidentin, meine Damen und Herren Kollegen. Ich möchte Ihnen mitteilen, daß ich heute morgen den Herrn Bundespräsidenten um meine Entlassung aus dem Amt des Bundeskanzlers gebeten habe. Der Vizekanzler wird bis zur Neuwahl meines Nachfolgers die Regierungsgeschäfte führen.« Er wirkte vollkommen ruhig, wie ein Mann, der überzeugt ist, daß er eine richtige Entscheidung getroffen hat.

Vom Plenarsaal drang ein ungläubiges Gemurmel hoch zu den Zuschauern. Mehrere Journalisten verließen im Laufschritt die Pressebühne, um die sensationelle Nachricht sofort per Handy an ihre Agenturen und Zeitungen weiterzugeben. Hikmet Evin starrte ihnen nach. Die türkische Lehrerin hinter ihm saß wie vom Donner gerührt auf dem Stuhl.

Der Kanzler fuhr fort: »Wir haben gerade gemeinsam eine sehr wichtige Etappe der deutschen und europäischen Politik abgeschlossen. Ich bin zu der Überzeugung gekommen, daß es jetzt an der Zeit ist, mein Amt an unbefangenere Kräfte weiterzugeben. Ich bitte Sie herzlich, diese Entscheidung nicht zu diskutieren, sondern zu respektieren. Ich danke Ihnen.« Er trat vom Rednerpult, ging zu seinem Platz und setzte sich.

Die Bundestagspräsidentin war so perplex wie das ganze Haus. Nur mit Mühe bekam sie heraus: »Wir respektieren Ihren Wunsch, Herr Bundeskanzler und Kollege Stockmann.« Dann schloß sie hastig die Sitzung.

Hikmet Evin erhob sich, drängte sich rücksichtslos an seinen Nachbarn vorbei und verließ eilig die Besucherbühne. Er mußte an die frische Luft. Stockmanns Vereidigung vor gut einem Jahr ging ihm durch den Kopf, all die Wochen der intensiven Zusammenarbeit. Er hätte es eigentlich wissen müssen, es zumindest ahnen können. Im nachhinein schien es ihm unvorstellbar, wie er hatte annehmen können, der Kanzler würde wieder wie früher den normalen Regierungsgeschäften nachgehen. Doch was Evin nicht in den Kopf wollte, was ihm so besonders grausam erschien, war, daß es Monikas Tod war, der Stockmann dazu gebracht hatte, der Politik den Rücken zu kehren.

Der Bundeskanzler verließ das Hohe Haus, als dessen Mitglied er so lange deutsche Politik mitgestaltet hatte. Ein Blitzlichtgewitter prasselte los, als er das Foyer betrat. Eine riesige Fotografen- und Journalistenmenge hatte sich hier versammelt, die laute Fragen brüllte und die Mikrofone erwartungsvoll in seine Richtung streckte. Die Leibwächter schirmten ihn ab, so daß er zu einem der Ausgänge gelangen konnte. Draußen wurde es langsam dunkel. Am Adventskranz waren inzwischen die Kerzen angezündet worden

An der Glastür bat der Kanzler seine Begleitung, ihn alleine weitergehen zu lassen. Die Leibwächter beugten sich diesem Wunsch nur unter heftigem Protest. Erst als Hikmet Evin leise auf sie einredete, gaben sie nach. Und auch die Journalisten respektierten den Wunsch des abgetretenen Kanzlers.

Karl Stockmann ging alleine die breite Steintreppe des Reichstagsgebäudes hinunter auf den Platz der Republik. Die gläserne Kuppel leuchtete silberweiß hinter ihm und warf ihr gleißendes Licht auf die Treppe. Er erreichte das Ende der Stufen. Ohne sich noch einmal umzudrehen, trat er in das Dunkel seiner Einsamkeit.

ENDE

»Spannend wie James Bond.«

Graf Nayhauß, Bild

Horst Ehmke
Global Players
Kriminalroman
278 S. • geb. m. SU • DM 39,80
ISBN 3-8218-0578-1

Die rot-grüne Koalition ist zerbrochen, Rot-Schwarz regiert. Der sozialdemokratische Innenminister Seuren hat der organisierten Kriminalität den Kampf angesagt. Doch bevor die »Operation Buchprüfung« ausgelöst werden kann, wird der Innenminister Opfer eines mysteriösen Bombenattentats. BKA-Ermittler Döpfner glaubt an einen privaten Racheakt. Seurens politischer Zögling dagegen, der Parlamentarische Staatssekretär Karl Stockmann, nutzt die Gunst der Stunde. Geschickt begibt er sich in die Startlöcher für die Nachfolge und mischt sich in die Ermittlungen ein. Die führen schließlich in den Dunstkreis der großen Verbrechersyndikate und ihrer salonfähigen Hintermänner und berühren auf verzwickte Weise wunde Punkte in Stockmanns Privatleben.

»Ein von der ersten bis zur letzten Seite spannender Politkrimi.«
Hans-Dietrich Genscher, Bundesaußeminister a.D.